崔政斌　崔　佳　编著

现代安全管理举要

化学工业出版社

·北京·

全书在我国"安全第一、预防为主、综合治理"安全生产方针的指导下，结合我国安全管理的实际，提炼、总结、归纳现代安全管理的方法和手段，并在理论和实践中加以阐述。全书分为九章，内容包括：安全发展举要；安全第一举要；"大安全"举要；"一把手"安全工作举要；法制安全举要；德治安全举要；安全文化举要；隐患排查举要等。

本书站在时代发展的角度上，把握安全发展的脉络，结合我国安全管理的国情，为广大读者提供一些现代安全管理的思路和方法。

本书可供企业安全管理者和领导干部以及大专院校安全工程专业的师生阅读。

图书在版编目（CIP）数据

现代安全管理举要/崔政斌，崔佳编著. —北京：
化学工业出版社，2010.10
ISBN 978-7-122-09387-5

Ⅰ．现…　Ⅱ．①崔…②崔…　Ⅲ．安全管理
Ⅳ．X92

中国版本图书馆 CIP 数据核字（2010）第 167940 号

责任编辑：杜进祥　　　　　　文字编辑：云　雷
责任校对：周梦华　　　　　　装帧设计：关　飞

出版发行：化学工业出版社（北京市东城区青年湖南街 13 号　邮政编码 100011）
印　　刷：北京云浩印刷有限责任公司
装　　订：三河市前程装订厂
720mm×1000mm　1/16　印张 15　字数 300 千字　　2011 年 1 月北京第 1 版第 1 次印刷

购书咨询：010-64518888（传真：010-64519686）　　售后服务：010-64518899
网　　址：http://www.cip.com.cn
凡购买本书，如有缺损质量问题，本社销售中心负责调换。

定　　价：35.00 元

前 言

　　人类社会的进步与发展，安全思想贯穿于始终。在新的历史时期，我们党提出的全面、协调、可持续的科学发展观，不仅具有崭新的时代意义，而且也是对人类社会发展主题的深刻揭示和理论升华。在绿色发展、低碳发展、清洁发展时代，人类为了自身的安全生存必须进一步改造自然、控制自然，要求人类必须建立起全面的安全观，适应可持续发展的需要。

　　由于安全与人类所从事的各种活动的不可分性和各种不安全因素的危害性，安全一直是人类重视的重大问题。我国正处在工业化和信息化相互交替的时代，在这个时代，世界正在向多极化的方向发展，科技发展日新月异、经济全球化趋势不可阻挡，各种文化相互激荡。我国在中国特色社会主义道路上，不断解放和发展生产力，不断调整经济基础和上层建筑的关系，以满足人民群众日益增长的物质和文化需求为己任，不断促进经济、社会和文化的发展。同时，在揭示安全生产本质规律以及对灾害规律进行预测和有效治理上，取得了长足的进步，形成了一整套行之有效的安全管理方法和手段，为现代安全管理注入了新的活力。

　　我们在研究和探索现代安全管理的方法中进行了有益的尝试，归纳总结提炼现代安全管理的一些方法和手段，并就这些方法和手段给予理论和实践的总结，结合我国国情以及安全管理的实际情况，编写了这本《现代安全管理举要》，全书共分九章。第一章：安全发展举要；第二章：安全第一举要；第三章："大安全"举要；第四章："一把手"安全工作举要；第五章：法制安全举要；第六章：德治安全举要；第七章：安全文化举要；第八章：隐患排查举要；第九章：安全信息举要。全书旨在总结吸纳现代安全管理的新理论、新成果，为当代安全生产管理提供一些实用的思路和方法。

　　本书由山西天脊煤化工集团股份有限公司崔政斌和河北省张家口教育学院法政系崔佳共同编写。其中，第一章、第三章、第五章、第六章由崔佳编写；第二章、第四章、第七章、第八章由崔政斌编写。全书由崔政斌统稿。

　　王明明，石伟，石跃武，李少聪，聂幼平，章仕跃，章磊成为本书编写提供了不少帮助。本书在编写过程中得到了化学工业出版社有关领导和编辑的悉心指导，在此表示深切的谢意。由于笔者水平有限，书中不妥之处，望读者批评指正。

编著者

2010 年 7 月

目　录

第一章　安全发展举要

◆ 安全发展是党中央针对新的历史发展时期提出的新理念。是对我国安全生产理念的丰富、发展和升华，是促进人的全面发展的发展。它是实现科学发展观的具体体现，是始终坚持全面协调可持续发展的科学内涵，是正确处理安全生产中各种关系的有效途径。

◆ 安全发展反映了我们党以人为本、立党为公、执政为民的执政理念，它同节约发展、清洁发展、和谐发展、低碳发展、可持续发展共同构成科学发展的深刻内涵。

◆ 安全发展是构建社会主义和谐社会的必然要求，只有人的生命得到切实保障，才能调动和激发人们的创造活力和生产热情；只有遏制住重、特大事故的发生，大幅度减少事故造成的创伤和震荡，社会才会安定有序；只有顺应事物发展的客观规律，才能有效防范事故，实现人和自然的和谐相处。

第一节　概论

我国正处在一个飞速发展的时代。经济在快速发展、社会在飞速发展，人们的生活在改变，世界的面貌在改变。发展，是当代世界共同关注的热点；发展，使今日中国呈现勃勃生机；发展，是人类社会永恒的主题，为了发展，人类在实践上、理论上进行着不懈的努力。

马克思主义的发展理论，开辟了人类社会发展、经济发展的新天地，中国特色社会主义制度，在促进人类社会实现全面、协调、可持续发展中显示出巨大的优越性。党的十六届五中全会以科学发展观为指导，审议并通过了《中共中央关于制定国民经济和社会发展第十一个五年规划的建议》，贯彻党的十六届五中全会、六中全会、七中全会精神，在科学发展观的指导下，我国经济社会进入一个又好又快发展的新阶段。

坚持科学发展，是中国特色社会主义事业从胜利走向胜利的必由之路。科学发展是解决我国经济社会发展实践中突出问题的迫切需要。"十一五"时期是我国经济社会发展的又一关键时期。这个时期，既是面临大好机遇的"黄金发展期"，又是存在风险和挑战的"矛盾凸显期"。就安全生产而言，综观世界上许多工业化国家走过的历程，在人均国内生产总值 1000 美元至 3000 美元之间，往往是生产安全事故的易发期。在这个历史阶段是改革与发展面临的客观形势，也是我们必须直面的具体问题，如果应对不力，政策失误，也会造成社会的动荡。安全生产问题是在经济社会发展，全面建设小康社会的现代化进程中不可回避的重大问题。发展规律不可违背，我们不可能超越历史阶段，绕过事故易发期，但也不能重蹈许多工业化国家的旧辙。破解这个经济社会发展中的难题，根本途径就是凭借后发优势和社会制度的优势，借鉴、吸取外国的经验教训，通过自身的积极努力，贯彻科学发展观，坚持以人为本，转变发展观念，创新发展模式，提高发展质量，制定正确的发展目标、任务、方针和政策，我们完全可以用较短的时间走过西方工业化国家几十年甚至上百年走过的路程，把各类事故大幅度降下来，实现安全生产的可持续发展。

一个人，有"成长中的烦恼"；一个社会，有"发展中的问题"。"成长中的烦恼"要在成长中消除；"发展中的问题"要在发展中解决。

第二节　安全发展举要

一、安全发展的由来

中国共产党第十六届中央委员会第五次全体会议于 2005 年 10 月 8 日至 11 日在北京举行。全会通过的《中共中央关于制定国民经济和社会发展第十一个五年计划的建议》把安全生产列为专题，这是新中国建立以来的第一次。提出：要坚持节约发展、清洁发展、安全发展，实现可持续发展。保障人民群众生命财产安全。坚持安全第一，预防为主，综合治理，落实安全生产责任制，强化企业安全生产责任，健全安全生产监督体系，严格安全执法，加强安全生产设施建设，切实抓好煤矿等高危行业的安全生产，有效遏制重大事故，加强交通安全监管，减少交通事故。加强各种自然灾害预测预报，提高防灾减灾能力。强化对食品、药品、餐饮卫生等的监管，保障人民群众健康安全。

十六届五中全会提出"安全发展"的指导原则，进一步从理论和实践上明确了安全生产在国民经济和社会发展中的重要地位。作者认为，广义的"安全发展"包括了社会安全、公共安全和减灾防灾等相关方面，但主旨还是讲的安全生产，作为企业的安全生产管理者对此要从总体上正确把握。

二、安全发展的理念

"安全发展"是一种发展理念。它是在深刻总结历史经验的基础上，对安全生产理论的丰富、发展和升华。

人类社会经济发展的最高理想是社会的全面进步和人类的全面发展。安全发展，需要通过坚持以人为本、全面协调可持续的发展来实现，因此，安全发展是在科学发展观的指导下体现社会主义优越性，实现人类社会经济发展最高理想的重要保障。

安全发展，是促进企业全面进步的发展，是促进人的全面发展的发展。这样的发展，必然是物质文明建设、政治文明建设、精神文明建设和社会和谐建设的整体推进。这样的发展必然是，企业的人、机、料、法、环的统筹协调，这样的发展，必然是发展依靠员工，发展为了员工，发展成果由员工共享，不断实现好、维护好、发展好最广大员工的根本利益。这样的发展，才是目标清晰、目的明确、动力可靠、活力无穷的发展。这样的发展，才是形式与内容、手段与目的、短期效益和长期效益、生机活力和不竭动力高度统一的发展。

1. 安全发展是实践科学发展观的具体体现

从"安全生产"到"安全发展"，不仅是字面上的变化，而是其内涵更加深化，不仅从生产层面的要求提升到了战略层面的高度，而且从工作层面升华到了观念上的转变。可以这样讲，"安全发展"是在科学发展观指导下的产物，符合发展是第一要务的内涵。科学发展观第一要义就是发展，核心是以人为本，基本要求是全面协调可持续发展，根本方法就是统筹兼顾。其科学内涵和精神实质集中体现了马克思主义哲学的世界观和方法论。安全发展符合其本质要求，抓好安全生产就是践行科学发展观的具体体现，也是实现安全发展观的着力点。

一段时期以来，某些行业、地区由于违背了安全发展的轨道，片面追求速度、效益，违背客观规律行事，从而导致重、特大事故频频发生，给经济社会的发展带来极为严重的影响。据有关部门统计，全国每年由各类事故造成的经济损失高达2500亿人民币，相当于国内生产总值的2.5%；亿元GDP死亡人数是美国的20倍；每百万吨煤死亡率是美国的100倍、俄罗斯的10倍、印度的12倍。有些企业由此而断送了持续发展之路，在无奈和悲哀中轰然倒下。有的地区由此而发展迟滞，背负沉重的包袱；有的企业由此而声誉扫地，影响极坏，人们的正常工作、生活和生产秩序受到严重影响。如："三鹿"奶粉事件，在婴幼儿奶粉中掺杂三聚氰胺，导致29.4万名婴儿泌尿系统出现异常，其中六人死亡。在受害婴幼儿家长的厉声控诉下，三鹿企业50年的发展成果一朝覆灭。又如2008年9月8日发生在山西襄汾的尾矿库垮坝事故，导致276人死亡，使51人被移交司法机关，追究刑事责任，62人受到党纪政纪处分，省长作为全省安全生产的第一责任人引咎辞职。2009年2月22日，发生在山西西山煤电集团屯兰煤矿的瓦斯爆炸事故，使78条生命离开人间，114人受伤。而事故的基本原因为：通风管理不到位，瓦斯治理不彻底，现场管理不严格，安全管理不落实。这一切正如媒体和有关专家所说，完全是由于他们背离了安全发展的轨道，片面追究经济利益而导致的结局。

总之，无论哪个行业、企业或领域，只要背离了安全发展的轨道，片面追究经济利益，形成畸形发展，必然带来巨大的危机。其结果不仅是毁掉一个企业，拖垮一个行业，影响一个领域，而且严重地制约一个地区，甚至国家国民经济的全面协调、和谐和持续发展。安全发展既是科学发展的具体展开，又是落实科学发展的前提、基础、条件和保障。

安全发展的实质就是围绕人的生命安全为核心的社会生产活动。人类社会发展的一切成果，无论是精神的还是物质的，最终都是人类社会和具有生命力的人所承载受用的。因此，人的生命是至高无上的，安全是人最根本的切身利益所在。而安全生产就是要通过人、机、环境的和谐运作，使危及劳动者生命和健康的伤害因素和事故风险始终处于有序、有效的控制状态。可见，抓好企业的安全生产就是落实科学发展观"以人为本"这一核心要素的具体行动。对此，务必积极主动，有针对性地、可操作性的、创造性地抓好安全生产各项工作的落实，最大限度地减少生产安全事故给人民生命财产带来的损失和伤害，遏制重、特大事故的发生。这也是安全管理工作的中心任务和基本要求。针对企业生产活动中的实际情况，应当着力抓好"四个经常性"的工作。

(1) 抓好经常性的教育培训　主要是通过安全教育培训解决"知"的问题。一方面，着力增加员工的安全意识，把外在制约的压力与启发内在自觉的动力有机结合起来，转变成为人们的自觉行为，把"要我安全"变成"我要安全"，自觉做到"不伤害自己，不伤害别人，不被别人伤害"，真正达到安全自觉。另一方面，通过安全教育培训熟知国家安全生产的方针政策、法律法规，掌握安全生产的知识技能和规避风险的要领，学会安全生产管理的方法及对危险伤害因素的辨识。只有学而知之，知而行之，这样不断积累、沉淀，成为人们的自觉行为，才能形成一种安全文化力，这是企业安全生产的最根本之道，需要每个企业持之以恒，坚持不懈地进行下去。

(2) 抓好经常性的监督管理　如果说安全教育培训是解决"知"的问题，那么安全监督管理就是解决"行"的问题，在现实企业生产经营活动中，人们的不安全意识和不安全行为还普遍存在，违章指挥、违章作业、违反劳动纪律的现象还经常发生。因此，仅仅依靠员工的安全自觉行为是远不能解决安全问题的，还必须辅以强有力的生产现场监管和不断地跟踪指导，这样，才能使安全生产工作落到实处。据中国煤矿安全培训中心对 1950 年至 2000 年死亡 3 人以上的 3000 起事故进行的分析统计，发现有 92.79% 起均是"三违"造成的（违章指挥、违章作业、违反劳动纪律）。近年来，有关安全管理专家和相关管理部门发现并指出，有两个 90% 特别值得注意。即：90% 以上的生产事故是由于人的因素造成的；这些事故中又有 90% 以上是因为"三违"造成的。可见，抓好经常性的安全生产监督管理，要以人为中心为主线，只要消除人的不安全行为，使人能按规程办事、按要求办事，90% 以上的事故是可以避免的。因此，安全监管人员心中要装有两个 90%，工作重心放在两个 90%，主要精力集中在两个 90%，这样，企业的安全生产工作就一定能搞好。

(3) 抓好经常性的安全检查　安全生产工作重要的是善于发现企业的安全问题。一位名人曾经说过：发现了问题就等于找到了解决问题的一半。此话相对于安全生产隐患排查来说，具有很强的针对性和现实意义。善于发现问题，既是一个技术性、技巧性和方法论问题，同时也是一个工作作风和工作态度问题。我们知道，任何事故的发生都离不开一个由量变到质变的演进过程。安全生产工作就是要遏制不利因素的量变发展，防止其质的突变。而要实现这一目标，关键是能及早发现事故的苗头，及时排除事故隐患，努力做到防患于未然。安全检查是发现问题行之有效的做法，也是查处隐患的基本手段和必要途径。除应抓好重大时节，敏感时期，重点部位，重要环节的安全检查排查外，关键是要建立制度，健全机制，形成常态，步入自觉。做到经常抓、抓经常；领导抓、抓领导；系统抓、抓系统；基层抓、抓基层；反复抓、抓反复；重点抓、抓重点；人人抓、抓人人；典型抓、抓典型。通过经常性的安全检查，及时发现问题，为有针对性地解决安全问题奠定坚实的基础。

（4）抓好经常性的隐患整改　安全生产工作的重点在于抓落实。抓好落实是确保安全生产的必然要求，也是预防事故发生的出发点和落脚点。而隐患排查治理是生产经营单位的一项经常性工作。隐患不除，事故难免。在企业生产过程中，治理消除一个隐患，就有可能防范或避免一起事故。在国际安全界有一个著名的安全理论——海因里希法则，讲的是每一重大事故下面，一定有 29 次小事故，300 次未遂先兆或事故苗头，1000 个事故隐患。即 1∶29∶300∶1000。隐患治理就是要设法消灭 1000，确保不发生 29 和 1。可见隐患排查治理是企业日常安全工作中工作量最大、最多的工作。对此，隐患治理必须做到"六个落实"。即：项目落实、标准落实、措施落实、经费落实、时限落实、责任人落实。在安全经济学中研究表明，预防性投入远远小于事故后的开支，前后投入比约为 1∶（5～10），这是安全经济的基本定量规律。况且，经实践检验，消除了事故隐患，保障了企业的正常生产，使企业处于一个良好的安全生产环境和秩序中，其增加的经济效益是巨大的。

2. 安全发展的本质属性是始终坚持全面协调可持续之路

科学发展观所说的全面发展，是指各个方面的均衡发展，而不是片面的局部的不平衡的发展，而协调发展是指各个方面的发展要相互适应，各个环节的发展要有机衔接，各个阶段各个步骤的发展要良性运行。可持续发展是指发展进程要有持续性、连续性、可能性。而安全发展就是要立足实际，着眼于、着重于、着力于安全生产的长效机制建设，安全发展必须符合这一基本要求。当前，安全生产监管系统注重检查、监督、整治，忽视基层；注重表现，忽视基础；注重下达任务，不注重解决实际问题。这些倾向都不能使安全生产做到全面、协调可持续发展。尤其在现实的企业安全生产中，特别要注意研究和解决一些较为突出的带有倾向性的安全问题，排查治理安全生产工作中的重大隐患，不断为企业安全生产基础工作、基层工作注入新的活力。笔者认为，应注意辨析和克服"六个不等式"。

（1）组织建立了不等于发挥了职能作用　建立安全管理组织机构相对容易，但切实发挥职能作用就要下大功夫、花大力气。在这个问题上要注意克服三种倾向：一是组织明确了，但只是写在纸上挂在墙上无工作安排无活动记载；二是有的人只盯着"显山漏水"的地方使劲，或偏向利益侧重好处，该抓的安全生产工作没抓，使职能作用偏离了正常运转轨道；三是安全专管部门忙起来了，而其他部门缺乏有力配合，只挂号不做事。

（2）没出问题不等于没问题　安全检查工作发现不了问题，汇报安全工作讲不出问题。为什么会出现这种现象呢？原因之一就是有的人看到眼前没出事，就不在想事做事，居安思危意识差，碌碌无为混日子；有的人好大喜功，争功诿过；有的人投其所好，只知道对某人负责，而不是对安全工作和安全事业负责，有的人明知有问题，只要上级不过问或职工不投诉，就觉得不关自己的事，就不主动地去研究安全问题，更谈不上解决安全问题。有的人长期不熟悉安全管理业务或对安全生产缺乏敏感性、预见性，看不到安全问题的实质，把握不了事物发展的规律。所有这些对安全生产有百害而无一利。

（3）高技术不等于高保险　随着科学技术的进步，生产过程中所使用的一些设施、设备、装置和工具增加了技术含量，安全学术有了一定的提高，大大减少了事故风险和对人的伤害因素。于是有的人就觉得，高技术一定就是高保险，甚至以为安全生产工作可抓可不抓，产生了松懈麻痹懈怠情绪，过多地依赖于设备装置自身的安全性能，全然不顾设备的使用年限和变化了的使用环境、使用条件、使用规则；甚至采用掠夺式、超能力、超负荷使用，违背了人、机、环的和谐运作规律而引发事故。实践证明，高技术不等于高保险，要具体情况具体对待。

（4）抓过了不等于抓好了　有的企业安全工作抓得并不少，为什么还会发生事故呢？这要在安全发展过程中值得我们深思。一种情况是工作抓了，但没有抓到点子上，业务不熟，能力有限，使安全工作抓得效果不好；再有一种情况是工作抓了，但没有一抓到底，没有做到善始善终，只是做了表面文章，使安全工作收效甚微；还有一种情况就是怕费力，缺乏责任心和使命感。上级文件下来一转了之，会议开了一传了之，发生了问题一报了之，下达任务往往一交了之；就像击鼓传花一样，貌似负责，实为走过场，不负责任，办没办、干没干根本不知，这样下去，很容易出事。因此，对待安全生产工作，抓过了不等于抓好了，要想抓好，就必须是落实、落实、再落实。

（5）制度建立了不等于按制度办了　安全工作建章立制，先解决有章可循的问题，这是建立安全生产长效机制的第一步，而建章立制的关键是要照章办事。这也是安全工作建章立制的初衷和题中之意。但在企业的实际安全生产工作中，不乏只将制度用来应付上级检查，回避责任，装潢门面，而且是留在纸上，挂在墙上，没有真正按规定和制度要求抓落实。笔者认为，一个企业，一个单位，只有做到立一个好规矩，建一套好制度，树一种好风气，就一定会创一份好业绩。一个企业，一个单位，对执行制度的迁就，就是对自我的否定。

（6）当前不出事不等于今后不出事　在安全发展中，一定要树立安全生产工作只有起点没有终点的理念。这是由于安全生产的动态性和社会性规律所决定的。虽然，只要有人类社会生产活动，就有发生事故的可能，隐患和风险也是客观存在，有时甚至是不以人的主观意愿为转移的。但是，人类认识风险，化解风险预防和减少事故，控制事故灾害是完全可以做到的。事故发生的机理表明，既有偶然性也有必然性。所谓偶然性，是指事故发生的规模、时间或程度难以准确预测；所谓必然性，就是说如果不重视、不落实安全生产工作，今天事故不发生，明天事故也会找到你，一百次不发生是一百次侥幸，总有一天灾害会降临到头上。

3. 安全发展就是要处理好安全生产中的各种关系

"统筹兼顾"是贯彻落实科学发展观的方法论和有效途径，是科学发展的根本方法。同时也是指导安全发展和安全生产的根本方法。面对当前安全生产的严峻挑战和繁重任务，解决种种制约安全发展的矛盾和问题，重要的是要全面理解和掌握统筹兼顾这个根本方法。具体讲，应正确把握并着力处理好安全生产工作中的几个关系。

(1) 正确把握安全与生产的关系 安全是生产的保障，安全是为了更好的生产，生产必须在安全的条件下生产。这里所讲的安全，不是单纯为了安全而安全，而是要在整个生产经营活动中和经济建设过程中做到安全。安全与生产本来就是一致的、统一的有机整体，并不矛盾。但在企业现实的生产经营活动中，往往有人把二者割裂开来，不顾安全生产条件，盲目生产，只顾抢时间、抢进度、抢指标、抢任务、抢数量，忽视了安全生产这个最基本的要素。一旦导致事故发生，反过来又影响了生产，有时是严重影响，甚至使企业大起大落。安全生产，本身就是维护生产经营活动的正常秩序，就是为了更好更快地促进经济社会的健康发展。因此，必须把安全贯穿于生产经营活动的全过程，切不可将二者割裂开来，更不可对立起来。

(2) 正确把握安全与效益的关系 搞好安全生产可以说不仅是企业的利益所在，而且是全民全社会的利益所在。在安全经济学中有一个"三角理论"认为，经济社会的发展好比三角形的两条边，其底边就是安全保障。如果没了底边，这个三角形就不存在。这说明，在搞好安全的基础上获得的效益才是坚实的、可靠的；否则，就是存在危险的，靠不住的，已经取得的效益也会加倍付出。在现实生产经营中诸多事故的发生充分说明了这一点。从一定意义上讲，安全既是生产力，也是经济效益。在生产经营活动中，往往 1% 的失误，就可导致 100% 的失败，所谓"$100-1=0$"就是这个道理。有时为了一点蝇头小利，甚至会导致血本无归。因此，不具备安全生产条件或安全投入"短斤少两"，而盲目生产一味追求经济效益，不仅仅是违背安全生产法律法规的行为，而且也是违背客观规律的做法，迟早也会反作用于经济利益的。

(3) 正确把握安全工作与"中心"工作的关系 安全生产工作不是"中心"工作，但它支撑着"中心"工作，服从服务于"中心"工作，保障"中心"工作任务的完成。"中心"工作的任务和目标，也是安全生产工作的重点和切入点，安全生产工作应围绕"中心"发挥监督监管职能作用。只有抓住重点，并在重点工作任务上有所突破，才是矛盾论和方法论意义上的协调统一。同时，也只有坚持有所为有所不为，才能积聚力量和保障，抓大事除大患，抓出特色、抓出成效。只有搞好安全生产，夯实经济建设的基础，才能保障经济发展这个"中心"不倾斜，实现安全发展、和谐发展和可持续发展。

(4) 正确把握综合监管与专项监管的关系 在安全工作监管中综合监管和专

项监管是相对而言的,而监督中有管理,管理中有监督。它们既统一又有所区别,既兼容又相对独立,既相互联系又互为补充。政府安全生产综合监管部门,既对经济社会运行过程中的安全生产履行监管职能,又作为政府的职能部门对各级的安全生产工作履行综合管理职能。因此,必须强化"大安全"的意识,认真履行好综合监管,统筹协调,严格依法查处违规违章行为的职能。与此同时,也要充分发挥相关职能部门的积极性和专项监管的职能作用,决不可一个部门包打天下。如果没有专项监管的效能,也不可能有综合监管的效应。

(5)正确把握政府监管与企业管理的关系 政府是安全监管的主体,企业是安全生产的主体,政府安全监管和企业安全管理这两个主体的对象、内容是不一样的,不能等同,更不能错位。政府安全监管是指政府根据法律法规对政府部门及对社会经济主体所实施的一种外部监督,其主体是政府及有关部门。政府在履行社会管理和市场监督职能时,要监督政府各相关部门、各生产经营单位履行法定安全生产职责,保障各项安全生产职责,保证各项安全生产措施落实到位。企业安全管理是企业管理的重要组成部分,其主体是自我及其生产经营全过程各环节的管理控制。其内容按照《安全生产法》等法律法规赋予的权利、责任、义务,加强企业生产全过程、全方位、全天候、全员全面的管理,来规范企业全体员工的安全生产行为。政府部门和生产经营单位应明确责任,各司其职,安全生产工作才能良好运行,有条不紊。政府安全监管的职责应主要侧重于对国家法律法规宣传贯彻和地方政策规章的完善与执行、监督、引导。各生产经营单位如何贯彻和落实法律法规的具体做法,则是企业自己的事,政府不可干预太多,以免陷入具体事务而背离宏观管理的职能职责,使企业无所适从,制约了企业的安全生产积极性和创造性,最终耗费大量的公共资源而事倍功半。

(6)正确把握事前预防与事后查处的关系 古人云:"防为上,救次之,戒为下"。可见,安全生产事前预防的效果远远好于事后查处。从经济学中成本和效益的关系上看,事前防范与事后查处相比,前者也是事半功倍之策。在具体实践运用中,要正确处理好二者的关系,必须坚持辩证的系统的和大局的观念,在思想认识和实际操作中注意坚持"三个原则":一是预防和查处并重的原则。预防和查处,目标均是一致的只是手段运用不同而已。特别应转变重查处轻预防的观念,强化安全生产监督、管理职能,变事后问责为主的被动式管理为事前防范与事中介入的主动式监管。同时,也不可片面强调一方面而忽视另一方面。真正做到惩治有力,举一反三。只有这样,安全教育才有说服力,安全制度才有约束力,安全监管才有威慑力;二是管理和监督并重的原则。将二者作为安全生产惩处防治体系中不可或缺的必要要素,综合运用多种手段,全面落实安全责任,全面排查事故隐患,全面提高安全品质,严格依法安全行政,充分发挥安全生产监管惩防体系的综合功能和效应;三是全社会齐抓共管的原则。真正建立起"政府统一领导、部门依法监管、企业自觉管理、群众积极监督、社会广泛参与"的安全生产工作运行机制。举全社会之力,共建安全监督管理网络体系,同频共振。

切实做到安全防范一丝不苟，事故查处惩前毖后，举一反三防患未然。

三、安全发展的重要意义

1. 我国安全发展的前景和有利因素

（1）安全生产是工业化进程中必然遇到的问题 人类在获取生产资料和生活资料的过程中，难免会受到来自自然界、作业场所以及劳动工具的伤害。在农业社会时这种伤害程度是有限的，但进入工业化、社会化大生产之后，安全生产成为一个必须严肃对待的社会性问题。

根据国际劳工组织的报告，目前，全世界就业总人数为 27 亿人，每年因职业事故造成的死亡人数约 21 万人（指劳动者工伤事故死亡人数，不包括交通事故和职业病死亡），由职业事故和职业危害引发的财产损失、赔偿、工作日损失、生产中断、培训和再培训、医疗费用等损失，约占全球国内生产总值的 4%。

世界各国既采用事故死亡人数的绝对指标，也采用反应事故死亡人数与经济发展关系的相对性指标，如从业人员 10 万人事故死亡率、单位国内生产总值事故死亡率、百万工时事故死亡率、以及道路交通万车死亡率、煤炭百万吨死亡率等，来反映一个国家（地区）或某些行业领域的安全状况。如果这些指标居高不下，则意味着为经济发展付出了高昂的生命代价。

从业人员 10 万人死亡率，近 20 年来世界各国均呈下降趋势。1990 年大部分国家在 15 左右，2000 年平均降至 10 以下，2002 年降至 8 以下。但是，各国的情况很不均衡。先进工业化国家 10 万人死亡率普遍较低，目前平均值为 4 左右，其中英国最低，在 1 以下；澳大利亚，由 1992 年的 7 下降到 2002 年的 2；德国至 1990 年的 5.1 下降到 2002 年的 2.9；美国由 1992 年的 5.3 下降到 2002 年的 4.2；日本 2002 年为 4.5。发展中国家一般在 10 以上，其中巴西为 15 左右，非洲等经济发展相对落后的国家则更高。同口径测算，我国目前为 10 左右。

单位国内生产总值事故死亡率，折算为人民币，英国由 1990 年的 0.04 降至目前的 0.02；日本由 1990 年的 0.07 降至目前的 0.05；美国、澳大利亚、法国均在 0.04～0.06 之间。发展中国家则普遍较高，韩国目前为 0.6，我国 2004 年为 0.86，2005 年降为 0.7。

采矿业、建筑业和运输业，属于高危行业，是各国生产安全事故死亡较多的行业领域，约占全部事故死亡人数的 50～60。因此，产业结构的调整优化，对降低事故死亡起着重要作用。先进工业化国家普遍形成了服务业比重很高，工业和制造业比重其次，农业比重很低（平均约占 5%），高风险行业从业人数，仅占总从业人数的 15.4%，尽管这三个行业的 10 万人死亡率分别为 24、12 和 11，远高于其他行业，但由于服务和金融等低危险性行业就业人数占较多比重，使得总的 10 万人死亡率较低，平均为 4.2。

综上所述，在工业化过程中，安全生产是必然遇到的问题，是无法跳过的发展周期。

（2）先进工业化国家普遍经历了从事故多发到逐步稳定、下降的发展周期

有关研究表明安全状况相对于经济社会发展水平，是非对称抛物线逐数关系，大致可分为4个阶段：一是工业化初级阶段，工业经济快速发展，生产安全事故较多；二是工业化中级阶段，生产安全事故达到高峰并逐步得到控制；三是工业化高级阶段，生产安全事故快速下降；四是后工业时代，生产安全事故稳中有降，事故死亡人数很少。

以日本工业化进程发展为例，日本1948～1960年处于工业化初级阶段，人均国内生产总值从300美元增加到1420美元，年均增长15.5%，生产安全事故也急剧增加，13年间职业事故死亡率增长了146.1%。到了1961～1968年处于工业化中级阶段，人均国内生产总值从1420美元增加到5925美元，事故高发势头得到一定控制，但在工业、制造业就业人口仅5000万人左右的情况下，职业事故死亡人数仍在6000人左右的高位波动。1969～1984年日本国进入工业化高级阶段，事故死亡人数大幅度下降到2635人，平均每年减少5.2%。之后的发展中，日本进入后工业化时代，事故死亡人数保持平稳下降趋势，2002年仅为1689人。

再以美国的煤矿工业为例。美国是个产煤大国，煤炭赋存和开采条件较好，51%为露天矿，但其煤炭工业也经历了事故多发阶段。1900～1907年美国国内生产总值增长36%，煤矿事故死亡人数从1489人猛增至3242人。1907年百万吨死亡率高达8.37。1900～1910年的10年间发生了10起，1次死亡百人以上事故。1908～1930年国内生产总值增长88%，煤矿事故死亡人数减少到1930年的2063人，煤炭百万吨死亡率降至3.56，事故逐步得到控制并开始下降。1931～1960年国内生产总值增长216%，安全生产状况也明显好转，到1960年煤矿死亡人数是420人，煤炭百万吨死亡率降至0.95。1970年后事故继续减少，但事故有偶发性、难遇见性。1972年发生了一起死亡125人的煤矿矿难事故。美国目前煤炭产量为10亿吨左右，年死亡人数约30人，百万吨死亡率为0.03。

美国、德国、法国等工业化国家的安全生产，也都经历了从事故多发，到事故下降和趋于稳定的过程。作为发展中国家的巴西，20世纪60年代以后是其经济快速增长期和调整稳定期，10万从业人员死亡率在经历了20多年的波动后，从1992年后开始出现下降趋势。

以上事例充分说明，安全生产的这种阶段性特点，揭示了安全生产与经济社会发展水平之间的内在联系。当人均国内生产总值处于快速增长的特定区间时，生产安全事故也相应地较快上升，并在一个时期内处于高位波动状态，通常把这个阶段称为生产安全事故的"易发期"。所谓"易发"，是指潜在的不安全因素较多。这个时期，一方面经济快速发展，社会生产活动和交通运输规模急剧扩大；另一方面安全法制尚不健全，政府安全监管机制不尽完善，科学技术和生产力水平较低，企业和公共安全基础仍然比较薄弱，安全生产教育与培训相对滞后，这些因素是导致事故多发的条件。

根据世界银行关于经济发展水平的划分标准，有关机构选择4类27个国家14

项经济发展指标进行的综合分析，发现安全生产除了与经济社会发展水平和产业结构相关外，还与国家安全监管体制、安全法制建设、科学技术投入水平、社会福利制度、教育普及程度、安全文化素养等因素密切相关。因此"易发"并非必然等于事故高发、频发。事实上，各国"易发期"所处的经济发展区间，经历的时间跨度也不尽相同。如：美国、英国处于人均 1000～3000 美元之间，时间跨度分别为 60 年（1900～1960）和 70 年（1880～1950）；战后新兴的工业化国家日本的事故"易发期"则处于 1000～6000 美元之间，时间跨度也缩短为 26 年（1948～1974）。

我国从 2003 年开始，连续 6 年实现了安全生产事故总量和事故死亡人数的双下降；事故起数由 2002 年的 100 万起减少到 2008 年的 41 万起，死亡人数由 2002 年的近 14 万人减少到 2008 年的 9.1 万人，总体安全生产形势趋向稳定好转的态势。

我国安全生产"十一五"规划提出，在"十一五"期间，亿元 GDP 事故死亡率要下降 35%，现在看来已经提前实现了这一目标。2008 年亿元 GDP 事故死亡率达到 0.312，比制定"十一五"规划的时候下降 40% 左右，已经完成了这一目标。

还有一个指标也是纳入到国民经济和社会发展的规划指标，那就是衡量煤炭安全生产状况的煤炭产量百万吨死亡率。过去我国经常用这个指标和美国进行比较，美国是 0.03，我国最高的时候达到 7.8，相当于美国的 100 倍。但在安全发展原则的指导下，2008 年我国煤炭百万吨死亡率已经下降到 1.18，这样和美国相比，只相当于 40 倍，从 100 倍到 40 倍是个巨大的变化，说明我国煤矿安全生产形势在"攻坚战"和"持久战"的安全发展中，立足当前、集中力量、集中时间、打好治理瓦斯和整顿关闭的"攻坚战"，通过采取一系列强制性、超常规的过硬措施，稳定煤矿安全生产形势；同时，又着眼于长远，打好"持久战"构建煤矿安全生产长效机制，制定煤矿安全整治长期作战的计划，分阶段部署，按步骤实施，煤矿安全生产状况逐步好转。

我国从 1995 年以后，随着经济社会建设的快速发展，生产安全事故也步入"易发期"，生产安全事故的死亡人数一直在 10 万人以上徘徊，最高的时候在 2002 年，曾经达到 13.9 万人。经过安全发展理念的深入人心，政府监管力度的加强，企业管理力度的加大，2008 年降到 91137 人，这也反映了通过各方面的努力，通过各项安全生产措施的落实，事故死亡人数有了大幅度的下降。但也应清醒地认识到，目前，我国的安全生产形势依然严峻，同发达的工业化国家相比还有较大差距，安全生产工作仍然任重而道远。

(3) 我国安全生产发展规划和奋斗目标　2004 年 1 月 17 日，新年伊始，国务院针对我国严峻的安全生产形势，做出了《国务院关于进一步加强安全生产工作的决定》，在这个《决定》中，明确了我国安全生产工作的中长期奋斗目标：第一阶段，到 2007 年，建立起较为完善的安全监管体系，全国安全生产状况稳定好转，重点行业和领域事故多发状态得到扭转，工矿企业事故死亡人数、煤矿百万吨死亡率、道路交通万车死亡率等指标均有一定幅度的下降。第二阶段：到 2010 年即"十一五"规划完成之际，初步形成规范完善的安全生产法治秩序，全国安全生产状况明显好转，重、特大事故得到有效遏制，各类生产安全事故和死亡人数有较大幅度的下降。第三阶段：到 2020 年即全面建成小康社会之时，实现全国安全生产状况的根本性好转，亿元国内生产总值事故死亡率，十万人事故死亡率等指标，达到或接近世界中等发达国家水平。

在党的十六届五中全会通过的《中共中央关于制定国民经济和社会发展第十一个五年规划的建议》，提出的"十一五"期间要使安全生产状况进一步好转的奋斗目标，十届全国人大四次会议通过的规划纲要把安全生产列为专节，规划"十一五"期间亿元国内生产总值生产安全事故死亡率降低 35%，工矿商贸企业十万从业人员生产安全事故死亡率降低 25%。目前这两个指标和道路交通万车死亡率、百万吨煤炭死亡率，已列入国家统计指标体系的统计公报。

鉴于煤矿瓦斯事故多发，小煤矿非法违法问题严重，2005 年全国人大常委会提出，国务院确定了煤矿安全工作两个阶段性目标：即力争用两年左右的时间，使煤矿重、特大瓦斯爆炸事故有较大幅度的下降；争取用三年左右的时间，解决小煤矿问题。

(4)"安全发展"指导原则的确立，为我国工业化进程中的安全生产工作指明了方向 "安全发展"是指国民经济和区域经济，各个行业和领域、各类生产经营单位的发展，以及社会的进步和发展，必须把安全作为基础、作为前提、作为条件、作为保障，自觉自愿地遵循党和国家安全生产方针政策和法律法规，把发展建立在安全保障能力不断增强，安全生产状况持续改善，劳动者生命安全和身体健康得到切实保障的基础，促进安全生产与经济社会的同步协调发展。

"安全发展"指导原则的提出和确立，反映了我们党以人为本和立党为公、执政为民的执政理念，丰富了科学发展观的内涵及其理论体系。发展是硬道理，发展是党执政兴国的第一要务，发展应当具有持久和后续能力，既要以资源环境能够承载为前提，也要建立在人力资源合理利用、安全状况不断改善的基础上，发展不能以牺牲人的生命、损害劳动者的健康为代价。节约发展、清洁发展、安全发展、和谐发展、可持续发展共同构成科学发展的深刻内涵。

坚持安全发展，是构建社会主义和谐社会的必然要求。只有人的生命安全得到切实保障，才能调动和激发人们的创造活力和生产热情；只有遏制住重、特大事故的发生，大幅度减少事故造成的创伤和震荡，社会才能安定有序；只有顺应事物发展的客观规律，才能有效防范事故，实现人与自然的和谐相处。构建和谐社会，营造全社会关爱生命、关注安全的舆论氛围，必须从关系人民群众切身利益的现实问题入手，抓好安全生产这个国人关注的焦点、热点和难点。

在经济发展日益全球化的大背景下，要实现社会主义现代化和全面建成小康社会，我们迫切需要提高发展质量，增强发展后劲。提高发展质量，就要降低发展成本，解决发展不均衡的问题。提高发展质量，更要求我们高度重视人的发展，不断提高人民群众的生产、生活、居住、就业、教育、交通、医疗、社会保障水平。而安全发展正是提高发展质量的最好诠释。以人为本就是首先要以人的生命为本，科学发展首先要安全发展，和谐社会首先要关爱生命，这些理念正在成为全党、全国、全社会的共识，为进一步加强安全生产工作奠定了坚实的思想基础，提供了强大的精神动力。

（5）我国的安全生产具有政治优势、制度优势和后发优势 一是有各级党组织的高度重视和坚强领导，为加强安全生产工作提供了强有力的政治保证和思想保证。高度重视和切实抓好安全生产工作是我们党立党为公、执政为民的必然要求，是贯彻落实科学发展观的必然要求，是实现好、维护好、发展好最广大人民群众根本利益的必然要求，也是构建社会主义和谐社会的必然要求。充分发挥社会主义制度优势，坚持中国特色社会主义之路，可以集中力量，集结各类资源办大事攻克安全生产领域的重点、焦点、难点问题。

二是通过借鉴先进工业化国家的经验教训，可以取长补短，后来居上，实现跨越式发展。运用国外发达工业化国家安全生产科学技术创新成果，以及信息论、系统论、控制论和风险管理等现代管理理论和方法，提高我国安全科技、安全管理水平。

需要指出的是，西方国家安全生产也存在着问题和教训。除了在事故的防范和应急抢险救援等方面，仍然存在着不少问题之外，一些发达国家存在着转嫁安全风险的问题，把危险化学工业、旧船拆卸、报废料处置等高污染、高危产业向发展中国家转移；在劳工安全福利上存在"双重标准"，漠视外籍劳工、非法入境滞留人员的安全状况，对地下工厂、"血汗"工厂从业人员的安全健康权益视而不见。在安全发展过程中，要注意吸取这些教训，少走弯路。

三是总结自己的实践经验，可以更好地认识和把握安全生产规律。我国在安全法制、体制、机制、责任制的创建中，在安全文化建设的过程中，在安全培训教育的实践中，在隐患排查的清除中，探索和积累了一定的成功经验，相继发生的一些重、特大事故，用生命和鲜血换来的惨痛教训，更加显得珍贵，促使我们深刻反省。从法制上、管理上、技术上、投入上、文化上、行政上等方面来采取措施，加强和改进安全工作，使安全发展更具时代性。

当前，我国经济社会发展正站在一个新的历史起点上，安全生产工作可以说是困难与希望同在，挑战与机遇同在。相信只要我们坚持和依靠党的领导，充分调动广大人民群众的安全生产积极性，用安全发展观念统领全局，只要思想对头，只要真抓实干，就完全可以缩短西方国家所普遍经历的安全周期。用十几年的时间，走过西方国家几十年走过的路，尽快实现我国安全生产状况的明显好转。

第三节 安全发展理念在现代安全管理中的应用

一、概述

我国是一个发展中大国。安全生产的摊子大、任务重、布局广。2005年的统计数字显示，全国共有各类煤矿 2.5 万处，全国非煤矿山 11.5 万处，危险化学品生产企业 2.27 万家，烟花爆竹生产企业 7000 家，建筑施工企业 8.78 万家。全国拥有汽车 3200 万辆，加上摩托车、农用车辆等，机动车保有量 1.3 亿辆。加油站 7 万多座，铁路与公路交叉道口 1.44 万处。每天民航起落飞机 1 万多架次，内河和海上漂泊行驶大小船只 150 多万艘。安全工作要做到万无一失，几万无一失，任务相当重，难度非常大。同时，我国又是一个正处在工业化发展过程中的国家，生产水平总体较低，安全生产基础相对薄弱，与先进国家相比差距大。我们必须从我国国情和安全生产领域的实际出发，有针对性地采取对策措施。

当前和今后一个时期，加强我国安全生产工作的基本思路是：用"以人为本"的科学发展观统揽安全生产工作全局，坚持"安全发展"的指导原则，认真贯彻"安全第一、预防为主、综合治理"方针，实施"标本兼治、重在治本"，在采取断然措施，坚决遏制煤矿等重、特大事故的同时，加快实施治本之策，推动安全文化、安全法制、安全责任、安全科技、安全投入等要素落实到位，建立安全生产长效机制，加快实现我国安全生产状况的明显好转。

二、把安全发展理念纳入社会主义现代化建设规划中

贯彻安全发展的科学理念的指导原则，要融入国家、地方、部门和行业、企业的发展战略和中长期规划中，国务院已将安全发展的各项工作任务纳入到"十一五"经济社会发展规划中。把实现安全发展，保障人民群众生命财产安全和健康作为关系全局的重大责任，与经济社会各项工作同步规划、同步部署、同步推进，促进安全生产与经济社会发展相协调。2004 年 1 月 17 日国务院作出的《关于进一步加强安全生产工作的决定》，全国人大十四次会议通过的国民经济和社会发展"十一五"规划纲要，以及国务院确定的煤炭安全工作两个阶段性目标，都充分体现了党和政府加强安全生产工作，实现安全生产状况根本好转的坚强决心和坚定信心，反映了经济社会发展的必然要求和全党、全国人民的迫切愿望。

在国家"十一五"规划指导下，安全生产"十一五"规划的出台，使各地方政府在制定地方发展规划中，也都列出了安全生产的内容，设置了相应的安全指标，明确了奋斗目标和保障措施等，与国家的"十一五"规划相衔接，做到有目的、有项目、有资金、有措施、有支撑体系。各地的"十一五"规划把已列入国家"十一五"规划的两个安全生产指标，即：单位国内生产总值生产安全事故的死亡率下降 35%，工矿商贸企业 10 万从业人员，生产安全事故的死亡率下降 25% 的目标分解落实，并结合实际，列出道路交通万车死亡率、百万吨煤炭死亡率等控制指标，制定和实施安全规划，创建本质安全型企业，建设安全保障型社会，实现"十一五"经济社会发展的宏伟目标。

三、加强隐患治理，防范各类事故，标本兼治、重在治本

坚持安全发展，贯彻党的安全生产方针，必须坚持标本兼治，重在治本。安

全生产是一项庞大而复杂的系统工程，是生产力发展水平和社会公共管理水平的综合反映，造成目前重点行业领域重、特大事故多发，安全生产形势依然严峻的原因是多方面的，有浅层次因素，也有深层次矛盾；有历史的积淀，也有新形势下出现的新问题。因此，必须标本兼治。按照安全发展的指导原则，在采取断然措施遏制重、特大事故的同时，指导和采取治本之策。如国务院于2005年12月21日提出了安全生产政策治本，源头治本12个方面的工作。

（1）制定安全发展规划，建立和完善安全生产指标和控制体系　"十一五"规划里列出了生产安全事故死亡率下降35％，企业10万从业人员生产安全事故死亡率下降25％两项指标。另外还有道路交通万车死亡率和煤矿百万吨死亡率共四项指标纳入国家统计局的国家统计指标体系。各省、自治区、直辖市"十一五"规划都把安全生产列为专节。

（2）加强行业管理，制定修订安全标准规范　如2008年国办49号文件，把5项煤炭行业管理职能从发改委移到安监总局和煤监局，其中把煤矿所有的标准制定、修订职能都划给了安全监管部门。

（3）增加安全投入，扶持重点煤矿治理隐患　如2005、2006、2007三年共投入90亿国债资金支持。05、06年投资60亿，带动了企业投入合计378亿。国有重点煤矿经过专家调研共欠账689亿，这样还有311亿在07年全部还上，把国有重点矿的历史欠账基本还清。

（4）推进安全科技进步，落实项目、资金　在"十一五"规划里，在科技发展中、长期规划里，都有安全生产的重要内容。一批科研成果要转化，科技是安全生产的支撑条件，是现代社会工业化生产的要求，是实现安全生产的最基本出路。安全生产是企业管理、科技进步的综合反映，安全需要科技的支撑，实现科技兴安是每个决策者和企业家应有的认识。安全科技是最关键、最基本的安全生产保障手段，应用现代的安全技术措施是提高安全生产保障水平最直接、最有效的工具。

（5）研究出台经济政策，建立完善经济调控手段　如：①提取安全费用。继煤矿之后，非煤矿山、危险化学品、烟花爆竹、民爆器材及道路交通运输等高危行业安全生产费用提取制度出台，2006年财政部、国家安全生产监督管理总局下发了《高危行业企业安全生产费用财务管理暂行办法》（财企【2006】478号）自2007年1月1日起施行。②全面实施安全生产风险抵押金。从煤矿到上述的各个高危行业都实行这一政策。虽然是初级的，但促进了业主和经营者重视和防范事故，有利于事故的应急。③利用国债资金扶持国有重点煤矿治理隐患。④部署开展了山西煤炭可持续发展政策措施试点。一是资源有偿使用，这是对浪费资源、污染环境、事故多发釜底抽薪的大政策；二是建立可持续发展基金，每吨煤20元；三是建立环保资金，每吨煤10元；四是资源枯竭转产基金，每吨煤提5元。前两项是政府收的，后两项是企业提的。⑤在八省区开展了煤炭资源有偿使用试点。就是说，谁要开矿，经过评价以后，要按储量计算一吨煤交多少钱。一次交不起，可以分几年交清。过去已经占用的资源，属于国有企业可按规定改作国有资本金注入。为了回收投资，煤矿就会重视投入、重视科技、重视安全，小煤矿就要提高回采率，这项政策加重了业主的责任。⑥初步建立了煤炭价格形式机制，从2007年开始不开煤炭订货会了，在政府指导下，发电厂和煤矿直接商谈，缩小了电煤和普通煤价格差距。⑦在采掘业，建筑业进行安全生产商业保险试点。

（6）加强教育培训，规范用工和劳动制度 广泛开展安全教育培训，着力增强全社会安全发展意识，提高员工的自我防范意识和安全技能水平，配齐专业技术人才，依靠素质保安。整合优化安全培训资源，加大培训工作力度，加强对市、县乡镇领导干部的安全培训、加强企业负责人、安全管理人员和特殊岗位人员的安全培训、加强农民工安全技能培训、强化安全责任意识、提高安全监督、安全管理和安全操作水平。同时，要规范用工和劳动制度，推广实行"变招工为招生"，加大委托学校定向培训工作力度。

（7）加快立法工作，严格安全执法 在安全生产领域内，我们确实看到，有法不依、执法不严、违法不纠的现象还较为普遍，人民安全生产的法制意识比较淡漠。因此，通过大力宣传贯彻安全生产法，依法规范各个生产经营单位和各个部门的安全生产行为，依法打击违反安全生产法律法规的行为，同时依法查处各类安全生产事故，严肃责任追究。

（8）建立安全生产激励约束机制 我国连续6年实施的安全生产控制考核体系，得到各地、各部门的支撑。应当进一步建立激励约束机制。

（9）强化企业主体责任，加强基础管理 企业毕竟是安全生产的主体，也是安全生产的投入主体，安全生产的每项具体工作最终得落实到企业，所以要依靠安全生产法所确立生产经营单位，进一步健全企业安全生产责任制，建立健全企业安全生产各项制度，加大安全生产的投入，改善安全生产的设施，提升安全生产的保障水平。

（10）严肃追究事故责任，惩处失职渎职和腐败现象 2002年国务院专门出台了《关于特大事故行政责任追究的规定》依据这个法律建立了安全生产问责制，近年来，凡是发生一次死亡30人的特大恶性事故都是由国务院组成事故调查组，不仅要追究事故直接责任人的责任，而且对负有领导责任的地方政府的官员，包括国有企业的负责人也要依法进行责任追究。如2003年发生的中石油川东钻探公司"12.23"井喷特大事故，造成243人死亡（职工2人，当地群众241人），直接经济损失9262.71万元，鉴于这起事故人员伤亡和损失惨重，造成重大社会影响，国务院决定给予中石油集团分管质量安全工作的副总经理任传俊行政记大过处分，同意接受马富才辞去中石油集团总经理职务的请求。发生于2005年11月13日中石油天然气股份有限公司吉林石化分公司双苯厂的爆炸事故，造成8人死亡，60人受伤，直接经济损失6908万元，引发了松花江水污染事件，为此时任国家环境保护总局局长解振华引咎辞职。再如，2008年9月8日发生在山西省襄汾的尾矿库溃坝事故，造成268人死亡，为此山西省省长引咎辞职，最终此事故有51人受到刑事处理，有62人受到党纪政纪处理。近年来因为生产安全事故而受到责任追究的省部级干部有几十人，地市级干部有一百多人，建立这种问责制，进一步强化了各级政府对安全生产的责任制。

(11) 倡导安全文化、加强社会监督　推进安全文化建设，营造全社会关爱生命，关注安全的舆论氛围。如我国每年 6 月份，都要开展全国"安全生产月"活动，启动"安全生产万里行"活动，而且通过丰富多彩的各种安全生产宣传活动，强化人民群众的安全意识，普及安全生产常识，营造有利于安全生产的氛围，应该说收到了很好的效果。如 2005 年安全生产月活动主题"遵章守法、关爱生命"，2006 年安全生产月活动主题"安全发展，国泰民安"，2007 年安全生产月活动主题"综合治理，保障平安"，2008 年安全生产月活动主题"治理隐患，防范事故"，2009 年安全生产月活动主题"关爱生命，安全发展"，每年一个主题，都是安全文化的具体体现。

(12) 完善安全监督体制，建立应急救援体系　2006 年我国成立了全国安全生产应急救援中心。2007 年 8 月 30 日第十届全国人大常委会第二十九次会议通过了《中华人民共和国突发事件应对法》，我国相继出台了如：国家安全生产事故灾难应急预案、国家突发公共事件总体应急预案、矿山事故灾难应急预案、陆上石油天然气开采事故灾难应急预案、危险化学品事故应急救援、冶金事故灾难应急预案、陆上石油天然气储运事故灾难应急预案、海洋石油天然气作业事故灾难应急预案、国家突发环境事件应急预案、国家核应急预案、国家处置民用航空器飞行事故应急预案、国家处置城市地铁灾难应急预案、国家处置铁路行车事故应急预案、国家处置电网大面积停电事件应急预案、国家通信保障应急预案、国家海上搜救应急预案、国家突发公共卫生事件应急预案、人感染高致病禽流感应急预案、公路交通突发公共事件应急预案等 19 个预案。据不完全统计待发布的国务院部门应急预案有：建设系统破坏性地震应急预案、铁路防洪应急预案等 48 个应急预案。总之，这 12 项治本之策，从法律的、经济的、科技的、行政的角度出发，但它们均是治本的有效举措。

四、安全发展需要过硬的执行力

1. 保护生命是第一选择

人的生命只有一次，人死而不能复生。因此，人的生命是格外珍贵的。世上没有什么比人的生命更重要。生与死是最大的民主，人的生存权是最基本的人权。保护人的生命是第一选择和各级政府执政的首要目标。

安全生产不仅关乎人民群众的生命财产安全，而且关乎领导干部的政治生命，关乎执政党的命运。人民对政权和干部的选择不是一次性完成的，当执政者不能保护人民生命和代表人民利益的时候，人民就会重新选择。每发生一起重、特大事故，不仅牺牲许多职工，同时可能牵扯一批干部，甚至导致主要领导变更。安全是构建和谐社会的最基本要素，或者说和谐社会的基本标志之一是安全。只有人人注意生存、生活、生产安全，个人的安全有保障，他人的安全有保障,社会才能安全和谐。因此,一个安全和谐氛围下的社会必定是一个繁荣昌盛进步的社会,保护人的生命是第一选择,是最基本的安全。

2. 安全发展是首要任务

发展是时代的主题,安全是发展的前提,为民是执政的目的。安全与发展统一于为民之中。没有安全就没有发展,没有发展就不可能提高安全生产水平和人民生活水平,没有安全保障的发展就背离了为民的目的。安全是一,发展是一后面的零,如果没有前面的一,后面的零延续多少都没有意义。

发展是硬道理,硬发展没道理。安全第一,说起来容易,做起来难。在现实的工作中,对安全往往是说起来重要,做起来次要,忙起来不要;往往是抽象的重视,具体的轻视,某些时候还蔑视。每当生产、发展、方便等发生矛盾的时候,往往发生错位,安全给生产让路,给发展让路,给方便让路。这些都是安全发展的思想隐患。

发展是政绩,安全更是政绩。因为安全问题否决和激发发展的政绩。政府各级领导干部和企业负责人必须坚持安全高于一切,安全为天,安全先于一切,安全为上,安全重于一切,安全为大更加关注安全,更加关注健康,更加关注生命。在特殊时候,为了确保安全,做到万无一失,甚至要让出局部的、暂时的利益。正如温家宝总理所强调的:发展经济效益是政绩,安全生产也是政绩。

3. 生产安全事故是客观存在的,只能控制,不能杜绝

安全生产的要素是由人、物、环境、管理等构成的。这个人、物、环、管的系统是庞大而复杂的,绝大多数生产安全事故是在生产经营过程中发生的,因为人的认识能力的限制,物的技术水平的局限和环境的制约以及管理的失误,是不能避免的,可以说,只要有生产,就有发生事故的可能性。本质安全也不等于不发生事故。因此,衡量安全与否的最佳标准是控制事故的能力和水平。安全不等于没发生事故,没发生事故也不等于安全。只要是事故隐患存在,即使未发生事故也不能说就是安全的。我们所说的安全,是指在生产经营活动过程中,通过持续地不间断地风险识别和风险管理,使人的不安全行为,物的不安全状态和管理的失误,始终处于有效,有序的控制状态,从而将事故风险控制在人们可以接受的程度。零事故是个美好的愿望,是个理想的状态,现阶段只能认识、控制,还不能完全驾驭、消灭。

4. 对安全生产既不能掉以轻心,也不能反应过度

目前,人们对待安全生产问题存在两种错误倾向:一种是消极怠慢,掉以轻心,甚至麻木不仁,置若罔闻;一种是遇事惊慌,反应过度。这两种倾向对安全生产都是十分有害的。正确的态度应当是按照安全生产的客观规律办事,把对待安全生产的工作热情和科学的方法有机地结合起来,在思想上高度重视,在行动上客观正视,对出现的安全问题不怠慢,不急躁,尊重安全生产自身的客观规律,扎扎实实做好安全生产的基础性工作,在达到本质安全上下真功夫。

5. 本质安全是安全发展的目标

60年来，经过摸索和实践，我国已经初步建立起来安全生产指标体系，主要有反应事故频率的事故总起数，反应事故后果的死亡总人数，反应地区安全生产总体水平的亿元GDP事故死亡率，工矿商贸10万从业人员事故死亡率，还有反应重点行业和领域的煤矿百万吨死亡率，道路交通万车死亡率等指标。但是，站在科学发展观的角度、以安全发展原则为指导的高度来看，这个指标体系还不够全面，忽略了职工健康指标和建设性、预防性指标，有待于进一步改进和完善，构建科学的安全生产指标体系。需要增加一些项目，充分体现本质安全的导向，体现安全第一，预防为主，综合治理的方针。作者建议将职业健康指标纳入安全生产指标体系，同时增加全员安全教育培训率、高危行业机械化和自动化控制率、有毒有害物质排放达标率、重大隐患整改率、工矿商贸企业安全质量标准化达标率、安全社区建设达标率、职业病发病率等基础性、建设性指标。这样，安全生产指标体系就会更加完善，使操作性更强，反映更全面。

另外，安全生产目标值的确定要适度可行，坚持当前和长远相结合，需要与可能相统一，并要注意参考发达国家同期的相关值，研究我国安全生产相关数据的变化规律，特别要科学地分析当地安全生产的基础条件，找准需要和可能的结合点以及当前和长远的衔接点，科学确定安全生产目标值。在当前，我国的安全生产形势依然严峻，安全生产的目标值应该是杜绝重、特大事故、杜绝在敏感和关键时刻发生事故、杜绝连续发生事故，努力实现事故发生率和事故死亡率持续稳定下降，同时做好安全生产的基础性工作，加快向本质安全发展的目标迈进。

6. 从安全生产的源头、过程、事后各环节全面提高事故控制能力

在现实的生活中，欲望大于能力和能力落后于需要是客观存在的。目前，职工群众对安全发展的期望值远远高于我们的能力，我们的能力距离本质安全还有相当大的差距。这就需要各级政府领导、企业管理者、工程技术人员和全体职工，深入开展产业结构优化升级，全面安全素质教育、现代技术装备革新、现代安全管理创新、职工健康卫生整治、应急救援能力建设等专项治理行动，通过开展治理整顿，整体提高各级政府、各个企业在安全生产中的预防预控能力、抵御各种风险能力和应急抢救救援能力。

第一是源头控制。粗放的经济增长方式是安全生产事故发生的土壤和源头。实施源头控制的重点在于解决多、小、散、乱问题，加快推进经济转型升级，转变经济发展方式，推动安全发展步伐，提升产业素质。对部分危险性高、经济比重低、技术含量差的行业，可以整体退出生产领域，从根本上杜绝此类行业发生的生产安全事故。对符合产业政策，能够保留的产业，加快推进兼并重组和整合关闭的步伐，进一步减少企业数量，扩大生产规模，集中产能布局，提高安全水平，减少事故发生。

第二是过程控制。在安全生产的诸要素中，人力是核心，物质是保证，管理是关键。因此，安全生产的过程控制，必须从人、物、管三方面寻找切入点，以

此来加强风险管理。就人的因素而言，主要是加强安全文化建设，大力普及安全生产知识，努力增强全民安全意识，提高公众防灾减灾及避险能力；特别是要在高危行业实行劳动用工准入制度，切实加强从业人员培训，提高员工素质。从物的因素而言，要大力推进企业技术装备现代化，加强安全生产信息化建设，用现代装备保障安全生产，用信息技术推进安全发展。再从管理而言，要积极创新安全生产管理体制和管理模式，构建以安全为重点的企业管理新体制，建立企业安全隐患排查治理长效机制，推行安全生产专业化管理，加强重大危险源监控，提高整体安全生产水平。

第三是事后控制。事后控制的能力主要体现为应急抢救救援能力。事后控制要求建立和完善应急救援体系，全面提高应急指挥能力，快速反应能力，物资保障能力和局面控制能力，做到及时处置事故，防止次生灾害，保障安全救援，减少事故损失，避免事件演变成事故和事故演变成灾难及灾难演变成危机。当今世界，还要特别注意提高应对媒体的能力，做到主动应对媒体，积极引导舆论，发挥舆论作用。

7. 安全发展需要坚强的政治保证

安全发展是我党的一项重大战略，必须上升到全局的高度来谋划，需要动员全社会参与，需要建设高素质的干部队伍。这一切都离不开党统揽全局，协调各方的领导核心作用，这是其他任何组织无法替代的。党对安全发展的真正重视和领导作用的发挥，主要体现在这样几个方面：第一，要坚持科学决策，认真研究解决安全发展的重大问题，明确各个阶段的战略目标和战略重点，制定安全发展的规划和计划。第二，要理顺安全发展的行政管理体制，重点解决安全管理与生产管理分离、重视生产轻视安全的问题，建立安全管理与生产管理一体化的行业管理体制；解决安全监督与安全管理一体，重管理、轻监督的问题，建立安全监督机构与安全管理机构分设的体制；解决安全监督基层薄弱的问题，建立强有力的基层监管体系。第三，要完善安全生产工作格局，构建党委领导、政府监督、企业负责、社会参与的新格局。第四，要完善安全生产领导体制。实行安全生产党政齐抓，党委班子有分管，政府班子全盘抓的安全生产负责制。各级党政主要领导对安全生产负总责，分管安全生产的负责人协助主要领导全面抓好安全生产工作，其他副职各自做好分管范围内的安全生产工作。第五，要选好用好干部。要选拔有事业心责任心的优秀干部做好安全发展的伟大事业，注意保护和调动好、发挥好干部在安全发展中的积极性。要改变目前对干部问责多激励少，激励和约束不对称的状况，建立事先问责、过错追究、重者惩戒、褒贬分明的机制。既要对失职、渎职、不称职和有过错的干部实行严厉的问责，又要对工作优秀、成绩突出的干部重奖重用，真正形成科学的干部选认机制和激励约束机制。

8. 安全发展需要雄厚的物质支持

目前，普遍存在着安全生产投资渠道单一，资金投入不足的问题。因此，在安全发展中，要努力拓宽资金渠道，增加安全投入，构建财政、企业、社会各方面共同支撑的安全发展投入保障体系。各级财政每年应当有一定的资金用于安全发展，发挥导向作用，引导社会投入；要完善企业安全生产费用提取政策，增加投入，专款专用；更重要的是，要用市场手段融资金，用经济手段抓安全，在高危企业普遍推行安全生产责任保险，由企业按照不同行业费率向保险公司投保，承保公司建立专项资金，对投保企业实行保费与企业安全状况挂钩的浮动费率。投保企业保险年度安全状况越好，缴纳保费的标准越低；企业安全状况越差，缴纳保费的标准越高。这样，将商业保险引入安全生产领域，建立商业责任保险与安全生产结合的机制，实现安保互动的良性发展。

9. 安全发展需要过硬的执行力

安全发展，贵在落实，差在执行。在落实安全发展指导原则中，要积极推行安全管理创新，解决长期以来形成的凭经验办事、凭人治管理、制度不完善、工作流程缺失等问题，坚持用制度管安全，用制度抓落实，建立安全发展的执行机制。现代信息技术的飞速发展，给安全发展提供了强有力的支撑，要依托电子政务办公系统，对安全生产工作进行流程再造，明确安全发展中每项工作的任务、分工、时限、标准、考核、奖惩等。通过自动化办公系统，实行电子监察、在线监控、智能管理、提高行政效能、提高安全发展执行力。同时，要注意克服和解决政策多变、用人不当、包办替代、心浮气躁、随意关停企业等问题，坚持科学决策、选贤任能、各司其职、务实创新、维护良好的安全发展工作秩序，提高安全发展的执行力，确保安全发展目标的实现。

第四节　安全发展必须解放思想、更新观念

一、安全发展必须解决的几个误区

1. 克服和解决事故难免的论调

有相当一部分企业管理者、执行者认为在生产中或多或少地存在着企业生产和经营事故难免的想法和说法，形成了一种根深蒂固的意识。以至于一些企业的决策者、管理者公开或者半公开地说：搞企业生产不出事故是侥幸，谁也没有百分之百的把握拍着胸口说不出事故，要不然国家还下达死亡控制指标干什么；一些班组长、车间主任，为了多出产量、多拿钱，无视安全隐患及问题的存在，明目张胆地指挥或参与违章作业；一些生产一线的工人更是肆无忌惮地说：干生产没有不违章的，不违章就出不了产量。这些说法、做法正是三违现象屡禁不止的根本原因。

纵观国外先进发达国家的先进管理理念，他们的死亡率远远低于我国的平均水平，拿煤矿行业为例，看美国是如何保障煤矿安全生产的。美国联邦政府1977 年颁布实施的《联邦矿业安全与健康法》，极大地规范和促进了矿业安全和健康事业，使煤矿生产安全事故率一直保持极低的水平。到 2005 年，实现了美国煤矿安全的最佳纪录，全年煤矿事故死亡人数共 23 人。然而，进入 21 世纪以

来美国政府对煤矿安全执行和监察机构——联邦矿业安全与健康管理局（MSHA）连续进行裁员和经费消减。截止 2006 年，对联邦矿业安全与健康管理局煤矿安全执行人员的裁员幅度高达 9%，致使联邦矿业安全与健康管理局没有完成 2006 年对煤矿总数达 7500 人的 107 处煤矿的安全生产法定巡回检查任务。这是 2006 年和 2007 年连续两年多发严重矿难的一个重要原因。2006 年美国煤矿事故死亡人数高达 47 人，为 1995 年以来的最高纪录；2007 年全国煤矿事故死亡人数仍高达 33 人。分别比 2005 年的死亡人数多 104% 和 43.5%。这两年的几起严重而实质上可避免的煤矿安全事故及创纪录的死亡人数极大地震动了美国社会舆论，警醒了煤炭企业和煤矿安全监管部门，并刺激了美国政界。

MSHA 从技术和管理角度重新审视了美国煤矿安全与健康问题，并于 2006 年 5 月出台了《2006 年矿山改进与新应急反应法》。该法是对 1977 年的美国《联邦矿业安全与健康法》的修正案。该法提出，煤矿要进一步增强矿山安全意识，强化矿山职工思想观念的转变，从而带动工作质量的提高。并要求煤矿有针对性地制定并适时更新依据本矿具体条件制定书面事故紧急预案，并提交给联邦矿业安全与健康监察局进行审批。

为了加强对煤矿安全监查工作的督察，MSHA 于 2007 年 6 月 28 日组建了直接对劳工部副部长负责的监察办公室，其职责是对联邦矿业安全与健康监察局的矿山安全监察活动进行执法监督检查。这一新部门的工作人员经常深入矿山一线进行矿山安全督察复查，履行职责，以保证联邦矿业安全与健康监察局的一线执法活动，体现联邦政府的意志和政策，符合办案程序。

2006 年到 2007 年底，MSHA 通过招聘，使煤矿安全监察员总数净增了 172 人，重新获得了实施煤矿安全生产法定巡回监察的人力保证。新招聘的见习监察员经过 18 个月的培训，就可以获得独立监察、执法的资格。这些新监察员上岗后，将使 MSHA 进入 1994 年以来监察员最高的时期。这对于落实 MSHA2007 年 10 月宣布开展的"无遗漏安全执法计划"具有重要意义。

MSHA 对煤矿的安全检查有以下几个特点：一是安全检查常年化。每个地下煤矿每年必须接受四次以上的安全检查，露天煤矿则必须接受两次以上的安全检查。二是事故责任追究制。当出现伤亡事故时，调查人员必须出具报告指明责任，蓄意违反法案的责任者也将被处以罚款或有期徒刑。三是安全检查"突袭制"。任何提前泄漏安全检查信息的人，会被处以罚款或有期徒刑。四是检查人员和矿业设备供应者的连带责任制。监察人员出具误导性的错误报告，矿业设备供应者提供不安全设备，都有可能被处以罚款或有期徒刑。在这个执法领域里，美国煤矿安全生产监督机构强调独立性，其成功之处为垂直的煤矿安全监管体制架构，轮岗式的监管人事制度，雷霆式的监管执法力度，并在机制上防止监察人员与矿主、地方政府形成共同利益同盟。MSHA 在美国 11 个地区设有办公室并在 65 个矿场设有办公室，这些办公室和矿主没有利益关系，也和各州、县政府没有从属关系，各地的联邦安全监察员每两年必须轮换对调。任何煤矿发生 3 人以上死亡事故，当地的安全监察员不得参与事故调查，而需由联邦办公室从外地调派安全监察员进行事故调查。矿山安全与健康检查局通过强制性执行采矿业安全与健康作业标准，来实现清除采矿业死亡事故，减少严重性非死亡事故的发生率，最终达到有效改善全国矿山作业条件，降低安全事故的目的。

在我国的一些先进煤炭企业也曾创下了与国外先进水平相当的安全生产记录。他们能做到的为什么有些煤矿做不到，而且事故频发呢？究其原因其关键还是没有牢固树立"安全第一，预防为主，综合治理"的思想，没有正确处理好安全与生产、安全与效益、安全与发展的关系。这就需要这些企业下决心在安全发展原则指导下，解决好事故难免论，以高度的安全工作责任心，以超前的安全生产方法，以完善的安全技术措施、以严密的安全管理制度，把企业安全生产状况的根本好转建立在信念坚定、基础扎实、管理科学的基础上，努力构建一个良好的本质安全型生产作业环境和秩序，那么，事故是一定可以避免的。

2. 克服和解决说起来重要干起来次要的做法

安全生产是人命关天的大事，需要具有高素质、高品质、高技能的人员来管理和实施。因此，在选拔和配置上一定要慎之又慎。但是，在一些事故多发单位的调查研究中就会发现这样一些问题：在专职安全管理者中大多都是在出事故单位内调来调去，发生了事故只是换个地方、单位而已，没有严格按照"四不放过"的要求严格处理。特别是现场安全监察员，大多数是从生产一线退下来的班组长、老工人。这些人多数是年龄偏高、文化偏低，有的甚至带有不满的抵触情绪，安全管理的积极性和主动性大打折扣。还有的对企业安全生产知识知其然不知其所以然，缺乏超前性和预测性，对隐患难以识别处理，给安全生产带来很大的隐患。

当然，把一些生产一线的班组长，老工人安排到安全管理岗位上也是无可厚非的，他们有着丰富的生产实践经验及避险、救险经验是不可否认的。但对其存在的问题也应当引起企业各级领导的高度重视。要注意解决好这么几个问题：对这些同志的待遇要给予合适的考虑，不能以岗变薪变为由减少太多，这样会影响他们的工作积极性；还要从年龄、文化程度、身体状况、工作责任心等诸多方面综合考虑，不适宜从事安监工作的不应安排到此岗位；从事安监工作的老同志，也要加强业务知识培训，定期进行轮训，掌握新技术，以适应安全科技的发展需要；更重要的是要把青年工程技术人员放到生产一线见习实习，在获得相关经验后安排到安监岗位，让他们从事安全管理，给他们交任务、压担子、负责任。这是从根本上提高安监队伍整体素质的有效措施。真正做到安全生产工作说起来重要，干起来更重要。

3. 克服严管重罚就能搞好安全生产的片面做法

在企业的安全生产工作中，不可否认，严管重罚也是一种教育手段，对于纠正错误，改进工作有着很重要的促进作用。但是，往往每到月底，车间主任、班组长手里拿着一沓沓罚款单找领导申诉，说理央求，翻翻这些罚款单，有安全部门的、有生产部门的、有机动部门的、更有甚者职工被处罚的一分工资收入都没有了，扭闹领导的有、上访闹事的有、停工不干的有，似乎任何管理部门都有对基层一线的处罚款，对工人的处罚权。但是，企业各管理部门千万不要忘记，管理首先是服务，是要帮助基层一线解决生产过程中遇到的问题，而不应当是等到生产过程中发生问题后才去处罚，如果一味地做事后诸葛亮，罚字当头，会给受罚者造成逆反心理，你罚你的，我干我的，大不了走人不干了，这不符合安全发展的指导原则，也不符合构建和谐企业的目的。

亲情是世界上最真挚、最美好、最温馨的爱。是人生的动力和源泉。亲情是一种力量，这种力量能远远大于组织的力量、社会的力量和经济的力量，各级党政、工会组织应积极倡导安全亲情观，发掘亲情文化力量，利用亲情文化来激励约束每一位职工，让他们体会到亲情的温暖，感受到爱的力量。让职工为了亲情、珍惜亲情，共同搞好安全生产。在安全管理上，坚持管理就是服务，坚持教育与处罚相结合的原则，坚持舆论导向、典型引路，表扬鼓励为主，经济和行政处罚为辅的原则，重教育、重制度约束。多采用奖大于罚的办法，就能够创造一个积极向上的安全生产氛围，可以更好地调动职工的安全生产积极性和创造性，从而实现科学发展、安全发展、和谐发展。

4. 克服和解决行为规范执行上的一视同仁

企业的安全技术操作规程是血的教训，是每个操作者必须遵循的原则。但是在实际工作中有的管理者是打着遵章守法的手电筒去照别人不照自己，尤其是在对职工工作中的行为规范检查上职工十分反感。比如，在个人安全防护上，要求工人工作时必须防护用品用具佩戴齐全、整齐，但却经常发现一些干部和安监人员劳动防护用品、用具佩带不全的现象。其实这是一种对人严对己宽的特权思想在做祟。作为管理人员就应该经常深入基层，深入现场发现问题，解决问题，积累经验，改进工作方法，就应该在安全生产法规面前人人平等，带头做遵守安全制度，执行安全规程，规范自己安全行为的模范，严以律己，做出表率。

二、推进安全发展要突出"四个一"

1. 围绕一个中心，正确把握科学发展内涵

安全管理和监督工作应围绕党委、政府对其工作的要求，深入贯彻落实科学发展观、深入解放思想，切实履行职能，把安全生产管理的每一项工作做实、做好。一是要加强学习。深入学习科学发展观，围绕经济发展方式转变，围绕保障生产安全把安全法制观念贯穿于安全生产工作实践的全过程，用创新的精神和发展的观念理解安全发展的深刻内涵，用科学发展的理论指导安全管理工作。二是要深入调研。开展"提升管理水平，服务经济建设"调研活动，着力探索安全生产管理工作服务于经济建设方面的新思路、新途径、新举措。建立健全安全监管、服务发展、效能提升的安全生产长效机制。三是要明确重点。把安全管理工作重点定位在"促发展、保安全、严监管、惠民生"上，不断增强服务经济又好又快发展能力，努力提升保障经济安全发展的整体水平。

2. 突出一个重点筑牢安全发展基础

安全生产的实践主体是人，人的安全意识、安全素质、安全水平直接作用于安全生产的具体工作。俗话说"基础不牢，地动山摇"，很多重、大特大的事故充分说明，安全生产宣传教育工作必须面向全社会，致力于启发和强化全社会的安全意识，提高全社会的安全文化意识，提升全体公民的安全防范水平。只有倾听群众的呼声、反映群众的意愿、尊重群众的创造、集中群众的智慧、凝聚群众的力量，才能使安全防范措施落到实处。但是，从现实情况来看，安全生产宣传教育覆盖面窄、受众少，对特定人员的宣传多，对普通群众宣传少，对内宣传多，对外宣传少，安全生产宣传的力度、宣传的效果还不尽人意。因此，必须加大安全生产的宣传力度，改变安全生产宣传的方式方法，努力扩大宣传的覆盖面，增强安全宣传的针对性和有效性。利用现代传媒技术，做到电视中有影、电台里有声、报导上有名，达到强化全民的安全意识构筑起群防群治的安全防线。

一是充分发挥新闻宣传部门的舆论导向作用。在各种安全生产工作中，邀请新闻部门的人员参加，提高安全工作的知晓率、普及率和支持率，在耳濡目染中感知安全、关注安全、接受安全。同时，还应加强安全生产先进人物和先进事迹的宣传报道，营造"关爱生命，安全发展"的社会舆论氛围，达到人人关注安全、人人了解安全、人人享受安全的目的，形成政府支持安全、企业重视安全、群众参与安全、社会发展安全的良好局面。二是要制作有关安全生产工作的影视剧。对于普通群众来说，没有时间、没有精力、没有兴趣、没有条件接受专业的安全知识培训教育，只有用大众传媒的宣传方式达到安全教育的目的，制作的有关安全生产工作题材的影视剧，能让群众在寓教于乐中体验安全、感受安全、感悟安全。三是要强化安全生产教育培训工作。一个人的安全知识可带动一个家庭，一个家庭的安全理念可影响一个社会，因此，安全教育培训应该从一个人，一个家庭出发，来普及安全常识和安全知识。而安全生产教育培训正是一种比较好的方式方法，通过培训能使领导干部牢固树立安全发展观念，能使广大职工增强安全生产意识，提升从业人员的自我保护意识和安全防范能力，从而影响一个家庭、一个社会。所以，必须整合优化安全教育培训资源，加大安全教育培训工作力度，强化安全责任意识，使安全知识和安全文化得到进一步的深化和普及，为安全生产各项工作的顺利进行做好充分的思想准备，并提供有力的智力支持和精神动力。

3. 确保一条底线，全力保障安全发展

企业的安全管理应从保障和谐发展的高度，采取更加有力的措施，努力构建安全生产的长效机制。一是要落实责任。积极协助企业落实安全生产的主体责任，把安全生产考核列入企业工作目标考核体系，加强安全责任告知，层层签订责任状。二是要严厉整治，开展全方位的安全生产大检查，做到"四查、四建、四落实"，即：查生产企业，建立全过程安全生产制度，落实企业主体责任；查重点场所，建立风险预警和快速反应机制，落实安全防范责任；查重点行业和场所，建立重点场所整顿机制，推动落实重点场所责任；查自身监管工作，建立协调有序，分工负责的工作机制，落实相应的监管责任。深入开展隐患排查治理，在企业自查自纠的基础上，落实隐患整改、应急防范等措施。深入开展打击非法违法生产经营行为，建立规范的安全生产法治秩序。

4. 夯实一个基础，全面提升安全发展能力

坚持安全发展，安全生产管理人员必须加强自身能力建设。要通过深入开展学习科学发展观实践活动，切实提高广大干部和职工践行科学发展观和推动安全发展的自觉性，内强素质、外树形象，建设一支政治强、思想好、作风正、能力高、能够担当重任的高素质的安全生产职工队伍。一是提升安全管理人员的执法能力。加强安全管理人员的能力建设，推进人才强安战略，加大对安全管理人员的教育培训力度，改善知识结构，拓宽工作视野，大力提高行政执法能力和事故调查处理能力。二是进一步加强思想整治和作风建设，用科学发展观武装头脑，坚定理想信念，自觉做维护人民生命财产安全和促进安全发展的忠诚卫士，弘扬求真务实，真抓实干的工作作风，不折不扣地贯彻执行党和国家安全生产的方针政策，把安全生产工作抓深抓实抓细。三是提升确保安全的能力，采取切实有效的措施，进一步加强制度规范和监督制约，以落实惩防体系实施方案为龙头，全面加强安全发展能力，提升安全发展后劲。

三、更新观念，富有成效地推进安全发展

能不能实现安全发展，事关人民群众的生命健康和根本利益，事关全局的科学发展水平和社会的和谐程度。只有实现安全发展，才能为和谐发展创造良好环境。全社会特别是生产经营单位的领导干部和全体职工要深化思想认识，在坚持安全发展理念上有新境界，认识到安全发展的极端重要性和现实紧迫性，树立大安全观，把安全发展的观念贯穿到各项工作中，把各项发展建立在安全有保障的基础上，从根本上扭转生产安全事故多发易发的局面。

1. 不能把安全发展等同于安全生产

推动安全发展，要克服就安全抓安全，就生产抓生产的狭隘观念。由于我国工业生产基础薄弱，装备技术还比较落后，人员素质还不是很高的产业背景，实现安全发展不仅仅是要把安全发展的任务落实到各个地区、落实到各个部门、落实到各个企业，从而减少生产事故的发生，更主要的是从经济社会发展的全局和战略层面，建立健全保障安全发展的体制机制，为发展搭建好安全屏障，把全面建设小康社会建立在安全保障能力不断增强，安全生产状况持续改善，劳动者生命安全和身体健康得到切实保障的基础上，使安全发展与经济社会又好又快发展融为一体，真正步入科学发展的轨道。

2. 要从以人为本的高度认识安全发展

胡锦涛总书记深刻指出，人的生命是最宝贵的。我国是社会主义国家，我们的发展不能以牺牲精神文明为代价，不能以牺牲生态环境为代价，更不能以牺牲人的生命为代价。我国是一个富煤少气缺油的国家，我国的能源主要以煤炭为

主。煤矿安全是现阶段工业安全生产的重点。无论从发展阶段来说，还是从产业结构来说，无论从技术装备，员工素质来说，还是从管理水平来说，发展的安全基础还较为脆弱。如果没有安全保障，就谈不上维护人民群众的根本利益，甚至基本生存权利，"以人为本"这个核心和宗旨也难以落到实处。必须以对人民高度负责的态度，须臾不放松安全生产工作，坚决扭转安全生产的被动局面，决不能让频发的事故成为负面形象的标签，决不能让事故灾难的代价成为人民群众难以拂去的伤痛。对煤矿尤为如此。

3. 安全发展不能头痛医头，脚痛医脚

当前，我国的安全生产形势依然严峻，安全生产工作被动的主要原因就是没有形成坚实的工作基础和完善的长效机制，安全生产仍然是单向推进多、被动应付多、事后处理多。安全发展是一项系统工程，涉及政府、部门、企业、职工等不同主体，涉及安全立法、安全执法、安全措施、安全设施、安全文化、安全教育、安全检查等不同层面，涉及事前防范、事中处理、事后追究等不同环节，必须集中全体人民的智慧和力量，健全安全发展的制度体系，形成安全发展的良好氛围，不仅依靠投入、依靠设施、依靠科技、还要依靠管理、依靠制度、依靠各级干部的责任心、依靠广大职工和社会的舆论监督。

4. 安全发展关系大局和形象

安全生产状况是一个地区重要的软环境。一个地区生产安全事故频发、高发必然会影响各种生产要素向这个地区集聚，进而影响整个对外开放，同时，事故的频发，必然导致干部的频换，不仅影响干部队伍的稳定，影响干事创业的激情，影响工作的有序推进，给干部群众带来心理上的阴影和压力，而且还会牵扯更高层领导的许多精力。一起重、特大事故造成的恶劣影响，会抵消这个人去做的许多努力，而要挽回恶劣的影响往往需要付出更多的努力。对此，各级领导干部和全体人民必须痛定思痛，保持清醒的认识。

5. 没有安全发展就做不到科学发展

安全发展既是科学发展的重要内容，又是科学发展的重要保证。不能实现安全发展，就不能实现全面协调可持续发展，不可能走上生产发展、生活富裕、生态良好的文明发展道路。因此，作者认为，安全生产意识不强，就是科学发展意识不强；实现安全发展的能力不强，就是领导科学发展的能力不强。要实现安全发展，就要实施安全精细化管理，实现精细化安全管理，是为人身安全、财产安全和机具设备安全保驾护航，添加一道安全屏障。任何一个细节上疏忽和管理上的失误，都可能带来机毁人亡的惨剧。俗话说"千里之堤，毁于蚁穴"，在安全发展中的各种"小问题"和"小疏忽"就是一个个蚁穴，它很可能毁掉整个企业以至一个地区这座"千里之堤"。因此，在安全发展中，不能因1%的"小"而失去100%的"大"。

6. 实现安全发展要有历史和世界眼光

如前所述，纵观世界经济演进历程，工业化中期是安全事故多发、高发、易

发的阶段。在这个过程中只要思路、政策对头，完全可以不走弯路，这在一些发展中国家和地区已经得到证明。南非是当今世界名列前茅的矿业大国，采矿业仍属于劳动密集型产业，采矿工人的素质状况与我国相似，但是由于南非吸取了发达国家的经验，实施科学化管理，明确权责，健全法律法规，重视加强矿工培训，完善安全防护设施，使得安全生产接近或达到发达国家的水平。实践证明，只有安全不受重视的企业，没有不安全的企业。在美国、澳大利亚等国，煤炭生产早已退出了高危行业的名单。"他山之石，可以攻玉"，像我国山西省、内蒙古自治区、新疆维吾尔自治区等省、区这样的能源生产大户，不能关起门来搞安全生产，要拓宽视野，认真借鉴其他国家和地区的先进经验。如美国安全生产的"成功三角"执法，培训与技术支持；澳大利亚在安全生产方面健全的法律体系和明确的法律责任。虽然这些国家的情况与我国某些省、区的特殊的产业背景、发展阶段、体制机制等有所不同，但只要认真吸取他们经验中的合理内核，就能够更好地把握我们安全发展的内在规律性，有针对性地制定安全发展战略和安全生产事故防控措施，就能在一个较短的期间内完成由事故易发多发到安全状况趋于稳定、根本好转的发展过程，实现经济社会又好又快发展。

总之，能不能实现安全发展，事关人民群众生命健康和根本利益，事关科学发展水平与社会和谐程度。只有实现安全发展，才能在坚持安全发展理念上有新境界，才能进一步认识安全发展的极端重要性和现实紧迫性，才能把安全发展的理念贯穿到各项工作中，才能把各项发展建设在安全有保障的基础上，才能从根本上扭转事故多发易发的局面。只有科学把握安全发展的规律和特点，积极探索治本之策，完善安全生产法律法规体系，规范安全生产秩序，实现企业生产指挥调度系统的有机融合，企业安全管理系统与政府安全监管系统的有效对接，制定一套安全生产工作考核评价体系，强化日常的安全监管和考核，建立纵向到底、横向到边、覆盖所有工作和生产环节的安全工作体系，才能在形成安全发展合力上有所突变，只有以更加严密的管理、更加科学的方法、更加有力的措施、更加过硬的作风，才能把安全发展和安全生产工作抓紧抓好，取得明显成效。只有加强舆论宣传和引导，大力建设安全文化，才能形成党委重视安全发展、政府主抓安全发展、企业追求安全发展、社会崇尚安全发展、人人关心安全发展的工作格局和社会氛围，为加快全面建设小康社会提供强有力的安全保障。

◆ 安全发展理念必须纳入社会主义现代化建设规划中。
◆ 安全发展就要加强隐患治理，防范各类事故，标本兼治，重在治本。
◆ 安全发展需要过硬的执行力。
◆ 安全发展必须解放思想，更新观念。

第二章 安全第一举要

◆ 我国的安全生产方针是:"安全第一、预防为主、综合治理"。它是一个完整的统一体。三者之间具有内在的严密的逻辑关系;坚持安全第一,必须以预防为主,必须实施综合治理,只有认真治理隐患,有效防范事故,才能把"安全第一"落到实处。

◆ 在"安全第一"方针的指导下,安全管理应该是第一管理;在安全第一管理中应及时抓住薄弱环节;贯彻安全第一方针。必须坚持责任第一不动摇;严字当头不动摇;坚持标准不动摇。

◆ 安全第一的核心是生命安全。生命离不开安全,安全守护着生命。在安全第一管理中,员工必须做到:安全警钟长鸣,安全伴我同行;安全就是生命,健康就是幸福。

第一节 概论

纵观人类社会的进步与发展历程,安全思想贯穿其始终,在农业经济时代,人类为了满足自我基本安全生存条件的需要,学会了利用大自然并尽可能逃避各种灾难,形成了最基本的安全观;在工业经济时代,人类对自然界有了进一步的了解,发明了能够代替人做工的普通机械和动力机器,进一步改善了自身的安全生存条件和劳动条件,学会了分工合作,开发和利用大自然与各种灾害事故进行斗争,各个行业经过无数次血的教训和生命财产的代价,形成了各自较为系统的安全管理方法、安全发展理论和安全生产技术;在知识经济时代,其主要特征就是知识,高新技术与产品的生产与高速广泛流通,这就要求知识的传播系统和高新技术与产品本身必须具有高度的安全可靠性。因此,在知识经济时代,人类对安全的依赖比以往更加强烈,对安全的需要也将变得更为迫切。人类为了自身的安全生存必须进一步改造自然,控制自然;学会控制和禁止人类自身的发明创造对人类生存环境的破坏。

安全问题随着生产的出现而产生,随着生产和技术的发展而发展。人类最初生产使用的工具十分简单,安全问题并不突出。但是随着生产的发展,生产规模的不断扩大,生产工具逐渐被机器代替,人类生产实践中认识了保护劳动者自身安全的重要意义,积累了许多保护自己安全与健康的宝贵经验,留下了不少可供参考借鉴的记载。

正是由于安全与人类所从事的各种活动的不可分割性和各种不安全事件的危害性,安全一直是人类重视的重大问题,安全问题既是技术问题,又是经济问题,同时更是政治问题。随着人们生活水平的提高,人们对生活质量的追求也达到前所未有的程度,对安全的向往和追求也达到前所未有的高度。现阶段以及今后一个较长时期里,我国的安全生产都将表现为总体稳定、趋于好转的发展态势与依然严峻的现状并存。对此,我们必须清醒地认识到安全生产的长期性、艰巨性和复杂性,居安思危,言危求进,持续努力,扎实工作,推动实现安全生产状况的稳定好转,将安全发展作为人类社会进步的永恒主题,认真落实我国现行的"安全第一,预防为主,综合治理"的安全生产方针,为加快构建社会主义和谐社会而努力。

第二节 安全第一举要

一、安全第一的由来

"安全第一"最早是美国 US 钢铁公司董事长凯里提出来的。1906 年凯里从多次不断的事故中引出教训,别出心裁地把公司的经营方针改变为"安全第一、质量第二、产量第三"。缓和了企业与员工之间的紧张关系。这样做既保证了员工的安全,又使质量、产量得以保证,此举在全美引起轰动。1912 年芝加哥创立"全美安全协会",研制了有关的安全法律草案。自此"安全第一"的口号被全世界所接受。

1949 年新中国成立,建立了以生产资料公有制为基础的社会主义生产关系,职工在企业中的地位发生了根本的变化。职工在生产劳动过程中的安全与健康,受到国家的保护。建国之初,在第一届中国人民政治协商会议通过的《共同纲领》和以后在人民代表大会通过的《中华人民共和国宪法》中,都有关于加强劳动保护,改善劳动条件的规定。

1952 年毛主席指出:"在实施增产节约的同时,必须注意职工的安全、健康和必不可少的福利事业,如果只注意前一方面,忘记或稍加忽视后一方面,那是错误的。"周恩来总理对职工的安全健康,给予了高度的关怀,他亲自主持制定并颁布了《工厂安全卫生规程》、《建筑安装工程安全技术规程》,《工厂职员伤亡事故报告规程》(简称"三大规程"),为我国新中国成立初期的安全生产工作奠定了基础。在周恩来总理的主持下,制定了我国的安全生产方针,即"安全第一、预防为主"。

2006 年,针对我国重、特大事故多发、频发的安全生产严峻形势,党中央国务院把我国安全生产的方针调整为"安全第一、预防为主、综合治理"。

二、我国安全生产方针的理念

所谓"安全第一"，是指在处理生产劳动过程中安全与其他工作的关系时，把安全工作放在首要位置。安全生产是一切经济部门和生产企业的头等大事，安全第一不是权宜之计，而是客观规律的要求，是安全管理的长期指导原则，是构建安全生产长效机制的基本方针。

"安全第一"大致包括这样一些内容：①在组织劳动生产中，确立劳动者的安全与健康是第一位的原则，尽最大的努力避免人员伤亡事故的发生和职业病的发生；②在进行生产活动时，把严守安全法规，充分满足安全卫生需要的条件摆在第一位，不允许强调其他方面特殊而发生有损于安全生产的行为；③任何生产与经营活动与安全保障发生矛盾时，必须服从安全保障，坚持消除了不安全因素后再生产；④衡量一个企业的工作时，把安全生产作为首要的内容来考核，安全生产搞得不好的企业，不能评为先进企业。安全生产指标是否定性指标，突破了安全生产控制指标，实行一票否决。

所谓"预防为主"是指实现"安全第一"的许许多多的工作中，做好预防工作是最主要的。它要求防微杜渐，防患于未然，把事故和职业危害消灭在发生之前。伤亡事故和职业危害不同于其他事情，一旦发生往往很难挽回，或者根本无法挽回。到那时"安全第一"也就成了一句空话。

"预防为主"主要应包括这样一些内容：①新建、改建、扩建工程及进行企业技术改造时，要全面考虑其技术条件符合劳动安全卫生的各项要求，安全生产、劳动保护设施必须与主体工程同时设计、同时施工、同时投产使用；②有计划地不断更新工艺设备，尽量采用符合劳动安全卫生要求的先进技术和装备，提高安全卫生的本质条件水平；③采用系统工程等现代管理方法，加强经常性安全管理，及时消除各类隐患；④深入开展经常性的安全教育和特种作业人员的专业培训，提高全员安全生产知识和防灾消灾能力；⑤建立和健全安全生产管理机构，在计划、布置、检查、总结、评比生产工作的同时，要把安全生产工作作为重要内容，同时计划、布置、检查、总结、评比，并加强监督检查。

把"综合治理"充实到安全生产方针中，始于党的十六届五中全会《建议》，并在胡锦涛总书记，温家宝总理的讲话中进一步明确。这一发展和完善，更好地反映了安全生产工作的规律和特点。

党的安全生产方针是一个完整的统一体，"安全第一、预防为主、综合治理"三者之间具有内在的严密的逻辑关系；坚持安全第一，必须以预防为主，实施综合治理；只有认真治理隐患，有效防范事故，才能把"安全第一"落到实处。事故发生后组织开展抢险救灾，依法追究事故责任，深刻吸取事故教训，固然十分重要，但对于生命个体来说，伤亡一旦发生，就不再有改变的可能。事故源于隐患，防范事故的有效方法，就是要主动排查、综合治理各类隐患，把工作做在事故发生之前，把事故消灭在萌芽状态。从这个意义上说，综合治理是安全生产的基石，是安全生产工作的重点所在，把工作重点转移到治理隐患上来，关口前移、重心下移，就能掌握安全生产工作的主动权。

三、安全第一的重要意义

在美国提出"安全第一"的口号之后，英国在 1917 年成立了"安全第一协会"，随后日本于 1927 年以"安全第一"为主题开展了安全周活动，至今已坚持了 80 多年。在过去的几十年，世界各国分成几大阵营，一种思想很难为各方认可，但各个国家都一致接受了"安全第一"这一公理。

"安全第一"这一公理之所以为全世界所接受，用美国心理学家马斯洛的需要层次论来解释，就能得出问题的答案。马斯洛在 1943 年发表的《激励与人》一书中，把人的需要分为五个大的层次。

一是生理需要：如衣、食、住、行、性等。这是人的最基本的需要，在人类各种需要中具有最强的优势。当一个人为生理需要所控制时，其他一切需要均退居次要地位。

二是安全需要：对安全感、稳定感的需求，包括人身与财产的安全，避免天灾人祸的冲击，获得劳动保护以及摆脱失业威胁、年老生病的保障等。

三是归属和爱的需要：希望归属感或依附于一定的社会团体。希望得到爱和给予爱。

四是尊重的需要：希望受到别人、社会的尊重、赏识和承认。这种需要得到满足，就会感到自信，体会到自身的价值和能力，反之，就会产生自卑或保护性的反抗。

五是自我实现的需要：追求自我理想的实现，最大限度地充分发挥个人潜能和才赋的需要，也是一种创造和自我价值得到体现的需要。

对于一般人，即社会大众来说，生理需要和安全需要是最基本的需要，安全地活着比什么都重要。任何社会，普通人都是绝大多数，任何国家的政府都不会长期忽视绝大多数普通人的基本需求，因此，"安全第一"能够超越意识形态，超越政治利益，成为各国普通接受的公理。其道理就在这里。

1. 安全管理是企业的第一管理

在企业管理中，有诸多的专业管理和管理部门，如：生产管理、技术管理、设备管理、计划管理、财务管理、营销管理、环保管理、消防管理、卫生管理、安全管理等。在这些诸多管理中，均涉及一个通用的问题——安全问题，因此在"安全第一"公理的指导下，在企业的各种管理中，安全管理应该是第一管理。

人类要生存繁衍，社会要发展进步，人类在追求美的同时，安全是先决条件，没有安全这个前提、这个基础、这个条件，一切都无从谈起。从这个意义上来说，企业的各种管理中，安全管理是第一管理。

在安全管理这个第一管理中，加强精细化安全管理显得格外重要。老子在

《道德经》中说："天下难事，必作于易；天下大事，必作于细"。安全工作是企业的头等大事，必须充分认识安全工作的极端重要性，因为安全工作是一项长期的、细致的工作，安全无小事，细节定成败。在安全管理这个第一管理中，抓好安全工作中的每一件小事，每一个细节，是第一管理中必须深入思考的问题。

（1）求真务实抓好安全基础工作　安全管理必须遵循现代企业管理的基本原理和原则，结合企业的实际，实现由传统安全管理到现代安全管理观念的转变，求真务实抓好安全基础工作。首先，要实现由"事后处理型"到"事前预防型"的转变。实际上，事后处理型的安全管理就是事故管理，其基本思维方法是"如果出了事就这么办"。什么地方出了事，是什么原因导致的事故，事故的教训是什么，怎样处理责任人，这是事后处理型的安全管理关注的重点和要解决的一系列问题。也就是重视对生产安全事故的处理，而轻视了对事故的预防控制，这是传统安全管理"吃一堑，长一智"的处理方式。事前预防型的安全管理就是隐患和风险管理，其基本思维方法是"怎样做不出事"。关注的重点是对事故的预防控制。在安全管理这个"第一管理"中，要结合企业实际情况，充分利用职业健康体系的方法和手段，通过对生产作业现场进行调查了解、分析、安全监察、危险源辨识等方法，弄清楚哪些部位、哪些设备、哪些岗位的人员容易出事，哪些原因可能导致事故，再针对这些问题采取切实可行的控制措施，防止事故的发生。也就是按照职业健康安全管理体系标准对各个工序、各个环节的安全风险加以预防控制，将事故清除在萌芽状态。这种"不吃一堑，亦长一智"的处理方式是最科学、最合理、最聪明的现代安全管理方式。

其次，要学好安全文件。安全文件是上级传达指令、安排工作、布置任务的一种有效途径。安全监管人员应该学习安全文件，按照上级文件的精神和要求指导日常安全管理工作。但是，笔者认为没有必要规定每个月都把生产工人召集起来学习安全文件、传达上级安全会议。对生产工人来说，要根据他们不同的岗位特点，他们缺少什么安全知识就给他们培训什么，有什么问题就给他们解决什么问题，这才是真正意义上的求真务实。

再次，要开展安全活动。利用"安全生产月"、"百日安全"、"安全在我心中"、"安全伴我行"等专项活动，实实在在地开展一些对员工的安全意识教育、安全技术传授、岗位基本功训练、事故预案的演练等活动，对这些工作做到熟能生巧、巧能生花、应对自如、应用灵活。通过安全活动提高员工的安全意识和安全操作技能，营造良好的安全生产环境和秩序，使安全活动达到寓教于乐的目的。使员工感受到安全是一种舒适、是一种享受、是一种美好。

第四，基础资料的管理。安全生产基础资料要结合部门的实际情况和岗位特点，有效地记录，可以增强员工的安全责任，在安全第一管理中做好痕迹管理。但基础资料太多了就容易搞成形式主义。比如，班组的安全检查整改记录很好很有必要，班组在安全自查中发现的问题及时进行整改，并做好记录，便于对查出的隐患进行总结分析，查找根本原因，再采取切实可行的预防控制措施防止隐患的再次发生，这是班组安全生产的基本功。但是，硬性地规定班组每组每周召开一次安全会议，每月开展一次安全培训就很牵强。

（2）增强落实安全制度的执行力　企业要建立健全安全管理规章制度，使安全管理"有法可依"。俗话说"没有规矩，不成方圆"。企业推行职业健康安全管理体系，制定了一系列的安全管理规章制度和作业程序文件，都要通过在日常安全管理实践中对这些规章制度和作业程序文件进行修改和完善，以提高制度的适宜性、合理性和可操作性。

制度是集体的契约，而不是管理者强加给员工的一种"善意"。人的本性告诉我们：凡是强加的都会遇到本能的抵触，人可以被引导提示，也可以不得已被强制，但是人却永远不会从内心接受被强加给自己的管理。现代企业管理的人性化管理原则，要"以制度来指导人"。要在规章制度和作业文件中多加安全方面的技术指导和提示，说明"应该怎样做"，讲清楚"为什么不能做"。而不是传统安全管理的"以制度管人，约束人"，规定"这不能做，那不能做"。让员工从内心认识和接受出于关心和爱护自身健康需要的安全第一管理。让制度成为员工的自觉行为，实现由"要我安全"到"我要安全，我能安全，我会安全，我干安全"的转变，真正达到安全自觉。

安全管理制度执行的好坏，关键是制度的执行力。制度是基础，但执行才是关键。企业的实际情况是并不缺少安全管理制度，缺少的是把那些"讲在嘴上，写在纸上，挂在墙上"的安全规章制度和作业文件不折不扣地落到实处。只要制度没有执行，制度也就是一纸空文，形同虚设。另外，在提高制度执行力方面，安全监管人员应该以身作则，在企业中起到良好的表率带头作用，古语云："己不正，焉能正人"。安全管理人员应该带头遵守制度，严格执行制度，做到在制度面前人人平等。

（3）加强培训教育，提高员工的整体素质　在安全管理这个企业第一管理中，要加强基层员工的安全教育培训，提高员工的安全操作技能。安全管理是为了员工，安全管理也必须依靠员工。安全管理的出发点是"以人为本"，首要的是保护员工的安全健康。一方面要加强对员工的安全理论知识培训。外请安全培训专家，根据不同岗位，不同层次人员的实际情况，有针对性地加强培训，让一线员工掌握本岗位所必需的安全知识和实际操作技能；另一方面要发扬"传、帮、带"的精神。通过"师带徒活动"等方法，让有知识、有技术、有经验的老员工不失时机地向新员工传授技艺和知识，帮助新员工在企业这块沃土上尽快地成长，达到一个能人带出一批能人的目的。

在企业安全管理这个第一管理中，也要加强对安全管理人员的教育培训，提高安全管理队伍的整体素质。安全管理人员是国家有关安全生产法律法规在本企业贯彻落实的具体执行者，是企业安全生产规章制度的具体落实者，也是企业安全生产的"保护神"。要想搞好企业的安全管理工作，必须培养造就一支高素质的安全管理队伍。一方面要加强安全管理人员的法律法规知识培训，让他们掌握相关的法律法规知识，提高他们依法决策、依法管理、依法组织生产的水平；另一方面要加强安全生产管理和安全生产技术知识的培训，让他们掌握安全管理的方法和技巧，熟悉安全生产相关技术规范，使他们成长为专家型人才，达到用安全专家管理指导安全生产的目的。

2. 安全第一管理要坚持三个不动摇

(1) 做到责任第一毫不动摇 要站在安全发展的高度重视和加强安全生产工作，只有安全生产的高水平，才有安全发展的高质量，企业的任何决策必须优先考虑安全，不管工作多忙，安全第一、以人为本的原则不能丢；不管时间多急，安全生产工作程序不能乱；不管成本多高，隐患治理的投入不能减。做好安全生产工作，是推进企业整体协调发展的重要保障。特别是从目前知识经济、循环经济、绿色经济、低碳经济的情况看企业涉及的业务范围更宽，工作领域更广，安全生产工作的难度更大。要切实采取有力措施，确保安全生产工作不缺位、无盲区，做到管理规范、运行平稳、过程受控，筑牢企业整体协调发展基础。要站在以人为本，构建和谐企业的高度，重视和加强安全生产工作，必须牢固树立"安全第一、以人为本、关爱生命、安全发展"的理念，从维护员工群众的根本利益出发，坚持关注健康，从健康开始，坚持把劳动安全贯穿于劳动全过程，着力改善员工的生产生活条件，切实加大职业病预防力度，努力实现企业与员工的共同成长、和谐发展、安全发展。

(2) 做到严守当头毫不动摇 抓安全生产工作必须从日常工作抓起，从一点一滴抓起，从细小环节抓起，持之以恒，一以贯之地坚持下去。必须坚持和发扬"基础、基层、基本功"工作的优良传统，坚持关口前移、重心下移、眼睛向内、苦练内功，以严细的态度对待安全，以精细的管理强化安全，以过细的工作保障安全。要重防控、抓重点。抓安全生产工作，必须突出重点，抓住要害，把主要精力放在主要矛盾上。当前，随着国际金融危机的影响，企业生产压力的增大，业务领域的拓展，涉及敏感区的增多，安全生产工作面临的风险也越来越大。在这种情况下，必须立足防范各类生产安全事故的发生，切实加大对压力容器、高压管道、危险化学品、建筑施工、道路交通以及人员密集场所等要害部门和重大危险源的监控力度，强化管理、动态监测、有效应急，杜绝各类生产安全事故的发生。要重本质、抓隐患。隐患是最大的不安全因素。虽然经过几年的集中治理，一大批隐患得到有效整治。但隐患治理不是一日之功，不可能一劳永逸，必须充分认识隐患治理的重要性、艰巨性和长期性，必须将全面深入排查治理隐患，全员动员参与隐患治理作为安全生产工作的重中之重来抓。

(3) 做到坚持标准毫不动摇 首先，要靠文化引领促进员工安全生产习惯的养成。以往，有的企业在安全生产文化建设方面做了大量工作，充分发挥基层、班组的首创精神，涌现出以亲情文化、理念文化、行为文化等为代表的基层安全文化典型，对促进良好安全生产习惯的养成，有效防范事故风险起到积极的作用。今后，更要继承发扬优良传统，进一步推进文化建设的制度化、规范化、集成化，努力构建一个全员共建共享的安全文化环境。其次，要靠员工的能力提升促进安全生产习惯的养成。人只有具备相应的能力，才能把想做的事情做好。安全管理人员要熟悉掌握相应的安全理论和方法，做到科学管理、遵章指挥；岗位员工要熟悉掌握相应的工作标准和要求，做到"百问不倒、百做不误"，这样才能确保企业的生产安全。必须下真功夫、花大力气，采取行之有效的方式，利用各种喜闻乐见的形式，深入开展学习培训和岗位练兵活动，切实提高全员的执行能力和安全素养。再次，要靠落实制度促进安全生产习惯的养成。严格的安全生产规章制度是安全生产习惯形成的有力保证。重点应抓好三个环节：一要狠抓执行，一抓到底，严明纪律，严肃处理。杜绝制度落实不严不力、姑息迁就的现象。二要对现行的安全管理制度进行梳理，该合并的合并，该统一的统一，该规范的规范，避免制度交叉重叠、不规范、不严密、政出多门的现象。三要坚持以人为本，充分调动岗位员工的安全生产积极性和创造性，广泛开展群众性技术革新活动，努力为员工执行安全生产制度创造便利条件。

3. 安全第一管理体现五种意识

安全生产工作是一项由意识转化为行为，行为转化为习惯，由习惯转化为结果的过程；安全意识的培养需要由理论到实践、再从实践提升为理论。安全生产工作需要基本的五种意识，即：责任意识、超前意识、风险意识、精益求精意识和持续改进意识。

(1) 责任意识 责任意识是指对安全生产工作应具有第一重要、绝对优先的思想。缺乏责任意识可导致查找隐患易走形式，治理隐患质量差劣，安全工作效率低下，作业过程动态隐患未确认，出现事故推脱责任等现象；在企业生产过程中，事故的发生往往与各层级管理者和作业者对安全工作不负责有直接关系。因此，落实责任，是安全生产的灵魂、是安全第一管理的精髓。

(2) 超前意识 超前意识是指对安全工作应具有超前思想，就是提前采取有效措施，防止事故发生的思想。安全生产工作必须想得超前、做得务实、记得真实。要建立健全隐患查找、反馈及治理的体系文件，使其具有可追溯性；安全管理工作必须融入思考力等智力资源，从人的不安全行为、物的不安全状态及管理纰漏进行精细化管理与控制，进行模拟事故事前责任追究，开展模拟事故演练活动，执行提前提醒制、提前告知制、提前预测制，真正做到防患于未然。

(3) 风险意识 风险意识是指对安全生产工作应具有时刻规避风险的思想。安全生产目标从理论上说应该是零，但不等于说，零事故就是安全生产。我们认为安全的对立面不仅仅是事故，安全的对立面应该是风险。零事故不是我们追求的最终目的，零风险才是我们永恒的目标。因为零事故仅仅是证明一个时期内没发生事故，但并不证明就彻底消除了发生事故的"病灶"——风险。作者认为，有风险就有隐患，就有发生事故的可能。因为生产现场的隐患是动态的、变化的。设备有安全使用周期，生产工艺过程控制有失常状态，个体的"安全智商"水平有差异，潜在隐蔽的激发事故有不确定因素；为此，应对作业过程动态隐患进行再确认，对现场作业环境隐蔽的激发因素进行辨识与防范，对安全信息的传递增加有效的监控措施，对安全文件的可执行性不定期进行评价，对静止的没有能量转换的物体应按动态有能量的物体来进行防范，以风险意识来防范风险的现实转换，以降低事故的发生概率。

(4) 精益求精意识 精益求精意识是指对安全工作应具有追求完美、不允许出现纰漏和偏离的思想。任何一点细微的纰漏或在执行时的偏离都可能造成事故，发生事故必然能够追溯到失误原因，而失误的原因就是安全管理工作的纰漏；安全第一管理工作需要领导的高度重视，配置充足的资源，更需要全员参与管理安全，对事故统计规律进行逆向思维，控制 1000 起违章才能控制一起重伤以上事故，说明安全生产工作必然应从基础和基层抓起，关注每一件在安全生产中细枝末节性的工作，防止出现不理想的安全工作结果。

(5) 持续改进意识 持续改进意识是指对安全第一管理工作应具有永不知足，时刻想安全工作之所想、急安全工作之所急的思想，安全生产工作需要想到、写到、说到、做到、记到，创造性地采取高效的工作模式，使其呈现螺旋上升、扭合共进的态势；安全生产工作不能以短期内不出事故而知足，无事故时期恰恰是事故隐患的酝酿期；对安全生产工作的知足意味着止步，意味着停滞不前，意味着思想的麻痹，安全生产工作永远是起点，而永无终点。持续改进的意识是以系统论的思想持续改进安全生产工作各个方面的状态，以相对实现人的本质安全、机的本质安全和过程的本质安全，减少主观和客观的风险存在，相对提高安全生产工作的绩效。

4. 安全第一管理的核心是生命安全

我们常常体验到：生命的起源是母亲，生命的快乐是童年，生命的最美是青春。它是事业、修身、齐家治国、平天下的体现；它是容天、容地、容天下难容之事；笑古、笑今、笑世界可笑之人的精神。是生命创造了人类世界、是生命创造了人类历史、是生命推动着人类各项事业的发展。生命的内涵是如此的丰富多彩，博大精深；生命的火花是如此的美妙绝伦。然而我们是否想过如此美妙的生命，在离开了母亲的搀扶，行走在人生道路上，靠的是什么？答案是肯定的，那就是"生命"的孪生兄弟"安全"。人，是生命的延续，每一个人都有自己的生命，但有很多人对他的兄弟"安全"却置之不理，其结果是生命变得脆弱，人生变得短暂。究其原因，主要还是人们忘却了"安全"。在人类的生活中，有哪一样能够离开安全？答案也是肯定的。我们吃饭要注意食品安全，住宿要注意住宿安全，外出要注意交通安全，当然，企业的生产安全更是靠人来支撑的。

企业为了保证安全生产，投入了大量的人力、物力、财力、组织员工安全培训学习，定期进行安全检查，在每一个工作现场，布置了安全标语、安全警示牌，都是提醒保障每一位员工的生命安全。其实，企业每发生一起生产安全事故，不仅仅是企业经济财产的损失，更大的是企业财富的损失，而企业最大的财富就是员工。

在安全第一管理中，安全是一种态度，也是我们的原则，更是保障企业顺利发展的法宝。因此，在企业的生产中，对安全要年年讲、月月讲、日日讲、事事讲、时时讲，让每一位员工从思想上，行动上认识安全生产的重要性。一个小小的错误，一点小小的疏忽最终致命的案例在我们身边比比皆是。如果员工对安全工作放任自流，最终是要付出代价的，这个代价是不可弥补的，将给企业带来巨大的损失，给自己带来不可挽回的遗憾，给亲人带来永远无法抹去的伤痛。

在安全第一管理中，安全也是一种经验。每发生一起事故，都能从中总结出许多教训，经验的日积月累，就形成了今天的安全规章制度。十起事故，九起违章，我们不能只看到事故中受害者是多么可怜，教训是多么的惨痛，却忘了事前必须遵守安全规程的重要性。其实，用生命和鲜血换来的安全生产规章制度，才是我们防止事故灾难，保护生命安全的铜墙铁壁。

在安全第一管理中，安全更是一种荣誉。抓住了安全，才能稳定人心，稳定队伍，才会赢得效益。企业每位员工安全工作效果的好坏与否，都是为企业赢得荣誉的基础。关爱生命，关注安全，是伴随着一个人终身永恒的课题，如果企业每一位员工都能做到"我的安全我负责，你的安全你负责，企业的安全我尽责"，那么，这个企业中的每一分子，都会成为一个高尚、纯粹、有道德、有益于人类的人。

生命离不开安全，安全守护着生命，为了我们的生命，为了那些期盼的眼神，企业员工必须做到"安全警钟长鸣，安全伴我同行"，"安全就是生命，健康就是幸福"。

第三节 "安全第一"在现代安全管理中的运用

一、牢固树立安全第一的思想

说到安全，员工都知道安全第一的思想，但是，要讲到查一查员工的思想隐患，很多人却不以为然，特别是在我们日常的安全生产工作中，安全检查重点是检查了生产现场的隐患，而对员工思想隐患的查找却是空白，导致牢固树立安全第一的思想成了一句空话。殊不知，在企业安全工作中，思想上的隐患才是最大的隐患。

众所周知，人、设备和环境是安全隐患的"三要素"，而人是这三要素中最活跃、最重要的因素，人通过思维活动，可以改变设备、环境等存在的不安全因素，来创造一个良好的安全环境。大量调查资料表明，70%以上的生产安全事故并非是因为企业安全制度不够完善，或者是企业的投入不够，而是由于当事人思想麻痹，有章不循、违章操作所造成的，这是一种不容忽视的、无形的安全隐患，因为其隐蔽性高，不易被发现，长期埋在职工心底，思想隐患的存在给安全生产工作带来了巨大的威胁，埋下了定时炸弹，稍有不慎，后果将不堪设想，这就是我们常说的思想隐患。尽管在工业生产中发生的许多事故令人触目惊心，令人警惕一时，但在企业的日常安全检查中，各种违章依然十分突出，这说明思想隐患是安全生产中的第一杀手。

"思想隐患"是指在安全生产工作中，人的思想意识存在不安全趋向。它是内在潜伏的，其主要表现为三种"思想隐患"心理：一是投机取巧的侥幸心理，主要表现为思想麻痹大意，不用安全制度和操作规程规范自己的行为，而是心存侥幸，这种心理是引发事故的主要根源；二是图方便、图省事、怕麻烦的心理，表现为不按安全标准和规程作业，冒险蛮干是事故发生的重大隐患；三是重生产、轻安全的心理，这种心理主要表现为没有摆正安全与生产的位置，在违章作业被查时，还狡辩是为了生产，有这些心理状况的人，安全意识淡薄，在安全与生产发生冲突时，一心抢生产抢进度，对安全生产工作往往是喊得紧抓的松，在基层的领导中，如车间主任、工段长、班组长表现得尤为突出。

树立安全第一的思想，就要想方设法消除安全工作中的思想隐患。笔者认为应对症下药，把做好人的安全思想工作摆在首位，重点要抓好以下几个方面工作。

（1）安全培训教育要常抓不懈　必须保证每位员工都有机会学习安全知识，系统接受安全教育，以提高他们的安全素质，真正懂得什么该做，什么不该做，什么必须做，让"我要安全"成为一种自觉行为，职工接受安全教育培训是最大的福利。在安全培训教育中可借鉴英国公务员的能力培训的做法，对我国的安全培训是有一定帮助的。

英国公务员能力培训，是指公务员履行政府管理职能和岗位职责的能力，是公务员履行职责的必备条件。这种培训模式叫做"能力本位"培训。在能力本位培训中，"能力"不是简单的技能，而是个体的知识、分析与综合能力、批判性思维能力、创造力等的综合，它是掌握特殊的，具体的技能的基础。而这个能力通常用客观的能力标准来表示，当能力标准确立后，就可以与其比较，判定受培训者的能力水平。能力本位培训是以能力的形成和提高为目标，通过采取各种有效的培训方式、方法，选择必要的或相关的知识和技能进行培训。它最大限度地强调培训的效果——即培训结束后受培训者实际具有的工作能力。

① 开发设计能力框架。能力本位培训是建立在核心能力框架（Core Competency Framework）基础之上的培训。英国的研究者通过大量的调查、研究和比较分析，探索出核心能力框架，用来描述不同能力水平之间的区别特征。"核心能力"即在特定职位上所必须具备的能力，它是职位所需的资格条件，技能与人员所应具备的素质、技能的结合。根据时代的发展，核心能力框架的内容不断修正完善。2001年，英国政府确定了新的高级公务员能力框架（见表2-1）。

对于表中的每项能力还有具体的定义和实例加以详细地说明。英国公务员培训机构以核心能力框架为标准开发培训课程，公务员可以根据自身的需求，自主选学相关课程。

表 2-1　英国高级公务员能力框架表

能　　力	主要特征、表现
指出目标，方向	对未来的预测能力
个人影响力	领导力等
开发人的潜能	鼓励和激励下属的能力
学习和提高能力	自我提升
战略思想能力	通过思考和抓住机遇达到目标
关注结果	以有效的成本获得最大的效益

②　科学多样的培训形式和方法。经过长期的实践，能力本位培训多采用灵活多样的、实践性的培训方式、方法，着眼于提高公务员的实际能力。其培训形式可分为岗位培训和脱岗培训两大类。岗位培训是指在上司或者同事的"传、帮、带"下的不离职培训。英国公务员在被录用后都要经历一个试用期，要在各部资深官员的指导下，进行岗位培训。尤其在进行"快速晋升人才"（Fast Stream）培训时，常使用如挂职、"影子跟踪"（让受训者在实际的工作场景中跟随资深同事一起工作，进行全方位的学习）等岗位培训方式进行。而离岗培训主要采用召开小型研讨会、案例教学、行动学习法等以学员为主体的培训方法进行全方位的培训。

③　开展侧重绩效改进的培训评估。根据能力的特性，行为是能力的外在表现，工作绩效是能力运行的结果的原理，所以能力是可以通过行为、工作绩效来测量的。能力本位培训的评估是运用核心能力的标准客观地评价受训者的能力水平，因其最终目的是提高公务员的工作绩效，所以其评估以绩效考核为主要手段，对公务员的工作绩效进行全面考评。常用的方法有全纬度的"360度评估"，即将受训者的上级评价、同级评价、下级评价和客户评价相结合，对其工作绩效进行一个全方位的评价，通过评估来促使公务员认识和提高自身的能力。

从上面的分析可以看出，英国公务员的能力本位培训，不但有助于公务员的工作、管理能力的实际应用的提高，而且更有助于公务员素质、能力的全面提升，真正实现人的能力解放。其公务员核心能力框架、培训模式和培训方式不但对于我国开展公务员能力培训，提供了有效的借鉴和启迪，而且作者认为把英国公务员的能力培训，移植到我国安全生产培训教育工作中，也会收到良好的效果。

(2) 安全规程的执行要自始至终　规程，即规定的程序。在企业的安全生产工作中，都要严格地遵循操作规程，这样才能有效地控制各类事故的发生，确保企业的安全生产，严格执行安全规程也是牢固树立安全第一思想的体现。

安全规程是企业在长期的安全生产工作实践中，认真吸取事故教训，根据各自的工作特点和各个作业过程的危险性，总结、提炼、甚至是用血的代价换来的。它是企业员工在安全生产过程中的行为准则。员工从事本工种工作，就要遵守本工种的安全操作规程，员工从事本作业过程，就要遵守本作业过程的安全操作规程。这样，企业的安全生产工作就从员工的行为上得到控制。同时，安全操作规程也是安全标准化作业，对实现安全质量标准化有促进作用，并为夯实安全第一思想奠定了坚实的基础。

安全规程也不是一成不变的，在现代科学技术飞速发展的今天，随着新技术、新工艺、新材料、新能源的出现，又会产生新的危险性。因此，安全规程要结合实际，不断健全完善，要善于做好事后总结和预防性分析，把不安全倾向消灭在萌芽状态。安全规程更不是一剂灵丹妙药，执行它的目的就是控制危险，努力把事故发生概率降到最低，即使万一发生事故，也可把伤害和损失控制在较轻或可接受的程度上。

(3) 查处违章违纪行为要严细实快　违章违纪是安全生产的大敌。因为法律和规章是经过无数事故教训换来的，遵章守法就能少发生事故，而违章违纪必然导致事故的发生。因此，依法查处违章违纪行为，是牢固树立安全第一思想，确保安全生产顺利进行的锐利武器。近年来，我国党和政府在安全生产管理中，加大了依法查处违章违纪的力度，对事故责任者的处罚是空前的。据 2009 年 5 月 27 日《京华时报》报导，国务院对 2008 年发生的 5 起特别重大生产安全事故的调查处理报告做出批复，对 169 名事故责任人分别给予党纪、政纪的处分。131 名涉嫌犯罪的责任人移交司法机关依法追究刑事责任。这是严肃查处违章违纪的具体体现。

据新华社北京 2009 年 7 月 12 日电，中共中央办公厅，国务院办公厅印发了《关于实行党政领导干部问责的暂行规定》。这个规定是为了加强对党政领导干部的管理和监督，增强党政领导干部的责任意识和大局意识，促进深入贯彻落实科学发展观，提高党的执政能力和执政水平而制定的。《规定》中对有下列情形之一的，对党政领导干部实行问责：

① 决策严重失误，造成重大损失或者恶劣影响的；

② 因工作失误，致使本地区、本部门本系统或者本单位发生特大重大事故、事件、案件，或者在较短时间内连续发生重大事故、事件、案件，造成重大损失或者恶劣影响的；

③ 政府职能部门管理、监督不力，在其职责范围内发生特别重大事故、事件、案件，或者在较短时间内连续发生重大事故、事件、案件，造成重大损失或者恶劣影响的；

④ 在行政活动中滥用职权，强令、授意实施违法行政行为，或者不作为，引发群体性事件或者其他重大事故的；

⑤ 对群体性、突发性事件处置失当，导致事态恶化，造成恶劣影响的；

⑥ 违反干部选拔任用工作有关规定，导致用人失策、失误，造成恶劣影响的；

⑦ 其他给国家利益、人民生命财产、公共财产造成重大损失或者恶劣影响等失职行为的。

一个时期以来，人民群众对党政领导干部的责任问题倍加关注。在重大事故的背后领导干部应当承担怎样的责任？对那些严重渎职失职的领导干部应当进行怎样的问责处理？对因责任事故而辞职、免职的领导干部重新起用应当严格履行什么样规范程序？这些问题集中到一点，就是肩负着党的期望和人民重托的一切领导干部，都必须深刻认识到肩上的责任，牢固树立责任意识，不断强化责任制度，才能够规范干部的任用制度。

笔者认为，责任来自于重托，责任蕴含于权力，责任严格于制度，制度完善于实践。

(1) 责任来自于重托　强化领导干部的责任意识，首先有必要搞清楚国家与社会的关系。国家本来是没有的，而是社会发展到一定阶段的产物。受社会委托而专门从事管理社会的事务，承担服务社会的责任，这就是一切国家机构的本质。因此，一切国家机构及其工作人员，不仅享受着社会分配给他的待遇，而且承担着社会委托与他的责任。然而国家与社会这样一种关系在相当长的历史过程中却被扭曲了，在旧国家机构中，责任往往是被动的，只有社会主义社会才有可能将国家责任提到一种自觉的状态。社会主义社会是以人民作为主人的新型社会，社会主义国家是高于一切旧国家制度的新型国家。社会主义国家机构超越于一切旧国家机构的最重要之处就在于国家要有自觉的责任意识。受人民委托，为人民服务的国家机构，其根本职责就是保护人民，服务人民。人民合理的利益诉求，国家有责任予以满足；人民合法的人身权益，国家有责任倍加保护；人民群众的安危冷暖，国家有责任牵挂于怀；当人民生命财产受到严重威胁和重大损失的时候，国家有责任挺身而出，尽最大努力予以抢救。这就是社会主义国家的性质赋予一切国家机构及其工作人员的神圣责任。一切领导干部，都应当从人民的重托中深切感悟到肩上的责任的内涵和意义，为人民的利益高度负责任地工作，而绝不可有丝毫懈怠。正是从这个根本意义上说，任何官僚主义，渎职失职行为，都应当受到及时严肃的问责。那些因责任缺失而对国家和人民利益造成重大损失和恶劣影响的领导干部，必须受到党纪国法的严厉惩戒。

(2) 责任蕴含于权力　强化领导干部的责任意识，有必要搞清楚权利与责任的关系。权力是全体人民的意志，就是权力的一般意义。然而这种广义的权力，在实际生活中却是相当抽象的，普通公民很难具体感觉到自己所拥有的政治权力的存在，甚至并不重视自己是否拥有政治权力。现实生活中人们看重的是另外一种政治权力，这就是只能为少数人所掌握的政治上的强制力量，这可以说是狭义上的权力，它具有了两个重要特征：一是政治权力同国家职位紧密相联系。在实际运行过程中就变成了少数人的职务行为，权力是事物的空间延伸；二是政治权力与利益紧密相联。它总是代表着、反映着特色的利益关系，并为一定的利益服务。有权就有利，利益是权力的直接驱动，权力是利益的实现手段。政治权力的这两个基本特征，都离不开一个基本要素，这就是责任。一个人获得了一定的领导职务，他同时就拥有了一定的政治权力，随之而来的他也就承担起了一份社会责任。是运用手中权力为人民的利益尽职尽责地工作，还是玩忽职守，亵渎责任，是衡量某种权力运行轨迹的直接标准，也是衡量一个领导干部是否称职的直接尺度。

职务意味着权力，权力意味着责任职权一致，权责一致，是现代行政管理的一条基本原则，也是现代民主政治发展的一个基本特征。一切领导干部，都应当从职权关系，权责关系中深切感悟到肩上责任的内涵与意义，为人民的利益尽职尽责地工作。正是从这个重要意义上说，任何缺乏责任心甚至玩忽职守的行为都应当受到及时严肃的问责，在安全生产工作中尤为如此。那些只要个人权利而不想履行责任，甚至为了一己私利而不惜弄虚作假、推卸责任的领导干部，更应当受到党纪国法的严厉惩处。

（3）责任严格于制度 领导干部的责任意识，当然首先来自于党的教育与培养，来自于个人良好的素养与修养。"衙斋卧听萧萧竹，疑是民间疾苦声，些小吾曹州县吏，一枝一叶总关情"。封建时代的官吏尚且有如此责任心，牵挂百姓而食不甘味，夜不寐席，何况受党教育多年，受人民养育恩惠的领导干部？所以，一切领导干部，都应当自觉地加强"官德"修养，不断强固责任意识，经常用"责任"二字要求自己，警钟长鸣。

然而，教育与培养，不是一劳永逸的，更不可能一蹴而就，强化领导干部的责任意识，严格领导干部的责任要求，还必须靠制度甚至靠法制。"制度问题更带有根本性、全局性、稳定性和长期性"。"制度好可以使坏人无法任意横行，制度不好可以使好人无法充分做好事，甚至会走向反面"。邓小平同志这些精辟入理的分析，深到揭示了制度规范与思想教育的关系，对于加强各级领导干部的责任意识建设具有十分现实的直接指导意义。党中央、国务院《关于实行党政领导干部问责的暂行规定》的出台，正是在责任意识制度化建设上迈出了重要的一步。责任严格于制度。只有坚持惩治结合、惩教结合，寓责任意识的完善于问责制度之中，才能更好地督促各级领导干部视责任重于泰山，兢兢业业，如履薄冰，高度负责地为实现人民的利益而工作，全心全意地保护人民的生命财产安全。

（4）制度完善于实践 党中央、国务院《关于实行党政领导干部问责的暂行规定》建构起问责制度的基本框架，这是我党我国政府在深化干部管理体制改革，加强干部队伍建设上取得的重要成果。《暂行规定》文字不长，但内涵丰富、要点明确，需要深刻领会，坚决执行。第一，明确规范了问责的范围，这就是包括从中央到地方各级党政机关的领导成员和事业单位的领导成员。第二，明确规范了问责的内容，对决策严重失误，造成重大损失或者恶劣影响等7种行为进行问责。第三，明确规范了问责的方式，包括："责令公开道歉，停职检查，引咎辞职，责令辞职，免职"。第四，明确规范了受问责的领导重新任用的原则，规定"引咎辞职，责令辞职、免职的党政领导干部，一年内不得重新担任与其原任职务相当的领导职务"。"一年后如果重新担任与其原任职务相当的领导职务，除应当按照干部管理权限履行审批手续外，还应当征求上一级党委组织部门的意见"。第五，明确规范了问责的一系列程序。这些重要规定，构建起了我国问责制度的基本架构，必将有力地推进党政领导干部的问责实践，增强各级领导干部的责任意识。

但是，《暂行规定》毕竟是初步的，还需要在实践中进一步完善。总之，对党政领导干部问责，不仅要依靠党组织的作用，而且要增大人民群众的力量，只有从制度层面促使各级领导干部牢固树立人民至上、群众可为的观点，才能真正做到把人民利益看得高于一切，把领导责任看的重如泰山。《暂行规定》对安全生产工作起着强有力的震慑作用，必将促进企业的安全生产工作。

2009 年 5 月 27 日，国家安全生产监督管理总局局长办公会议审议通过《安全生产监管监察职责和行政执行责任追究的暂行规定》以总局局长令第 24 号发布，自 2009 年 10 月 1 日起施行。作为全国安全生产的综合监管部门，出台这项"暂行规定"，主要是为促进安全生产监管部门及其行政执法人员依法履行职责，落实行政执法责任，保障公民、法人和其他组织的合法权益。

该《暂行规定》共分为 6 章 47 条，第一章：总则；第二章：安全生产监管监察和行政执法职责；第三章：责任追究的范围与承担责任的主体；第四章：责任追究的方式与适用；第五章：责任追究的机关与程序；第六章：附则。这是对安全生产监管监察职责和行政执法追究的一部专业性法规，它的出台与实施，必将推进安全生产监管监察和行政执法责任追究走上法制化的轨道。

二、夯实"三基"安全生产基础工作

在贯彻落实"安全第一、预防为主、综合治理"的方针中，必须抓好基础工作，从一点一滴抓起，从细小环节抓起，持之以恒、一以贯之地坚持下去。必须坚持和发扬"三基"工作的优良传统，坚持关口前移，重心下移，眼睛向内，苦练内功，以严细的态度对待安全，以精细的管理强化安全，以过细的工作保障安全。

1. 抓好基层安全工作

(1) 抓好班组安全生产工作 班组是安全生产工作的前沿阵地，班组安全生产工作的好坏，左右着企业的安全生产工作质量，而企业的安全生产工作质量左右着社会的安全稳定发展，从这个意义上讲，班组的安全生产工作关系到企业的发展和社会的安定，是落实"安全第一，预防为主，综合治理"方针的重中之重。班组安全生产工作可细分到岗位，岗位是组成班组安全生产的最小单位，加强班组的安全建设，是搞好安全生产，控制事故发生，完成生产任务的基础工作，认真搞好班组的安全建设，具有十分重要的现实意义。

(2) 班组安全管理要坚持以人为本 一切管理活动的核心是人，班组要实现有效的安全管理，必须以人为本，充分调动人的积极性、主动性。抓安全，抓根本，就是要抓"人"。所以，班组安全管理的首要任务就是教育班组成员，认真学习领会有关安全生产的规程制度，遵守企业的规章制度，接受已有事故教训，克服麻痹思想，树立"我要安全"的思想意识。

（3）班组安全管理要认识到位　要深刻认识安全生产的重要性、紧迫性和艰巨性，坚持"以人为本"开展安全教育是搞好安全生产的关键，始终坚守"安全第一，预防为主，综合治理"的指导思想。在此基础上，制定和实施有效的政策与规章，确保安全生产实践活动的正确性、有效性。

（4）班组安全管理要重视开展安全活动　开展班组安全活动是提高职工安全思想意识的有效活动之一，安全活动的质量与人身安全、设备安全、检修质量有着密切的关系，直接影响到企业的安全。企业领导要重视并参加班组安全活动，了解和解决班组在安全生产中存在的问题。班组安全活动不能流于形式，走了过场，不能搞突击，要形成制度，针对班组成员的实际工作状况，查找可能发生事故的现象和存在的安全思想隐患。班组安全活动应做到内容丰富、形式活泼、学用结合，以提高员工参加安全活动的积极性，引导职工开发安全生产的创造性。

（5）班组安全管理要注意加强安全责任　据有关资料统计，90％以上的事故发生在班组，80％以上的事故的直接原因都是班组成员违章作业或没有及时发现设备缺陷造成的。因此某些企业制定的"三级控制"规定了班组的安全责任是控制异常和未遂，不发生障碍和轻伤，这是有效控制事故发生的举措。应通过教育和培训，提高班组成员的业务素质，使班组成员懂得什么是"异常"，充分认识到自己的责任就是严格执行规章制度，加强巡视检查，做到作业无差错，在工作中及时发现并控制"异常"，杜绝"未遂"发生。

（6）班组安全管理要严格执行各项安全制度　班组应认真组织召开班前会和班后会，搞好安全日活动，建立安全档案，严格执行安全教育制度、安全岗位培训制度、安全检查制度、安全生产考核制度及各种安全、技术规程。用制度规范行为，用标准考核行为结果，用结果评价安全绩效。

2. 抓好基础安全生产工作

在贯彻落实"安全第一、预防为主、综合治理"方针的过程中，抓好安全基础工作显得尤为重要，俗话说"基础不牢，地动山摇"，我们说"万丈高楼平地起，企业兴衰在基础"。同样的道理，企业的安全生产工作，如果没有扎实的基础，那么，安全生产就是空中楼阁，就是"无源之水，无本之木"，最终是靠不住的。

目前，我国安全生产格局是"政府统一领导，部门依法监管，企业全面负责，群众参与监督，社会广泛支持"。这也是国际上通行的"政府、雇主、雇员"三方机制在安全生产工作中的体现。在安全生产工作格局中，由于企业是生产、经营活动的主体，也是履行安全生产法律法规的主体，无疑处于安全生产的核心地位。因此，保障安全生产，企业是关键。我国《安全生产法》规定："生产经营单位必须遵守本法和其他有关安全生产的法律、法规，加强安全生产管理，建立、健全安全生产责任制度，完善安全生产条件，确保安全生产"。

我国"安全第一，预防为主，综合治理"的安全生产方针，是"三个代表"

重要思想和"以人为本"科学发展观在安全生产工作中的体现，必须认真贯彻落实，其中很重要的一点就是加大安全生产投入力度，以确保企业具备法律、法规、标准规定的安全生产条件，夯实安全生产基础。

我国"安全生产许可证条例"第六条明确规定了企业应当具备的安全生产条件，也就是安全生产的基础。

① 建立、健全安全生产责任制，制定完善的安全生产规章制度和操作规程。

② 安全投入符合安全生产要求。

③ 设置安全生产管理机构，配备专职安全生产管理人员。

④ 主要负责人和安全生产管理人员经考核合格。

⑤ 特种作业人员经有关业务主管部门考核合格，取得特种作业操作资格证书。

⑥ 从业人员经安全生产教育和培训合格。

⑦ 依法参加工伤保险，为从业人员缴纳保险费。

⑧ 厂房、作业场所和安全设施、设备、工艺符合有关安全生产法律、法规、标准和规程的要求。

⑨ 有职业危害防治措施，并为从业人员配备符合国家标准或者行业标准的劳动防护用品。

⑩ 依法进行安全评价。

⑪ 有重大危险源检测、评估、监控措施和应急预案。

⑫ 有生产安全事故应急救援预案、应急救援组织或者应急救援人员，配备必要的应急救援器材、设备。

⑬ 法律、法规规定的其他条件。

上述安全生产条件就是企业安全生产的基础，安全生产条件是企业实现安全生产的基础保障，只有具备这些条件，才能满足企业安全生产的基本要求，最大限度地减少和避免生产安全事故的发生。具备和保持安全生产条件的关键是加强企业安全生产管理。因为企业的安全生产条件是动态的，安全生产管理也必须是动态的，要常抓不懈，贯穿于生产经营的全过程，体现在企业生产计划、组织、指挥、调度、监督等各个环节中。

(1) 建立、健全安全生产规章制度

① 安全生产规章制度。企业的安全生产规章制度是党和国家安全生产方针、政策、法律、法规在企业中的具体体现，是企业安全生产工作的"法规"、"章法"。因此，企业必须建立、健全安全生产规章制度，使本企业的安全生产工作有章可循。每个企业应当根据法律、法规、标准的有关规定和本企业的实际情况，建立健全本企业的安全生产规章制度，我国国家标准 GB 12801—1991《生产过程安全卫生要求总则》中列出了企业应当制定的一些基本安全、卫生管理制度，随着安全科学和技术的发展，笔者认为，企业至少应制定如下基本安全、卫生管理制度：a. 安全、卫生目标管理制度。b. 安全生产责任制度。c. 安全生产

隐患排查制度。d. 安全、卫生技术措施实施计划。e. 安全技术规程。f. 事故调查、分析、报告、处理制度。g. 安全、卫生教育培训制度。h. 事故应急救援预案及应急救援制度。i. 重大危险源管理制度。j. 安全例会制度。

②　安全生产操作规程。安全操作规程是企业针对某一具体工艺、工种、岗位所制定的具体规章制度、规程，顾名思义即规定的程序。在企业的安全生产工作中，各个工种、各个岗位、各种作业过程，都要遵循安全操作规程，这样才能有效地控制各类事故的发生，确保企业的安全生产。安全操作规程是企业在长期的安全生产工作实践中，认真吸取事故教训，根据各工种、岗位和各作业过程的危险性，总结、提炼、甚至是用血的代价换来的。它是企业员工在安全生产工作中的行为准则。员工从事本工种工作，就要遵守本工种的安全操作规程，员工从事本岗位、本作业过程工作，就要遵守本岗位、本作业过程的安全操作规程，这也是安全质量标准化的具体体现。

(2)　安全资金投入　我国《安全生产法》第十八条规定，企业"应当具备安全生产条件所必需的资金投入，并对由于安全生产所必需的资金投入不足导致的后果承担责任"。企业必须安排适当资金，用于改善安全设施，更新安全培训教育及其他安全生产投入，以保证企业达到法律、法规、标准规定的安全生产条件。因此，安全投入是企业具备安全生产条件的重要保障。

安全投入由企业主要负责人来保证，具体由谁来保证，依据企业的性质而定，一般来说，股份制企业、合资企业等，由董事会予以保证；国有企业，由厂长或者经理予以保证；个体经济组织，由投资人予以保证。同时，法律规定对企业安全生产所必需的资金投入不足导致伤亡事故等严重后果的，上述相关人员将承担法律责任。

2006 年我国财政部、国家安全生产监督管理总局联合发文《高危行业企业安全生产费用财务管理暂行办法》（财企【2006】478 号），文件规定："安全费用按照'企业提取、政府监管、确保需要、规范使用'的原则进行财务管理"。文件给出了安全费用的提取标准："第六条：矿山企业安全费用依据开采的原矿产量按月提取。各类矿山原矿单位产量安全费用提取标准如下：（一）石油，每吨原油 17 元；（二）天然气，每千立方米 5 元；（三）金属矿山，其中露天矿山每吨 4 元，井下矿山每吨 8 元；（四）核工业矿山，每吨 22 元；（五）非金属矿山，其中露天矿山每吨（立方米）1 元，井下矿山每吨（立方米）2 元；（六）小型露天采石场，即年采剥总量 50 万吨以下，且最大开采高度不超过 50 米，产品用于建筑、铺路的山坡型露天采石场，每吨 0.5 元"。对于煤矿安全费用的提取标准是："第七条：煤系及与煤共生的金属非金属矿山，水体下开采矿山，有自燃发火可能性的矿山，在需要保护的建（构）筑物和铁路下面开采的矿山，以及其他对安全生产有特殊要求的矿山，经省级安全生产监督管理局会同财政厅（局）核准后，可以在本办法第六条规定的基础上提高提取标准，但增加的提取标准不得超过原提取标准的 50%"。第八条规定"建筑施工企业以建筑安装工程造价为计提依据。各工程类别安全费用提取标准如下：（一）房屋建筑工程，矿山工程为 2.0％；（二）电力工程、水利水电工程，铁路工程为 1.5％；（三）市政公用工程、冶炼工程、机电安装工程、化工石油工程、港口与航道工程、公路工程、通信工程为 1.0％。建筑施工企业提取的安全费用列入工程造价，在竞标时，不得删减。国家对基本建设投资概算另有规定的，从其规定"。

本办法第九条规定"危险品生产企业以本年度实际销售收入为计提依据，采取超额累退方式按照以下标准逐月提取：（一）全年实际销售收入在 1000 万元及以下的按 4％提取；（二）全年实际销售收入在 1000 万元至 10000 万元（含）的部分，按照 2％提取；（三）全年实际销售收入在 10000 万元至 100000 万元（含）的部分，按照 0.5％提取；㈣全年实际销售收入在 100000 万元以上的部分，按照 0.2％提取"。

本办法第十条规定："道路交通运输企业以营业收入为计提依据，按照以下标准逐月提取：（一）客运业务按照 0.5％提取；（二）普通货运业务按照 1％提取；（三）危险品等特殊货运业务按照 1.5％提取"。

本办法第二十二条规定"企业应当及时、足额提取安全费用，并按规定使用。在年底财务会计报告中，企业应当披露安全费用提取和使用的具体情况"。

本办法第二十四条规定："企业未按本办法提取和使用安全费用的，安全生产监督管理部门应当会同财政部门责令其限期改正，予以警告。逾期不改正的，由安全生产监督管理部门按照相关法规进行处理"。

这个安全生产费用财务管理规定，自 2007 年 1 月 1 日起施行。为企业提取安全生产费用提供了法律依据。应当强调的是，具备和保持安全生产条件的工作要贯穿生产全过程，企业的安全投入也同样要贯穿生产全过程。企业在进行生产活动以前，为了使安全生产条件达到法律、法规、标准的要求，取得安全生产许可证，需要安全投入；在企业取得安全生产许可证开始生产以后，为了保持安全生产条件达到要求，仍然需要安全投入。

（3）安全生产管理机构设置和安全生产管理人员配备　为了使安全生产活动能顺利进行，除了有必要的物质保障和制度保障以外，还需要从组织管理上如机构、人员加以保障。企业的安全生产管理机构是指企业专门负责安全生产监督管理的内设机构，其工作人员都是专职安全生产管理人员。它的作用是落实党和国家有关安全生产的法律法规，组织企业内部各种安全检查和隐患排查活动，负责日常的安全督查，及时整改各种事故隐患，监督企业各级各类人员安全生产责任制的落实情况等。它是企业安全生产工作的重要保证。

企业的安全生产管理机构的设置及安全生产管理人员的配备，应根据企业危险性的大小，从业人员的多少，生产经营规模的大小等因素确定。根据我国《安全生产法》的规定，从事矿山开采、建筑施工和危险物品的生产、经营、储存活动的企业，必须设置安全生产管理机构或者配备专职安全生产管理人员；其他企业，从业人员超过 300 人的，应当设置安全生产管理机构或者配备专职安全生产管理人员；从业人员在300人以下的，应当配备专职或者兼职的安全生产管理人员，或者委托具有国家规定的相关专业技术资格的工程技术人员提供安全生产管理服务。我国《安全生产法》关于安全生产管理机构设置和安全生产管理人员配备的规定可参见表2-2。

表2-2　安全生产管理机构设置和安全生产管理人员配备

生产经营单位类型		安全生产管理机构设置和安全生产管理人员配置
危险性较大的行业	矿山	应当设置安全生产管理机构或者配备专职安全生产管理人员
	建筑施工	
	危险物品的生产、经营、储存	
从业人员超过300人的其他生产经营单位		
从业人员少于300人的其他生产经营单位		应当配备专职或者兼职安全生产管理人员；或者委托具有国家规定的相关专业技术资格的工程技术人员提供安全生产管理服务

（4）主要负责人和安全生产管理人员考核　企业的主要负责人是本企业安全生产工作的第一负责人，对企业的安全生产工作全面负责。一个企业的安全生产工作搞得好不好，关键在于该企业的主要负责人，他们安全意识的高低，安全文化的优劣，左右着企业安全生产的成败。企业的安全生产管理人员是企业负责安全生产的专职人员，是企业主要负责人在安全生产工作中的参谋和助手，是国家"安全第一、预防为主、综合治理"方针政策、法规法律的具体落实者，他们安全技能的高低，安全管理方法的优劣，是企业安全生产的试金石。这一点，对于危险性较大的企业，如危险化学品生产、经营企业，矿山企业、建筑施工企业尤为重要。

我国《安全生产法》第二十条规定："生产经营企业的主要负责人和安全生产管理人员必须具备与本企业所从事的生产经营活动相应的安全生产知识和管理能力。危险物品的生产、经营、储存企业及矿山，建筑施工企业的主要负责人和安全生产管理人员。应当由有关主管部门对其安全生产知识和管理能力考核合格后方可任职"。

（5）特种作业人员考核和取证　特种作业人员是指国家主管部门认可的，容易发生伤亡事故，对操作者本人、他人及周边设施的安全可能造成重大危害的作业。直接从事特种作业的人员称为特种作业人员。我国安全生产监督管理总局规定的特种作业的范围包括：电工作业；金属焊接；切割作业；起重机械（含电梯）作业；企业内机动车辆驾驶；登高架设作业；锅炉作业（含水质化验）；压力容器作业；制冷作业；爆破作业；矿山通风作业；矿山排水作业；矿山提升运输作业；采掘（剥）作业；矿山安全检查作业；矿山救护作业；危险物品作业；经国家安全生产监督管理总局批准的其他作业。

特种作业人员所从事的岗位，一般危险性都较大，较易发生伤亡事故，而且往往是恶性事故。从这个角度上来说，特种作业人员安全素质的高低，安全意识的强弱直接关系到企业的安全生产状况。我国《安全生产法》规定:"生产经营企业的特种作业人员必须按照国家有关规定经专门的安全作业培训,取得特种操作资格证书,方可上岗作业"。

(6)其他从业人员的安全生产教育和培训　人是一切事物的决定因素。从业人员是生产经营活动的具体承担者,其素质的高低,直接影响到本企业的安全生产。要想使企业达到安全生产,除企业领导重视,加大安全投入外,提高从业人员的安全素质是关键所在。因此,企业要切实加强对从业人员的安全生产培训和教育,把安全生产培训和教育作为重要工作抓紧、抓好、抓实,不断提高广大从业人员的安全素质,以保障安全生产。

按照我国《安全生产法》要求,通过安全生产培训和教育,从业人员须达到以下要求。

①具备必要的安全生产知识,主要包括:有关安全生产的法律法规知识;有关生产过程中的安全知识与技能;有关事故应急救援和逃生的知识和技能。②熟悉企业有关安全生产规章制度和操作规程。③熟悉本岗位的安全操作技能。④有关隐患排查和消除隐患的方法措施。

(7)工伤保险　实行工伤保险是为了保障因工作遭受事故伤害或者患职业病的职工获得医疗救治和经济补偿,促进工伤预防和职业康复,分散用人单位的工伤风险。工伤保险工作作为社会保险制度的一个组成部分,是国家通过立法强制实施的,是国家对职工履行的社会责任。也是职工应该享有的基本权利。工伤保险的实施是人类文明和社会发展的标志。实行工伤保险在一定程度上解除了职工和家属的后顾之忧,工伤保险体现了国家和社会对从业人员的尊重,有利于提高他们的工作积极性和安全生产积极性。

建立工伤保险有利于促进安全生产,防止和减少工伤、职业病,对保护从业人员的身体健康至关重要。工伤保险保障了受伤害职工的合法权益,有利于妥善处理事故和恢复生产,维护正常的生产、生活秩序,维护社会的安定、稳定。

企业依法参加工伤保险,为从业人员缴纳保险费,是一项法定的义务;享受工伤保险待遇,是从业人员的一项法定权利,我国的《职业病防治法》规定:"用人企业必须依法参加工伤社会保险"。《安全生产法》规定:"企业必须依法参加工伤社会保险。为从业人员缴纳保险费"。

2003年4月27日,由国务院总理温家宝签发的第375号令《工伤保险条例》,经国务院第五次常务会议讨论、通过,并于2004年1月1日起施行。这是我国政府在改革开放形势下完善我国社会保险制度,进一步维护劳动者权益的重大举措,是一部维护工伤职工权益的重要立法。

《工伤保险条例》共分总则、工伤保险基金、工伤认定、劳动能力鉴定、工伤保险待遇、监督管理、法律责任、附则8章64条。这一部法律涵盖了中华人民共和国境内的各类企业的员工和个体工商户的雇工,他们均有依照本条例的规定享受工伤保险待遇的权利,工伤保险是通过立法建立的一种社会保障机制,使劳动者在工作中遭受伤害事故或者患职业病时能够及时按照法定的标准得到医疗救治和获得经济补偿，同时均衡和减轻用人单位的负担，分散用人单位的风险，促进其积极参与国内外市场竞争。

我国工伤保险待遇及计算方法见表2-3。

表 2-3　工伤保险待遇及计算方法

项　目	内　容	支付标准或计算方法	支付单位
治疗费	诊治、药品、住院服务	国务院劳动保障行政部门制定标准	工伤保险基金
住院伙食补助	住院期间的伙食补助费	按照本单位因公出差伙食补助的70%支付	职业所在单位
交通、食宿	经同意到统筹地区以外就医所需交通、食宿费	按照本单位因公出差伙食补助标准支付	职工所在单位
康复治疗费	在协议医疗机构康复性治疗	国务院劳动保护部门制定标准	工伤保险基金
辅助器具	经确认可安装的假肢、矫形器、假眼、假牙和可配置的轮椅	按国家标准规定	工伤保险基金
工资福利	停工留薪期内(一般不超过12个月，经确认可延长的，延长不得超过12个月)	原工资福利待遇不变，加上生活不能自理的补助费	工伤保险基金
伤残月生活护理费	按生活完全不能自理，生活大部分不能自理或者生活部分不能自理3个不同等级支付	对应3个等级分别按统筹地区上年度职工月平均工资的50%、40%或30%计算	工伤保险基金
一级至四级伤残待遇	保留劳动关系，退出岗位	一次性伤残补助金：伤残等级分别按24、22、20、18个月本人工资支付	工伤保险基金
一级至四级伤残待遇	保留劳动关系，退出岗位	月支付伤残津贴：依据伤残等级分别按本人工资的90%、85%、75%支付(但不能低于当地最低工资标准)	工伤保险基金
一级至四级伤残待遇	保留劳动关系，退出岗位	办理退休手续后：享受基本养老保险待遇，低于伤残津贴的由工伤保险基金补足差额	工伤保险基金
五级、六级伤残待遇	一次性伤残补助金	伤残等级分别按16、14个月本人工资支付	工伤保险基金
五级、六级伤残待遇	保留劳动关系，安排适当工作，不能安排的按月发给伤残津贴，分别按本人工资的70%、60%支付(但不得低于当地最低工资标准)		职工所在单位
五级、六级伤残待遇	本人提出解除或终止劳动关系的，支付一次性工伤医疗补助金和伤残就业金，标准由地方制定		职工所在单位
七级至十级伤残待遇	一次性伤残补助金	依伤残等级分别按12、10、8、6个月本人工资支付	工伤保险基金
七级至十级伤残待遇	劳动合同期满终止，本人提出解除劳动合同	支付一次性工伤医疗补助金和伤残就业补助金，标准由地方制定	职业所在单位

续表

项 目	内 容	支付标准或计算方法	支付单位
因公死亡待遇	丧葬补助金	统筹地区生产年度职工月平均工资的6倍	工伤保险基金
	供养亲属抚恤金	按照职工本人工资的一定比例发①	
	一次性工亡补助金	统筹地区上年度职工月均工资的(48～60)倍	
因公外出事故或抢险救灾失踪	事故发生当月起3个月内	照发工资	职工所在单位
	从第四个月停发工资	按月支付供养亲属抚恤金	工伤保险基金
	职工被人民法院宣告死亡	按因工死亡待遇处理	

① 供养亲属抚恤金的计算方法为：配偶每月40%，其他亲属每人每月30%，孤寡老人或者孤儿每人每月在上述标准的基础上增加10%。核定的各供养亲属的抚恤金之和不应高于因公死亡职工生前的工资。

理赔处理工作流程如图 2-1 所示。

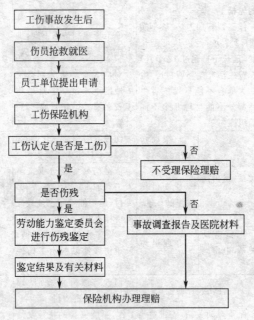

图 2-1 工伤事故保险理赔处理工作流程

(8) 对厂房、作业场所和安全设施、设备、工艺的要求 厂房、作业场所是进行生产活动的具体场所，对其安全生产条件应当有一定的要求，特别是对危险性较大的企业来说更是如此。安全设施、设备是保证安全生产的专门设施、设备，其符合安全生产要求显得更为重要。企业的厂房作业场所和安全设施、设备、工艺必须符合有关安全生产法律、法规、标准和规程的要求，这是保障企业安全生产的重要条件之一。

安全设施是企业在生产活动过程中将危险因素、有害因素控制在安全范围内以及预防、减少消除危害所配备的装置（设备、装备）和采取的措施。需要说明的是，由于企业的生产性质不同，法律、法规、标准和规程对各类企业的厂房、作业场所和安全设施、设备、工艺的要求有所区别，在安全生产许可证的具体颁发管理过程中，应当根据法律、法规、标准和规程的具体要求予以分别掌握。

（9）职业危害防治　职业危害是指对从事职业活动的劳动者可能导致职业病或者其他人身伤害的各种危害因素。职业危害因素包括职业活动中存在的各种有害的化学、物理、生物因素以及在作业过程中产生的其他职业危害因素。职业危害有如下3个特点：一是生产安全事故造成的伤亡多是突发性的，而有毒有害因素对人造成的危害，一般是慢性的、积累性的、渐进式的，到一定程度才会表现出来。二是除某些重大恶性事故外，安全事故一般造成个别人的伤亡，而职业危害问题则不然。只要作业场所存在有毒、有害因素，它的危害性将涉及现场所有人员。三是安全问题只危害职工本人生命安全，有时是几名职工的安全，而职业危害问题不仅影响职工本人健康，还可能危机下一代（对女职工影响较大）。采取职业危害防治措施，对于预防、控制和消除职业危害，保护从业人员的安全和健康具有重要意义。对职业病危害的防治措施，我国《职业病防治法》做出了明确、具体的规定。其他有关法律、法规和标准也对相关职业危害的防治做了相应规定。《安全生产许可证条例》把职业危害的防治措施规定为取得安全生产许可证的条件之一，体现了防患于未然，保护从业人员健康和安全的科学指导思想，体现了"安全第一、预防为主、综合治理"的方针。

（10）安全评价　"安全第一，预防为主，综合管理"是我国安全生产的基本方针，作为预测、预防事故重要手段的安全评价，在贯彻我国安全生产方针中起着十分重要的作用，通过安全评价可确认生产经营单位是否具备了安全生产条件，是否在生产过程中贯彻安全生产方针和"科学发展，以人为本"的管理概念。

安全评价的意义在于可有效地预防事故发生，减少人员伤亡，财产损失。安全评价与日常安全管理和安全监督监察工作不同，安全评价是从技术带来的负效应出发，分析、论证和评估由此产生的损失和伤害的可能性、影响范围、严重程度即应采取的对策措施等。

根据工程、系统生命周期和评价的目的分为安全预评价（设立安全评价）、安全验收评价，安全现状评价和专项安全评价4类。这种分类方法是目前国内普通接受的安全评价分类法。

（11）重大危险源检测、评估、监控和应急预案　我国《安全生产法》规定："企业对重大危险源应当登记建档，进行定期检测、评估、监控，并制定应急预案，告知从业人员和相关人员在紧急情况下应当采取的应急措施。企业应当按照国家有关规定将本企业重大危险源及有关措施、应急措施报有关地方人民政府负责安全生产监督管理的部门和有关部门备案"。根据"安全生产法"的要求，生产经营单位应当而且必须做好如下工作。

① 对重大危险源登记建档。在生产经营单位，一般来说，凡是构成重大危险源总是涉及易燃、易爆或者有毒性的危险物质，并且在一定范围内使用、生产、加工或者储存超过了临界量的这些物质。

危险物质是指一种物质或者多种物质的混合物，由于它们的化学、物理或者毒性特征，使其具有导致火灾、爆炸或者中毒的危险。临界量是指国家标准 GB 18218—2009 规定的一种或一类或多种特定危险物质的数量。重大危险源可能是具体的一个企业，也可能是企业内的某一个车间，或者是某台设备、某个工段或工号。因此，分析、辨识危险源应按照系统的不同层次进行，这是防止事故的第一步。如何辨识重大危险源，应当严格按照法律、法规和标准进行。GB 18218—2009《危险化学品重大危险源辨识》通常是生产经营单位辨识重大危险源的一个重要依据。在此基础上，生产经营单位必须将重大危害源逐一登记建档，这是做好重大危险源安全管理的基础。

② 对重大危险源进行定期检查、评估、监控。重大危险源是个动态过程并非一成不变，生产经营单位应当定期对其进行检测，掌握重大危险源的动态变化情况。同时，根据重大危险源的分析、辨识情况，选择合适的评估方法，对重大危险源可能导致事故发生的可能性和严重程度进行定性和定量评价，在此基础上进行危险等级划分，以确定管理的重点。危险等级一般划分为四级，一级危险源最为严重，要重点加强监控。生产经营单位要制定切实可行，操作性强的重大危险源管理制度，切实加强对重大危险源的监控。

③ 制定应急预案，并告知从业人员和相关人员在紧急情况下应当采取的应急措施。同火灾三要素有相似之处，危险源也是由三个要素构成的：潜在危险性、存在条件和触发因素。潜在危险性是指一旦事故发生，可能带来的危害程度或者损失大小，或者说危险源可能释放的能量强度或者危险物质量的大小。存在条件是指危险源所处的物理、化学状态和约束条件状态。触发因素虽然不属于危险源的固有属性，但它是危险源转化为事故的外因，而且每一类危险源都有相应的敏感触发因素，在触发因素的作用下，危险源转化为事故。重大危险源更是如此，而且造成的事故会更大，造成的伤亡和损失也将更大。正是由于这些特性，生产经营单位对待重大危险源，要像对待重大事故一样，在事故发生前制定应急预案，以防事故发生时能及时进行救援，减少人员伤亡和财产损失。

应急预案是重大危险源控制中的重要组成部分，生产经营单位必须制定。我国安全生产监督管理总局发布的标准 AQ/T 9002—2006《生产经营单位安全生产事故应急预案编制导则》规定了事故应急预案编制的方法、程序，应急预案体系的构成、主要内容等。是生产经营单位编制事故应急预案的主要依据。生产经营单位在制定并实施应急预案后，要定期检验和评估其有效程度，以便必要时进行修改。同时，要把有关应急救援知识通过安全教育培训的方式及时告知从业人员和相关人员，以便在紧急情况下采取应急措施。

④ 对重大危险源及有关安全措施、应急措施上报

生产经营单位必须将本企业重大危险源及有关安全措施、应急措施报告有关地方人民政府的安全生产监督管理部门和有关部门，以便政府及有关部门能够及时掌握有关情况。一旦发生事故，政府及有关部门可以调动有关方面的力量进行救援，以减少事故造成的危害和损失。

(12) 生产安全事故应急救援 事故应急救援工作是在"安全第一，预防为主、综合治理"方针的指导下，贯彻"统一指挥，分级负责，区域为主，单位自救和社会救援相结合"的原则。除了平时做好事故的预防工作，避免和减少事故的发生，还要落实好救援工作的各项准备措施，一旦发生事故就能及时救援。重大生产安全事故发生的突然性，发生后的迅速扩散性以及波及范围广的特点，决定了应急救援行动必须迅速、准确、有序和有效。因此，生产安全事故救援工作只能实行统一指挥下的分级负责制，以区域为主，根据事故的发展情况，采取单位自救与社会救援相结合的方式，才能充分发挥事故单位及所在地区的优势和作用。

事故应急救援的基本任务有以下几点。

① 控制危险源。及时有效地控制造成事故的危险源是生产安全事故应急救援的首要任务，只有控制了危险源，防止事故的进一步扩大和发展，才能及时有效地实施救援行动。特别是发生在城市中或人口稠密的地区的危险化学品事故，应尽快组织工程抢险队与事故单位技术人员一起及时控制事故的继续扩展。

② 抢救受害人员。抢救受害人员是事故应急救援中极为重要的任务。在救援行动中，及时、有序、科学地实施现场抢救和安全转送伤员对挽救受害人的生命、稳定病情、减少伤残率以及减轻受害人的痛苦等具有十分重要的意义。

③ 指挥群众防护、撤离。重大生产安全事故发生的突然性，发生后的迅速扩散性以及波及范围广、危害大的特点，要求应急救援工作中必须及时指导和组织群众采取各种措施进行自身防护并迅速撤离危险区域或可能发生危险的区域。在撤离过程中要积极开展群众自救与互救工作。

④ 清理现场，清除危害后果。对于生产安全事故造成的人体、土壤、水源、空气现实的危害和可能的危害，必须采取迅速封闭、隔离洗消等措施；对于生产安全事故外溢的有毒有害物质和可能对人和环境继续造成危害的物质，应及时组织人员进行清除；对于危险化学品造成的危害应进行检测与监控，并采取适当的措施，直至达到符合国家环境保护标准。

⑤ 查清事故原因，评估危害程度。生产安全事故发生后应及时调查事故发生的原因和事故性质，估算出事故的危害波及范围和危险程度，查明人员伤亡情况，做好事故调查，真正做到"四不放过"。

3. 练好安全生产工作的基本功

在贯彻落实"安全第一、预防为主、综合治理"方针的过程中，练就安全生产基本功，是企业实行安全生产的关键所在。安全生产基本功的练就是多方面

的、全方位的，笔者就自己从事企业安全管理、安全技术几十年的实践，谈一下对安全生产基本功的认识。

（1）提高对事故的认识　近年来，国际劳工组织统计资料表明：全球每年发生各类事故 1.25 亿人次，死亡 110 万人；平均每 4 秒钟有 4 人受到伤害，每 100 个死亡者中有 7 人死于工作事故，有 37 人死于交通事故。而发展中国家的情况更为严重。我国每年发生的各类伤亡事故也是触目惊心的。据国家安全生产监督管理部门统计数字表明，仅 2004 年我国共发生各类伤亡事故 803571 起，死亡 136755 人。也就是说每天有 74 人死于伤亡事故，平均每小时有 16 人在各类事故中丧身。我们必须清醒地认识到，伤亡事故的频繁发生，会导致一系列的严重后果，认识到这些严重后果，即提高了我们对事故的认识，进而在生产经营过程中练就预防事故的基本功。

① 事故损害了劳动者的基本权利。我国《宪法》、《劳动法》、《安全生产法》和《职业病防治法》赋予劳动者保证人身安全的各项权利，而用人单位由于法律意识淡薄，没有严格执行国家的法律、法规、标准和规章制度，发生各类伤亡事故就是严重地损害了劳动者的安全与健康的权利。如果说有些事故与劳动者本人违章操作有关，那么，有不少事故就是企业管理者违反安全生产的法律、法规、违背事物的客观规律，进而违章指挥，管理失误，冒险作业造成的。如发生在 2004 年河南郑州煤业集团"10.20"瓦斯爆炸事故，造成 148 人遇难，同年发生的陕西铜川"11.28"瓦斯爆炸事故，使 166 人遇难；刚过不到 3 个月，2005 年辽宁阜新"2.14"瓦斯爆炸事故，213 名矿工不幸遇难，这 3 起发生在煤矿的特别重大事故，牵动着党中央、国务院和全国人民的心。然后，事故分析证明：3 起特别重大事故无一不是与企业管理和决策失误有着必然的联系。因为瓦斯爆炸是有一定条件的，一是有瓦斯，二是积聚到一定浓度达到爆炸范围，三是有一定的能量。这三个条件不是一个劳动者所能而为的，只能是企业通风管理、瓦斯监测管理、装备控制系统等方面出现问题而造成的。

② 伤亡事故给劳动者及其家属带来灾难。一次伤害，一片血泪，一次次伤害，一片片血泪，伤亡事故夺走了劳动者的生命，留下孤儿寡母，含泪度日，终身凄惨，幸福的家庭顷刻间破碎。重伤造成从业人员终身残疾，等于夺走半条生命，使他们不能像健全人那样工作和生活，完全、大部分或部分丧失谋生能力，在经济上、生活上和精神上等方面都陷入长期的困难和痛苦之中。

③ 伤亡事故影响企业的生产和工作。"事故猛如虎"，一方面是企业资产的严重破坏和损失；另一方面是事故善后处理极为棘手，由于伤亡者家属极端的心理状态，难免出现过激行为和"闹工厂"的局面，一旦局面形成，会给善后处理带来相当大的麻烦，也会导致劳动关系紧张，员工情绪低落，又会影响安全生产。处理和解决这些问题，势必要影响企业的正常生产和经营工作，影响正常的工作秩序和环境，同时，企业领导也不得安宁。

④ 伤亡事故使企业遭受重大经济损失甚至破产。事故经济损失包括直接经

济损失和间接经济损失。直接经济损失包括人身伤亡后的支出经费；善后处理费用；财产损失价值。经济损失数额因事故大小而不同，一起特别重大事故经济损失都在几千万元，甚至亿元以上。对于微利、亏损企业或者规模较小企业来说，事故经济损失如同雪上加霜，甚至由此而引发破产。

⑤ 伤亡事故加大了企业的生产成本，降低了企业在市场中的竞争力。对多数发生伤亡事故的企业来说，即使躲过破产倒闭的厄运，也会由于损失严重而加大生产成本；这类企业往往技术含量低，高附加值低，苦、脏、累、险的作业工作较多，人工成本比较高，企业产品成本高，必定降低市场竞争能力，形成产、销不利的恶性循环。

⑥ 伤亡事故已成为企业改革的障碍。现在企业改革正在逐步加大转型、改组、兼并和破产力度。在原有"企业保险"的体制下，如何妥善安置工伤和职业病职工，成为企业改革的难点、热点、焦点之一。工伤职工到哪里去？安置经费从哪里来？在企业改组、兼并时，新的企业法人总是想甩掉这个包袱，轻装前进，这也无可厚非，而在实际操作中并非易事，尤其当企业破产时，这个问题则必须由法院和政府解决，这就给社会、政府留下了负担。

⑦ 伤亡事故制约国民经济可持续发展。对于一个企业来说，发生一起重大以上伤亡事故，可以由盈利变为亏损，根本谈不上可持续发展。对于国家来说，伤亡事故除造成人员、财产和资源的巨大损失外，伴随着污染了环境、破坏了生态，制约了国民经济的可持续发展，为构建和谐社会制造了障碍。据国际劳工专家估计，每年伤亡事故造成的经济损失占 GDP 的 $2.5\%\sim4\%$。换句话说，安全生产的好与坏，安全工作的优与劣，可以使一个国家的国内生产总值增减 $2\%\sim4\%$，这是影响国民经济全局的大事。如果一个企业在产能一定产品价位稳定，没有新项目、新产品开发的前提下，搞好安全生产，减少事故损失就是新的经济增长点。

⑧ 伤亡事故影响社会安定。长期以来，因为工伤、工亡问题的争议纠纷和上访，一直都是影响和困扰社会安定的因素之一，成为各级政府信访部门和劳动争议仲裁部门的经常性工作，而且处理时最棘手、最复杂、最困难。特别是我国实行"一胎化"的计划生育政策，每家一个孩子，人们对生活质量和安全健康的要求日益提高，因此，独生子及其家庭在心理上很难承受伤亡事故带来的痛苦。

⑨ 伤亡事故成为各级政府，企业领导的一个难题。"为官一任，造福一方；为官一任，保一方平安"。一个地方发生了事故，特别是发生了重、特大事故，处理事故就成为当地政府和有关单位的一件紧急大事。处理"人命关天"的大事，要立即成立事故调查组，查明事故原因、过程和人员伤亡、经济损失情况，查明事故的性质和责任，研究和制定防范措施，并对事故责任者提出处理意见和决定。因此，处理事故成为各级政府领导的一个难题，牵扯了他们大量的精力和时间，也影响了他们"一心一意谋发展，聚精会神搞建设"的精力和时间。

⑩ 伤亡事故使一些领导受到处分，甚至丢掉"乌纱"。随着科学发展观，以

人为本，构建和谐社会的深入发展，随着安全发展的深入人心，国家对安全生产越来越重视，安全生产的法律、法规日益健全完善，特别是 2009 年 7 月 12 日，中共中央办公厅、国务院办公厅印发了《关于实行党政领导干部问责的暂行规定》，在此基础上各地方政府和行业相继出台了重大安全事故责任追究的规定，对于那些有失职、渎职情形或负有领导责任的，依照规定给予党纪、政纪处分，构成犯罪的，依法追究刑事责任。一起特别重大事故的发生，往往有数十人受到不同程度的处分，有的还被绳之以法。从这个意义上讲，也是人才的牺牲和损失。

⑪ 伤亡事故影响国家形象。保证劳动者的安全与健康是社会公正、安全、文明、健康的基本标志之一，大事故频发，而且情况严重，必然有损于国家的形象。特别是在当今信息社会，在媒体的监督作用下，事故发生后，在极短的时间内向全社会公布，涉及工程发生的伤亡事故，消息传播得更快更广。因此，伤亡事故的发生给国家带来负面的影响。

对伤亡事故的认识，是安全生产基本功的基础，伤亡事故带来的严重后果，是社会经济发展和科学技术发展所付出的沉重代价。因此，生产经营单位必须加强对伤亡事故的预防，努力避免或减少伤亡事故的发生，才能促进和推动企业的平稳较快发展，进而为整个社会的稳定和发展做出贡献。

(2) 看不到问题是最大的问题 练就安全生产的基本功，最基本的要求是学会看问题。笔者所在企业，曾经发生一起事故，在追查事故责任时，个别人仍然一味地强调"平时没有发生问题，怎么就出事了呢?"听到这样的话，令人深思。江泽民同志曾经讲过：隐患隐于明火、防范胜于救灾、责任重于泰山。所谓隐患险于明火，这是个安全认识论问题，就是说隐藏着的问题比明摆着的问题还要危险，还要可怕，不及时发现和排除可能贻害无穷。而隐藏的问题，如果不是有心人，不做一番分析，不去系统地挖掘，也是不易发生的。对于高危行业的工作人员，尤其是直接从事安全生产工作的管理人员来说，看不到问题，发现不了问题仍是最大的问题。

① 要认真对待小问题。小问题与大问题同样都有着相当大的危险，小问题不处理，延误下去就会转变成大问题，正如一个人生病一样，开始时是轻微的，不被人重视，由于放松了警惕，耽误了最佳治疗时间，等病人膏肓了，再治疗已经为时晚矣。所以，在思想意识上，务必谨慎，不能让任何一项大问题出现，也绝不能放过任何一点小问题，在每一天，每一分钟的时间里，杜绝问题的出现应该是中心。不要错误地认为，干工作不出现问题是不可能的，如果这种思想占据主流，那么，质量安全标准化工作就会走样，安全管理就变成了空谈，出现严重恶性事故也就是迟早的事。

② 要睁大眼睛找问题。管理人员只有紧密联系工作现场，睁大眼睛对着标准去找问题，才能做到有的放矢、有章可依、有据可查。有些管理人员虽然天天到现场，但对问题看不见，并不等于情况掌握透了，没有问题了。不论白

天，还是晚上，这种现象是屡见不鲜。所以唯有全身心投入，认真对待每一项工作，详细地观察现场的一切变化，及时地发现问题，把小问题当做大问题对待，并及时梳理工作思路，找准解决问题的途径，尽快落实到位，才能收到良好效果。

③要系统思考想问题。有些问题往往隐藏较深，不易发觉，并不是明摆着让我们去发现的。这些问题随着时间、条件的成熟，有可能一下子暴露，一下子爆发，等发现了再去解决和处理，有可能就为时已晚，后悔莫及了。因此，这就要求每一名员工，每一位管理者都要善于发现问题，举一反三分析现场工作及管理中的深层次问题，经过系统思考和挖掘，使隐藏的问题一个个的暴露，采取超前措施和加以防范去解决，以达到未雨绸缪、防患于未然的效果。

④要静下心来处理问题。要把问题处理在萌芽状态之中，关键是要把心思集中在工作上，应围绕"兢兢业业干好工作，千方百计寻找问题，竭尽全力解决问题"的目标，突破三个方面藩篱。必须做到：一是跳出事物圈子，面对千头万绪的工作，管理人员要学会立体思维，有效地运筹时间，科学地安排工作，彻底地从闲杂的事物中解脱出来，做到少一点迎来送往，少一点陪酒陪会，少一点习惯性应酬，腾出更多的时间和精力，扑下身子去解决问题。二是讲求工作效率。为了保证各项工作的正常开展，一旦发现问题，要急办、特办、快办，办一件成一件，让每一项问题都解决好。三是要身体力行，必须站在第一线，变"好好抓一抓"为"带头做一做"，用自己的实际行动去解决各类问题。绝对不能发现问题，逐级往下布置，造成问题不能在较短时间内得到解决，影响安全生产。

因此，"看不到问题是最大的问题"应该成为我们每一个管理人员止步的警戒线。查找影响安全生产的问题，进而消除这些问题，乃是安全生产的基本功，也是对企业安全生产管理者最基本的素质要求。

(3) 精细化是安全管理基本功的灵魂　在贯彻落实"安全第一、预防为主、综合治理"方针中，需要企业的管理者和全体员工练就过硬的基本功，笔者认为，精细化管理是安全管理基本功的灵魂。千里之堤溃于"细节"，翻开安全发展史，历史上发生的重特大事故触目惊心，而许多事故都是因对细节的疏忽和粗放式管理所导致的。血的教训告诉我们：细节，决定安危，安全，呼唤精细！精者，去粗也，不断提炼，精心筛选，从而找出解决问题的最佳方案；细者，人微也，究其根由，由粗及细，从而找事物的内在联系和规律性。也可以这么说："细"是精细化的必然途径，"精"是精细化的自然结果。

近年来，美国大面积停车事故："哥伦比亚"号航天飞机坠落；"挑战者"号航天飞机的意外爆炸；我国煤矿行业接二连三的矿难事故。无不是因为安全这个"细节"没有做好，从而造成无法弥补的损失。诸如此类不能"见微而知著"的案例很多，由于未引起重视，最后酿成悲剧。古人说得好"明者见于未明，智者避危于无形，祸因多藏于隐微，而发于人之所急者也"。许多事情往往是那些不起眼的"细节"上的疏忽和管理上的粗放而导致的。

在考试中，100 分的满分题如果你错了 1 分，还可得到 99 分公式是 $100-1=99$，但在生产经营操作中，你所做的事情错了 1 分，那么你只能得到 0 分，其计算公式是 $100-1=0$。比如在登高作业中你挂了 99 次安全带，有一次没有挂，而就在这次你高处坠落；在电工作业中，你带了 99 次绝缘手套，有一次你忘了带，而就在这次你触电身亡；在作业现场你戴了 99 次安全帽，有一次没有戴……，对于行为来说，你只能得 0 分，涉及生命与安全，任何一次"违章、麻痹、不负责任"都是不能被谅解的。因此，安全需要零目标，只有零目标的实现，才能保百分之百的完整。

练就安全精细化管理的基本功，是为人身安全、财产安全、环境安全和机具设备安全保驾护航，添加一道安全屏障。任何一个细节上的疏忽和管理上的失误，都有可能带来机毁人亡的惨剧。中国的古语"千里之堤，毁于蚁穴"是很有哲理的，操作过程中的各种"小问题"和"小疏忽"就是一个个蚁穴，它很有可能毁掉整个企业这座"千里之堤"，因为，1% 的"小"而失去的是 100% 的"大"。

如何实现安全管理精细化？这是企业安全监管人员的重大研究课题。当代人类最伟大的发现之一，就是通过改变自己心态来改变自己的命运。这就是说，要改变一个人的行为首先得改变人的心态。安全生产管理工作需要决心、需要耐心、需要狠心、需要恒心、需要关心、需要爱心、更需要上下同心。要想远离事故，必须改变心态，必须认真负责，必须克服眼高手低，心情浮躁的毛病。一句话语说得好"不以恶小而为之，不以善小而不为"。

要实现精细化安全管理，就要扎扎实实从基础抓起，抓全员安全素质教育，"做事不贪大，做人不计小"，转变员工"要我安全"到"我要安全"的认识思想，树立"安全源于素质、素质源于教育"的安全生产理念，坚持"始于教育、终于教育"的原则，通过学习和自身的磨练，不断改变陈旧的思想观念，树立正确的人身观和价值观，而作为安全管理者就是为员工提供学习的机会，提高员工的安全素质。

"有其职斯有其责，有其责斯有其优。如果力不及其所负，才不及其所住，必然祸及己身，并殃及全局"。而让"我"所痛心的是，"我"屡罚屡犯，屡犯屡罚，罚完了事，从不听"教"，这种以罚代教何时了？还让"我"所痛心的是，一顶安全帽，一根安全带就算陪我走完"二万五千里长征"仍旧不会光荣退休；更让"我"所痛心的是，我的安全考试试卷上明明只有 98 分，或许只有 65 分，有谁管"我"提醒"我"还有那么多不会呀？把我不知的说是"我"的"小过关"；把我不会的说是"我"的"麻痹"；把我一知半解说是"我"的"不负责任"。安全生产工作有太多的琐碎，细小事重复进行，就是这些烦琐的小事情做不好，做坏了，就可能使其他工作和其他人的工作受到连累，甚至导致严重的后果。只有每一个"我"都能认真排除"小隐患"，认真堵塞"小漏洞"，认真防止"小过失"，才能确保安全生产万无一失。

　　实施安全管理精细化，必须从平时点滴小事做起，从加强员工自身的休养，努力养成"零错误"、"零误差"的习惯。采用目录管理法、清单梳理法和安全检查表法等科学的安全工作方法来对自身的弱点进行自我约束。目录管理，就是把自己的岗位职责列出目录，把每天必须干的事情按照轻重缓急进行分类，然后有条有理地去完成。清单梳理法，就是将每天、每周或每月需要做的工作即每一件工作需要遵守的操作规程、注意事项，都用清单的方式列出，避免想到哪里做到哪里，这样可以远离疏忽、差错和失误。安全检查表，就是将操作的对象及各种操作规程和工作中存在的不安全因素进行细化和剖析，以提问的方式将这些内容事先编成表，以便自我检查、自我确认是否安全。实现由随意向规范，由粗放向精细转变，从而保证安全生产。

　　实施安全精细化管理，更多地体现在沟通协调和配合上。安全生产是一个系统工程，系统中的任何一个环节断链都可能导致灾难性的后果。随着社会分工越来越细，岗位与岗位，部门与部门，上下级之间就橡木桶模板之间的缝隙一样，协调配合不好就会带来漏水的损失或全局的失败。这就需要人与人之间，岗位与岗位之间、上下工序之间的协调、连接、沟通和配合。可以通过行之有效的安全监护制、岗位责任制、安全生产记录和奖惩办法等多种手段，从而达到分工明确，步调一致，使细节更完善。

　　"天下大事，必作于细；天下难事，必成于易"。天下的难事都是从易处做起的，天下的大事都是从小事开始的，西方流传的一首民谣或许对我们实施安全管理精细化的价值作很好的说明。

　　丢失一个钉子，坏了一只蹄铁；

　　坏了一只蹄铁，折了一匹战马；

　　折了一匹战马，伤了一位骑士；

　　伤了一位骑士，输了一场战斗；

　　输了一场战斗，亡了一个帝国。

三、落实安全第一的标准

　　所谓"安全第一"就是在生产经营活动中，在处理保证安全与生产经营活动的关系上，要始终把安全放在首要位置，优先考虑从业人员和其他人员的人身安全，实行"安全优先"的原则，在确保安全的前提下，努力实现生产和经营的其他目标。

1. 企业管理的全部内容和生产经营的全过程要把安全放在首位

　　安全生产不是孤立存在和发展的，而是相对于生产存在和发展的。安全是寓于生产之中。正因为如此，它容易使人们看不到安全的重要性，忽视安全生产。因为在安全隐患还没有酿成严重问题的时候，通常是只看到生产而看不到安全，不仅是企业一般员工，甚至企业领导人也往往是如此认识问题。因此，我们在讨论安全与生产的对立统一关系时，有必要认真解决危险与安全的矛盾，促进危险转化为安全，使生产的发展为安全的发展创造必要的条件，从而教育人们真正认清并处理好安全与生产的关系，懂得在安全与生产发生矛盾的时候，强调安全第一是促进生产发展的动力。

坚持把安全放在首位，实现安全生产，保护员工人身安全是我国社会制度的基本要求。企业如果没有安全生产，也就不可能有正常的生产，企业不能正常生产，也就不可能为社会服务、为国家服务、为人民大众提供物质和精神的产品。如果企业不能实现安全生产，经常不断地发生伤亡事故和职业病，就会对企业员工有莫大的冲击、就会人心不稳、士气不旺，从而不可能有效地实现企业的生产和发展目标。企业如果不能安全生产，发生了较大的伤亡事故，或是发生了重大的财产损失事故，企业的形象就会受到严重损害，企业的无形资产就会受到巨大损失，也就会给企业进一步的经营带来更大的困难和障碍。企业发生事故，有形资产的损失，造成企业员工的劳动心血付之东流，会极大地打击企业员工的生产积极性，挫伤企业员工的创造性。

坚持安全第一的原则，把安全放在首位，要求我们用辩证统一的观点处理好安全与生产，安全与效益的关系，认识安全与效益是互相联系、互相依存、互为条件的。在企业看到一段时间生产数量增加效益提高的一面，没有认识到如果忽视安全生产，不注意消除事故隐患，这种效益的提高就是一种暂时现象，一旦事故隐患爆发成为事故，造成人员伤亡和财产损失，就会大伤企业的元气，就根本谈不上效益。安全与生产是互相紧密联系的，任何一方都不能孤立地存在，没有生产活动，安全工作就不会存在，反之，没有安全工作，生产就不能顺利进行。尤其是在某些生产活动中，如果没有基本的安全要求，生产根本无法进行，这就是安全与生产互为条件，互相依存，共同发展的关系，也是安全生产的统一性。因此，企业管理的全部内容和生产经营的全过程，在任何时候，任何条件下都必须把安全放在首位。"安全第一"是20世纪安全工程科学发展历史中的一个重要转折点，是现代安全管理的基本原则。

2. 把坚持安全第一方针作为选拔、任用、考核干部的重要内容

党的十七届四中全会通过的《中共中央关于加强和改进新形势下党的建设若干重大问题的决定》，对新形势下深入干部人事制度改革，建设善于推动科学发展，促进社会和谐的高素质干部队伍作出了全面部署，强调"坚持民主、公开、竞争、择优，提高选人用人公信度，形成充满活力的选人用人机制，促进优秀人才脱颖而出，是培养造就高素质干部队伍的关键"。

坚持安全第一的方针，是深入贯彻落实科学发展观，实现全面建设小康社会奋斗目标的迫切需要。深入贯彻落实科学发展观，全面建设小康社会，是当前和今后一个时期我们党的中心任务，是党的政治路线在现阶段的集中体现。安全发展是科学发展观的重要组成部分，全面建设小康社会依靠安全生产来保驾护航，从这个意义上来说，只有选用、任用坚持安全第一方针的干部，形成干部选拔任用的科学机制，才能更好地为科学发展、安全发展选干部、配班子、建队伍、聚人才。

坚持安全第一方针，是发展社会主义民主政治的迫切需要。社会主义民主政治建设是中国特色社会主义事业总体布局的重要组成部分。随着我国经济社会不断发展，人民群众参与安全生产的积极性不断提高，党对安全生产的关注度进一步深化。"发展经济是政绩，安全生产也是政绩"已成为诸多有识之士的共识。

坚持安全第一方针，是增强我国竞争力的迫切需要。我国参与经济全球化程度不断加深，不仅要应对激烈的经济竞争、科技竞争、文化竞争，而且要应对激烈的思想竞争、制度竞争。不管是哪种竞争，其基础是安全。以安全生产为基础、以安全稳定为先导，形成强大的安全经济、安全科技、安全文化，我们就会在竞争中赢得主动，需要坚持安全第一方针，把坚持安全第一的高素质人才选拔、任用在各条战线上。

坚持安全第一方针，是解决选人、用人公信度的迫切需要。改革开放以来，我国干部人事制度改革取得重大进展，但一些深层次矛盾和问题还未得到根本解决。比如，干部选拔任用的民主机制不够健全，少数人特别是"一把手"说了算的现象在一些地方和部门依然存在，民主推荐、民主测评的科学性、真实性还不够高，反映民意、尊重民意不够和民意失真现象同时存在；干部选拔任用中拉票问题比较突出，实际工作中存在简单以票取人现象，导致一些干部怕丢票，不敢坚持原则、大胆负责；干部竞争择优机制不够完善，优秀年轻干部脱颖而出的渠道不够畅通，干部能上不能下、能进不能出问题仍未得到有效解决；干部的约束激励机制不够有力，一些地方和单位干部管理失之于宽、失之于软，对一把手缺乏严格有效的监督；选人用人上的不正之风屡禁不止，整治、吏治腐败任务艰巨，重生产轻安全，重效益轻安全的现象比比皆是。这些问题尽管不是关键性的，但严重影响选人用人公信度。解决这些干部工作中的突出问题，实现吏治清明，关键在改革、希望在改革、根本出路也在改革。

3. 把安全工作纳入党政工作的重要议事日程和承包方案中

2009 年 7 月 6 日至 7 日，国务院总理温家宝在山西大同煤矿考察时，在谈到安全生产工作时强调："必须正确处理保增长与安全生产的关系，任何时候安全生产都是第一位的，在安全生产中实现经济平稳较快增长"。党和国家领导人十分关注安全生产，始终把安全生产放在第一位，给全党、全国和全体人民树立了光辉的榜样。

贯彻"安全第一"的方针，不只是要停留在表面，更主要的是落实在行动上，对企业来说就是要把安全生产工作纳入党政工作的重要议事日程和承包方案中。党政工团齐抓共管是落实"安全第一"的具体体现，这种管理模式是一种"全过程、全方位、立体化"的"三维动态目标管理"。这种"三维动态目标管理"必须做到以下几点。

（1）确立人、事、物三维联动的思想　人是企业安全活动的主体，也是企业安全管理的主体，安全管理首先是对人的管理。对人的管理只有通过对人的活动的检查、规范、激励来实现。活动就是"事"，是企业员工所完成的工作，当然包括安全生产工作，对"事"的管理包括责、权的划分，工作的数量和质量、工作的程序过程、安全作业要点，安全考核奖惩规则等。企业生产经营活动的开展，又总是以一定的物质作保障，"物"是工作的条件，同时，物质消耗又是企业活动的成本，物质资料使用的效率体现企业活动的质量，以最少的物质消耗完成最多、最好的工作，是企业所追求的主要目标之一。这就是企业安全管理中人、事、物三维联动思想的出发点，企业党委、行政、工会、共青团在安全生产工作中对人、对事、对物进行有效的安全管理，以构成企业安全生产的一个完整体系。

（2）党政工团全方位各专业安全管理程序的综合　三维动态安全目标管理不仅要包括各级、各岗位安全生产责任制、各种安全生产规章制度，而且还包括全面安全质量管理，安全成本核算制度、安全生产工作程序、安全劳动纪律、精神文明建设等方面的内容，它是企业中各种安全管理制度和多种安全管理程序的汇总与结合，但不是多种制度的简单组合，更不是安全规章条文的罗列和堆砌，而是具有系统化、规范化功能，要把各级安全生产责任细化、细分，使其管理对象明确，工作责任分明，明晰人、机、环系统综合因素，这是安全生产工作纳入企业党政重要议事日程的主要内容。

（3）把横向协调放在重要位置上　企业安全生产要做到"无界"与"无缝"是安全管理始终追求的目标。在企业日常的生产经营中，部门之间、单位之间以及部门与单位之间安全工作的协调应大多是在无需企业最高领导干预的情况下自动实现的，严格的"协调纪律"应是构成企业安全管理不可缺少的组成部分，一定要明白安全生产是全员的事，而不是一个部门几个人的事。同时，在制度设计、修订和实施的全过程中，都要始终把横向协调放在重要位置上。

（4）承包方案一定要有安全生产的内容　现在市场经济充满了竞争，企业在从事生产经营活动中，一般采用承包的方式，在承包的合同、协议和方案中，一定要有安全生产的内容，这样就体现了"安全第一"的原则。正如江泽民同志所指出的"任何企业都要努力创造经济效益，但是必须服从安全第一的原则"。承包方案中列入安全生产的内容，用经济杠杆来调节安全生产工作，做到重奖重罚，有利于调动人的生产积极性，有利于使安全生产工作和经济利益挂起钩来，有利于使安全生产作为各项工作的基础、先导、前提。

4. 人、财、物优先保障安全生产需要

安全生产需要人、需要钱、需要物，俗话说"巧妇难为无米之炊"，因此，企业在落实"安全第一"方针中人、财、物的到位是做好的体现。

首先，要有机构。安全生产法、职业病防治法、消防法等法律强调了企业必须建立健全安全生产管理机构，也就是说，安全生产工作必须有专门的机构来管理。在专设机构中，还要配备数量足够、素质较高，有一定管理水平和业务能力的专职管理人员、技术人员，这样才能满足企业安全生产的需要。

其次，要有资金。经济是基础，在当今社会中，要想搞好一项事业，办成一件事情，没有雄厚的资金是行不通的。企业的决策层及最高管理者，要在"安全第一"方针的指导下，确保企业安全生产工作所需的资金，要坚决克服职工群众常说的"无钱买药材，有钱买棺材"的那种现象。安全生产法等法律规定了企业安全生产资金的保障。没有钱如何装备安全生产，资金不到位如何整改隐患。因此，资金的到位是企业安全生产的基础。

再次，要有一定的物资。安全生产需要一定的物质来保障，因为安全生产不是凭空地说安全就安全了，而是靠一定的方法、手段和措施来达到安全生产，这些方法、手段和措施就需要一定的物资，如预防事故发生的检测、报警设施、设备安全防护设施、防爆设施、作业场所防护设施、安全警示标志；控制事故发生的设施，泄压和止逆设施、紧急处理设施；减少与消除事故影响的设施、防止火灾蔓延设施、灭火设施、应急救援设施、逃生避难设施、劳动防护用品和装备等。这些确保安全生产的设施都是企业将危险因素、有害因素控制在安全范围内的方法、手段和措施，是落实"安全第一"方针最好的诠释。

◆ 必须牢固树立"安全第一"的思想。

◆ 夯实"三基"安全基础工作。即：基层、基础、基本功。

◆ 企业管理的全部内容和全部过程必须把安全放在首位。

◆ 把安全第一方针作为选拔、任用、考核干部的重要内容。

◆ 把安全工作纳入党政工作的重要议事日程。

◆ 人、财、物必须优先保障安全生产需要。

第三章 "大安全"举要

◆ 大安全是由政府统一领导，社会多部门参与并合理使用社会资源，对造成人员、家庭、社会公共秩序、生产秩序的各种危害或威胁给予全面系统的预防和控制。

◆ 大力普及安全发展思想观念，努力形成一种全社会"讲安全、要安全、保安全"的局面，正确处理经济建设与安全发展、经济效益与安全生产的关系，建立有效的约束机制，提高各级领导干部抓好、管好安全生产的自觉性。

◆ 完善安全生产法律体系，加强安全生产专业执法队伍建设，加大对违法违规行为的惩处力度。

◆ 理顺安全监管体制，增强企业安全生产能力，细化安全防范制度，尽可能减少生产安全事故对社会稳定的负面影响。

第一节 概论

一、定义

安全是人类生存发展的内在环境的良好状态，它包括自身的躯体和心理方面，也包括身体以外的环境，如社会秩序、文化、经济、制度、自然、生态、国家等。"大安全"的定义应该是：由政府统一领导，社会多部门参与合理整合可用社会资源，对造成人员、家庭、社会公共秩序、生产秩序的各种危害或威胁给予全面系统的预防和控制。

二、特征

从"大安全"的定义中可看出，"大安全"的特征主要有以下几个。

① 以人为本，紧紧围绕人这个中心开展安全工作。

② 坚持实事求是，一切从实际出发。

③ 政府主导社会综合安全工作，并对所有安全工作承担领导责任。

④ 全社会共同参与，促进社会的稳定和进步。

⑤ 社会资源的整合与共享，这不但降低了成本，而且提高了效率，使覆盖面更广，与国民经济快速发展相关联。

⑥ 社会各界对各自的直接安全负责，对公共安全承担义务。

⑦ 涵盖社会所有安全以及与安全相关的内容。

⑧ 既要预防和控制近期或当前突出的各种安全隐患和危害，而且还要预防和控制长久的、以后可能发生的各种安全隐患和危害。

⑨ 安全理念融入个人、家庭、社会和政府的所有行为中。

三、外延

主要包括：食品安全、饮水安全、治安安全、婚姻安全、生长发育安全、交通运输安全、消防安全、医疗安全、用电安全、燃烧用天然气安全、环境安全、文化信息安全、就业安全、财产金融安全、学校校园安全、公共场所设施安全、国家安全等。

第二节 战略途径

一、明确战略理念

首先，尽快制定安全发展的战略目标。中央明确提出要坚持节约发展、清洁发展、安全发展，将安全发展作为一个重要理念纳入我国社会主义现代化建设的总体战略。为了更好地指导和促进全国的安全生产工作，中央也应该制定一个建设安全保障型社会的安全发展战略目标，并结合全面建设小康社会的进程安排，明确实现这一战略目标的阶段性要求及其具体指标。

其次，大力普及安全发展的思想观念。大力普及安全发展思想观念，努力形成一种全民"讲安全、要安全、保安全"的局面。尤其应重点抓好党政领导干部和企业监管人员的教育，使他们懂得正确处理经济建设与安全发展、经济效益与安全生产的关系。而且，要建立有效的约束机制，通过完善政绩考核评价标准，提高各级领导干部抓好、管好安全生产的自觉性；通过推广实施安全隐患挂牌警告制度，促进企业监管人员增强安全生产的危机感。

加紧完善安全生产法律法规体系。目前，全国人大、国务院及相关部门颁布实施的安全生产法律、法规、规章和司法解释约有150部，国家安全生产方面标准约有1500项，安全生产的法律法规体系初步形成。但是，目前安全生产法制建设与严峻的安全生产形势仍然有很大差距。因此，今后立法工作的重点应该是：完善现行规定，如对《安全生产法》生产经营单位、主要负责人、从业人员等术语的内涵和外延，以及安全生产责任主体、职能部门权限划分等进一步做出明确界定；加强配套立法，如尽快制定建设项目安全设施"三同时"（即与主体工程同时设计、同时施工、同时投入生产和使用）的具体实施办法；消除立法盲点，如出台职业安全保护、安全生产培训等方面的法规；修订过时内容，如将《矿山安全法》的主体执法部门由劳动行政主管部门修改为安全生产监管部门等。

加强安全生产专业执法队伍建设。安全生产法律法规的落实，离不开一支高效、精干、务实的专业执法队伍。应建立健全乡镇、街道安全生产执法机构，改善监管装备、办公经费、工资待遇等方面的条件，吸引更多责任心强、业务素质高的人员进入执法队伍，尽快解决基层安全生产执法人员数量不足的问题。加强对执法人员的日常管理和教育，提升其公开执法、公正执法、文明执法、廉洁执法的意识和水平。另外，也可考虑组建兼职或非在编的监管队伍，以降低执法队伍建设成本。

加大对违法违规行为的惩处力度。当前，一些生产经营单位之所以频频出现安全生产方面的违法违规行为，并引发各类生产安全事故，一个重要原因就是安全生产执法的惩处力度不够。因此，应进一步强化安全生产监管、安全技术标准、违法行为追究制裁等法律法规的执行与约束力度，提升安全生产执法的权威性。通过加大事故查处力度，严肃追究事故责任人的经济、行政及刑事责任，提高加大违法违规代价，使有关人员特别是单位负责人意识到违法违规生产经营得不偿失，从而消除其侥幸心理。

二、理顺监管体制

建立职能部门在安全生产监管中的分工合作机制。因安全生产涉及的行业、领域及环节众多，必然导致安全生产监管工作所涉及的职能部门众多，从而难免出现监管部门职能交叉、权力分散、监管不到位、政出多门等问题。在安全生产监管上，应建立一套权责一致、分工合理、运行高效、监管有力的体制机制。

一方面，应进一步明确安全生产综合监管部门与专门监管部门的职责，逐步推行监督与管理职能分开，避免交叉重叠或遗漏缺失；另一方面，应建立健全安全生产委员会会议、部门联席会议、联合执法及信息通报等工作制度，使各个部门能够密切配合、通力协作、无缝衔接，形成抓好安全生产工作的强大合力。

另一方面，理顺各级政府在安全生产监管中的督促协作关系。为了解决一些地方过多干扰职能部门安全生产监管工作的问题，在条件成熟时，可考虑建立省级以下安全生产监管机构的垂直管理体系。安全生产投入对加强安全生产至关重要，各级政府应合理划分安全生产投入方面的责任，并建立和落实安全生产专项资金制度，增强对安全生产监督检查、公共安全隐患治理、安全生产宣传教育等方面的资金投入。

还要发挥各级组织在安全生产监管中的服务促进作用。各类行业协会、中介机构和群众组织在安全生产监管中扮演着重要角色，应鼓励和支持他们更好地发挥作用。行业协会应增强自律功能，认真研究制定安全生产行业标准，积极组织开展安全生产教育培训；中介机构应创新活动方式，为企业安全生产提供技术咨询、风险预测、资质评估等方面的服务；群众组织应利用自身优势，推动职工和居民积极参与本单位、本社区的安全生产，依法维护自身安全生产权益。

三、增强企业能力

健全安全生产责任制度。安全生产重点在基层、关键在管理、要害在细节。生产经营单位身处安全生产一线，在安全生产管理方面，要重视学习国外企业的先进理念、模式、办法和经验，如"所有事故都可以预防"的安全管理理念，"零事故零伤害"的安全管理办法等。同时，应及时总结推广国内一些企业创造的安全生产承诺制度、无缺陷管理和精细化管理等好的安全生产管理的做法和经验。

强化安全生产科技创新。鼓励企业积极采用安全可靠实用的新技术、新工艺、新设备、新能源和新材料，不断增强企业安全生产的物质基础。对安全隐患突出的落后工艺和设备，应通过严格执行安全技术标准，协助企业实现转型升级，及时予以淘汰或更新。对瓦斯灾害、矿井火灾、危险化学品的防火、防爆、防中毒、建筑施工的高处坠落、道路交通事故防治等安全生产领域的关键技术，应加大科研攻关力度，力争早日突破。为安全生产提供强有力的技术支持。

加大安全生产投入力度。应分行业、分规模地确定安全生产保障与技术投入的最低标准，发挥好制度的约束与引导作用。建立和完善强制性企业安全费用提取使用、安全生产风险抵押、工伤保险、安全生产责任保险等制度，运用保险费率、信贷资格、税收标准等经济手段和利益杠杆，促使企业加大安全生产投入力度。现阶段严格执行国家安监总局和财政部联合发布的财企【2006】478号文。

加强安全生产教育培训。当前，安全生产教育培训应以高危行业企业负责人、安全管理人员、特种从业人员及农民工等群体为重点对象，在针对性、经常性、有效性、强制性等方面下更大的功夫。应在普及一般性安全生产知识的同时，对不同的行业和工种进行有针对性的培训。在各个生产经营单位，应经常性地组织开展安全警示教育，以典型案例引导从业人员提高安全生产意识。此外，还应进一步严格落实持证上岗制度。

四、细化防范制度

切实加强安全生产源头的管理。源头管理对安全生产具有事半功倍的效果。各级政府和有关部门应从严控制高危行业市场准入，从严落实安全生产许可制度，从严管理建设项目审批。同时应督促企业严格执行安全设施与主体工程"三同时"制度，从源头上有效降低企业安全生产风险。

建立健全隐患排查治理机制。应依法做好重大危险源的普查、登记、评估和监控工作，加强对重点企业、重点场所、重点部位、重点设备的监管和动态监控，发现安全隐患和异常情况立即解决，确保万无一失、防患于未然。各生产经营单位应建立安全隐患排查、监控和治理的责任机制，加强安全隐患信息档案的管理。实行安全生产举报奖励制度，鼓励群众对安全生产重大隐患和违法违规行为进行举报。

有效处理生产安全突发事件。各级政府应结合本地实际，建立健全安全生产应急管理体系，制定安全生产突发事件应急预案，构建反应迅速、保障有力的应急救援指挥系统，加强应急救援队伍、装备和物质建设。一旦发生安全事故，就有能力有效应对，将损失降到最低。同时，还应完善事故赔偿和信息发布制度，及时化解安全事故引发的矛盾纠纷，尽可能减少安全事故对社会稳定的负面影响。

第三节　发展走向

一、安全观念：从传统到现代

安全观念作为人们通过安全活动观察、思考和实践获得的安全知识或安全思想，其对人们所采取的安全行动具有指导意义和决定作用。作为一个集合概念，安全观念包括安全本质观、安全目的观、安全内容关、安全方法观、安全功能观、安全制度观等。由于安全观念在很大程度上支配着安全运行的模式及其过程和结果，所以，上述具体的安全观必然要对企业的方方面面产生直接的影响。如作为区别于其他社会活动的根本性认识，安全本质观关系到安全基本思想，安全理论的正确性、科学性及其基本属性的确认；安全目的观决定着培养员工及大众的安全要求、标准及与之配套的制度的建立、实施方法的选择；而安全功能观则影响到安全对国家、人类社会、组织及其个人的价值和作用的认识，以及与社会诸方面关系的确定等。因此，安全观念自然成为安全改革与发展中首当其冲的内容。尤其是随着社会经济发展的深入，现代科学技术的迅猛发展，国际社会的激烈竞争，安全传统观念中诸多业已落后的方面受到了严重的冲击，与此同时，那些与现代社会相吻合的安全观则受到了人们的青睐并逐步渗入到具体的安全工作实践中。

毫无疑问，符合现代社会运行规律并满足现代社会发展需要的现代安全观对传统的安全观的取代是历史的必然，但这并不意味着对传统安全观的抛弃，因为现代安全观是建立在传统安全观基础上，吸收和融合了诸多传统安全观之精华，并反映现代精神的新型安全观。如现在安全科学的发展是在安全知识、安全技能和生产实践的基础上发展起来的。

二、安全制度：从刻板到灵活

安全制度是国家根据本社会的性质及其现实发展水平制定的利于国家对安全生产、安全管理进行组织、领导、管理的安全生产方针、政策、法规、条例，以及对安全机构的设置和权限规定。安全制度是维护企业生产正常运行，防止事故和企业内部随意性的保证和权力规范。故此，安全制度必须具有相对的稳定性和一定的刚性。然而，由于现代社会急剧变化，对安全工作提出的要求必然要反映到对安全运行作出规定的安全制度上。因此，安全制度的过分刻板和毫无松动可能的不变性则会极大地掣肘和阻滞安全改革、安全发展的进展。

正是因为安全制度对安全工作的制约和发展具有如此的重要作用，因此，为满足安全工作对未来迅速变化的社会作出相关反应的需要，安全制度还应具有适当的灵活性，以便安全工作从中获得作出新选择的弹性空间。在这种安全制度的灵活性中，首要的是体制的灵活性。大安全的一个基本特征就是多元安全监督体制的并存，亦即除政府履行国家监察职能外，企业要对自己的安全工作负责，乃至每一位公民，每一位员工都有监督安全工作的权利和义务，都处在全社会齐抓共管安全工作的氛围中；社会各界对安全工作的渗透将成为今后重要的安全工作趋向，安全不仅要求在生产过程中，而且要求在生活过程中以及整个生存领域里，这就是大安全观。

三、安全对象：从员工到全民

安全对象不受限制亦即安全机会均等或全民安全，这是社会高度文明的重要标志，也是未来大安全的重要特征。因为，享受安全的权利是人全面自由发展的必要前提。其实，安全机会均等作为一种安全理想和安全发展原则，近现代以来人们就进行了努力的追求。如西方教育增设了安全公共课程，其目的就在于促成人人接受安全教育机会的均等。

尽管在安全机会均等的时间过程中遇到了诸如经济、性别歧视等重重困难，但整个社会仍在义无反顾地致力于"人人都要安全"这一全民的目标和原则的追求。受现代社会文明影响的人们已经认识到"人的命运决定于安全"，而且未来社会的兴衰也愈发依赖于有多少人接受过安全培训。已故罗马俱乐部主席佩切伊博士就指出：未来的发展不仅仅依靠某些杰出人物的素质，而且取决于亿万人民的素质；同理，未来安全事业的发展不仅依靠某些杰出人物的安全素质，而且取决于亿万人民的安全素质。事实上，世界上许多贫困国家和地区长期未能摆脱贫困的很大原因并非他们缺少杰出人物，而在于他们中人数最多的劳动者在整体上缺乏应有的科技文化素质，当然包括安全科技和安全文化素质。由此说明，享受安全机会的均等不仅是个人，同时也是整个社会继续生存和发展的需求。

为了让更多的劳动者及其后代都获得享受安全的机会，当前一个最深入人心且最有成效的努力就是在全球展开的安全文化活动。因为，安全文化是以安全为中心，建立在物质文化基础上的，与安全意识和安全活动密切相关的精神文化活动的总和。弘扬安全文化，大力倡导安全文化建设，就是以文化为载体，通过文化的渗透来促进人的科学的安全价值观的形成，并规范人的安全行为；应用"文化力"的影响为人们提供安全生产、安全生活、安全生存的思维框架，使人们在自觉自律中舒畅地按正确的方式行事。故此，得出结论：安全工作是全民的工作，安全工作对象即是全体公民。

四、安全空间：从封闭到开放

安全活动空间的开放具有极其丰富的内涵，归结起来即安全活动的社会化和国际化。安全活动的目的就在于促进社会的安全化以帮助全体公民更好更快地理解、适应和创造社会。如此看来，传统安全管理中，企业在一块圈定的地皮上砌起一堵围墙以便把企业与社会从空间上隔离开来，求得一种所谓清净纯化的安全环境的做法，是与现代大安全的宗旨相悖逆的。考察那些在完全封密的企业中工作的员工的情况，虽然不能说他们与社会格格不入，但对社会的难以适应及双方存在一定距离却是基本的事实。企业安全工作的这种不甚成功首先被大企业（集团）认识到，于是出现了大安全概念。现在市场经济的大气候已经形成，企业资产重组，低成本扩张、大型化、集团化、跨行业、跨地区甚至跨国界的规模已成事实，因此，企业安全工作的社会化、国际化已是新的走向。

其实，企业安全工作的开放并不在于"围墙"拆除而获得空间扩展这一形式，而主要在于它走出自我封闭的空间而成为社会整体安全的一部分的实质。这种大安全趋势的出现具有理论和现实的基础：首先，从一个优秀员工的生长情况看，他的各个方面并非企业熔炼的全部结果，而只是其部分影响的结果，故此应当承认企业对一个优秀员工的培育不过是一种有限的培育力量。正因为如此，作为具体承担安全管理职责的企业就必须有意识地把其他虽不正规的机构却具有公共安全影响的领域，如家庭、学校、广播电视台、电影院、科技馆、文化宫等社区安全文化活动的场所纳入自己的大安全系统，自觉地、有计划地、有组织地利用社会各种具有安全活动机制的公共资源和设施，并积极选择吸收企业外各类有关人员参与企业安全工作，从而把企业安全力量和非企业安全力量从相互独立关系变为一种新型的合作关系，以满足企业员工走向社会、了解社会、参与社会变革的需要，最有效地扩大、巩固安全生产和安全管理成果，形成企业、家庭、社会安全工作一体化。

其次，随着人民群众现代生活的极大丰富和发展，安全需要已成为公众的一致需要，安全工作不再是企业独自的工作，企业有责任把自己的触角伸入到企业周围及更广阔的社区生活中去，成为社区安全的中心，承担起社区改造、发展及提高社区成员安全素质的任务。

五、安全时限：从在职到终身

安全工作作为社会稳定、家庭美满的一个安全因素，对社会的每个人特别是对企业员工来说，时限是不断的，从在职到终身永久享用。自二十世纪初大工业化社会的到来以及现代社会工作的多样化、复杂化、现代化，要求从业者安全的程度不断提高。人们愈来愈感到在这样一个瞬息万变的生活环境里，以往那种一次职前劳动安全教育终身受用的格局已被打破，取而代之的是，要培养人们，使其在安全知识、安全能力诸方面具有适应社会日新月异发展的终身安全观念。

终身安全作为一种把安全工作贯穿于人的整个一生的安全思想，主要是通过成人安全教育和继续安全教育的手段，以回归安全教育和循环安全教育的形式来实现的。终身安全是企业安全在时间和职能上的延伸，它使企业安全从过去的仅对在职员工安全健康进步到对人们的职后乃至整个人生都有责任。其宗旨是通过不间断的安全活动，使人在安全价值观念、安全科学文化知识、安全生产工作能力等方面都能应付社会必然要发生的变迁并与之发展保持同步。

终身安全的迅速发展将成为未来大安全不可逆转的趋势，一方面得益于现代社会为之形成和发展创造的必须的物质条件，另一方面得益于国家和政府以立法的手段给予了终身安全顺利实施的制度保证。我国的《劳动法》、《防洪法》、《防震减灾法》、《消防法》、《安全生产法》、《职业病防治法》、《食品安全法》、《突发事件应对法》等，是全民终身安全的法律保证。

六、安全内容：从小学科到大学科

有关安全的概念很多，例如：安全生产、安全管理、安全技术、安全科学、安全思想、安全意识、安全文化、安全教育、安全监察等，这些概念都从不同角度，部分地表达了安全的内容。这些内容对一个企业、一个社区乃至整个社会的安全工作均是离不开的，特别是安全科学体系的建立，具有了相当强的学科科学性、专业系统性、人才实用性、市场兼容性、发展扩延性等性质，构成了安全大学科知识结构。包括旨在促进人们对社会科学、自然科学、人文科学的了解、扩充知识层面、开阔文化知识视野，形成社会和知识体系的整体观念，促进不同学科知识及思维方法的互相迁移，提高人们具有创造力的普通安全、共识安全、跨学科安全、综合安全等。

我国1993年7月1日实施的国家标准GB/T 13745—92《学科分类与代码》中"安全科学技术"被列为一级学科（代码620）及其下列"安全科学技术基础"、"安全学"、"安全工程"、"职业卫生工程"、"安全管理工程"5个二级学科和27个三级学科，组成了一个开放型的安全科学技术一级学科体系。我国第四届科学技术协会主席朱光亚院士在全国学科发展与科技进步研讨会上书面发言中讲到："在1993年7月1日开始实施的国家标准《学科分类与代码》中，实现以'安全科学技术'为名列为该标准的一级学科（代码为620），为在学科分类中打破自然科学与社会科学的界限；设置'环境、安全、管理'综合学科，从而在世界科学学科分类史上取得突破做出了贡献。"这就是说，大安全观的树立，使安全内容从小学科结构扩展为大学科结构。

七、安全手段：从非电子媒介到电子媒介

多少年来，企业的安全教育工作主要依靠教师的言传身教，安全生产工作主要是依靠手工劳动方式进行的，这种单一、低效的传统模式。随着电子、通信、信息处理等软件技术的高度发展及其在安全工作领域的广泛运用而受到了严重的

挑战。我们知道，随着物质基础在安全信息处理、存储和传播过程中的运用，安全技术得到了很快发展，于是，并行于非电子媒介的教师、教科书、黑板等，包括幻灯、电影、投影仪、收录机、实验室、广播、电视、微机及其网络、交互电视录像光盘在内的多种电子媒介迅速投入到安全工作中，从而极大地丰富了安全活动的方式，并促成了以现代安全科学技术为理论和物质基础的安全手段的出现和发展成熟。这标志着安全工作从手段上进入了一个全新的阶段。

从宏观意义上看，电子化彻底改变了安全工作仅能允许有限的员工在有限的空间进行安全活动的模式，极大地扩展了安全活动的时空，使企业安全活动延伸到远离企业的所有地域和人群，实现了近距离安全问题远距离安全关注的转变，促进了安全工作的普及和提高。如广播中的安全信息，电视中的事故通报，特别是通信卫星的运用使安全信息覆盖面扩大到所有想接受安全信息的人。在我国这些电化手段的普及率越来越高，也为以电化安全活动为手段的远距离工作提供了现实基础。从微观意义上看，电化安全活动从根本上改变了安全工作中的手工劳动方式。幻灯投影、电影录像、计算机辅助等多种电子媒介的使用，一方面改善了安全工作者的劳动条件，提高了安全工作效率；另一方面丰富多样立体化的安全工作手段，五彩斑斓、寓教于乐，又充分调动了全民掌握安全生产知识的自觉性，充分感染了企业员工的安全生产积极性，充分熏陶了全体公民的安全注意力，从而极大地提高了安全工作效果。

第四节　运作实例

美国是大安全系统管理搞得比较好的国家之一，21 世纪初，他们在安全管理中制定了 2003 年至 2008 年职业安全与健康战略目标。通过实施一系列的大安全保障措施，取得了明显的效果，值得我们借鉴。

一、战略总目标

这个战略目标是：到 2008 年时，工作场所职业事故死亡率降低 15％。到 2008 年时，工作场所职业事故伤残率和职业病发病率降低 20％。

二、保障措施

为了实现"五年战略目标"，美国职业安全与健康监察局制定了三个保障措施，作为工作的重点。

1. 通过直接干预来降低职业危险

（1）增强降低重点领域职业风险目标的针对性，最大限度发挥直接干预的影响

① 对信息进行年度分析，以便确定最佳直接干预目标。

② 每年交流一次工作重点和有效的干预方式。

(2) 通过直接干预重点领域工作场所来降低职业伤害与职业病带来的危险

① 重点监察发生过人员死亡事故,雇员投诉,伤残事故高发的工作场所。

② 为高危险工作场所提供安全咨询服务。

③ 增加高危险工作场所参加职业安全和健康隐患及危险认知计划的人次数。

④ 保护检举者的利益。

(3) 提高直接干预的效果

① 分析直接干预的效果,从而得到判断他们对死亡率、伤残率和发病率的影响。

② 制定并及时调整战略措施,包括重新选定目标区,以提高直接干预活动的影响。

③ 分析指导原则和标准的效果,确定所需做出的调整策略。

2. 为企业吻合与遵守法规标准提供支持,开展合作性项目和强有力的领导,来促进职业安全与健康文化建设

在工作场所建立安全与健康文化氛围,将安全与健康理念植入更广泛人群的头脑中,使全体从业人员为建立安全与健康的工作环境而努力。美国职业安全与健康监察局更需要在促进企业吻合与遵守法规标准方面提供支持,增强企业保障作业场所安全与健康的技能和创新能力。

(1) 提高职业安全与健康监察局抓关键问题的能力,以最大限度地在促进企业吻合与遵守职业安全和健康法规标准方面提供支持、领导、超越性服务的能力,强化合作性项目计划的实施,全面增强职业安全监察局的影响力。

① 增强收集、跟踪和分析重点领域信息的能力。

② 查找存在关键问题领域,以改善工作场所的安全和健康状况。

a. 年轻人的死亡率、伤残率和发病率;

b. 移民和其他不易监察到的雇主和劳动者;

c. 交通死亡事故;

d. 工作场所暴力死亡事故;

e. 小型企业,尤其是职业安全与健康监察局的重点工作领域的小型企业;

f. 发挥"设计安全"运动的潜力,建造安全与健康的工作环境;

g. 分析各种风险可能存在的机会,确定工作重点和目标,每年交流先进的工作经验。

(2) 大力推进工作场所安全与健康文化建设

① 加强在促进企业吻合与遵守职业安全与健康法规标准方面提供支持,强化职业安全监察局的执法技能。

② 加强与那些安全和健康工作做得好的组织的合作与交流。

③ 通过与全国人机工效顾问委员会的合作,提供超越性服务、培训教育课程和发布人机工效指导原则;通过创建合作伙伴和联盟关系,来增强美国职业安

全与健康监察局在工作场所人机工效方面的影响力。

④ 加强在促进企业吻合与遵守法规标准方面的提供连贯配套的支持，通过有针对性的沟通等方式，来增强人们对消除安全与健康危害是企业、工作场所和日常生活中最具价值的重要理念。

⑤ 通过促进认知计划的开展，组成伙伴或联盟合作方式，增强安全与健康价值观。

⑥ 增加已经实施的，针对突发事件的应急救援项目的数量，并与国土安全部合作，以便能及时提供专家支持与救援。

⑦ 加强与国家职业安全与健康研究院的合作关系，以提高职业安全与健康监察局在应对安全与健康问题方面的知识。并加强与其他政府机构间的联系，提高职业安全监察局在推进安全与健康文化建设方面的能力。

(3) 增强职业安全与健康监察局在促进职业安全与健康方面的工作效率

① 分析在促进企业吻合与遵守法规和标准方面提供支持、实施合作性项目和加强职业安全与健康工作领导方面所作努力的效果和效率，以评估它们对降低死亡率、伤残率和发病率的影响。

② 制定战略实施过程中的调整，确定新的安全目标和领域，开发新的安全教育培训方式，提高咨询服务，促进企业吻合与遵守法规标准方面的支持，合作性项目和职业安全与健康工作领导方面的影响。

3. 增强美国职业安全与健康监察局强制执行能力与基础设施，实施检查效能及效率的最大化

(1) 增强美国职业安全与健康监察局在信息收集、分析，制定有针对性目标和业绩评估方面的能力

① 增强美国职业安全与健康监察局获得职业安全与健康信息的及时性和准确性。

② 增强美国职业安全与健康监察局发现和检测新出现的安全与健康问题的能力。

③ 增强美国职业安全与健康监察局衡量计划执行效果和有效性的能力。

④ 把与客户的沟通作为一个重要的信息来源。

⑤ 增强与实行自主职业安全与健康项目州、国家职业安全与健康研究院及其他安全与健康组织和研究机构间的合作以及信息交流。

(2) 增强美国职业安全与健康监察局对职业健康工作方面的影响

① 对现行职业健康战略和取得成就的评估。建成可增强职业安全监察局办事效率的框架。

② 增强美国职业安全与健康监察局在检测和控制工作场所发病率的能力。

(3) 增强美国职业安全与健康监察局对人力资源方面的战略管理

① 确保美国职业安全与健康监察局能够通过开展广泛的劳动力技能评估，实施人力资本开发战略计划的方式来保证拥有实现其任务所需要的技巧和能力。

② 通过实施一系列计划来确保未来的领导地位。

③ 制定职业安全与健康发展鼓励计划，以提高未来的技术竞争力。

④ 增强对人才的招聘和培养，实现人才的多样化，确保留住人才。

⑤ 在美国职业安全与健康监察局内实施有效的安全与健康计划。

(4) 确保职业安全健康工作标准和指导原则的有效性，解决现存问题，找到促进工作场所安全与健康的最优工作方法

① 根据战略计划，制定工作标准。

② 审查、升级和调整现行的职业安全与健康标准。

③ 评估现行职业安全与健康标准在提高雇员的安全与健康状况，及对雇主生产成本等方面的影响，尤其是对小型企业的影响。确保是否能开发出成本更低的安全健康工作方案。

三、几点启示

美国职业安全与健康监察局的主要职责是对工作场所监察执法，提供咨询服务，为企业提供遵守与吻合法规标准方面的援助，提供超越性服务，实施安全健康培训教育项目和合作性项目，发布职业安全健康标准和指导原则等，以促进工作场所安全与健康条件的不断改善，降低工作场所死亡率、伤残率和职业病发生率，以保证全体美国从业人员的人身安全与健康。

1. 注重法规标准的建设和修订，切实增强其可操作性

美国职业安全与健康监察局"五年"战略目标的重点工作内容之一是：在促进企业吻合与遵守法规标准方面提供大力支持。从职业安全监察局的发展历程看，他们特别注重法规标准的建立与严格实施。该局依据《1970 年职业安全与健康法》完成机构组建后，在两年多的时间里就制定出了一套比较完整、涉及基本工业行业的安全与健康的标准。这些标准操作性强，涉及范围广，关系大众的职业安全健康问题，非常贴近实际，具有很好的适应性。如《联邦法典 29 卷·职业安全与健康卷》、《联邦法典 30 卷·矿产资源卷》，每年依据安全监察过程中发现的问题与情况，科学地对一些条文进行修改，作为增补部分，补充到法规体系中，以保证企业在现有正常技术条件下既可以做到，又能有效防范危及作业人员人身安全与健康的事件发生。因此，监察员凡是在作业场所发现不依据法规标准来保障作业场所的安全生产与健康条件和防范事故发生的行为，将严格按章进行处罚。

同时，为促使企业的生产作业场所符合职业安全与健康法规和标准规定的条件，职业安全监察局还为企业提供免费服务与咨询。他们还明确规定，不符合法规标准规定条件的作业场所，雇员可拒绝作业，并向职业安全监察局进行投诉。

与此相比，我国在职业安全与健康方面虽然制定了不少法规标准，而且其中的规定也已经与国际接轨，但在执行法规标准方面却存在着许多不尽如人意之处。不要说中小企业，就是许多比较现代化的大型企业，在职业安全与健康方面

也存在着有法不依、有章不循的现象，在有些企业，法规标准成了一纸空文。这不能说是一种普遍现象，但也为数不少。

我们可以借鉴美国的做法，在各个工业行业的安全规程、标准制定方面抛开一步到位的不切实际的思想，本着既符合当前实际，又略有超前的思想来制定这些规程和标准，并随着经济、科技进步及时进行修订与完善，从而减少生产安全事故的发生。

2. 选定重点行业或领域作为监察重点

从 20 世纪 70 年代开始，美国职业安全与健康监察局就将主要精力放在监察特大恶性事故和对从业人员人身危害大的危险工作场所上，采取强制性的措施，瞄准重点、高危险工作场所安全与健康问题，进行整改。同时他们还配套建立起了一些特殊安全健康监察条例，以保障监察措施得到真正的落实。直到现在这个"五年"战略目标，依然将监察重点锁定在建筑业、交通运输业和作业场所暴力事件等高危行业。

我国对煤矿实施垂直的安全管理，煤矿死亡人数有所下降的实际情况充分说明强化对重点行业的安全生产检查可有效地减少所选定高危行业的事故死亡人数。因此，我国必须坚持对煤炭行业实施行之有效的垂直检查体制，以尽快扭转煤矿事故高发的被动局面。其他高危行业也可考虑实行安全生产工作的垂直管理。

3. 科学制定与分解控制指标，及时进行调整与修正

为保证战略目标的可靠实施，职业安全监察局根据不同行业、高危作业场所的具体情况，科学制定控制目标，切实做到具有可操作性。他们按照职业安全与健康危害的实际状况对目标进行分解，突出重点，有效降低了高危行业的职业死亡率、伤残率和职业病发病率。

同时，他们还制定出明确的战略保障措施，及时追踪在重点领域的实施效果，并根据每年实际运行情况和存在的问题来进行分析和修改。

其工作模式是：目标—执行—评估，如图 3-1 所示。这一点值得我们参考借鉴。因为制定任何目标，都可能受某些未知因素的影响，随着时间和科学的发展，势必会出现这样那样的问题。因此，必须根据实际运行中出现的问题来予以

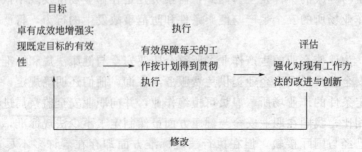

图 3-1　美国职业安全与健康监察局工作模式

修正，才能有效降低职业死亡率、伤残率和职业病发病率，达到保障从业人员人身安全与健康的目标。

4. 重视安全文化建设与教育培训工作

搞好安全文化建设、教育培训工作，是实现安全生产，降低工作场所死亡率、伤残率和职业病发生率的坚实基础。职业安全监察局所有工作的重点都是为了降低职业死亡率、伤残率和发病率，当不同的工作场所和作业环境，职业安全与健康方面的问题和原因也各不相同，降低死亡率、伤残率和发病率所采取的方式也不尽相同。直接干预是安全检查执法在确保工作场所的安全与健康方面必不可少的，但要彻底解决问题，还要在工作场所建立起良好的安全健康文化氛围，将安全与健康理念深深地植入广大从业人员的头脑中，使他们也为追寻相同的目标而努力。只有这样才能实现既定的战略目标，使所投入的资源得到成倍的增值，并全面提高安全检查的效能与效率。

我们列举美国在大安全管理中的这个实例，旨在学习和借鉴国外先进的管理方法，为我们的大安全管理提供一些可利用的东西。我国要从根本上扭转安全生产的被动局面，必须实行大安全管理，必须推动企业增加安全投入，重视对从业人员的安全教育和培训，全面提高管理人员与作业人员的安全文化意识，积极消除作业场所的各种事故隐患。实行大安全管理，其实就是贯彻落实"安全第一、预防为主、综合治理"安全生产方针的最好诠释。

◆ 大安全观念，从传统到现代。安全观念是安全工作改革与发展中首当其冲的内容。符合现代社会运行规律并满足现代社会发展需要，反映现代精神的新型安全观，是大安全观念之要义。

◆ 大安全制度，从刻板到灵活。安全制度是依据国家根本社会的性质及其现实发展水平而制定的。安全制度必须具有相对的稳定性和一定的刚性。

◆ 大安全对象，从员工到全民。安全工作是全民的工作，安全工作对象即是全体公民。

◆ 大安全空间，从封闭到开放。即安全活动的社会化和国际化。

◆ 大安全时限，从在职到终身。把安全工作贯穿于人的整个一生，终身安全将成为大安全不可逆转的趋势。

◆ 大安全内容，从小学科到大学科。随着"安全科学技术"列为我国一级学科国家标准，为在世界科学学科分类史上取得突破作出了贡献，使安全科学技术扩展为大学科结构。

◆ 大安全手段，从非电子媒介到电子媒介。电子化彻底改变了安全工作仅能允许有限的员工在有限的空间进行活动的模式，极大地扩展了安全活动的时空，促进了安全工作的普及。

第四章 "一把手"安全工作举要

◆"一把手"被赋予组织或集团的最高职权，"一把手"负有第一位的全面领导责任，"一把手"能够提供间接的、双重的、全方位的服务。

◆"一把手"在安全工作中，领导责任上具有全面性；领导过程中具有指挥性；领导形式上具有导演性；领导方法上具有统筹性。

◆"一把手"在实际安全工作中将起到：工作中的导向作用；决策中的主导作用；过程中的协调凝聚作用；用人上的选贤任能作用。

◆"一把手"在安全工作中必备的素质：高层次的政治素质，高力度的决策素质；高水平的能力素质；高智化的知识素质。

第一节 概论

一、"一把手"的内涵与外延

在我国现行领导体制中，无论哪一个单位或部门，都是由一个领导集团来领导，这就是我们平时所说的领导班子。每个领导班子都有一个成员担负总揽全局、统一指挥的全面责任。人们习惯把这个负有全面责任的主要领导者称为"一把手"。

1. 领导

领导是一个历史范畴。从一般定义上而言，领导有两层含义：其一，领导是一种行为过程，指对生产过程以及建立在生产活动基础上的社会生活过程进行组织、计划、指挥、控制和协调的一种有机运行过程。其二，领导是服务，它通过拥有一定权力、履行一定职责，为社会成员提供服务。

领导作为人类历史的实践活动，具有一定的特性。

① 社会历史性。领导方式总是一定生产力方式的反映。如小生产状态下与大生产条件下的领导方式截然不同。

② 制约性。领导的一切活动都受到主观条件和客观环境的制约。

③ 目的性。领导活动是有目的的，偏离目标的领导是无益的。

④ 能动性。领导活动并非被动地适应客观环境，而是发挥领导者、被领导者的创造力，具有能动地改造客观环境的作用。

2. 领导班子

是对领导群体（或集团）的通俗称谓。它是由不同职阶层领导者组成的、为达到预定目标，行使领导职能的整体。

从本质上看，领导班子是一个特殊组织，具有以下特性。

① 责权性。领导班子是拥有一定权力和负有特定责任的群体或集团。

② 集合性。它是由两个或两个以上的领导成员组织的集合性集体。

③ 目标性。任何领导班子都是根据某种需要而确定，有明确的目标和相应的功能。

④ 相关性。领导群体不仅在职权上相互联系，在其素质方面也相互作用、相互补充。

⑤ 整体性。成员之间及其他因素之间的关系上，一般服从整体目标的功能，需要协调一致。

领导班子是领导活动的主体，良好合理的领导班子是实现领导目标的前提和团体内聚力的象征。

3. "一把手"

"一把手"是一种通俗而习惯的领导称谓。"一把手"概念有着特定的"三要素"。

① 被赋予组织或集团的最高职权。"一把手"是一个单位或组织的主要领导人，被赋予最高的职务，享有最高的权力，这是其实施有效领导的资格和基础。

② 负有第一位的全面领导责任。"一把手"对领导班子的工作负有首要责任。"一把手"除了与一般领导者一样负有贯彻执行党的路线方针政策的责任外，还有自己的特殊职责，这就是对组织、整体和全面负责，承担组织、决策、计划、指挥、协调、监督等高层次的领导职责。

③ 能够提供间接的、双重的、全方位的服务。"一把手"的服务是通过领导班子间接实现的，是对上负责与对下负责的双重服务的统一，是包括工作、学习、生活等各个方面在内的全面性服务。

总之，"一把手"是被组织、群众或集团赋予最高领导权力、负有第一位的领导责任；具有统一领导、指挥和服务的特殊功能的主要领导者。当然在安全生产工作中亦然。这就是"一把手"概念的特定含义和核心内涵。

4. "一把手"概念的外延扩展

"一把手"尽管是人们对主要领导者的习惯称谓，但它本身是一种发展着的概念，其外延也在不断扩展，包括的范围也是十分广泛的。

一是指"带头人"。它包含有领袖、领导人、统帅、主将、书记、首席律师、第一提琴手、安全第一责任人等众多的涵义。

二是"高层领导者"。它包含有总统、总裁、长官、主席、议长、会长、银行行长、总经理、安全总监等涵义。

三是指经济组织、社会组织中的决策人物。它包含有总裁、总经理、指挥部、董事长、校长、会长、主任、导演、首席安全工程师等多种涵义。

四是指管理层，执行层中的领导者、机关各部门的负责人、临时机构的负责者。

二、"一把手"领导本质的特殊性

1. 共同属性

大家知道，领导首先是社会共同劳动和共同生活的社会需要。只要有人类的共同活动，有社会分工协作，就需要"一把手"领导者的带领、引导、指挥和协调。正如马克思所指出的："一切规模较大的直接社会劳动或共同劳动，都或多或少地需要指挥，以协调个人的活动，并执行生产总体的运动——不同于这一总体的独立器官的运动——所产生的各种一般职能"。如部落需要首领、工厂需要厂长、军队需要军官、乐队需要指挥等。"一把手"的这种带领、引导、指挥和协调的属性，是由人类共同的整体活动的客观规律所决定的。在企业安全生产活动中，一项重大的安全操作作业，如果群龙无首，一盘散沙，必然导致混乱和操作失败，轻者使过程中断，重者可能发生事故。"一把手"领导活动首先是保证社会生产正常进行的一个重要因素，是生产力发展的客观需要。这是"一把手"领导活动的一般的、共同的属性，从一定意义上讲它是"永恒"的。我们把这种属性称之为"一把手"领导者的共同属性。

2. 政治属性

社会生产过程中的领导关系，不仅反映了生产力发展的要求，而且是生产关系的体现。在生产当中，究竟采取什么样的领导方式，归根到底是由生产方式的性质决定的。例如在生产劳动者和生产资料所有者相互对立的生产方式中，它不仅不是生产过程的自然需要，更带有阶级压迫和阶级剥削的性质。同时，广泛地存在于政治、思想领域中的领导活动，尤其带有强烈的社会政治属性。正如恩格斯所说："由于社会生产力分工的发展，社会需要赋予少数人以全权，执行维护公共利益的社会职能"。不同阶级的"一把手"与被领导者之间具有经济、政治利益上的一致或对立的复杂关系。这种关系决定了领导的"政治属性"。

三、"一把手"领导者的基本特征

"一把手"与其他领导者比较，其基本方面有许多相同之处，那就是政治上平等，对被领导者都是领导者、都是服务等。但是，由于"一把手"与其他领导者在职务级别、权力范围、承担责任等方面具有明显差别，因而，"一把手"领导工作也呈现出一些基本特征。

1. 领导责任上的全面性

在领导班子中"一把手"主持总体领导工作，负有全面领导责任。重大问题集体讨论的组织工作以及决策的组织实施，都是由"一把手"抓总负责。同时，"一把手"不仅要对整体工作负责任，而且对各个单项工作同样负有领导责任，几乎涉及本单位工作的方方面面。因此，"一把手"领导具有全面性特征。

2. 领导过程中的指挥性

"一把手"在领导班子和社会活动中具有无可置辩的统一指挥权。没有"一把手"行之有效的组织指挥，领导班子的各项工作就无法正常地运转。正如马克思所说："一个单独的提琴手是自己指挥自己，一个乐队就需要一个乐队指挥"。要使党和政府的安全生产方针、政策得以全面贯彻，安全管理、安全生产得以有效地进行，就需要在领导集团内部有一个处于核心位置的人来实施"乐队指挥"的职能。"一把手"就是这样一个"乐队指挥"。这样指挥往往是强制性与教育引导的有机统一。

3. 领导形式上的导演性

每个"一把手"都是一定社会组织的领导者。他除了要完成好自己担任的社会角色所应该完成的一般任务外，还要充当好自己组织内其他社会角色的导演。导演要分配好组织内所有角色的任务，激发各角色内在的能动因素，不断激励、挖掘、催发各角色的安全生产积极性，协调处理好角色之间的复杂关系，这样，才能导演出一部生动活泼、卓有成效的社会戏剧来。这就是"一把手"领导的导演性特征。

4. 领导方法上的统筹性

"一把手"领导活动，往往要涉及各个方面，呈现多种多样的复杂形态。领导班子之间、成员之间、一般干部之间以及各个行业之间，既各有独立性，而又相互联系。这种"独立"与"联系"本身，就是一对矛盾。这就决定了"一把手"作为全面负责人不能顾此失彼，必须理顺各个方面的矛盾和关系。把各个方面都统筹起来，为实现总体领导目标服务。这就是"一把手"领导的统筹性特征。

在安全生产领域统筹能力是"一把手"能力素质的综合反映，主要包括洞察事物、战略谋划、整合协调和创造性思维等方面的能力，具有综合性、内核性、关键性、可塑性等特点。因此，各级"一把手"在安全生产中要提高领导水平，必须努力提高统筹能力。

（1）顺势应时——在抢抓机遇中提高统筹能力 抢抓机遇是统筹创新能力的必然要求。"一把手"在安全生产活动中，不但要顺应时代潮流顺时而进，而且要抓住有利时机趁势而上，同时还要掌握好办事节奏因时而动。顺势应时，抢抓机遇，必须克服"三大障碍"。一是克服胆怯畏惧心理，主动去发现问题，善于顺应情况变化，以积极的态度应对安全生产过程方方面面的挑战。二是克服过分自谦心理，努力去捕捉隐患。"一把手"应善于权衡利弊，抓住治理隐患机遇，捕捉安全生产战机、果断决策。三是克服懒惰侥幸心理，切实做到防患于未然。安全生产总是给有准备的人的，"一把手"必须对事故隐患早准备、早发现、早安排，以创新思维、统筹方法积极应对。

（2）整合资源——在推进安全发展工作中提高统筹能力 安全发展是企业"一把手"展示统筹能力的最好舞台。在安全发展工作的过程中，"一把手"要重视对领导资源的有效整合，发挥好三个方面的作用。一是重视整体合力作用的发挥。不仅要懂得依靠领导集体智慧的才能，运用科学的领导方法和手段，明确分工、强化责任，使各个领导成员在特定的安全管理领域里展其所长、避其所短，从整体上形成能力叠加和智慧叠加效应，还要调动各方面的安全生产积极性、创造性，凝聚民心、聚合民力，发挥好领导作用。二是重视整体资源作用的发挥。围绕安全发展，充分运用好人力、财力、物力、时间、信息等各种有效资源，搞好资源调度、整合，组织好"大兵团作战"，避免"单打一"，尽量减少不必要的浪费，提高资源利用效率。三是重视整体效能作用的发展。牢固树立全局一盘棋的意识，协调处理好少数与多数、局部与整体、当前与长远的关系，确保安全发展顺利推进。

（3）创新思维——在攻坚破难中提高统筹能力　人们常说："安全是个老大难，老大出来就不难"。有没有攻坚破难的本领，是检验"一把手"统筹创新能力高低的重要标准。在安全生产的具体实践中，要善于用创新的思路、手段和方法，解决安全生产中面临的新情况、新问题。一是在战略思维上创新。要敢于突破传统思维定式，既善于循序思维，又善于超越思维；既善于形象思维，又善于抽象思维；既善于正向思维，又善于逆向思维；既善于平面思维，又善于立体思维；既善于发散思维，又善于收敛思维。要变保守思维为创新思维，变单向思维为多向思维，变封闭思维为开放思维，变机械思维为辩证思维，以思维创新推动安全工作创新。二是在战略结构上创新。从改善组织内部循环模式和结构模式入手，善于抓住影响全局、关系长远的核心安全问题各个击破，实现组织的有效重组，努力对组织结构内核进行完善，以结构调整促进安全生产运行质量的提高。三是在安全生产的战略环境上创新，安全生产的环境是资源、是效益、是生产力。在确定安全战略目标和战略措施时，不仅要注意改善安全生产硬环境，而且要注意改善安全生产软环境，善于从创造良好的安全生产外部环境入手，促进一些久拖未决安全问题的解决。

（4）沟通协调——在处理复杂安全问题中提高统筹能力　运用沟通协调的方法处理复杂安全问题，是"一把手"统筹能力的直接体现。要解决好企业面临的各种各样的复杂安全问题，需要做到处理问题突出一个"快"字，处理手段做到一个"活"字，现场指挥体现一个"难"字。一是对上协调。对上协调是把上级安全生产政策与本企业实际相结合，把本企业情况转变成上级决策的过程，要常请示、多汇报、常联系、多沟通。争取得到上级的更多理解、关心、支持和帮助，以促进安全工作的顺利进行。二是左右协调。左右协调实质上是同级之间相互协作的问题。在协调过程中，要有高姿态，多做一些边缘性拾遗补缺的工作，不争功诿过，不争名夺利。三是对下协调。要善于调查研究、体察、把握广大从业人员的利益诉求，在兼顾各种利益关系的基础上，重点保护弱势群体的利益，设身处地为他们解决一些实际问题。在安全工作培训教育中，注重做耐心细致的说服、解释工作，以理服人、以情感人、以自身的人格力量赢得下级和员工的理解和支持。

5. 领导关系上的纽带性

"一把手"作为一级组织的负责人，他的一头与上级组织相联系，另一头与下级组织或职工群众相连接；既代表组织与组织内部的单个成员发生关系，又与其他左邻右舍的负责者发生各种联系，起着承上启下、联左顾右的纽带作用。"一把手"的这种纽带性特征，在社会化大生产和贯彻落实科学发展观、构建和谐社会过程中，将会愈来愈突出地体现出来。

（1）处理好全局与局部的关系　"一把手"必须牢固树立全局观念，正确处理全局与局部的关系，在安全生产领域，当局部和全局发生矛盾的时候，必须坚持局部服从全局，从而保证全局的利益。局部要服从全局，但服从不是盲从，需要在服从中创新，在服从中有所作为。做到这一点，就要全面准确地理解和把握党中央、国务院的安全生产方针和政策，领会其实质，并通过深入调查研究，掌握新情况，研究新问题，把国家安全生产法律法规、标准规范同企业的实际紧密结合起来，创造性地开展工作。要善于从整体和发展趋势上把握安全生产形势，从发展规律上把握安全生产方向。在胸怀全局的同时，保持局部安全工作的生机与活力，并以此服务全局、推动全局、发展全局。

（2）处理好上级与下级的关系　一是对上级服从并积极支持，绝不能搞"上有政策下有对策"。同时，要敢于指出和弥补上级的失误，不能为讨上级欢心而投其所好，助其错误蔓延，也不能害怕上级不高兴而沉默不语，而应当及时指出并纠正其失误。二是对下级放手不放纵。首先，在安全生产工作上放手，充分信任他们，让他们有职有权，不包办代替。其次，在人格上尊重，以礼相待，平等相处，与下级在感情上产生共鸣，以求取得安全行动上的一致和安全思想上的统一。再次，在政治上爱护，既给下级压担子，又注意培养提高他们的能力和素质，使他们逐步成为"靠得住、有本事"的干部。最后，在生活上关心，尽可能多地为他们排忧解难，使他们时时、处处、事事都能感到领导的关怀。

（3）处理好人治与法治的关系　目前，有些地方、有些企业、有些单位的"一把手"存在家长制作风，个人高度集权，把个人凌驾于组织之上，使组织成为个人谋利的工具，严重损坏了单位和企业的形象。党和政府明确提出要不断提高发展社会主义民主政治的能力，加快推进社会主义民主的制度化、规范化和程序化，贯彻依法治国基本方略，提高依法执政水平，改革和完善决策机制，推进决策科学化、民主化。在安全生产领域，也要正确处理人治与法治的关系，一定要依法管安全、依法行政、依法处理事故、依法整改隐患，这样，安全生产才能真正步入法治化轨道。

（4）处理好支持与监督的关系　在实际的安全生产工作中，"一把手"要真正负起总责来，必须有广大员工和班子成员的大力支持。一方面，每一名班子成员不仅要认真负起分管安全工作的责任，以做好分管工作的实际行动支持"一把手"，而且还要关心、关注全盘的安全工作，积极为"一把手"出主意、想办法，多为"一把手"排忧解难，这样才能形成安全工作合力，"一把手"才能切实负起责任来。另一方面，广大员工和班子成员要做好对"一把手"的监督，保证其把员工赋予的权利用来为员工谋福利。首先，"一把手"要光明磊落，自觉主动地接受监督。一个部门、一个企业、一个单位安全生产工作做得如何，领导班子状况如何，同"一把手"关系很大，如果"一把手"自身过硬，以身作则、敢抓敢管，领导班子就会有凝聚力，干部队伍就会有战斗力。这个部门、这个企业、这个单位的正气就会上升。相反，如果"一把手"自我放纵、滥用权力、违法乱纪，就可能带坏一个班子、毁掉一批干部、败坏一方风气，其次，要靠制度，要认真落实安全生产责任制，并把各项安全生产任务分解细化，落实到每位领导班子成员和有关责任部门，并明确工作标准和责任要求，使责任追究有据可依。

第二节 "一把手" 的地位与作用

所谓地位，是指人们在某一范围内所处位置的层次。"一把手"是一个表示地位的规定性概念，一般是指一个地区、一个部门或一个单位职务最高且被赋予第一位领导职责的领导者。但是，由于有些"一把手"对地位把握不准，出现"错位"现象，影响领导工作。"一把手"要找准位置，发挥作用，首先要对其地位有一个正确、清醒的认识。

一、"一把手"的地位的涵义

一方面，"一把手"是一个地区或部门的"执政首脑"，处于无可置疑的领导地位。另一方面，"一把手"虽然是组织的首脑负责人，又与其他领导处于平等的政治地位，与广大人民群众是平等的政治关系，始终处于党的领导和人民群众的监督之下。但是，由于"一把手"首先是经过组织选举，被人民或员工赋予了领导责任，代表人民的意志行使权力的负责人，其地位及责任与其他领导成员又有明显的不同。从"一把手"概念的质的规定性来分析，其地位的涵义主要体现在以下两个方面。

1. 居于领导班子的核心地位

任何一个领导班子都是一个有机体。这种有机体作为一个整体与外部发生种种联系，其内部有各种角色分工。在领导活动中，势必有一个中心人物，他把领导班子其他成员团结、凝聚在自己的周围，形成一个坚强的领导集体，这样才能保证领导班子活动的有序性和实现群体最佳效能。领导班子中的"一把手"，正是这样的中心人物，担负着团结、凝聚一班人的使命，处于领导班子的核心地位，这是班子中的其他任何成员所不能替代的。"一把手"的这种核心地位是社会集体活动的必然产物，是建设中国特色社会主义的客观要求，也是贯彻落实科学发展观、构建和谐社会、加快安全发展的必由之路。

2. 居于领导班子的主导地位

各级领导班子作为党和国家领导机构的组织，它的整个领导活动都是围绕实现党和国家总目标、总任务进行的，这就是全面地、正确地、创造性地贯彻执行党和国家的各项方针政策。在组织实施这一领导过程中，"一把手"始终处于主要的、支配的地位，有责任选用其权力和自然影响力（即非权力影响力），引导领导班子在政治上同党的最高领导集体保持一致，带领一班人正确地选择发展方向，确定领导目标，进行科学决策，组织决策实施，创造性地工作，出色地完成上级赋予的各项任务。这种责任决定了"一把手"在领导班子中居于主导地位。

二、职责地位与实际地位

1. 职责地位

上述"一把手"的核心地位、主导地位，是由其职责所赋予的，可称之为职责地位。一个人，不管是通过委任、选举方式，还是通过聘任、考任方式，一旦受命担任了一定的领导职务，就获得了相应的职责地位。只要不改变其领导职务，就不会改变这一地位。职责地位有其法定性。

2. 实际地位

"一把手"的实际地位是指其在同事、下属以至上级心目中所确立的地位。它是由其在领导实践中的作用所体现的。"一把手"并非天然地就是领导班子的核心，并非天然地处于主导地位，也并非一次任命就能实现。实际地位融合了"一把手"的思想、品质、才能、行为、作风等非权力因素，实质上是一个是否称职的问题。从职责地位到实际地位，是一个动态的过程。"一把手"核心、主导地位的确立，是在"一把手"活动的实践中锻炼、考验形成的。实际地位有其不确定性。

3. 职责地位与实际地位的关系

职责地位是实际地位的外在表现，实际地位是职责地位的内核。没有实际地位，职责地位就不会巩固甚至成为"空壳"；没有职责地位，也就谈不上实际地位。职责地位与实际地位的统一，是实现有效领导的前提。有的"一把手"以非凡的领导才能，卓越的工作业绩，经得起实践和时间的考验与检验，赢得了群众和员工的拥护和信赖，在人们心目中的实际地位与其职务相对应的职责地位相一致；而另一种现象也是大量存在的，就是"一把手"的不到位的现象，即实际地位低于职责地位，给企业甚至给社会带来消极影响。

一个"一把手"在班子中的地位，并不完全取决于他本人的主观意愿，而是由他发挥的作用所决定的。有的人认为，我既然是"一把手"，就一定拥有核心地位。其实，并非如此。"一把手"的核心地位一方面取决于组织上的安排。更重要的是自己要以崇高的思想品质，卓越的领导才能和优良的领导作风，真正赢得一班人和其下属的尊重、钦佩与信赖。实际地位是在领导实践中形成的，不是自封的。如果"一把手"仅仅以职责地位自居，不能团结、调动一班人的积极性，不能吸引、凝聚其他领导成员的力量，不能带领职工群众完成各项工作任务，这个职责地位只能是徒有其名。因此每一位"一把手"都要在领导工作实践中锻炼意志、增长才干、提高威望，使自己在班子中的实际地位与职责地位相符。

三、增强"一把手"角色意识

角色意识，就是对所扮演的角色行为模式的感知。由于"一把手"在领导班子中的特殊地位和作用，决定了他必须有较强的角色意识，才能担当起"一把手"的领导职责。

1. 位置意识

"一把手"在纷繁复杂的日常安全生产工作和事务中，应该认清自己的位置，明白哪里是自己应该管的，哪里是自己不应该直接管的，做到既不能渎职，也不能越位，这是实际科学领导的前提。一方面，要时刻意识到自己所处的"主角"位置当仁不让地到位尽职。各级"一把手"的主角地位，是由我党的执政地位、我国现行领导体制和建设资源节约、环境友好型、安全发展型社会的要求所决定，是客观的社会存在。为此，"一把手"必须理直气壮地进入"主角"状态，履行党和人民赋予的神圣职者，任何谦恭和畏缩、或是自暴自弃、知难而退，都不利于"一把手"地位的建立和权威的巩固，乃至给安全发展事业带来消极影响。另一方面，在安全生产中"主角"也不能越俎代庖，唱"独角戏"。有些"一把手"整天忙得团团转，疲于奔命，卷入"文山会海"以及琐碎事务中不能自拔，使安全工作秩序紊乱；有的事无巨细，包揽一切，眉毛胡子一把抓，到头来却事与愿违，成效不大。究其原因，就在于尚未找到属于自己的最佳位置而游离于角色之外，因而影响了领导效能。

一个人充当了某种社会角色，就必须增强该角色地位所要求的角色意识。"一把手"作为领导班子系统功能的主要调控者，要清楚地认识到，如果在安全生产中不能有效地运用自己的主导地位，使班子成员安其位、尽其责、避其短、展其长。创造出远远超出个体功能之和的良好的系统功能，那么，他就不是一个称职的"一把手"，当前，在我国人均 GDP1000 美元至 3000 美元之间，处于生产安全事故易发期、高发期，并且持续相当长的时间。虽然，我国的经济社会持续稳定发展，安全生产形势呈现总体稳定的态势，事故起数和死亡人数呈高位下降，但安全生产形势依然严峻，面对日新月异的新情况、新事物和纷繁艰巨的安全生产任务，更需要"一把手"站在全局高度，经常审视、反省自己是否忙到了"点子"上，是不是在干自己的活，从而不断校正自己的方位。"一把手"在安全生产中的领导过程，实质是不断寻找、调整和确定自己在全局安全工作坐标系中最佳位置的过程。

2. 责任意识

责任意识是指人们在履行社会职责，参加社会活动过程中表现出来的那种认真负责、责无旁贷的心理特征。不能要求每个社会成员都有这种心理意识。但作为"一把手",必须具有这种超乎常人的思想和精神。

(1) 职务责任意识 "一把手"不是显赫的官衔,而是责任的代名词。职务本身就是一种责任,职务愈高,责任愈重。而且,比较而言,责任比职务更本质,责任是第一位的,职务是第二位的;职务是尽到责任的手段,责任才是领导的真正属性,强烈的责任意识是"一把手"的美德,是"一把手"应具备的品质,是"一把手"干好工作的内在动力。没有这种责任意识,也就缺少当好"一把手"的基本条件。"一把手"居于不同于其他领导的地位,决定了他肩负着不同于其他领导成员的责任。因此,心系员工,安全第一的全局意识;位高任重、全面负责的自重意识;大权独揽、小权分散的权力意识;调解矛盾、协同众智的主导意识;勇挑重担,知难而进的中坚意识;忍辱负重、推功揽过的脊梁意识等,均是"一把手"应有的职务责任意识。强烈的职务责任意识是工作高度负责的前提。

(2) 时代责任意识 "一把手"时代责任意识的内容是个动态值,随着时代的变化、随着工作重点的转移而有所调整。不同的时期对"一把手"有不同的要求。目前,我国的安全生产正处在安全发展阶段,通过遵循"安全发展"的指导原则,坚持"安全第一,预防为主,综合治理"的方针,我国在安全生产实践中取得了持续的改进。现阶段以及今后一个较长时期里,我国安全生产都将表现为总体稳定、趋于好转的发展态势与依然严峻的现状并存。艰巨的历史任务要求"一把手"必须具有开拓进取的时代责任意识,认清安全生产的长期性、艰巨性和复杂性,居安思危、言危求进、持续努力、扎实工作,推动实现全国安全生产状况的稳定好转,为落实科学发展观和加快构建社会主义和谐社会而努力,"一把手"在安全生产工作中应有强烈的创新欲望,有勇于开拓工作新局面的特质和风格。

(3) 历史责任意识 领导活动是社会历史性活动,是人类整个社会实践活动中的一个特定组成部分,也是人类整个历史活动中的一个特定历史发展阶段。"一把手"必须有对历史负责的意识。对历史负责是指"一把手"所做的一切,必须符合客观规律,能够经得起历史的检验,摒弃短期行为。这就要求"一把手"首先要认清历史发展的规律,认清是谁在创造历史,主宰历史,推动历史前进,认清对人民负责和对历史负责的一致性,真正站在历史的制高点上,以实事求是的精神和科学的态度为党和人民的事业奋发工作。

实际上,我们每个人每天都在书写着自己的历史。在历史的长河中,人的一生是极其短暂的,"一把手"在任的时间更为短暂。这就要求在有限的时间里,以一种紧迫感、责任感、使命感,科学地、合理地利用一切能够利用的机会和条件,为人民的事业,为安全发展的宏伟大业,做出更大的贡献。"一把手"必须有这种情怀和态度。

3. 作为意识

"一把手"是广大群众和职工的领路人。是否具有坚定的政治抱负、远大的理想和强烈的作为意识,对"一把手"来说显得格外重要。每位"一把手"应该时刻意识到,党和人民将一个部门、一个地区、一个企业、一个单位托付给自己,这是人民莫大的信任,也是对自己的严峻考验,应该卧薪尝胆,竭尽全力去做好所承担的工作。"为官一任,确保一方平安","为官一任,振兴一方",创造显著的领导政绩。

有为才能有位,有大作为才能巩固真地位。当然,这种作为意识,不是追逐个人名利,也不是脱离实际的主观臆断的蛮干,而是抱负、理想、责任等高尚情操的综合反映。企业安全发展的前提是积累,没有积累,发展就无从谈起。有的"一把手"有着"创业艰难,守业保险"的太平官意识,不思进取,不敢闯,不敢创,在位数年,山河未改,面目依旧,让这样的"一把手"带班子,安全生产的事业就难以发展进步。企业的安全生产必须有好事依法办的理念。"一把手"努力为员工办好事、办实事,是他们经常考虑的问题,为员工办好事、办实事的出发点没错、落脚点也没错,但是要防止在中间环节,在实现途径上出差错。好事必须依法办,按规矩办。在法律法规许可的范围内,为员工办的好事,实事越多越好;不合乎法律、超越政策界限、违反各种规定的所谓"好事"、"实事",坚决不能变通办理。企业的安全工作要坚持公平和正义,任何一个企业都不可能没有矛盾,也不可能没有利益差别与冲突。关键是"一把手"如何解决好矛盾,使不同群体之间的利益冲突得到恰当的处理,充分体现公平、公正和正义,从而实现企业内部的和谐。在现实生活中,许多矛盾的产生,大多与领导干部特别是"一把手"的廉洁自律行为有关。个别"一把手"的腐败行为侵犯了职工群众的利益,破坏了社会公平、公正和正义的原则,损害了干群之间的关系。因此,作为一个企业"一把手",每做出一项决策、每办理一件事情,都应兼顾公平、公正和正义,取得广大职工群众的广泛支持,实现企业的快速、和谐、安全发展。只有这样,才能在"一把手"岗位上留下深深的"脚印",才会得到职工群众的称赞和拥戴。

"一把手"的意识还有许多方面的表现,它们交织融汇、相互作用,构成综合生态的形象。各级"一把手"只有不断增强角色意识,在领导这个舞台上真正"入戏",才能使自己逐渐成为一名出色的"主角",真正当好"一把手"。

四、"一把手"在安全工作中的作用

"一把手"在领导班子和社会活动中拥有无可置辩的驾驭权。"一把手"必须通过自己的权利、责任、服务的有机结合,来正确实施安全生产的领导,发挥自己的应有作用,回答人民群众和职工的期望。"一把手"在安全工作中的作用是多方面的、多形式的,既有有形的,又有无形的。主要表现在以下几个方面。

1. 安全工作中的导向作用

"导向"作用，原属于交通范畴的概念，是指利用行驶标志、通讯工具等引导交通工具向一定的方向行驶。安全工作中的导向作用，指领导干部通过宣传贯彻党的安全生产方针、政策，把广大人民群众、企业员工引导到实现国家安全生产总目标、总任务，实现企业安全生产总目标、总任务的方面上来。"一把手"的导向作用是其首要的作用。

(1) 认准方向 在重大的安全工作原则问题上要有"主心骨"，站在国家和企业的立场上，从人民和职工的根本利益和长远利益出发，明辨是非，认准方向，不被一时风云变幻所迷惑。在任何时候，任何情况下，都要坚持"安全第一，预防为主，综合治理"的方针。当党和国家重大安全生产政策出台的时候，要及时、准确、深刻地领会上级意图，迅速、正确地领会上级的每一个重要安全工作部署，认真学习，积极思考，提出符合本单位情况的贯彻意见，并预测可能出现的新情况、新问题，增强安全工作的预见性和准确性。

(2) 把舵导向 通过正确的安全工作政策引导、安全宣传舆论引导、安全生产典型引导等卓有成效的工作，把广大干部和职工群众的思想引导到"安全第一"的方向上来。总的要求是：用党和政府在不同时期的安全生产方针政策，有效地教育引导和统一"一班人"的立场。领导本单位、本企业职工群众坚定地走科学发展、和谐发展、安全发展的道路。但在具体引导上，注意抓好总体方向与本单位、本企业实际的有机统一。一方面，围绕本单位、本企业的安全发展和建设目标正确引导。本单位、本企业的安全发展和建设目标是领导班子安全工作的出发点和落脚点。"一把手"要时刻不忘本单位、本企业的安全发展建设目标，积极思索怎样去实现这个目标，带领一班人和广大职工群众不失时机地做好各项具体安全工作，出色地完成上级交给的安全生产任务。另一方面，在职工群众思想情绪的变化中引导，时刻关注和掌握本单位、本企业职工群众的思想情绪变化，预测变化的趋势，抓住倾向性问题，积极引导，有针对性的做好安全思想工作，把职工群众的注意力引导到贯彻党和国家"安全第一，预防为主，综合治理"的方针上来。

(3) 坚持正确方向 一般来说"一把手"在安全工作上的把关、掌舵，在正常情况下比较容易做到。但在复杂的情况下，遇到关键时刻、关键问题，就不那么容易。特别是当突发性事件猝不及防地出现在面前时，是对"一把手"的判断能力、应变能力、指挥能力的严峻考验。有的人可能惊慌失措，束手无策，甚至走偏方向，误入歧途。作为"一把手"来说，在安全工作中认准的方向就要不折不挠，坚持到底。尤其是在生产不稳定，发生事故的考验中，一定要坚定信念，站稳脚跟，不能"跟着感觉走"，对于在安全生产工作中出现的各种错误倾向，要以清醒的理智和无畏的胆略，同其进行坚决的斗争，以保证安全第一不偏向，安全发展不迷路。

2. 安全决策中的主导作用

所谓决策，是指人们在认识世界和改造世界的过程中，寻求并实现某种最优化预定目标的活动。狭义的决策，是指决策的制定；广义的决策，还包括决策的实施。决策是领导者的基本职能，是"一把手"发挥作用的核心。实现科学、正确的安全工作决策，是领导班子集体的责任。"一把手"在领导班子中的核心地位，决定了"一把手"在带领班子实现科学安全工作决策中有更加重要的职责，必须在实现科学安全决策中发挥主导作用，绝不是让"一把手"以个人的决策代替领导班子的集体决策，而是要"一把手"组织领导班子成员实现科学安全决策。

"一把手"在实现科学安全决策中的主导作用，集中体现在以下四个方面。

（1）明确决策目标　科学安全决策，必须遵循一定的程序，运用正确的方法。在现代决策科学中，决策程序大体分为三个步骤：一是发现问题，确定目标；二是分析矛盾，拟定预案；三是分析评估，审定方案。现代决策活动虽然要广泛利用咨询参谋力量，但是发现问题和确定目标却是领导者，特别是"一把手"必须亲自动手，不能委诸他人的。凡有作为的"一把手"，都是首先把功夫下在决策的第一步骤上，即把功夫下在发现问题、确定目标上。因为明确决策目标，是正确决策的起点。要及时提出正确的安全决策目标，要求"一把手"必须吃透国家的安全生产方针、政策、法规、标准及上级的精神，把握本单位、本企业的安全发展、安全生产的进程和状况，站在全局的高度。从理论与实践、上情与下情的结合上，思考问题、研究问题。要有安全发展的战略眼光和系统观点，善于想大事、顾长远、建立安全生产的长效机制，注意抓住带有战略性、方向性和关键性的重大安全生产问题，确保明确的安全决策目标。

（2）组织决策准备　安全决策准备，是领导班子进行科学安全决策的基础。确定安全决策目标之后，就要围绕既定的目标，开展调查，认真分析，听取各方面的意见，制定多种方案，并了解各种方案的优劣性、有效性和可靠程度。当然，对于安全决策的具体准备工作，"一把手"不必事必躬亲，主要靠智囊机构及有关人员来做。但如何对智囊人员及时加以指导，如何调动智囊人员的积极性，使他们能提出好的方案，如何把准备工作做细、做好，是"一把手"必须考虑的问题。对一些关键性安全问题和主要数据，"一把手"要直接过问、直接掌握。

（3）坚决果敢决断　"一把手"的领导职权和职责决定了"一把手"在安全决策中拥有最后的决断权。"一把手"是否善于和敢于决断，是领导班子能否实现科学安全决策的关键。当然，这里所说的"一把手"的决断，是在充分发扬民主的基础上进行的。"一把手"必须坚持民主集中制和集体决策的原则。在领导班子内部创造一个良好的民主气氛与宽松和谐的环境。科学安全决策是在多方面的权衡中选优的。"一把手"必须提高自己评估选优的能力。集思广益，保证安全决策的科学化。"一把手"安全决策要防止两种倾向，一是粗枝大叶，主观武断。"情况不明决心大，心中无数拍板多"。结果"差之毫厘，失之千里"；二是"当断不断，反受其乱"，关键时刻优柔寡断，议而不决，只能坐失良机，贻误战机。做安全决策就要承担风险，而安全决策都有一个恰当的时机，"一把手"要善于审时度势，当机立断。

（4）主持决策实施 制定安全决策并不是决策活动的结束，因为制定安全决策不是领导活动的最终目的，实施安全决策才是真正的目的，在实施安全决策中，不仅要对安全决策作进一步的检验，看其是否正确，而且必要时还要做出相应的调整和部分修改。甚至是根本性的修改，使之更加完善、合理。在实施安全决策中，"一把手"仍然自始至终负有重大责任。安全决策的实施，一般分为实施组织准备、实施计划的落实、实施过程的监督、控制和追踪决策等步骤，尤其是对重大安全决策的实施，"一把手"更要亲自部署，在安全决策付诸之前，要制定出具体的实施计划，明确执行决策部门的职责、目标以及实现目标的期限等。安全决策付诸实施后，"一把手"要注意抓落实，加强督促检查，加强信息工作，及时掌握情况，并针对安全决策实施中出现的问题，及时采取必要的措施，加以解决。

3. 安全工作的协调凝聚作用

一个称职的"一把手"，要把班子成员团结凝聚起来，除了管好自己以外，还要努力发挥以下三个作用。

（1）"润滑剂作用" 一个领导班子就像一部机器，运转起来难免会产生摩擦，出现不协调的地方，这就要求"一把手"能当"润滑剂"，善于做思想工作，以较高的领导艺术疏通关系，特别注意理顺自己和班子其他成员之间的关系，理顺领导班子内部各成员之间的关系。当前，要特别注意抓好班子的安全思想作风建设，不管工作多忙，"一把手"都应把"一班人"的学习摆到重要位置，要学习党和国家的安全生产方针，学习有关安全生产的法律法规，学习国内外先进的安全管理理念和方法，还要学习国内外发生的重大事故案例，为团结一致干好安全事业奠定思想基础。在班子中要大力倡导讲党性、讲大局、讲配合、讲谅解的风气，把班子成员的注意力引到干事业、做贡献上来。并注意运用个别谈心和民主生活会等方式，及时消除班子内部出现的矛盾。要特别注意将矛盾解决在萌芽状态，消除内耗，减少摩擦，为大家创造一个民主和谐的安全生产工作环境。

（2）"催化剂"作用 "一把手"的价值在于通过"催化"和激励，最大限度地调动每个班子成员的积极性和创造力，使"一班人"都能积极主动地工作。要重视用表扬与批评相结合的方法增强团结，推动安全生产工作。尤其要带头坚持"安全第一"原则，按照"团结—批评—团结"的方式，开展积极的思想斗争，使班子成员在"安全第一，预防为主，综合治理"基本方针的基础上达到真正的团结，并且班子内部造成一个既有民主，又有集中，既有自由，又有纪律，既有个人心情舒畅、生动活泼，又有统一意志、安定团结的政治局面。

（3）"黏合剂"作用 "一把手"要当好班子的"凝聚者"，善于在安全生产这个共同点上把矛盾诸方统一起来，抓住每个成员的特点，使每个人的优势得到充分发挥。以民主聚人、以宽宏容人、以开明用人、以诚心交人、以身正服人，增强班子的凝聚力和向心力。作为"一把手"还要以安全工作的总体目标协调各项工作，以思想感情的融洽，促进安全工作的默契配合，以明确的组织分工，使每个成员都能找到自己在集体中的位置，各负其责，各显其能。使"一班人"真正做到思想上合心、工作上合力、行动上合拍，凝聚成坚强的战斗集体。

4. 选贤任能作用

从某种意义上来说，领导者的最重要、最关键的职能是用人，最大的才能和智慧莫过于"选贤任能"。善于识别、任用和培养各类安全生产的人才，是对现代领导者的关键要求，对各级"一把手"尤为重要。较高层次的"一把手"，不仅要正确解决本层次领导干部和选配任用问题，而且负有正确选用下面一些中层干部的选配任用责任。这是领导工作中经常起作用的决定性因素，对安全生产事业兴衰成败举足轻重。用人得当得民心；用人不当犯众怒。

我国古代大思想家韩非子说"下君者用己之能，中君者用人之力，上君者用人之智"。随着现代化大生产的迅猛发展和科学技术的突飞猛进，"一把手"单靠个人的能力愈来愈难以驾驭庞大复杂的社会机器。这就在更高层次上要求"一把手"正确用人，特别是用好各级干部，最大限度地调动班子成员和下属干部的主观能动性，并依靠他们去调动和激励广大职工群众的安全生产积极性，形成万众一心、同心同德在科学发展观的指导下创建资源节约型、环境友好型、安全发展型社会的巨大力量。为此，"一把手"要注意依靠职工群众，健全制度去识别人才，为着力发现"潜人才"脱颖而出创造机遇；"一把手"尤其要注意发挥"一班人"的整体作用，尊重并善于启动每个成员的最大潜能，把各类人才团聚在自己的周围；"一把手"要注意用人之长、避人之短，避人长中之短，用人短中之长；要注意培养人，把提高干部整体素质作为一项长远的基本建设，舍得投资；并勇于把职工群众公认的优秀开拓型干部大胆提拔到关键岗位，为创造性的开展工作奠定坚实的组织基础。

5. 张扬开明的人文心里作用

实现安全生产，推进安全发展，坚持安全第一，构建和谐社会，是建设现代文明社会的一个重要举措，也是我国推进社会全面发展的一个重要目标。这其中就在于担负重要责任的领导干部，尤其是各级"一把手"及主要以他们为导向构成的从政环境的和谐。从当前领导干部的普遍心理状态和行政风气看，要构建一个和谐的从政环境，需要领导干部，特别是各级"一把手"张扬开放、明朗、平和的人文心理。

(1) 诚信处人，不投机功利 一个和谐社会首先应该是一个诚信的社会。诚信是立人之本，更是行政之本。"一把手"是行政的主体，其举手投足的不仅是自身的形象，更展现了一个集体的风气，是一个单位、一个企业事业成败的基础。因此，构建和谐社会，实现安全生产领导干部责无旁贷。假如一个单位，一个企业的"一把手"及所领导的班子成员所有言行都能做到不随心所欲、信口开河；不投机、不功利、不虚伪，职工群众就必然会风从影随，我们的安全生产环境和秩序就必然会纯净而朴实、宽松而和谐。

(2) 平等看人，不亲亲疏疏　一个领导集体的人际关系之所以复杂，其主要原因往往在于这个集体的"一把手"在对待其每个下属时，没有一种平等的心态，往往带着个人感情好恶搞冷热亲疏。"一把手"对下属，使用上可以有轻重，但感情上不能有亲疏，否则，整个工作系统就会失去平衡。一个单位，一个企业的人文环境就会不和谐。和谐的社会是平等的社会，是人与人相互尊重的社会。"一把手"应该时刻拥有一个平等的心态，时刻坚持平等的原则、平等地处理每件事情、平等地评价每位干部和员工，即要一碗水端平。在安全工作中尤其应如此。

平等看人，还包括"一把手"在处理自己与他人之间的关系上的平等。"一把手"自己把自己看作集体的普通一员，与所有的人员平等相处，这样这个集体中的每个人才能与你风雨同舟、荣辱与共。当然，平等看人，并非不分是非功过，并非放弃奖惩处罚，而是要求"一把手"对是非功过要分的公正，奖赏处罚要判的公正，这才是平等待人的真谛所在。

(3) 善意谋人，不能无端猜疑　"猜疑之心就如蝙蝠，它总是在黑暗中起飞"。许许多多复杂的人事关系，都源于相互之间的恶意揣摩。"一把手"面对一个群体的方方面面的工作，时刻处在与形形色色的观点和意见的碰撞之中，其中不乏个别人动机不正，用意不善，但若因此而总是怀疑一切，就会是"洪洞县里没好人"，就会导致人人自危而贻误事业，尤其是在重大安全作业、重大安全操作、重大安全决策中更是如此。因此，"一把手"应该具有豁朗达观的性格与气度，要有一种"温良恭俭让"的心态和境界。一是要善言他人。"一把手"对待自己的下属应该有所肯定，多见优点，尤其在公众场合。这是爱护下属的需要，也是激励下属的需要，即使个别人有什么不足的问题，也应该在内部予以批评指正。二是要善解人意。"一把手"面对下属的一般性言谈，都应该用一种善意的心态去理解，而不是斤斤计较他人的片言只语，更不能去听信一些道听途说的闲言碎语，即使偶有奸言谗语，也可以大智若愚，一笑了之。

(4) 轻约待人，不吹毛求疵　韩愈在《原毁》中说："其责已也重以周，其代人也轻以约"。这是古人对做人道理的阐述，是对正人君子的一种规范。这种规范，如今的"一把手"也应该借鉴并倡导，尤其是在对待他人，对待下属时能体现轻约，对创造一个和谐的安全生产工作环境是十分必要的。待人轻约，要求"一把手"有足够的包容心，要能够包容各种不同的意见和观点，包括包容下属的失误与差错。人非圣贤、孰能无过？从一定意义上说，在安全生产中差错总是与成绩相伴、问题总是与成功共存的，"一把手"不能一见错就大惊小怪，埋怨责备。待人以轻约，要求"一把手"在下属出现差错、碰到问题时，不能奚落与嘲讽，而是要在指正中显示自己的诚恳，在批评中显示自己的真情；待人以轻约，更要求"一把手"不能吹毛求疵，"一把手"严格要求固然应该，但不能以此作为对干部、员工挑毛病、找岔子的理由。试想，干部、员工面对一个只知道责备和训斥的领导，面对一个没有包容之心而总是吹毛求疵的领导，它的安全生产工作心情又怎能愉悦和轻松呢？它的安全生产工作智慧和创造能量又怎能得到充分的释放呢？可见，对待自己重以周，对待他人轻以约，确实是"一把手"在安全管理思想和安全管理行为上应该坚守的一个理念，也是建设良好的安全生产环境和秩序必须的。

有人对 1 万个人的工作纪录作了分析，结论是：15％的成功归功于个人的技术训练，85％的成功归功于人格，其中的人格，就包括领导者，特别是"一把手"开明达观的心理状态，包括"一把手"在具体的工作行为中能否诚信处人、平等看人、善意谋人和轻约待人，包括以"一把手"为主而倡导的和谐的从政环境。

五、"一把手"在安全工作中的必备素质

素质是一个外延很广的概念。狭义的素质是指人的先天解剖生理特点，主要是感觉器官和神经系统方面的特征。我们这里研究的素质是一个广义的范畴，是指人在先天基础和后天实践中逐渐发展和具备了诸种品质的泛称。"一把手"在安全工作中的素质特指"一把手"在从事安全工作领导活动中作为职务行为内在基础的各种品质。"一把手"在安全工作中的素质在其必要性上表现了"一把手"的角色地位和职能作用的客观要求；在其现实性上是"一把手"个人领导实践及素养锻炼所达到的结果。

1. "一把手"在安全工作中的必备素质

(1) 高层次的政治素质

① 坚定的政治立场。"一把手"处于主导地位，发挥着导向作用，是班子中安全生产工作的主要"决策者"。"一把手"具有怎样的政治立场，会直接影响到一个地区、一个部门、一个单位、一个企业的发展方向。对于"一把手"的政治立场，要比普通领导干部有更严格的要求。这就是政治立场的正确性、鲜明性和坚定性，政治立场的正确性主要体现在事实判断和价值判断两个方面，也就是说"一把手"的政治态度要与事物发展的客观规律相一致，与党中央、国务院的安全生产方针相一致，与广大职工群众的根本利益相一致。政治立场的鲜明性则主要表现为政治态度明确和政治言行一致，也就是说要做到憎爱分明，表里如一。政治立场的坚定性突出地反映在平常与非常时期，在稳定的政治环境中不因嬉随而表志，在风云变幻的政治风浪面前不因迷惑而动摇。

② 无私的奉献精神。"一把手"作为政治上的中坚和事业上的领导骨干，应在安全思想觉悟和安全思想境界方面比一般干部更具先进性。主要包括：有远大的政治抱负，有为党和政府的安全发展事业奋斗终身的崇高理想，确立了科学的人身观、价值观和幸福观，勇于为自己信仰的"安全第一，预防为主，综合治理"方针而无私奉献，对安全生产事业具有高度的自我牺牲精神，做到甘为公仆，开拓进取。

③ 高尚的道德品质。对"一把手",理应有高于普通领导者的道德品质要求。表现在安全生产领导活动中的道德素养,是领导者总体人格的反映,主要有三个方面的要求:一是公正廉明,豁达大度。"一把手"处在本单位各方面矛盾和利益的交汇点,在矛盾利益的冲突中哪怕只有少许的偏斜,也会损害总体利益,挫伤职工群众的安全生产积极性。这就要求"一把手"在明辨是非、权衡利害的基础上,公正廉明,坚持在原则、法律和真理面前人人平等,秉公而断,而不能掺杂私情。二是掌权为公,公道正派。这是"一把手"必备的最起码的道德品质。"一把手"在领导集体中是班长,班长的胸怀博大,班子内部的气氛就和谐宽松,其他领导成员的聪明才智就能充分发挥出来,就容易形成整体的合力。这就要求"一把手"要注意作风修养,拥有豁达宽广的胸怀,严于律己,宽以待人。团结一切可以团结的人一道工作。三是正确对待各方面的批评,做到"骤然临之而不惊,无故加之而不怒"。"一把手"在职工群众面前,是领导形象的化身,"一把手"以自己模范言行树立起来的领导威望,于职工群众是无声的命令,是无形的感召,有着巨大的教育和激励作用。古人云:"其身正,无令而行;身不正,虽令不行"。因此,"一把手"理应成为坚持原则的模范、遵纪守法的模范、刻苦学习的模范、勤奋工作的模范、廉洁奉公的模范。在安全生产领域内,在安全发展推进中,唯有如此,才能见到实效。

(2) 高力度的决断素质

① 先进的时代意识。"一把手"的素质要求同其所处的时代和环境密切相关,不同时代"一把手"有不同的素质要求。"一把手"自身的时代意识如何,在一定程度上,决定着其领导生命的长短和所属单位的兴衰成败。"一把手"只有站在时代的前列,高擎时代的火炬,带领职工群众与时俱进,合拍同频,才能做到与时代同兴共振。陈旧的观念只能导致过时的见解,必须具备全新的意识才可以。在安全工作迅猛发展的今天,担负主要领导责任的"一把手"必须从传统的、经验型的束缚下解放出来,自觉地接受大改革、大开放、大发展的安全新理念。只有这样,才能带领广大职工群众迎着安全发展的浪潮,推进安全生产的纵深发展进程,求得较大的发展与进步。

② 无畏的超人胆识。"一把手"要带领职工群众去开创安全发展的伟业,就必须有超前的眼光,超前的思考。创新是一种价值大风险更大的活动,特别是在加速改革、开放、发展的条件下,创新就必须承担风险。这就要求"一把手"有超人的胆识。邓小平同志说:"没有一点闯的精神没有一点'冒'的精神,没有一股气呀、劲呀,就走不出一条好路,就干不出新的事业"。"一把手"应以老一辈革命家为榜样,自觉地从变小我为大我的自身再造中育胆,能动地从变不知为深知的安全生产实践中壮胆,果敢地从变小勇为大勇的风浪考验中炼胆。只有这样,才能发他人未有之奇想,开他人未有之先河,在安全生产领导工作中做出前无古人的业绩来。

③ 过人的卓越见识。革命导师列宁曾说过,神奇的预言是神话。科学的预

言却是事实。强调"一把手"有胆识不意味着允许其领导行为偏离科学的轨道。在安全生产领域，卓越的见识是符合事物发展规律的见识，并主要表现为科学的预见性，包括战略眼光和预测能力。这是对"一把手"安全素质的高层次要求。要达到远见卓识，"一把手"必须用正确的世界观和方法论作指导，对事物具有深刻的洞察力、有超越时空的判断力、有源于现实、高于现实的想象力、有对未来事物锲而不舍的探索力。面对安全发展的大潮，能否及时准确地抓住能够在本地区、本部门、本单位安全生产大发展的机遇；能否敏锐地觉察形势变化而迅速调整部署而赶上潮流，都取决于"一把手"有怎样的见识。"一把手"的卓越见识还表现在发现人才和选拔人才上。"一把手"只有善于在安全工作实践中识别人才，才能壮大安全监管队伍，有效地推进安全生产工作。

(3) 高水平的能力素质

① 决断魄力。魄力，是指领导者工作和处事所应具有的胆略和果敢决策的能力。魄力人皆有之，但有大小，显隐之分。表现形式不同收效差异很大，绝对没有魄力的人是没有的。司马迁说过："猛虎之犹豫，不若蜂虿之致螫；骐骥之躅足，不如驽马之安步；孟贲之狐疑，不如庸夫之必至"。机遇总是稍纵即逝，容不得半点踟躇。因而，"一把手"必须及时决策，果断决策。倘若"一把手"在安全生产中遇事优柔寡断，不敢行动，缺少清醒地估计形势之后的"冒险"，把自己禁锢在"保险箱"中，绝非是有为的领导者，是与魄力和成功无缘的。

正如人物个性千姿百态一样，魄力作为领导者至关重要的要素，在表现形式上则应当允许色彩纷呈、各具特色，没有必要将其标准模式化。叱咤风云的阳刚之气固然是魄力的表现；柔中有刚、绵里藏针、从容不迫化解矛盾又何尝不是魄力的内涵。《抱朴子》言："咆哮者不必勇，淳淡者不必怯"。无论什么单位，什么企业的"一把手"。欲使魄力在个人生命和安全发展里程中经久不衰，永远成为前进的风帆，就必须审时度势地对个人品质中影响魄力发挥的诸多因素有一个清醒的认识，并逐步在安全工作决策实践中加强修炼。"一把手"在安全生产关键时刻的大智大勇，主要来自其平素日积月累的磨练。魄力需要广博的知识、敏锐的洞察、缜密的思维。

② 统驭本领。汉高祖刘邦在总结楚汉相争的历史经验时谈到："夫运筹于帷幄之中，决胜于千里之外，吾不如子房。镇国家、扶百姓、给馈饷、不绝粮道，吾不如萧何。连百万之军，战必胜、攻必取。吾不如韩信。此三者，皆人杰，吾能用之，此吾所以取天下也"。可见"一把手"的统驭本领是多么重要。对于人才，不仅要能够发现和选拔，更重要的还要善于使用。一个单位的"一把手"推动全局安全生产工作不可能事事躬亲，而只能通过调动干部、群众的安全生产积极性去推动安全生产工作。用人是统驭本领的核心。大凡有高超统驭本领的领导者，总是全局在胸，站在全局的高度总揽一切。做到宏观在胸、微观在握、高屋建瓴、纲举目张，通过抓大事、抓根本、抓主要矛盾，带动和搞活全盘安全生产工作。基本的要求是：从政治上考虑安全问题，从理论上说明安全问题，从政策

上解决安全问题。

③ 协调艺术。协调艺术属于科学的领导方法范畴。从其内容看,主要是协调三大方面:一是协调内部关系,包括班子内部成员之间、上下级之间、部门单位之间的关系;二是协调局部与全局的关系,包括整体与局部、整体与层次、整体与结构、整体与目标、整体与环境的关系;三是协调宏观控制上的各种关系,包括物质文明与精神文明,安全与生产、安全与效益、安全与效率等的关系。"一把手"提高协调素质,最根本的一条,就是运用马克思主义的唯物辩证观点,学会全面地看问题,从整体上把握事物,防止单打一、片面性、顾此失彼。在安全生产的整个过程中,尤其要注意坚持两手抓,两手都要硬,这是最高超的协调艺术和领导艺术。

(4) 高智化的知识素养

① 合理的知识结构。各级领导班子的"一把手",是率领广大职工群众为完成工作目标而奋斗的引路人,在学识上应是集"专"与"博"于一身。特别是安全科学与技术在我国国家标准 GB/T 13745—92《学科分类与代码》中,已列入一级学科。学科是相对独立的,它是根据所研究的对象、特征、方法、派生来源、目的、目标来鉴定的。"安全科学技术"为一级学科,它包括 5 个二级学科,27 个三级学科,是一门综合性的、多科学的、立体交叉的边缘科学。要求各级"一把手"在学习实践安全科学技术时,做到通才与专才的统一,一般来说要具备综合性的安全知识结构,既要融会贯通安全学、安全系统学、安全心理学等基础理论,又要学习掌握灾害学、灾害毒理学、安全工程学、消防工程、爆炸安全工程等知识,尤其要在本单位、本企业专业领域和行政管理科学上成为名副其实的行家里手。

② 一定的经验积累。一个人的知识不外乎由两部分组成:直接经验部分和间接经验部分。间接经验是他人直接经验的总结,往往表现为书本知识。接受书本上的科学知识是重要的,同样,由实践积累起来的经验也是知识构成的重要组成部分。在安全生产领域更是如此。有了一定的安全生产实践经验,才能深刻理解,掌握安全科学知识。"一把手"是领导,就应该比同级班子成员有更丰富的安全生产经验积累。这里需要指出,在头脑中积淀下来的安全生产经验知识并不与人的生理年龄完全成正比,安全生产经验是对安全工作实践中获得的感性认识抽象上升后的初步理性认识。因此,"一把手"要做善于总结安全生产经验的有心人,而不是只是忙碌无为的事物主义者。

③ 较高的历史素养。历史素养是历史知识和历史观的综合反映,是衡量"一把手"素质的一个重要方面。首先,历史与领导之间存在着一种逻辑的必然联系。历史包括了人类过去的所有社会活动,其中领导活动就是它的一个重要内容。历史科学是一门包括领导行为在内的综合性科学,领导科学是一门包括历史内容在内的综合性科学,二者交叉依存。其次,历史知识与领导者素质之间是一种辩证的关系。一个素质好的"一把手"应该是历史知识丰富而又有正确历史观

的人。马克思主义的创始人，首先就是从对人类历史的研究着手，创立了历史唯物主义、辩证唯物主义，从而使无产阶级有了一个改造世界的锐利武器。邓小平同志指出："没有前人或今人、中国人或外国人的实践经验，怎么能概况、提出新的理论？"再次，历史是当代领导的一面镜子。它能开阔领导的视野。通过学习历史知识，可以使"一把手"在对人、对己、对事等方面都有明鉴。历史像大浪淘沙，造就了大批英才，也淘尽了无数起浪头的庸才。它留给人们的是无穷的沉思。后来者应当谨记，在历史方面不学无术，成不了英才，纵然名噪一时，也不过是昙花一现的风云人物。安全发展的年代需要高水平的"一把手"。如果"一把手"比他的前任看得更远，那是因为他站在了先行者的肩膀之上。为此，"一把手"一定要注意学习历史，研究历史，博古通今，以史为鉴，以人为镜，做到明史鉴来。

④ 执着的追求精神。任何知识都是后天学习和实践中积累起来的。要想完善自身的知识结构和丰富自己的阅历经验，都必须靠孜孜不倦的求索。当今世界，正处在一个新技术革命的浪潮之中，处于知识、信息爆炸的时代。知识正成为社会发展的主要驱动力，安全生产知识正成为安全发展的主要驱动力。从马克思主义辩证唯物主义观点来看，日益发展的人类科学在认识自然界上的一切里程碑，都只是具有暂时的相对的性质。因此，"一把手"一定要有历史责任感、负重感和危机感，不断加快更新知识、更新观念的进程，把学习当成一项不可或缺的重要的任务。肯于向上级、同级、下级和群众学习，有一种"三人行必有吾师"的精神；要坐下来挤时间读书，真正钻进去啃书，细嚼慢咽地品书；要向实践学习，勇于实践、勤于实践，不断总结实践经验，形成自己的真知灼见；向历史学习，借鉴历史精华，指导自己的工作，避免重犯历史上的错误。要百折不挠，执着求学，补足自己在安全知识结构、安全知识深度等方面的欠缺，真正学出成就来。

"一把手"的德、识、才、学四个方面的素质是一个统一的整体。由于识与学两方面有机联系，相互渗透，集中反映着领导才能，因此，通常在谈到领导干部素质时概括为德才两个方面，要求做到德才兼备，这是一种更高的概括，无论怎样概括表达，上述关于"一把手"素质的基本要求都是一种基于职责地位需要而言的理论描述。在实践中，每个"一把手"都会在上述共性的基础上充分发挥自己的特长，从而形成各自不同的领导风格和领导艺术特色。

第三节 "一把手" 在安全工作中的决策之道

一、决策概要

决策是人们选择某种目标和实现这个目标的最佳途径的活动。决策有广义和狭义之分。狭义决策是指针对既定目标，在可供选择的多个方案中，选择一种最优方案，或者综合一种最优方案的过程。广义决策，包括决策前的准备工作以及决策后的实施活动，广义的决策是一种系统构成，一般来说，制定决策属于认识世界的活动，实施决策属于改造世界的活动。

1. 决策的本质与特征

（1）决策的本质　在广阔而复杂的社会生活领域里，存在着许许多多这样那样的矛盾，它们交织在一起，既相互制约，又相互促进，从而推进整个社会和经济的发展，在科学发展观的指导下，实现社会和经济的又好又快发展，决策就是为了解决这些矛盾，使由矛盾构成的事物按照客观规律的要求正常发展，领导者的工作职能就是进行决策，解决一个个接踵而来的矛盾。决策在领导过程中起着重要的作用，它贯穿于领导活动的始终，无论是提出目标，还是组织指挥，以及监督控制，选人用人都离不开决策。领导活动的实质是制定正确决策的活动。

（2）决策的特征

① 科学性。决策的科学性特征主要是指：a. 目标性。任何一项决策总是为了达到一定的目标，决策的结果必须满足于既定目标的要求。这个目标在许多情况下，可归结为如何使损失最小或效益最大。b. 实践性。决策是根据既定目标做出的某种行动对策，这种对策必须符合实际需要，能付诸行动，可以实施，并有实现的客观可能。c. 优先性。决策总是要在两个以上的方案中，经过比较、鉴别，选择一种最优化的方案。因此，科学性是决策的首要特征。

② 灵活性。它表现为决策者在坚定的原则基础之上的随机应变、机动灵活，"曲中求直"的能力。事物是复杂多变的，领导活动中的随机事件、偶发事件，需要领导者在决策过程中，抓住时机适时决策，具有高度的灵活性。决策中每一个阶段各有特点，决策者本身的知识、阅历、能力、价值取向等各有不同，决策问题的多样性也需要决策本身必须具有灵活性特征。诸如：在重大安全作业中，决策者既要研究效率，又要讲究作业程序；既要有主见又要听取各种不同意见；既要看到这个重大安全作业的内部联系，又要掌握这个重大安全作业的外部环境；既要克服本企业、本车间本位主义，又要树立全公司、全厂的全局观念等，这些都是决策灵活性特征的具体体现。灵活性与原则性并不冲突，它是使决策结果损失最小、获利最大为主要内容的决策特征。

③ 创造性。每一次决策都应该是一次创造，创造性是决策的主要特征。任何决策都是面向未来的，都是决定今后的事情怎么办。既是决策历史遗留问题，也是解决现实和未来的问题。而未来充满着不确定因素，是发展变化的而不是静止的。因此，在决策时，每一次都不会完全等同于以前的决策，不能墨守陈规，沿袭过去，必须采用新的方法、新的思想、新的观念。人类活动就是一系列新的思想、观念、方案不断出现的创造性活动。创造性之所以是决策的主要特征，是因为没有领导者面向未来的决策，社会就不能进步，事业就不能发展，科技就不能向前。一个优秀的决策者，他的决策能力与艺术表现在善于提出新的问题、新

的观点、形成新的决策思想，做出新的决断。爱因斯坦说过："想象力比知识更重要，没有想象力的知识至多是一堆死物。知识加上了想象力，他就可以腾飞"。"一把手"要提高安全生产决策水平，必须提高创造能力。

2. 科学决策的程序

（1）发现问题　"一把手"的安全工作决策活动是从发现问题开始的，没有安全问题，不解决安全问题，就不需要安全工作决策。安全问题就是安全工作决策对象存在的矛盾。"一把手"通过比较事物发展的情况和原来期望的情况之间的差距，透过现象发现存在的安全问题，对安全问题的性质、特征、范围、背景、条件、成因及症结加以研究，从而确认需要决策的安全工作问题。对于需要解决的安全问题，发现要及时、判断要准确，如果把安全工作决策的问题搞错了，安全工作决策目标就不会正确，整个安全工作决策就会脱离实际，产生失误。

（2）确定目标　安全工作决策目标是指在充分调查研究和预测的基础上，使要解决的安全问题在一定环境和条件下希望达到的结果和目的。目标是安全工作决策的方向，目标错了，决策必错。安全工作决策目标的确定，必须解决好下列问题：目标必须明确具体，在时间、地点、数量上必须严格加以规定，不能含糊不清、抽象空洞；目标必须区分主次，应尽量剔除从属目标和必要性不大的目标，区分"必须达到的"和"希望达到的"，在必须达到的安全工作目标中，还要分清先后；目标必须附加一定的制约条件，即一些限制因素，同时确定目标的价值总则，作为事后评价目标是否实现和选择方案的基本依据。

（3）拟定预案　拟定预案是安全工作决策程序的关键步骤。只有制定出多种可供选择的方案，才能进行比较、鉴别，并从中择优。预选方案的拟制，一般应在决策者的组织指导下，由安全生产专家和安全工作决策智囊机构去进行。为了解决安全问题，达到预期安全生产目标，必须拟定尽可能多的方案，以供决策者选择。所拟方案应具备完整性，即完全适合决策方案的约束条件，通往安全生产目标的每一条途径都不能遗漏。

（4）论证评估　各种具有可能性的方案拟定以后，需要组织有关人员对方案进行论证评估。这实质上是对安全工作决策方案进行再认识、再推敲和再完善。要努力使论证评估工作科学化。要尽可能在较大的范围内征求意见、集思广益，更好地吸取安全生产专家和各方面专业人员的建议，使决策方案臻于完善。

（5）优先方案　在组织分析评估的基础上，权衡各种方案的利弊，选取其中一种满意的方案，或者综合各种方案的长处，形成一个比任何方案更具优势的综合方案，也可以排列出第一方案、第二方案、第三方案等。方案选优中"一把手"起着决定性的作用。因此，"一把手"要善于综合运用决策程序前一段的成果，在具体操作时要注意对每一个方案的选择都从安全生产和经济效益以及社会效益上作全面权衡。做到优中选优，提高安全工作决策效果。

（6）试点验证　经过论证评估择优选定的方案，一般来说，只是在理论上得到了证明，至于在实际执行中情况如何，仅有理论证明是不够的，"一把手"对有的决策要组织试点，通过定点试行、检验、修正、补充来完善方案，这是保证安全工作决策取得最佳效果的重要环节，也可避免安全工作决策失误造成重大损失。在落实科学发展观，构建和谐社会，积极推动安全发展过程中，许多地方或单位或企业对一些新措施就采取了试点的办法，效果很好。试点要注意选择方案中涉及的各种条件都具有广泛性和代表性的地方，不能人为地给试点创造特殊条件，对试点情况要进行及时总结。当然，并不是说所有的安全工作决策都必须进行试点验证，应灵活应用。

（7）组织实施　实施方案是安全工作决策的终端，是决策的执行阶段。在实施阶段，"一把手"要主持制定实施的计划、措施、步骤，并做好组织工作，精心挑选能够贯彻决策方案的得力人员，赋予必要的权利。在实施过程中，做好决策意见的宣传解释工作，让执行者特别是广大干部、职工、群众真正了解领导安全工作决策的目的和意义，帮助他们制定执行安全工作决策的各种管理制度和措施，为他们解决必要的人力、物力和财力，及时加强组织领导和思想工作，检查督促各单位、各部门完成任务的情况。

3. 现代领导决策的趋向

现代社会中因科学技术的作用渗透到所有领域，社会生活综合复杂、多变速变，这一情况决定了现代领导决策有如下趋势。

（1）决策主体趋向扩大化　决策主体是指决策过程中主观能力作用的体现者，一般主要指决策者，由于现在社会的复杂多变及利益的多元化，需要协调的问题日益增多，客观上要求不断增强决策的主观能力，同时，广大职工群众科技文化水平的提高和现代科技的迅猛发展，为决策主观能力的扩大提供了可能条件和准备了物质技术基础。因此，决策主体的扩大化及决策主观能力的增强，既是现代决策的客观要求，又是决策必须民主化的理论依据。

（2）决策观念趋向现代化　现代社会首先要求很强的科学决策意识。在小生产和工业化初期的社会，人们也有决策，但存在很大的随意性和自发性。而在现代社会中，随着科学技术和人类认识与控制能力的增强，领导决策的影响范围广大且时间也久远。因而领导者，特别是"一把手"必须有很强的科学决策意识，才能避免失误。同时，现代领导及"一把手"们，必须具有实事求是、解放思想、更新观念的自觉性，努力与时代同步发展，这是安全生产工作正确决策的重要前提，也是现代决策的要求。

（3）决策机构趋向严密化　现代社会的关系化、综合化、复杂化，使得决策难以在个人或少数人中独立完成。因而决策机构的建立和严密化，乃是现代决策的一大特点。其一是决策机构必须有几个子系统严密的配合，形成相对封闭的决策系统。其二是决策机构中分出决策研究机构与领导决策班子。其三是研究决策的机构是由各专业专家组成的合理的智囊集体。其四是决策研究机构有自己的独立性，以保证决策研究的客观性。如安全生产决策机构，就是由各专业安全专家组成的研究机构，专家根据客观实际和必须采取的各方面的安全措施提出来后，供领导班子决策。

（4）决策方案趋向科学化 现代社会的迅速发展，使决策的深度和广度都发生了很大的变化，因而过去那种单纯以定性或以定量方法所进行的决策，已不适应现代决策的要求。而随着现代数学的长足发展，以及系统论、控制论、信息论和耗散结构论等一系列跨学科的科学方法的出现，现代微电子技术、光电子技术的兴起，为决策的科学化提供了基本方法和技术条件。因此，必须把定性与定量方法结合起来进行决策，充分发挥专家作用和运用先进的技术手段，使决策科学化。这一特点要求"一把手"必须具有辩证唯物主义的世界观和方法论，善于运用"外脑"并掌握准确、充足的信息，遵循科学决策的程序，使决策更加趋向科学化。

（5）决策时空趋向协调化 现代时空的特点是空间活动规模越来越大，层次越来越复杂；时间上变化快，行动上影响长久。这就决定了现代决策的如下特点：一是要求决策及时、高效；二是由于现代条件下时间迅速、空间扩展，反馈的作用越来越重要，因而要求决策者必须不断反馈、经常微调；三是要求决策中重视时空关系的协调。现代决策除了时间准确快速，空间联系畅通外，很重要的是时间顺序和空间序列的协调，以达到决策功能优化，否则必遭失败，这方面的教训是很多的。

二、"一把手"取得安全工作决策成功的基本途径

安全工作决策是一个系统过程，"一把手"不仅是决策方案的决断者，而且在整个安全工作决策活动中处于核心、主导的地位，对确保安全工作决策成功负有第一位责任。"一把手"应以科学、负责、慎重的态度，潜心研究安全工作决策成功的最佳途径，并在安全生产的实践中摸索和把握其运作规律以不断提高安全工作决策活动的有效性和成功性。

1. "一把手"在安全工作决策前应做的工作

（1）开展调查研究 只有通过调查研究，对实际情况进行全面深入的了解，才能正确的确定目标、提出任务和做出正确的决策。在安全工作决策前，"一把手"必须深入安全生产实际，发现问题、认识事物，并掌握其本质。

（2）选好决策目标 选好决策目标是正确决策的前提。有了正确的安全工作目标，才能探索并拟定达到这个目标的各种可供选择的方案。然而，领导工作总是面临着很多大大小小的问题，"一把手"不能淹没在众多问题的大海之中，而要善于全面权衡，分清主次，发现主要问题，抓住中心，这是选好目标的重要一步，也是起决定作用的一步。要做到整体安全工作目标与重点安全目标的和谐统一。一般来说，在目标选择上有四种方式：一是"踏皮式"，脚踏西瓜皮，滑到哪里算哪里；二是"关键式"，常常很有效，但往往非关键性问题后遗症较多；三是"综合式"，及综合治理，看起来全面，实际上容易眉毛胡子"一把抓"；四

是"系统式",既全面分析各个目标,又找出关键性的重要目标,按照科学的程序逐一解决。不言而喻,在极其复杂多变、联系日益紧密的社会条件下,必须坚持第四种目标选择确定方式。

(3)积累背景知识 背景知识是制定决策的思维基础。所谓背景知识是指"一把手"已经获得或决策前已经提供的知识与有关安全知识的结合。"一把手"在安全工作决策过程中,无论是逻辑思维、形象思维、还是灵感思维,没有一定的安全背景知识做基础,是无法进行的。现实的安全生产实践表明,"一把手"有关安全背景知识储备量的多少及运用能力的高低,往往影响其安全工作决策水平的质量。一个高明的"一把手",往往能够把背景知识中的精华加以发扬光大,并与现实有机地统一起来,做到既立足于背景知识,又在新的认识与实践中高于背景知识。

(4)倾听职工意见 职工群众路线赋予"一把手"安全工作决策以丰富、深刻的内涵。这是因为一方面职工群众最了解安全生产的客观实际情况,"一把手"制定安全工作决策必须从客观实际出发,与客观实际相符,这样制定出来的方案才能切实可行,否则,再好的安全工作决策方案也只能是空中楼阁。"一把手"在制定安全工作决策方案时,要深入职工群众,了解职工群众意愿,符合职工群众利益。另一方面,职工群众中蕴藏着无穷的聪明才智。毛泽东同志说过:"群众是真正的英雄,而我们自己则往往是幼稚可笑的,不了解这一点就不能得到起码的知识。""一把手"在安全工作决策前一定要集思广益,充分发扬民主,不但要听到专家的意见,也要广泛地征求一般职工的意见,请职工出主意想办法,充分发挥广大职工群众的聪明才智。从群众中来到群众中去应当成为各级"一把手"进行安全工作决策的根本出发点和归宿点。

(5)搞好预测与论证 现代社会的发展,使"一把手"安全工作决策的复杂性和艰巨性明显增加。在这种情况下,能否将历史的反思与现实的认知、求同的分析与求异的比较、纵向的研究与横向的区分、眼前的观察和长远的考虑等有机地统一起来,对于形成科学决策,关系极大。这就需要进行预测。可以说,没有科学的预测活动,就没有决策的自由。对决策后引起的后果缺乏预见,就犹如"盲人骑瞎马,夜半临深池,"甚至出现意想不到的问题。"一把手"安全工作决策前的关注点,一定要更多地放在预测未来上,更多地盯在后果、影响和效益上。虽然"一把手"在安全工作决策中起决定性作用但决策并非是"一把手"个人的事。决策工作之繁重、问题之复杂,是一个人的精力和能力所无法承受的。这就要求"一把手"凡属重大安全工作决策,都要认真听取各方面的意见,汇众人之长,集众人之智,民主讨论、多方论证,从而避免或减少漏洞。要博采众议,尤其要倾听与自己不同的意见,好的安全工作方案往往就出自于不同的意见之中。

2."一把手"在安全工作决策中应做的工作

(1)遵循决策原则

① 客观性原则。科学决策是"一把手"带领团队、带领人民群众依据事物发展的客观规律，寻求实现主观认识符合客观实际的最优化活动。一项安全工作决策不能反映客观实际，就要造成损失。决策的客观性原则，要求"一把手"和参与决策的其他领导者、专家、智囊人员要准确地获取反映客观事物本质属性的信息，并在此基础上权衡利弊得失，进行分析比较，切实"依据实际情况决定工作方针"，以增强决策的可行性。

② 超前性原则。决策是面向未来的，必须具有超前性，这需要"一把手"在安全工作决策时，一要机敏。敏锐地分析事态新特点，掌握决策主动权，灵敏地注视事物发展的新态势，把握事物发展的方向。二要果断。紧要关头不犹豫，当机立断；最佳时机未出现，不贸然行事；当情况有变化或发现自己的决策有误时，能够很快修改或停止原有的行动。三要创新。要打破老框框，冲破习惯势力和环境压力的束缚，做出独创性的优化政策。四要敢担风险。要敢于走前人没有走过的路，并于无路处走出一条路来。同时，也必须防止极端冒险性，安全工作决策提倡胆大心细有把握。

③ 适度性原则，包括三个方面：一是目标的适度性。确定安全工作决策目标应该在客观条件的基础上，充分发挥各方面安全生产积极性后能实现的目标。如果目标过高，不仅容易挫伤人们的积极性，而且会导致事业受损；如果目标过低，职工群众的智慧和创业力就不能充分发挥出来。二是时机的适度性。"一把手"安全工作决策，一般受信息、时间、空间、装备、技术等的制约较强，什么时候决策为宜，要掌握好"火候"；另外，完成安全工作决策目标期限要适宜。期限过短，则欲速不达；期限过长，则造成人力、财力、物力的浪费。三是条件的适度性。条件成熟或基本具备，安全工作决策目标就容易实现；反之，条件不充分、不成熟，急于求成，往往造成损失。

④ 共振性原则。就是"一把手"制定的安全工作决策得到职工群众的理解与支持，从而产生心理相容共振的效应。一项决策要产生共振效应，就要求决策要符合职工群众的根本利益，同时，要不断提高职工群众的心理承受能力，要运用理论指导、舆论宣传、典型引路，调整人们的思维阈值，增强安全生产思想工作的导向性，创造有利于安全工作决策实现的社会环境。

⑤ 整体性原则。这是安全工作决策的灵魂。任何决策都应从整体利益出发，以整体需要为重。一切局部的、暂时的利益都要服从全局的、长远的利益。战略决定战术，全局利益又寓于局部利益之中。这个全局与局部（系统与要素）的辩证统一，是整体性原则的精髓，也是"一把手"必须始终坚持、坚决贯彻的根本原则。只有很好地坚持这一原则，才能使安全工作决策促进全局和局部的协调发展。

（2）端正价值取向 "一把手"安全工作决策必须权衡利弊得失，对利弊得失的权衡及时对决策对象的价值判断和评价。价值取向是"一把手"对决策对象科学与否、有利与否、意义大小所做的判断。决策中厉害相依是普遍现象，再好的决策方案也必然杂以利害。利有大小、害有轻重，需要全面考虑，详加探查，仔细比较，认真权衡。其标准是"两利相权从其重，两害相权趋其轻，利害相权取其利"。有利无害者最佳，利大害小者可用，利小害大者必舍。不同方案，孰优孰劣，不能妄加评说，要靠计算分析取得依据。《孙子兵法·计篇》中说："多算胜，少算不胜，何况不算乎！"因此，对安全工作决策方案，要多做定性分析与定量分析，做到多算于前，少失于后。如何保证价值判断的正确呢？在决策中重点要端正以下取向。

① 理性取向。这一取向突出地体现在安全工作决策行为的求真务实性上。决策要实事求是，这是马克思主义辩证唯物论的基本原则，也是决策理论与决策实践的第一要义。在决策中有求真务实的理性追求，才能充分尊重客观规律，勇于突破抽象死板的教条，克服重重干扰和阻力，做出正确决策。

② 经济取向。以经济建设为中心，不仅是经济问题而且在政治、文化、科技等许多重大问题决策时，都要把大力发展社会生产力，促进经济发展作为决策的根本取向，维护经济建设的中心地位。确实做到"聚精会神谋发展，一心一意搞建设"。

③ 发展取向。也叫先进性取向。在安全生产领域，时代已经到了安全发展的时代，在安全工作的各种重大决策的关键时刻，都要按照邓小平同志所说的"解放思想、实事求是、团结一致向前看"的思想。因此，在安全发展决策中，"发展"应该成为各级"一把手"决策的重要指导思想。

④ 机遇取向。在事物发展过程中，机遇常常起着至关重要的作用，抓住了机遇就抓住了希望。能不能、善不善于抓住机遇、利用机遇，是衡量"一把手"有无慧眼和决断魄力的重要标志。弄清决策理论与决策实践中的机遇取向，具有十分重要的意义：一是有利于克服惰性，增强紧迫感；二是提醒"一把手"注意把握决策的时机选择，从而增强决策效益。

(3) 防止决策误区 尽管"一把手"都有搞好决策的良好愿望，但决策失误或决策失当的问题时有发生。如何防止决策误区，使决策最大限度地反映客观规律，是需要认真研究解决的一个重要问题。"一把手"应防止步入以下决策误区。

① 随波逐流，"看风"决策的误区。"看风"的决策方式，由来已久，由于"刮风"之习年长日久，再加之种种原因，使有些"一把手"仍习惯"看风"行事，有的对上级指示一概"紧跟"，不顾本地、本单位、本企业客观条件；有的对别人的经验机械照搬，上级表扬哪里，人流就涌向哪里。参观归来刮"一阵风"了事；有的依样画葫芦，人家纺织他纺织，人家加工他加工，结果往往是"东施效颦"；有的仍热衷搞"一刀切"。做决策下达文件，或召开会议、口头指示，都如一言九鼎，一概要求下级不折不扣地贯彻执行。下级怕落后挨批评，只好硬着头皮推行，搞"花架子"，有条件要上，没条件也要上，以迎合上级的心理，讨上级的欢心，结果事与愿违。

② 自以为是，盲目决定的误区。在现实生活中，常常会遇到这样一种情况，

一个重要问题提出之后，根本未进行认真的调查研究，某某"一把手"一拍脑门："就这样定了"。这种关起门来产生的决策，虽然也可能"瞎猫碰上个死老鼠"，但"碰不上"导致失误的更多，有的甚至"南辕北辙"，给事业造成严重损失。

③ 优柔寡断，"马后"决策的误区。缺乏时效观念的现象在"一把手"安全工作决策中仍不鲜见：部署安全生产工作，本来应该"一年大计早安排"，而现在有的地方、有的单位、有的企业往往不是在旧岁之末，而是在新年之后，有的甚至要到三、四月份，等到安全工作任务落到基层，已经时过半年。造成这种现象的原因，就是"盘子"迟迟定不下来，有些主意本来不错，但今天研究研究、明天讨论讨论、后天某某领导外出不在家，宝贵的时间就这样白白地耽误了。

④ 急功近利"马虎"决策的误区。有些"一把手"，特别是有些新任"一把手"。"新官上任三把火"，企望"一夜烧出新天地"，以赢得上级的青睐和群众的拥护。因而把目光盯在那些见效快的事情上，在处理眼前和长远利益的关系上，缺乏全局观念和战略意识。在处理安全与生产的关系上、在处理速度和效益的关系上，急于求成，只抓生产不顾安全、只抓速度不顾效益。

（4）搞好决策定案　决策定案，是指"一把手"对某项安全生产工作，某套安全工作方案表明肯定或否定的态度，并做出最后选择和决定的过程。这是决策中的最关键时刻。在决策定案之前"一把手"应再次进行周密分析，审慎行事，三思而后断。

3."一把手"在安全工作决策后应做的工作

决策后是指决策方案定案之后的决策执行阶段。"一把手"安全工作决策不是拍板了事，而是要在实施决策方案过程中达到预定目标。这是整个安全工作决策过程中的实质性阶段。没有决策实施，再好的决策方案也没有实际意义。因此，"一把手"不仅要重视决策方案的制订，更要重视决策的实施。在安全工作决策执行中需要把握以下几点。

（1）加强自控　决策执行是一个在决策和执行方案控制下的活动过程。自控在这个过程中表现为执行者的意志及其行为。这些年，相当一部分"一把手"决策执行的自控能力较弱。有的虎头蛇尾，对上级的安全工作决策只满足于开会发文、口头号召，并未认真抓落实，往往是开头轰轰烈烈，中间松松垮垮，结果落了空；有的搞实用主义，从局部利益出发，对上级安全工作决策取其所需，不合口味就"绕道走"，甚至人为制造"肠梗阻"；还有的推诿拖拉，特别是部门之间，由于条块关系尚未完全理顺，对有些安全工作决策能推则推、能拖则拖，不主动、不得力。因此，加强自控性，是保证决策顺利执行的先决条件。

（2）把握程序　决策执行是一个动态过程，一般可分为准备、行动、总结几个阶段，每个阶段又有各自的程序要求。

① 准备阶段。除人力、财力、物力等客观要素的准备外，在主观意识方面，必须做好三项工作：一是拟定执行方案。二是人事组织工作的准备，保证执行者

素质。三是做好舆论宣传工作。

② 行动阶段。这是决策能否取得预期成效的关键所在。要明确责任，突出重点，跟踪检查，分段考核，促进小目标突破，保证总目标实现。

③ 总结阶段。一要做好后续工作。二要总结经验教训，表彰先进，兑现奖惩。

(3) 力求创造　决策执行要有创造性。"一把手"首先要有创造性思维，世界文学巨匠莫泊桑说："应该时刻躲避那些走熟了的路，去寻找一条新的路。"这种思维方式很值得借鉴。其次要从职工群众中吸取营养。职工群众是安全工作决策主体，他们当中蕴藏着极大的安全生产创造性。"一把手"要善于向职工群众学习，及时发现总结他们在安全生产实践中的好经验、好做法，并上升到理性高度加以推广。再次，优化、倡导、创造良好的安全生产环境和秩序。

(4) 注意反馈　注重反馈对安全工作决策和决策执行都有十分重要的意义。

① 疏通反馈渠道。一方面要发挥管理机关正常信息渠道的作用，另一方面要注意从多种渠道收集信息，包括新闻媒介、来信来访、咨询座谈、调查研究等，建立起灵敏的信息感应器，保证各类安全信息能及时准确反馈到决策执行指挥机构。

② 坚持分类处理。从反馈信息中发现有偏离安全工作决策方案的行为，要认真分析原因，找出症结，落实措施，使行为方面迅速归位。如发现有局部错误，必须及时对方案进行回头看，作相应的修改、调整。对反应执行进度和困难的信息，要着重抓薄弱环节，解决实际问题，力求平衡发展。

③ 搞好追踪决策。正确的决策要经过执行的检验，如在执行中发现明显达不到预期目标或出现意外重大情况的反馈信息，则需要追踪决策源头，即对原决策目标和方案进行根本性修改。

三、努力提高"一把手"的安全工作决策水平

1. 注意自我修养

(1) 注意政治修养，把准决策方向　"一把手"的一项重要职责，就是把准决策方向。这不仅是实行科学决策的一个基本原则，而且是加强政治修养的一条基本要求。我们常说"一把手"要头脑清醒，心明眼亮，大事不糊涂，逆风不转向，就是指在安全决策时特别是重大问题的安全决策时要把准方向。方向把握不住，就会失之毫厘，差之千里，学习和领会科学发展观，构建中国特色社会主义和谐社会，坚持建设资源节约型、环境友好型、安全发展型的社会，都不能迷失党的方针政策这个方向。

(2) 注意党性培养，明确决策宗旨　我们党的根本宗旨是全心全意为人民服务。"一把手"必须加强党性修养，把人民群众的要求作为安全决策的重要依据，把职工群众关心的热点作为安全决策的重点，从整个国家、社会、经济、科技等的相互关系的周密思考中，做出符合人民群众利益的安全决策。以自己模范的行

为和有效的工作赢得职工群众的信任，自觉地正确贯彻党和国家的安全生产大政方针。

（3）注意思想修养，坚持决策原则　坚持实事求是，一切从实际出发，按照客观规律办事，既是决策所必须遵循的一条基本原则，又是"一把手"加强思想修养的基本功。对于"一把手"来说，思想修养，除了读书学习之外，要注意在实践中养成。习惯于深入实际，多察看、多倾听、多询问，把看到的、听到的、问到的东西，进行系统思考，明确应该注意什么、防止什么、加强什么，进行安全决策的立体构思、确立安全决策的方向和重点，构成安全决策方案的思路。

（4）注意知识修养，打好决策基础　知识是安全决策的基础，安全决策是多种知识的综合应用，掌握的知识越丰富，安全决策的水平越高。"一把手"的工作是十分繁重的，但无论怎样忙，都要挤出时间坚持经常地学习，坚持系统学习，大量地摄取各类知识，努力调整自己的知识结构。不但学习政治、经济、文化知识，还要学习专业技术，领导科学以及科学决策相关的软科学知识，不断拓宽自己的知识面，努力使自己成为多方面的内行。"一把手"在加强学习的过程中，要加强理论和实践相结合的原则，运用对照、比较、分析、归纳等方法，端正安全决策的指导思想，拓宽安全决策的思路，打牢安全决策的基础，增进学习的效果。

2. 锻炼安全决策思维

"一把手"的安全决策思维，简单讲就是"一把手"在安全决策某一个问题时所进行的思考、判断、分析、综合思维等活动。科学思维是"一把手"正确安全决策的前提和基础，是确保安全决策成功，减少损失的必由之路。因此，各级"一把手"在安全决策过程中不仅要摒弃形而上学的思维方式，而且要打破思维定式，克服思想惰性，改变浅显、单调的思维方式，培养和锻炼科学思维，达到事半功倍的效果。

（1）拓宽视野，确立思维多向性　在新的历史时期，社会节奏快，情况错综复杂，原来粗浅、随意的经验思维越来越不适应发展的需要，这就要求"一把手"不断扩大思维的空间范围，建立科学的多向性的思维方式，校正考虑问题的角度，不仅要正面思维，还要反向和侧向思维；不仅要纵向思维，还要横向思维。多向思维是科学思维的特征之一。要锻炼多向思维，突破思维的狭义性。再次，克服思维的机械性，发展发散型思维和聚合型思维，遇到问题从四面八方想开去，找出更多更新的设想方案；或者从不同的方向、不同的角度，将思维聚合到一个中心点，把二者巧妙地结合起来，就可以使新思想、新方案、新方法脱颖而出。

（2）照顾全局确立思维系统性　客观世界是一个互相联系、互相作用的整体，这就要求"一把手"认识事物不能仅仅局限在某一点、某一面或某一线，而要从整体上，多角度地把握事物。系统的观点是科学决策的核心。确立思维的系统性，要运筹帷幄，从左右联系、上下贯通和纵横对比中把握问题的实质，做出正确的决策。要树立全局观念，讲求整体利益。在思考问题时，打破部门界限，在思想上多"串串门"，力求使自己的思维更缜密、严谨、周全。对于所下达的要求应权衡利弊，既要考虑需要，又要考虑可能；既要考虑受害者，又要考虑受影响者。要排除急功近利心理对全局观念的干扰，正确处理好局部利益与整体利益、眼前实惠与长远利益、临时任务与中心工作、个人感情与组织原则之间的关系，克服短期行为。注意从事物的内在联系上挖掘思维的广度和深度，克服认识的表面性和狭隘性。

（3）打破常规，确立思维求异性　人们在长期重复从事某一类工作，解决某一类问题的过程中，常常容易形成自己特定的思维基点和思路，把思维活动纳入固定的模式和轨道，使之按照既定的程序来进行。这种常规思维，从积极的意义上讲，它将思维活动简约化、线性化了，这对于"一把手"处理日常事务，尤其是解决带有重复性、普遍性的安全问题是十分有利的。但从另一方面来看，它常常会对思维活动起着某种禁锢作用，表现为某种僵化的、线性的、安于现状的惰性。在科学思维过程中，"一把手"既要继承和发扬常规思维的优势，又要敢于打破思维定式，以高度的敏感去发现、去支持、去捕捉新的安全创见，培养思维的求异性。思维的求异性，是科学思维中的一个闪光点，要在遵循事物发展的客观规律符合客观实际这个前提下，增强创新，开拓意识，不畏艰险，开拓前进。

3. 培养决策风格

由于"一把手"的年龄、心理、素质、知识、经验、阅历、胆略、脾气、习惯的不同，对待安全决策的态度、方法也各有不同，久而久之，就形成不同的安全决策习惯，进而形成各有所长的安全决策风格。从对待安全决策的态度的心理素质特征分析，主要有三种类型。

（1）果断型　人们常常称赞某人"有魄力"，能"当机立断"。这可以说是果断型"一把手"的决策风格。这里说的果断，是指"一把手"要把经过深思熟虑后的选择，能迅速、明确地表达出来。果断，说明了"一把手"思想的高度集中，是其敏锐反应力的体现。对信息的吸收与消化、对经验的综合与运用、对未来的估计与推算，都能在短时间完成，凝聚成一个明确的指令。在客观现实生活中，往往有许多良机稍纵即逝，而具有果断安全决策风格的"一把手"，常常在恰到好处的时机，敏锐地捕捉到它，收到预期效果。当然，果断型安全决策的相对面，就是容易草率从事，粗心大意，但草率、鲁莽与果断是不能混为一谈的，前者的大脑兴奋是建立在对原系统的分解及重新组合不充分、不完整的基础之上。后者则是一个深思熟虑的过程，只是对安全信息的加工十分迅速、准确，是综合能力的象征，需要其他许多安全知识加以辅助、支持。

（2）顽强型　顽强型决策风格，是指"一把手"能够保持对决策事项实施的坚定性，这是一种韧性决策。"一把手"能正确地判断情况，在变幻复杂的环境中，一时的干扰挫折不会使其退缩动摇。为了实现目标，会鼓起勇气，调动一切积极因素，全力以赴。事业的成功，往往在"坚持一下"的决心之中。顽强型决策风格的相对面，是容易固执己见。这种人的思路特点往往是单路趋向，缺乏机动及回旋余地。兼听广纳，注意扬长避短，乃是其有顽强型安全决策风格的"一把手"应经常注意的问题。

（3）多思型　多思型"一把手"的特征，是具有深思熟虑的沉着与稳健的风格。其大脑皮层兴奋是多次进行的，而且是有层次的一浪高过一浪，因而逐渐形成正确的安全决策。人们常说的"稳扎稳打，步步为营"、"三思而后行"等，指的就是这种安全决策类型。具有多思型风格的一把手，因其深思多虑，常常打破常规性思路，另辟蹊径，朝着大家不去想的地方去想，有时候能达到柳暗花明的佳境。其相对面是优柔寡断，犹豫不决，易丧失机会，因此，要特别注意果断行事，把握机遇。

上述情况，是比较典型的几种安全决策风格。有的人决策风格不明显，有的人同时具备几方面的优点。安全决策是一种逻辑推导过程，不管具有哪种决策风格的"一把手"，要想真正取得安全决策的成功，都必须具备明晰的逻辑思维能力、系统的分析能力、准确的判断能力、正反效应估价的抽象能力。每个"一把手"都应扬长避短，努力培养自己优秀的决策风格。

第四节　安全生产工作是 "一把手工程"

当前，安全生产不仅是广大人民群众最关心、最直接、最现实的利益问题，而且是实现经济社会又好又快跨越式发展的重要保障，更是维护社会稳定大局的政治问题。从全国近几年的安全生产现状来看，市、县两级以及大企业、大集团是重点、是难点，符合安全生产工作"领导抓、抓领导"的特点。各级政府、各大型企业集团必须充分认识搞好安全生产的极端重要性，切实加强领导，把安全生产工作纳入"一把手工程"，认真履行政府安全监管主体责任，确保安全生产形势的根本好转。

一、问题的提出

安全生产关系人民群众生命财产安全，关系改革开放、经济发展和社会稳定的大局。党中央、国务院始终高度重视安全生产工作。胡锦涛总书记在中央政治局第三十次集体学习时发表了重要讲话，强调搞好安全生产工作，要采取综合措施，确保政府承担起安全生产监管的主体职责，确保企业承担起安全生产的主体职责。温家宝总理在全国安全生产工作会议上的讲话中指出，搞好安全生产工作，要强化行政首长负责制。地方各级人民政府的主要负责人是本地区安全生产工作的第一责任人，必须亲自抓、负总责。中央领导同志的重要指示体现了搞好安全生产工作的本质要求，地方政府和企业要切实搞好安全生产工作，就必须按照党中央、国务院的要求，切实落实两个"主体责任"，把安全生产纳入"一把手工程"。

地方政府"一把手"工程，必须具备四个重要特征：一是与广大人民群众的根本利益息息相关。二是对一个地方的经济社会发展具有举足轻重的作用。三是具有长期性、艰巨性和复杂性，需要经过长期艰苦的努力才能从根本上解决问题。四是需要全社会的广泛支持和全民的共同参与。安全生产具备以上四个方面的全部特征，因此，应将其纳入"一把手工程"。市、县两级以及大企业、大集团安全生产工作做好了，安全生产形势明显好转了，那么整个安全生产的整体工作就有了保证，稳定安全生产大局就有了基础，实现安全生产的根本好转就有了希望。

二、依据和理由

1. 把安全生产纳入"一把手工程"是加快发展的必然要求

新中国成立以来，特别是改革开放 30 年来，我国国民经济呈现快速、持续、稳定发展的态势。从 2000 年开始，我国经济摆脱亚洲金融危机冲击后进入新一轮增长周期，经济增长率从 1999 年的 7.6％回升到 2000 年的 8.4％，2001 年至 2007 年增长率分别为 8.3％、9.1％、10％、10.1％、10.4％、11.6％、13％，2008 年回落到 9％，这一轮扩张期在基数比以往高得多的情况下连续 5 年保持 10％以上的高速度，使我国经济实力大幅度提高：GDP 总量从 1999 年的 8.2 万亿元增加到 2008 年的 30 万亿，按可比价格计算累计增长 1.35 倍。当前和今后几年我国要实现经济社会跨越式发展，必然给安全生产工作带来更大的压力和繁重的任务。时代的发展，社会的进步，对安全生产工作提出更高的要求。只有将安全生产纳入政府和企业"一把手工程"的高度，才能有效处理好加快经济发展新形势下的安全生产突出矛盾和深层次的问题。

2. 把安全生产纳入"一把手工程"是严峻的安全生产形势的现实要求

从发达国家工业化发展历史来看，人均 GDP1000 美元至 3000 美元之间，处于生产安全事故易发期、高发期，并将持续相当长的时间。我国 2008 年 GDP 为 30 万亿元人民币，相当于人均 3700 美元，也处于生产安全事故的易发期、高发期。近年来，经过全国上下的共同努力，经济社会持续稳定发展，安全生产形势呈现总体稳定的态势，但安全生产形势依然严峻。每年因事故死亡人数在 10 万人以上，2008 年经过不懈的努力是近年来最好的，死亡人数降至 10 万人以下。如此严峻的安全生产形势，迫切要求把安全生产纳入政府和企业"一把手工程"，继续将安全生产工作摆在更加突出的位置，切实抓紧抓细抓好，抓出成效来，实现安全生产形势由稳定好转向明显好转、根本好转的转变。

3. 把安全生产纳入"一把手工程"，是贯彻落实科学发展观的本质要求

科学发展观的本质是以人为本，执政为民，对人民高度负责。贯彻科学发展观，构建社会主义和谐社会，说到底就是要维护最广大人民群众的根本利益。安全生产涉及千家万户，是直接关系人民群众生命安全与健康的头等大事。人民群众的生命安全高于一切，生命安全是人民群众最基本的利益。我们的政府是人民的政府，作为政府的一把手，就要对人民负责，实现守土有责，确保一方平安。高度重视安全生产，把安全生产纳入政府"一把手工程"是贯彻科学发展观，构建和谐社会最集中、最具体、最基本的体现。

4. 把安全生产纳入"一把手工程"，是全面建设小康社会的基本要求

小康社会首先是人民群众安全得到保障的社会，全面建设小康社会，必须大幅度提高全社会的安全水平。小康社会的标准，不仅反映在经济指标上，更要反映在人民群众生命健康和安全环境上。安全是社会进步和文明的重要标志，只有人民群众的安全健康切实得到保障，才能建成真正意义上的小康社会。当今时代，安全生产已成为衡量国家富足、民族繁荣、人民幸福和社会文明的重要标志。党中央明确提出了"高度重视安全生产，保证国家财产和人民生命的安全，"表明安全生产及其重要，说明了安全生产与全面建设小康社会的关系。高度重视安全生产，把安全生产纳入"一把手工程"，不仅为实现全面建设小康社会各项奋斗目标提供可靠保障，也将为经济社会又好又快发展提供可靠保障。

5. 把安全生产纳入"一把手工程"，是保障社会大局安全稳定的重要举措

稳定是改革和发展的前提，没有社会稳定就没有一切。当前，我们面临许多影响社会稳定的问题，其中生产安全事故时有发生也是影响稳定的一个重要因素。近几年来，一些因事故造成伤残的人员，对治疗和待遇问题不满意而上访，给社会稳定造成一定影响。因此，高度重视安全生产，把安全生产纳入"一把手工程"，以安全生产促稳定发展，社会才能长治久安，人民才能安居乐业。

6. 把安全生产纳入"一把手工程"，是加强党的执政能力的根本要求

党的十六届四中全会通过了关于加强党的执政能力建设的决定，将认真落实以人为本、全面协调可持续的科学发展观作为党的一项基本的方针。安全生产是关系到党的执政基础的稳固和加快经济建设，实现跨越式发展的一件极为重要的大事。因此，将安全生产纳入"一把手工程"，切实加强领导，提高安全生产水平，保证人民生命财产安全，是加强党的执政能力的迫切要求。

三、工作的抓手

各地区、各单位、各企业的"一把手"是本地区、本单位、本企业安全生产的第一责任人，要在上级政府和同级党委的领导下，全面负责本辖区的安全生产工作，作为"一把手工程"，主要应抓好以下几个方面的工作。

1. 始终坚持安全发展的原则

安全生产责任重于泰山，任何时候都不能有丝毫放松。然而有些同志或有些单位、有些企业在实际工作中却使安全工作走了形、变了样，顾此失彼，口头上讲安全工作重要，多项工作同时推进时，安全工作就变得次要了，强调经济发展，常常忽视安全生产的同步跟进；没有发生事故时安全生产工作就时紧时松，发生事故就悔之当初。这种现象必须加以纠正。经济社会的发展必须以安全为基础、前提和保障。国民经济和区域经济、重点行业和领域，各类生产经营单位的发展，要建立安全保障能力不断增强，安全生产状况持续改善，劳动者生命安全和身体健康得到切实保障的基础上，做到安全生产与经济社会发展各项工作同步规划、同步部署、同步推进，实现可持续发展。在加快经济发展过程中，绝不能以浪费资源、破坏环境，损害劳动者的生命和身体健康为代价，一个地区的经济发展水平，不能简单以 GDP 的高低来衡量，我们追求的是绿色 GDP，而不是以事故不断换来的 GDP！要牢固树立抓安全就是抓发展的观念，在思想上时刻牢记"安全第一"，在工作上处处体现"安全第一"，做到常讲、常抓、常督促、常检查。为加快构建和谐社会确保经济社会又好又快发展，确保安全生产工作的思路，统筹兼顾，协调运作，实现安全发展。政府和企业的主要领导切实履行第一责任人的责任，真正做到重大任务部署亲自组织，重大安全隐患整治亲自协调，重大的安全检查亲自带队，重、特大事故的处理亲自上阵。

2. 定期召开安全生产专项会议

各级政府的"一把手"，各大型企业的"一把手"，要在各种会议、各种场合上经常讲安全生产，逢会必讲安全生产。政府每季度定期召开安全生产例会，分析部署、督促和检查本地区的安全生产工作；大力支持并帮助解决安全生产监管部门在行政执法中遇到的困难和问题。特别是对本辖区的重大事故隐患要定期分析，听取有关部门和单位重大隐患专题汇报，政府对重大隐患实行挂牌督办，定期销号督促整改措施落实到位，确保安全生产。企业也在每季度定期召开安全生产例会，研究和解决安全生产中存在的问题。

3. 严格落实政府领导安全生产责任

各级政府要建立健全领导干部安全生产责任制，把安全生产作为衡量一个地方工作优劣，考核一个干部政绩水平高低的重要内容，逐级抓好落实。特别是要加强市县两级领导干部和大企业、大集团领导干部安全生产责任制的落实。"一把手"高度重视亲自抓，全面履行好各项职责；分管安全生产工作的领导，要负起分管责任，认真负责的抓好安全生产各项工作；其他领导也必须对分管范围的安全生产工作负责。要实行"一岗双责"制度，即副职要对分管业务负责，也要对分管业务范围内的安全生产工作负责，同步抓好业务和安全工作。对于交叉性的工作和分工不很明确的工作，有关职能部门要顾大局、多协调、多配合，坚决杜绝在安全生产工作上推诿扯皮现象的发生。

4. 充分发挥经济政策导向作用

加强产业政策的引导。制定和完善产业政策，调整和优化产业政策，逐步淘汰技术落后、浪费资源和环境污染严重的工艺技术装备及不具备安全生产条件的企业。通过兼并、联合、重组等措施，积极发展跨区域、跨行业经营的公司、大集团和大型生产供应基地，提高有安全生产保障企业的生产能力。要制定出台并实施有利于保证促进安全生产的经济政策，用政策来约束和激励企业。认真落实企业安全费用提取，伤亡事故经济赔偿和安全生产风险抵押金的规定，提高企业安全投入标准，提高安全成本和事故成本发挥政策导向与保障作用，促进企业主体责任的落实，做好安全生产工作。

现在风险抵押金办法是由财政、安监部门核定数额，把企业缴纳的抵押金全部存在银行，谁出事故花谁的钱，这种办法还比较原始，况且造成了资金沉淀，可以尝试把风险抵押金同保险或基金的形式进行管理，既可以用经济手段处理事故，也可以用来治理隐患、奖励先进，进行风险资金的联合运作，鼓励地方进行探索。

5. 加大政府对安全生产的投入

政府要安排资金，用于涉及公共安全的重大事故预防与隐患治理，监管监察能力和保障体系基础设施建设，公益性和社会性安全生产宣传教育培训与文化建设，支持安全生产先进技术示范和推广等；要保障安全生产监管监察设施，装备与经费到位；要加大对道路交通安全管理，要加强执法装备的资金投入。企业要加强安全生产设施建设，加大安全生产技术改造的力度。

6. 加强安全生产责任目标考核

建立和完善安全生产责任目标和考核机制，推行"一张网盖到边，一竿子插到底"的目标管理体系，把安全责任分解到各单位、各部门、各企业、各车间、各班组和各岗位。政府和企业每年要拿出一定的奖励基金，用于奖励安全生产目标完成的先进单位。同时，对安全生产责任目标考核要严格，让"安全政绩"分量重起来，坚决落实行政首长问责制和安全一票否决制。各级政府、各职能部门围绕年度目标，定期进行督查，对安全生产目标落实不到位的单位和企业提出督查建议书，对事故多发单位法人代表即"一把手"，举办专题培训班，对安全生产不达标的企业取消评先资格；对违规违纪，行政不作为的由监察部门追究行政责任，决不姑息。

7. 多方支持安全监管队伍建设

在市场经济条件下，安全监管工作只能加强，不能削弱。一个政府或企业的领导者"一把手"，应该把眼睛盯住前方，把握现在，思考未来。要保持安全生产大局稳定，特别是在当前安全生产新的起点上，要实现新的发展，实现安全生产由稳定好转向明显好转、根本好转转变，有许多新情况需要研究，有许多新课题需要思考，有许多新问题需要解决，也有许多新领域需要突破。当前，安全生产监管任务越来越重、压力会越来越大。各级"一把手"领导同志在严格要求的同时，对安全监管队伍建设要多方支持，在尽可能的条件下给予人员的编制方面的倾斜；对安全监管人员要高看一眼、厚爱一分，政治上关心，工作上支持，生活上帮助，尽可能地为安全监管部门的同志解决实际困难和问题，使他们解除后顾之忧，使他们轻装上阵，全身心地投入到安全生产监管工作中去。

◆ "一把手"安全决策必须遵循决策原则。要端正决策价值取向，防止安全决策失误，搞好安全决策定案。

◆ 安全生产是"一把手"工程。因为：这是安全工作快速发展的必然要求，是严峻的安全生产形势的现实要求；是贯彻落实科学发展观的本质要求；是全面建设小康社会的基本要求；是保障社会大局安全稳定的重要举措；是加强党的执政能力的根本要求。

◆ "一把手"在安全工作中必须做到：始终坚持安全发展的原则；严格落实领导责任；充分发挥经济政策导向作用；加大对安全生产的投入；加强安全生产目标考核；多方支持安全监管队伍建设。

第五章　法制安全举要

◆ 安全生产法规是指调整在生产过程中产生的同劳动者或生产人员的安全与健康，以及生产资料和社会财富安全保障有关的各种社会关系的法律规范的总和。

◆ 安全生产法规是党和国家的安全生产方针政策的集中体现，是上升为国家和政府意志的一种行为规范。

◆ 安全生产法规保护的对象是劳动者、生产经营人员、生产资料和国家财产。

◆ 安全生产法规具有强制性。

◆ 安全生产法规涉及自然科学和社会科学领域，既有政策性又有技术性。

第一节　安全生产法学理论

一、基本法学原理

1. 法的起源

根据辩证唯物主义观点和历史唯物主义观点，法律不是自古就有的，也不是永远存在的。原始社会没有法律，调整人们的关系和行为靠氏族习俗，这种习俗是全体氏族成员在长期的共同劳动中逐渐形成的，主要靠全体氏族成员的自觉遵守，以及通过首领的威望来执行，没有专门的执行机关。随着经济的发展，人们生产出的产品，除了满足自己需要以外还有剩余，这样产生了物品交换，出现了社会大分工，氏族贫民逐渐沦为奴隶，战俘不再被杀死，而作为奴隶使用，这便是最初的奴隶。氏族首领利用自己的威望、权力和地位，而奴隶则要反抗这种剥削，这就出现了不可调和的矛盾。在这种情况下，原来的氏族成员间的平等关系已不复存在，而代之以被剥削、被压迫被剥削、压迫的关系。原来的氏族习俗已无法调整这种关系，这时国家出现，调整人们之间新的关系的法律规范也就出现了。我国史书曾有记载："夏有乱政，而制禹刑"、"禹传子，家天下"。法律的产生开始是以习俗的形式出现的，法律部门详细的划分，经历了漫长的岁月。

现代社会由于政治、经济、文化活动的频繁，以及人与人之间、人与自然之间和人与社会之间关系的复杂，更需要法律发展、协调、平衡、规范、导向的作用。

2. 法的概念与本质

法律有两种含义。广义的法律是指国家制定或认可的所有规范性文件的总和，包括国家最高权力机关制定的基本法，如宪法、刑法等；也包括国家最高权力机关、最高行政机关及其所属部门、各级地方权力机关和行政机关制定的从属于法律的规范性文件。狭义的法律专指国家最高权力机关制定的规范性文件。安全生产法律、法规属于广义范畴。

一般来说，法律、法规具有如下特征。

(1) 权力性 法是国家制定或认可的，具有国家权力所表现的某些特征。法是由国家制定或认可的，表明法是一种社会规范，它规定人们或社会可以做什么，不可以做什么，禁止做什么，具有普遍的约束力。

(2) 强制性 法是由国家的强制力保证实施的。法的后盾是国家，国家是法的实施机关。法对国家内的所有人均具有约束力，必须强制实行，任何单位和个人均不得例外。

(3) 规范性 法是一种社会规范。所谓社会规范是指社会模式、规则。人们在日常生活中有许多规范，法律规范便是其中之一。但法律规范是一种特殊的社会规范，不同于一般的社会规范。它的特殊性是指它具有规范性、概括性、可预测性的特点。规范性是指人们在一定情况下可以做什么或不应该做什么，也就是对人们的行为规定了模式、标准和方向；概括性是指法律法规的对象是一般的人、抽象的人，而且在同样的情况下是可以反复使用的；可预测性是指人们有可能预测到国家对自己的行为持什么态度，会产生怎样的法律后果，应承担什么样的法律责任。

3. 法的作用

法通过自身的力量，保证人们能够具有一个良好的生存环境，这是基本的作用之一。法的这种作用，在不同的历史阶段，不同的社会体制下，表现的程序有所不同，但随着经济的发展，社会的进步，法的这一职能将会逐步扩大和加强。

劳动是人类发展和社会进步的动力，是创造财富的重要手段，也是最基本的生产力。安全生产是国家社会经济发展的基础。因此，运用法制的功能和手段，发挥法的作用，对于国家、社会、家庭和个人都具有重要的作用。

运用法律手段保障安全生产是国家的重要职责。

4. 法律与经济的关系

(1) 政治与经济 经济是事物维持生活资料的生产、交换、分配、消费的活动。它是社会生活赖以进行的物质基础。政治是政权实施的治理，法律是政治的手段之一。它主要的功能是维持社会的正常秩序，其中包括经济秩序。

由于政治是经济的集中体现，特别是掌握了政权的统治阶级，一定要通过政治把自己的权利和利益合法化。因此，法律作为政治手段之一，就是把统治阶级的利益用法律的形式，予以公开化和合法化。事实上，社会中的各个阶级都需要法律保护自己的利益。因而，法律的制定也必须兼顾其他阶级的利益。但是，任何时期所指定的法律，都是维护统治阶级利益的。

（2）法律与经济

① 经济依赖于法律：在现实的社会生活中，特别是现代的商品经济活动中，经济的正常活动依赖于法律的维持。具体表现在以下几点。

a. 正常的经济利益必须用法律来保护。

b. 经济活动中的矛盾和纠纷需要法律来裁决。

c. 违法的经济活动必须靠法律来惩治。

d. 社会的经济秩序必须靠法律来维护。

因此，现实中的经济活动不仅离不开法律，而且依赖于法律。为了广泛适应现实的经济生活，也必须建立和健全法律。

② 法律依赖于经济。用文字表述在纸上的法律，要转变为在现实生活中产生威力的法律，就依赖于法律的执行。而任何法律的执行没有经济实力做后盾，它几乎是不可能实现的。其原因如下。

a. 执行机构的建立、执法人员的培训、执法队伍的建设都需要经费。

b. 法律在社会中的实施需要很多设施，如法庭、监狱等。

c. 对违法犯罪的立案、侦破、检察等，更是需要经费的保障。

因此，法律的实施是以经济为基础的。

（3）经济影响法律 经济利益是与每一个人的日常活动息息相关的利益。执法队伍中的每一个人也不是生活在真空中的。现实的经济利益既影响他们对法律的认识，也影响他们对法律的执行。因此，在金钱和利益的诱使下，个别执法人员被腐蚀拉拢，以至搞钱法交易，贪赃枉法的事例并不是偶然的。所以，经济与法律关系，既是互相依赖又是互相牵制的。离开了法律去谈法律不仅是不现实的，同时也是违反唯物辩证法规律的。

5. 我国法律部门与安全生产

目前我国法律部门主要包括如下五大领域。

（1）宪法和国家机构方面的法律 宪法和国家机构方面的法律。宪法和国家机构制定的法律，是规定国家的各项制度和国家机构的性质、任务、职权、组织构成，活动原则的基本法律，是全体公民特别是各级国家机关的工作人员需要重点熟悉的法律。这方面的法律有宪法性法律、选举法和代表法、中央国家机构组织法律、地方国家机构组织法律、基层自治组织法律。其中宪法是最根本的法律，是根本大法。

宪法是国家的根本大法，它规定的是国家的根本社会制度、政治制度、国体政体、国家机关的组织和活动原则，公民的基本权利和义务等。

宪法的法律效力最高，是其他法律、法规制定的准则，其他法律、法规不能与宪法相抵触，否则是无效的。目前，我国现行的宪法是 1982 年 12 月 4 日全国人大公布的《中华人民共和国宪法》。宪法中对安全生产也有原则性规范条款。并根据 1988 年 4 月 12 日第七届全国人民代表大会第一次会议通过的《中华人民共和国宪法修正案》，1993 年 3 月 29 日第八届全国人民代表大会第一次会议通过的《中华人民共和国宪法修正案》，1999 年 3 月 15 日第九届全国人民代表大会第二次会议通过的《中华人民共和国宪法修正案》和 2004 年 3 月 14 日第十届全国人民代表大会第二次会议通过的《中华人民共和国宪法修正案》修正。

如《中华人民共和国宪法》第四十二条：中华人民共和国公民有劳动的权利和义务。

国家通过各种途径，创造劳动就业条件，加强劳动保护，改善劳动条件，并在发展生产的基础上，提高劳动报酬和福利待遇。

劳动是一切有劳动能力的公民的光荣职责。国家企业和城乡集体经济组织的劳动者都应当以国家主人翁的态度对待自己的劳动。国家提倡社会主义劳动竞赛，奖励劳动模范和先进工作者，国家提倡公民从事义务劳动。

国家对就业前的公民进行必要的劳动就业训练。

第四十三条：中华人民共和国劳动者有休息的权利。

国家发展劳动者休息和修养的设施，规定职工的工作时间和休假制度。

第四十八条：中华人民共和国妇女在政治的、经济的、文化的、社会的和家庭的生活等方面享有同男子平等的权利。

国家保护妇女的权利和利益，实行男女同工同酬，培养和选拔妇女干部。

(2) 民事方面的法律 民事方面的法律是调整平等主体的公民之间、公民和法人之间的财产关系和人身关系的法律，以及调整诉讼主体就民事纠纷进行诉讼活动等的法律，包括民事实体法和民事程序法。在民事实体法中，我国还未制定民事法典，但有一部作为民事基本法的《民法通则》，目前执行的民法是 1986 年 4 月 12 日第六届全国人民代表大会第四次会议通过的《中华人民共和国民法通则》。同时，还有一些单行民事法律，如著作权法、票据法、保险法、婚姻法、民事诉讼法等。

在事故赔偿、工伤保险等方面，民事方面的法律是基本的法律基础和依据。

(3) 经济方面的法律 经济法是调整特定经济关系的法律规范的总和，是国家为了促进社会主义市场经济健康而有序的发展，用"看得见的手"去弥补"看不见的手"的作用之局限，去弥补"市场失灵"带来的缺陷，是宏观调整与微观规范的有机结合。我国现在尚未制定经济法典，经济法是由一些单行法律所组成的。经济法包括：市场主体法律，如公司法、工业企业法、企业破产法、标准化法、计量法、产品质量法、消费者权益保护法、广告法等；宏观调控法律，如预算法、税收法、银行法、会计法、统计法、审计法等；社会保障法律，如劳动法、职业教育法等。安全生产法律，如安全生产法、职业病防治法、消防法等。

(4) 行政方面的法律 行政法是我国法律体系中的一个重要组成部分，是一个独立的法律部门，是调整行政机关在行政管理活动中产生的国家行政机关之间，国家行政机关与其他国家机关、军队、社会团体、企事业单位以及公民之间相互关系的法律制度。由于行政管理所涉及的范围非常广泛，包括国家事务、社会事务、行政机关内部事务等许多方面，这就决定了行政法律文件数量繁多，体系庞杂。包括：公安、安全和司法行政法律；国防外交法律；产业振兴和行业管理法律；教育、科学、文化、卫生、体育法律；自然资源和环境保护法律；社会团体与特殊群体权益保护法律；人事管理法律；行政处罚与行政诉讼法律等。

在这一领域，与安全生产相关的法律属于产业振兴和行业管理方面的法律，有：电力法、矿山安全法、海上交通安全法、铁路安全法、突发公共事件应对法等。属于自然资源和环境保护方面的有：环境保护法、水污染防治法、大气污染防治法、固体废物污染环境防治法、海洋环境保护法、清洁生产促进法等。属于社会团体与特殊群体权益保护方面的法律有：工会法、妇女权益保护法、未成年人保护法等。

(5) 刑事方面的法律 刑事法律简称刑法，是确定犯罪和刑罚的法律规范的总称。广义的刑法是指一切的国家立法机关制定的，规定什么是犯罪及对罪犯处罚的法律规范的总和。包括：刑法法典，单行刑事法律，有关刑法的补充规定和决议，其他法律中有关犯罪与刑罚的条款。

目前，我国现行的刑法是 1979 年 7 月 1 日由第五届全国人民代表大会第二次会议通过的《中华人民共和国刑法》，1997 年 3 月 4 日第八届全国人民代表大会第五次会议对《中华人民共和国刑法》作了修订。2006 年 6 月 29 日第十届全国人民代表大会常务委员会第二十二次会议通过的对《中华人民共和国刑法》第六次修正。

刑法中包括有与安全生产相关的条款如下。

第一百三十四条：在生产、作业中违反有关安全管理的规定，因而发生重大伤亡事故或者造成其他严重后果的，处三年以下有期徒刑或者拘役；情节特别恶劣的处三年以上七年以下有期徒刑。

强令他人违章冒险作业，因而发生重大伤亡事故或者造成其他严重后果的，处五年以下有期徒刑或者拘役；情节特别恶劣的处五年以上有期徒刑。

第一百三十五条：安全生产设施或者安全生产条件不符合国家规定，因而发生重大伤亡事故或者造成其他严重后果的，对直接负责的主管人员和其他直接责任人员，处三年以下有期徒刑或者拘役；情节特别恶劣的，处三年以上七年以下有期徒刑。

举办大型群众性活动违反安全管理规定，因而发生重大伤亡事故或者其他严重后果的，对直接负责的主管人员和其他直接责任人员，处三年以下有期徒刑或者拘役；情节特别恶劣的，处三年以上七年以下有期徒刑。

第一百三十九条：违反消防管理法规，经消防监督机构通知采取改正措施而拒绝执行，造成严重后果的，对直接责任人员，处三年以下有期徒刑或者拘役；后果特别严重的，处三年以上七年以下有期徒刑。

在安全事故发生后，负有报告职责的人员不报或者谎报事故情况，贻误事故抢救，情节严重的，处三年以下有期徒刑或者拘役；情节特别严重的，处三年以上七年以下有期徒刑。

二、安全生产法规的概念与特征

1. 安全生产法规的概念

安全生产法规是指调整在生产过程中产生的同劳动者或生产人员的安全与健康，以及生产资料和社会财富安全保障有关的各种社会关系的法律规范的总和。安全生产法规是国家法律体系中的重要组成部分。人们通常说的安全生产法规是指对有关安全生产的法律、规程、条例、规范的总称。例如，全国人大和国务院及有关部委、地方政府颁发的有关安全生产、职业安全卫生、劳动保护方面的法律、规程、决定、条例、规定、规则及标准等，均属于安全生产法规范畴。

安全生产法规有广义和狭义两种解释，广义的安全生产法规是指我国保护劳动者、生产者和保障生产资料及财产安全的全部法律规范。这些法律规范都是为了保护国家、社会利益和劳动者、生产者的利益而制定的。例如：关于安全生产技术、安全工程、工业卫生工程、工伤保险、职业技术培训、工会组织和民主管理等方面的法规。狭义的安全生产法规是指国家为了改善劳动条件，保护劳动者在生产过程中的安全和健康，以及保障生产安全所采取的各种措施的法律规范。例如：劳动安全卫生规程，对女工和未成年工劳动保护的特别规定等。安全生产法规的表现形式是国家制定的关于安全生产的各种规范性文件，它可以表现为享有国家立法机关制定的法律，也可以表现为国务院及其所属的部、局、委员会发布的行政法规、决定、命令、指示、规章以及地方性法规等，还可以表现为各种劳动安全卫生技术规程、规范和标准。

安全生产法是党和国家的安全生产方针政策的集中表现，是上升为国家和政府意志的一种行为准则。它以法律的形式规定人们在生产过程中的行为准则，规定什么是合法的，可以去做；什么是非法的，禁止去做；在什么情况下必须怎样做，不应该怎样做等，用国家强制性的权利来维护企业安全生产的正常秩序。因此，有了各种安全生产法规，就可以使安全生产工作做到有法可依、有章可循。谁违反了这些法规，无论是单位或者个人，都要负法律责任。

安全生产法律规范由假定、处理和制裁三个要素构成。假定是指适用安全生产法律规范的必要条件，每一个安全生产法律规范都是在一定的条件下才出现的，而适用这一法律规范的这种条件就称为假定。处理是指行为规范本身的基本要求。这是安全生产法律规范的中心部分，是安全生产法律规范的主要内容。制裁是指对违反安全生产法律规范将导致的法律后果的规定。如损害赔偿、行政处罚、经济制裁、判处刑罚等。安全生产法律规范这三个组成部分密切联系，不可缺少，既可以把各个部分规定在一个法律条文中，也可以分别规定在不同的安全生产法律条文中。

2. 安全生产法规的特征

安全生产法规是国家法规体系的一部分，因此，它具有法的一般特征。

我国安全生产法律制度的建立与完善，与党和国家的安全生产政策有密切的关系。这种关系就是政策，就是法规的依据，就是法规政策的定型化、条文化。在过去较长一段时期，我国的法制很不完备，在没有安全生产法规的场合，只能依照国家的安全生产政策指导安全生产工作。这时，国家的安全生产政策，实际上已经起到了法规的作用，已赋予了它一种新的属性，这种属性是国家所赋予的而不是政策本身就具有的。

随着我国法制建设的发展，有关安全生产方面的法律、法规已逐步完善，用法制的手段来维护企业的安全生产秩序，保证国家安全生产目的的实现，安全生产法律、法规将发挥重要的作用。

我国安全生产法规具有以下特点：

① 保护的对象是劳动者、生产经营人员、生产资料和国家财产；

② 安全生产法规具有强制性的特征；

③ 安全生产法规涉及自然科学和社会科学领域，因此，安全生产法规既具有政策性特点，又具有科学技术性特点。

三、安全生产法规的本质与作用

1. 安全生产法规的本质

我国的社会主义法制是实现人民民主专政、保障和促进社会主义物质文明和精神文明建设的重要工具。社会主义法制包括制定法律和制度以及对法律和制度的执行与遵守两个方面。二者密切联系，互为条件。社会主义法制健全与否的标志，不仅取决于是否有完备的法律和制度，从根本上说，还决定于这些法律和制度在现实生活中是否真正得到遵守和执行。我国社会主义法制的基本要求是："有法可依，有法必依，执法必严，违法必究"。

安全工作的最基本任务之一是进行安全生产法制建设，即以法律、法规文件来规范企业经营者与政府之间、劳动者与经营者之间、劳动者与劳动者之间、生产过程与自然界之间的关系。把国家保护劳动者的生命安全与健康，生产经营人员的生产利益，以及保障社会资源和财产的需要、方针、政策具体化、条文化。通过制定法律、法规，建立起一套完整的、符合我国国情的、具有普遍约束力的安全生产法律规范，以使企业的生产经营行为及其过程有法可依、有章可循。目前我国的安全生产法规已初步形成一个以宪法为依据的，由有关法律、行政法规、地方性法规和有关行政规章、技术标准所组成的综合体系。由于制定和发布这些法规的国家机关不同，其形式和效力也不同。这是一个多层次的、依次补充和相互协调的立法体系。

在现行的安全生产法规体系中，除法律、法规外，数量较多的是国务院有关部门和省、自治区、直辖市人民政府在其职权范围内制定和发布的行政规章。这些行政规章，是依据法律、法规的规定，就安全生产管理和生产专业技术问题做出的实施性的规定，具有行政管理法规的性质，此外，县级以上人民政府及政府部门，还制定和发布了大量的从属性文件，如实施办法、细则、通知等。这些行政规章和从属性、规范性的文件，是对安全生产法律、法规的重要补充，是贯彻实施法律、法规，建立安全生产秩序和环境的必要依据。

2. 安全生产法规的作用

安全生产法规的作用主要表现在以下几个方面。

(1) 为保护劳动者的安全与健康提供法律保障　我国的安全生产法规是以搞好安全生产、职业卫生、保障职工在生产中的安全、健康为目的的。它不仅从管理上规定了人们的安全行为规范，也从生产技术上、设备上规定实现安全生产和保障职工安全与健康所需的物质条件。多年来的安全生产工作实践表明，切实维护劳动者安全与健康的合法权益，单靠思想政治教育和行动管理是不够的，不仅要制定出各种保障安全生产的措施，而且要强制人人都必须遵守规则，要用国家强制力来迫使人们按照科学办事，尊重自然规律、经济规律和生产规章，尊重群众，保证劳动者得到符合安全与卫生要求的劳动条件。

(2) 加强安全生产的法制化管理　安全生产法制是加强安全生产的法制化管理的章程，我国的安全生产法规都明确规定了各个方面加强安全生产，加强安全管理的职责，推动了各级领导特别是企业主要领导对安全生产工作的重视，把这项工作摆在领导和企业管理的重要议事日程，在"安全第一"方针的指导下，应该是"第一管理"，也应该是"第一责任"。

(3) 指导和推动安全管理，促进企业安全生产　安全生产法规反映了保障生产正常进行、保护劳动者、生产者在生产作业过程中的安全与健康所必须遵循的客观规律，对企业做好安全生产工作提出和规定了明确的要求和规范。同时，由于它是一种法律规范，具有法律的强制力、约束力、不可抗拒力，要求人们在任何情况下、任何时候都要百分之百的遵守。这样，它对整个安全生产领域工作的开展，对安全发展的推进具有国家强制力的推动作用。

(4) 提高生产力，保障企业效益　安全生产是关系到企业经济效益和职工切身利益的大事，通过安全生产立法，使劳动者的安全与健康得到法律的保障，使职工能在符合国家规定的安全与卫生要求的条件下和环境中从事生产劳动，这样必然会激发其劳动者的积极性和创造性，他们感觉到从事生产劳动是创造、也是享受，是美好、更是幸福，从而促使劳动生产率大大提高，创造出更多的社会财富。同时，安全生产技术法规和安全生产标准规范的遵守和执行，必然能提高生产过程的稳定性、安全性，必然使实现生产效率的又好又快得到保障。

安全生产法律、法规对生产过程的安全条件提出与实现科学发展相适应的强制性要求，这就迫使企业的领导，特别是"一把手"在生产经营决策上，以及在工艺路线的确定，设备的选型上，采取相应的措施，以改善劳动条件、加强安全生产为出发点，加速技术进步、技术改造的步伐、推动社会生产的发展和提高企业生产力水平，使企业立于不败之地。

在我国的工业化进程中，安全生产法规以法律的形式，协调人与人之间、人与设备之间、人与环境之间、人与自然之间的关系。维护生产的正常秩序，为劳动者提供安全、卫生、舒适的劳动条件和工作环境，为生产经营者提供可行、安全、可靠的生产技术和条件，从而推动了生产力的发展，促进国家全面建设小康社会的顺利进行。

第二节 安全生产法律体系的框架

一、安全生产法律体系的概念和特征

1. 安全生产法律体系的概念

安全生产法律体系，是指我国全部现行的、不同的安全生产法律和规范形成的有机联系的统一整体。安全生产是一个系统工程，需要建立在各种支持基础之上，而安全生产法律体系尤为重要。按照我国"安全第一，预防为主，综合治理"的安全生产方针，国家制定了一系列的安全生产法律、法规，与此同时，国家还制定和颁布了上千余项安全生产方面的国家标准。

根据我国立法体系的特点，以及安全生产法规调整的范围不同，安全生产法律法规体系由若干层次构成。详见图 5-1 和图 5-2。

2. 安全生产法体系的特征

（1）调整对象和阶级意志具有统一性　加强安全生产监督管理，保障人民生命财产安全，预防和减少生产安全事故，促进经济社会发展，是党和国家的根本宗旨。国家所有的安全生产立法，体现了工人阶级领导下的最广大人民群众的根本利益，都要围绕着"科学发展观"的重要思想、围绕着执政为民这一根本宗旨、围绕着基本人权的保护这个基本点而判定。安全生产法律规范是为巩固中国特色社会主义经济基础和上层建筑服务的，它是工人阶级乃至国家意志的反映，是由人民民主专政的政权性质所决定的。生产经营活动中所发生的各种社会关系，需要通过一系列的法律规范加以调整。不论安全生产法律规范有何种内容和形式，它们所调整的安全生产领域的社会关系，都要统一服从和服务于中国特色社会主义的生产关系、阶级关系，紧紧围绕着"科学发展观"重要思想，执政为民、基本人权保护和构建和谐社会而进行。

（2）内容和形式具有多样性　安全生产贯穿于生产经营活动的各个行业、领域，各种社会关系非常复杂。这就需要针对不同生产经营单位的不同特点，针对各种突出的安全生产问题，判定各种内容不同、形式不同的安全生产法律规范，调整各级人民政府、各类生产经营单位、公民之间在安全生产领域中产生的社会关系。这个特点就决定了安全生产立法的内容和形式又是各不相同的，它们所反映和解决的问题是不同的。

（3）相互关系具有系统性　安全生产法律体系是由母系统和若干子系统共同

全国人民代表大会	修改宪法，制定、修改刑事、民事、国家机构的和其他的基本法律。
全国人民代表大会常务委员会	制定和修改除应当由全国人民代表大会制定的法律以外的其他法律；在全国人民代表大会闭会期间，对全国人民代表大会制定的法律进行部分补充的修改；解释法律。
国务院	根据宪法和法律，制定行政法规。
省、自治区、直辖市人民代表大会及其常务委员会	根据本行政区域的具体情况和实际需要，在不同宪法、法律、行政法规相抵触的前提下，制定地方性法规。
较大的市的人民代表大会及其常务委员会	根据本市的具体情况和实际需要，在不同宪法、法律、行政法规和本省、自治区的地方性法规相抵触的前提下，制定地方性法规，报批准后施行。
经济特区所在地的省、市的人民代表大会及其常务委员会	根据全国人民代表大会的授权决定，制定法规，在经济特区范围内实施。
民族自治地方的人民代表大会	依照当地民族的政治、经济和文化的特点，制定自治条例和单行条例，报批准后生效。依照当地民族的特点，对法律和行政法规的规定作出变通的规定，但不得违背法律或者行政法规的基本原则，不得对宪法和民族区域自治法的规定以及其他有关法律、行政法规专门就民族自治地方所作的规定作出变通规定。
国务院各部、委员会、中国人民银行、审计署和具有行政管理职能的直属机构	根据法律和国务院的行政法规、决定、命令，在本部门的权限范围内，制定部门规章。
省、自治区、直辖市和较大的市的人民政府	根据法律、行政法规和本省、自治区、直辖市的地方性法规，制定地方政府规章。
中央军事委员会	根据宪法和法律制定军事法规，在武装力量内部实施。

注：1. 较大的市是指省、自治区的人民政府所在地的市、经济特区所在地的市和经国务院批准的较大的市。
　　2. 法的效力等级：宪法＞法律＞行政法规＞地方性法规、部门规章、地方政府规章；地方性法规＞本级和下级地方政府的规章；部门规章＝地方政府规章。
　　（＞表示效力高于，＝表示效力相等）
　　3. 司法解释：司法解释是最高人民法院对审判工作中具体应用法律问题和最高人民检察院对检查工作中具体应用法律问题所作的具体法律效力的解释、司法解释与被解释的有关法律规定一并作为人民法院或人民检察院处理案件的依据。

图 5-1　我国的立法体系

组成的，从具体法律规范上看，它是单个的，从法律体系上看，各个法律规范又是母体，系不可分割的组成部分。安全生产法律规范的层次、内容和形式虽然有所不同，但是它们之间存在着互相依存、互相联系、互相衔接、互相协调的辩证统一关系。

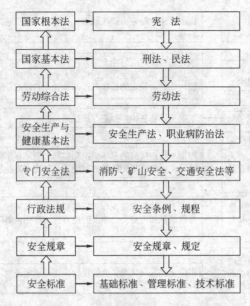

图 5-2 安全生产法规体系及层次

（4）法制和文化具有典型性 安全法制处于安全文化的制度层次。首先，它是制度文化的典型形式，是安全精神文明的外化，也是安全行为文化的规范。其次，它是国家意志的体现，在我国，就是以人为本的宪法精神和社会制度的书面表达。再次，它是政府管理安全工作的准绳和企业社会责任的底线，它规定企业生存的起码条件、生产经营的基本要求、市场准入的最低门槛、从业人员的行为准则。第四，它是公民义务的参考样本。第五，它是公众舆论监督的标准，通过它可以评判政府管理是否到位、企业自律是否合格、相关机构是否尽责等情形。安全法制是安全制度文化的主体，是人们行为的指南，它的决定因素是多数人认同的安全观念。它是安全第一的价值观、尊重生命的道德观、劳动保护的政治观、安全文明的审美观的综合反映。其中既有对不安全行为的限制，也有对安全行为的倡导。它把安全行为文化与生产经营活动融在一起，促进经济社会的全面发展。

二、安全生产法律体系的基本框架

我们从上位法与下位法，普通法与特殊法、综合性法与单行法三个方面来认识和构建我国安全生产法律体系的基本框架。

1. 上位法与下位法

法的层次不同，其法律地位和效力也不同。上位法是指法律地位、法律效力高于其他相关法的立法。下位法相对于上位法而言，是指法律地位、法律效力低于相关上位法的立法。不同的安全生产力法对同一类或者同一个安全生产行为做出不同的法律规定的，以上位法的规定为准，适用上位法的规定。上位法没有规定的，可以适用下位法。下位法的数量一般要多于上位法。

2. 普通法与特殊法

我国的安全生产立法是多年来针对不同的安全生产问题而制定的，相关法律规范对一些安全生产问题的规定有所差别。有的侧重解决一般的安全生产问题，有的侧重或者专门解决某一领域的特殊的安全生产问题。因此，在安全生产法律体系同一层级的安全生产立法中，安全生产法律规范有普通法与特殊法之分，两者相辅相成，缺一不可。这两类法律规范的调整对象和适用范围各有侧重。普通法是适用于安全生产领域中普遍存在的基本问题、共同问题的法律规范，它们不解决某一领域存在的特殊性、专业性的法律问题。特殊法是适用于某些安全生产领域独立存在的特殊性、专业性问题的法律规范，它们往往比普通法更专业、更具体、更有可操作性。如《中华人民共和国安全生产法》是安全生产领域的普通法，它所确定的安全生产基本方针原则和基本法律制度，普遍适用于生产经营活动的各个领域。但对于如消防安全和道路交通安全、铁路交通安全、海上交通安全和民用航空安全、矿山安全等领域存在的特殊问题，其他有关专门法律另有规定的，则应适用《中华人民共和国消防法》、《中华人民共和国道路交通安全法》等特殊法。据此，在同一层级的安全生产立法对同一类问题的法律适用上，应当适用特殊法优于普通法的原则。

3. 综合性法与单行法

安全生产问题错综复杂，相关法律规范的内容也十分丰富。从安全生产立法所确定的适用范围和具体法律规范看，可以将我国安全生产立法分为综合性法与单行法。综合性法不受法律规范层级的限制，而是将各个层级的综合性法律规范作为整体来看待，适用于安全生产的主要领域或者某一领域的主要方面。单行法的内容只涉及某一领域或者某一方面的安全生产问题。在一定条件下，综合性法与单行法的区分是相对的，可分的《中华人民共和国安全生产法》就属于安全生产领域的综合性法律，其内容涵盖了安全生产领域的主要方面和基本问题。与其相对的《中华人民共和国矿山安全法》就是单独适用于矿山开采安全生产的单行法律。但就矿山开采安全生产的整体而言，《中华人民共和国矿山安全法》又是综合性法，各个矿种开采安全生产的立法则是矿山安全立法的单行法。如《中华人民共和国煤炭法》既是煤炭工业的综合性法，又是安全生产和矿山安全的单行法。再如，《煤炭安全监察条例》既是煤矿安全监察的综合性法，又是《中华人民共和国安全生产法》和《中华人民共和国矿山安全法》的单行法和配套法。

三、安全生产法律关系与地位

1. 生产性劳动法律关系

（1）作为法律调整对象的生产劳动　法律的作用就在于它是社会关系的调节器。生产劳动是人们改变劳动对象，使之适合自己需要的有意识、有目的的活动，是人类最基本的活动。而为法律所规定和调整的生产劳动只是其中特定含义的部分，非生产性劳动不包括在内。

法律调整的生产性劳动包括：

① 法律允许范围内的生产劳动，即合法的、本国劳动法所规定的特定范围内的生产性劳动；

② 有偿（有报酬）的生产劳动；

③ 基于合同关系的生产劳动，而强制性、惩罚性的生产劳动不受劳动法调整；

④ 职业性劳动，而夫妻之间或父母与子女之间未履行赡养扶助义务而进行的劳动不由劳动法调整；

⑤ 隶属性的劳动，而自我雇佣和平等主体之间的劳动不受其调整；

⑥ 限制劳动主体的劳动，而劳动者及雇员必须具有劳动权利能力和劳动行为能力，法律上有一定的限制，如年龄限制（不得雇佣童工）健康条件的限制（不应雇佣具有该项职业禁忌症的人）、一定的技术、业务及文化条件的限制以及法律规定的其他条件的限制。

(2) 法律所调整的劳动关系　"劳动关系"是在经济学、社会学中广泛使用的概念，不同领域的内涵不同。法律所调整的劳动关系的内容仅限定为雇员在法律所调整的劳动者的劳动过程中的安全与健康与雇主所发生的关系，雇员必须按照劳动合同的规定进行劳动，并遵守国家法律规定以及雇主方所确定的符合国家法律规定的内部劳动规则，雇主方必须按照劳动的数量和质量给予报酬，并向劳动者提供符合安全和卫生标准的劳动条件。

(3) 劳动法律关系　劳动法所规定的劳动法律关系，是指雇主和雇员在实现劳动力与生产资料相结合的过程中所发生的权利和义务关系。劳动法律关系的内容是指劳动法律关系当事人双方享有的权利和承担的义务。劳动法律关系的任何一方都既是权利主体，又是义务主体。而且双方的权利义务是相对应的，一方的权利即为另一方的义务，一方的义务即为另一方的权利。劳动法律关系的客体是指劳动法律关系当事人双方的权利和义务所指向的标的（或对象），即劳动行为。它既指雇员履行的劳动行为，也指雇主的管理劳动行为，在集体劳动法律关系中，还指雇员组织的集体行为。劳动法律关系一经产生，即具有法律效力，受到法律的强制和保护。

2. 宪法与安全生产

宪法是我们国家的根本大法，具有最高的法律效力。我国的一切法律、行政法规和地方性法规都不得与宪法相抵触。可以说宪法是我国各种法律的总法律或总准则。

宪法中与安全生产相关的规定，如前所述，有第四十二条，关于保证提供劳动条件方面的规定；第四十三条，关于劳动者有休息的权利和职工工作时间和休假制度等的规定；第四十八条，关于国家保护妇女的权利和利益等的规定。

宪法对于安全生产的相关规定标明了：

① 国家保护公民劳动的权利和义务；

② 国家保护公民获得劳动报酬和福利待遇；

③ 国家通过各种途径保护公民的劳动活动，并逐步改善劳动生产条件；

④ 国家保护公民进行劳动前的就业培训；

⑤ 国家保护公民的休息权利。

宪法对我国安全生产方面有明文的原则性规定。宪法是根本大法，是国家的总法律，宪法的特殊地位和属性，体现在四个方面：一是宪法规定国家的根本制度，国家生活的基本原则。二是宪法具有最高法律效力，宪法具有最高法律权威，是制定普通法的依据，普通法的内容必须符合宪法的规定，与宪法内容相抵触的法律无效。三是宪法的制定与修改有特别程序。四是宪法的解释、监督均有特别规定。

宪法规定立国的原则，但不可能包罗万象地规定一切具体条文。因此，安全生产还需要一般性法律进行规范，国家的一般性法律是仅次于宪法的第二级法律文件。高于行政法规、地方性法规、自治法规和行政规章。例如：我国法律中的民法、刑法、行政法、劳动法等，它们是赖以治国的主要法律，是实现宪法的中坚支柱。如果没有或不制定这些法律，宪法和法制均只能是徒托空言，无法付诸实现，国家的政治和经济管理就会陷入杂乱无章、各行其是的境地，司法和法院审判工作也就没有统一的准绳和依据，人民的合法权利也就没有保障。

正是我国的社会制度决定了《宪法》保护公民劳动权利和义务的性质。而《宪法》被称为"母法"、"最高法"，其他一切法律的制定和实施都必须在《宪法》的基础上进行，因此，《劳动法》《安全生产法》、《消防法》等于安全生产相关的法律、法规，都是以《宪法》为基础而制定。

3. 一般法律与安全生产

安全生产法规是做好安全生产的重要前提和保证，而保障安全生产则是社会主义市场经济法制的必然要求。为此，需要了解国家一般法律与安全生产的关系。

(1) 刑法与安全生产 2006 年 6 月 29 日，第十届全国人民代表大会常务委员会第二十二次会议通过修订的《中华人民共和国刑法》，本修正案自公布之日起施行。《刑法》的任务，是用刑罚同一切犯罪作斗争，以保卫国家安全，保卫人民民主专政的政权和社会主义制度，保护国有财产和劳动群众集体的所有财产，保护公民私人所有财产，保护公民的人身权利、民主权利和其他权利，维护社会秩序、经济秩序，保障社会主义建设事业的顺利进行。

①《刑法》有关安全生产犯罪的罪名和刑罚的规定

a. 刑事犯罪

ⅰ. 犯罪。刑法是关于犯罪和刑罚的法律规范的总称。一切危害国家主权、领土完整的安全，分裂国家、颠覆人民民主专政的政权和推翻社会主义制度，破坏社会秩序和经济秩序，侵犯国有财产或者劳动群众集体所有的财产，侵犯公民的人身权利、民主权利和其他权利，以及其他危害社会的行为，依照法律应当受刑事处罚的，都是犯罪。

ⅱ. 犯罪的特征。一是实施具有社会危害性的行为。行为如不具有社会危害性，则不构成犯罪。二是实施违法的行为。犯罪人实施的行为必须是违反刑事法律的行为。行为如不触犯刑事法律，则不构成犯罪。三是实施具有故意或者过失的行为。行为缺乏主观上的故意或者过失，则不能认为是犯罪。四是实施的行为具有应受惩罚性。只有行为的社会危害程度达到了应受刑事处罚的程度，才处以刑罚。在大多数情况下，惩罚是犯罪的必然结果，因而应受惩罚性，也是犯罪的特征。只有少数行为，由于刑事法律规定的某种原因，可以免除刑事处罚，但仍不失为犯罪。犯罪与违法行为有区别，不能混同。

ⅲ. 刑罚。刑罚是指审判机关依照刑法的规定剥夺犯罪人某种权益的一种强制处分。刑罚只适用于实施刑事法律禁止的行为的犯罪分子。在我国，刑罚只是由人民法院严格根据法律来适用，其目的是打击反抗和破坏社会主义制度的人，惩罚和改造罪犯，以维护社会主义秩序，巩固人民民主专政。

ⅳ. 犯罪构成。犯罪构成也称犯罪要件，是指依照国家法律，规定某种行为构成犯罪必须具备的条件。各个犯罪行为各有其具体的犯罪构成要件。一切犯罪所必须具备的共同犯罪要件有四个：

一是犯罪客体，即被侵害的，为刑事法律保护的某种社会关系。每一种犯罪都有其自己的特殊客体。如重大劳动安全事故罪的客体就是人的生命和健康。二是犯罪主体，即由于实施危害社会的行为，依法应负刑事责任的人。这里所说的"人"，既包括自然人又包括法人。但是我国刑法和有关安全生产的法律规定，安全生产方面犯罪追究刑事责任的主要是自然人。三是犯罪的客观要件，即刑事法律规定为危害社会因而应受惩罚的行为和以行为为中心的其他客观事实，包括犯罪的时间、地点等。犯罪后果与犯罪客观要件之间，必须具有因果关系。四是犯罪的主观要件，即犯罪的主观心理状态，指行为人不需具有侵害和故意或者过失。只有同时具备以上四个方面的要件，才能构成犯罪。犯罪构成是区别罪与非罪，这种罪与那种罪的标准和界限，也是应否追究刑事责任的依据。

ⅴ. 刑事责任。刑事责任是指依照刑事法律的规定，行为人实施刑事法律禁止的行为所必须承担的法律后果。这一后果只能由行为人自己承担。具备犯罪构成的要件是负刑事责任的依据。从主观方面说，凡法律规定达到一定年龄、精神正常的人的故意或者过失犯罪，法律有规定的应负刑事责任；从客观方面说，某种行为侵犯刑事法律保护的社会关系并具有社会危害性的，应负刑事责任。但是，某些行为从表面上看已经具备犯罪构成的要件，然而实际上并不危害社会，不负刑事责任。如无责任能力的人的行为、正当防卫，紧急避险，实施有益于社会的行为等。

b. 安全生产犯罪。刑事责任是指责任主体违反安全生产法律规定构成犯罪，由司法机关依照刑事法律处以刑罚的一种法律责任。依法处以剥夺犯罪分子人身自由的刑罚，是三种法律责任中最严厉的。为了制裁严重的安全生产犯罪分子，《中华人民共和国安全生产法》关于追究刑事责任的规定有 11 条，这就是说，如果违反了其中任何一条规定而构成犯罪的，都要依照刑法追究刑事责任。《中华人民共和国刑法》有关安全生产犯罪的规定主要有：重大责任事故罪、重大劳动安全事故罪、危险物品肇事罪、提供虚假证明文件罪以及国家人员职务犯罪等。依照刑事诉讼法的规定，追究刑事责任的执法主体是法定的司法机关，即按照各自的职责分工，分别由公安机关、检察机关和人民法院追究刑事责任，由人民法院依法做出最终的司法判决。

② 生产经营单位及其有关人员构成犯罪应承担的刑事责任。2006 年 6 月 29 日，第十届全国人民代表大会常务委员会第二十二次会议通过《中华人民共和国刑法修正案（六）》，在危害公共安全罪中《中华人民共和国刑法》第一百三十一条至一百三十九条，规定了重大飞行事故罪、铁路运营事故罪、交通肇事罪、重大责任事故罪、重大劳动安全事故罪、大型活动重大伤亡事故罪、危险物品肇事罪、建筑工程重大事故罪、教育设施重大事故罪、消防责任事故罪、不报或谎报事故罪等 11 种罪名。《刑法》第一百四十五条和第一百四十六条规定，生产不符合保障人体健康的国家标准、行业标准的医疗器械、医用卫生材料，足以严重危害人体健康的产品罪。生产不符合保障人身、财产安全的国家标准、行业标准的电器、压力容器、易燃易爆产品或者不符合保障人身、财产安全的国家标准、行业标准的产品，造成严重后果的犯销售伪劣产品罪。《刑法》第一百四十八条规定：生产不符合卫生标准的化妆品，或者销售明知是不符合卫生标准的化妆品，造成严重后果的犯销售伪劣产品罪。另外，《刑法》第三百九十七条规定：国家机关工作人员滥用职权或者玩忽职守，致使公共财产、国家和人民利益遭受重大损失的犯渎职罪。

为了更加清楚的了解《刑法》中在安全生产领域构成的安全生产犯罪，我们将按《刑法》所规定的罪名列于表 5-1《刑法》中的安全事故罪。

另外，2009 年 2 月 28 日全国人大常委会颁布《中华人民共和国刑法修正案（七）》，虽然未对安全生产犯罪条文作修改，但《刑法修正案（七）》共涉及 14 个刑法原条文，从内容上分为两大类：一是新增加 9 个条（款），对增加的 9 个条（款）相应增加 9 个罪名。二是修改 9 个条（款），修改的 9 个条（款）中改变罪名的有 4 个，可以继续适用原罪名的有 5 个。截至目前，刑法罚则共有罪名 445 个。

（2）民法通则与安全生产 《中华人民共和国民法通则》是劳动安全卫生方面发生责任事故时，有关民事责任的法律依据。如《民法通则》第一百二十二条：因产品质量不合格造成他人财产、人身损害的，产品制造者、销售者应当依法承担民事责任。运输者、仓储者对此负有责任的，产品制造者、销售者有权要求赔偿损失。第一百二十三条：从事高空、高压、易燃、易爆、剧毒、放射性、高速运输工具等对周围环境有高度危险的作业造成他人损害的，应当承担民事责

表 5-1 《刑法》中的安全事故罪

序号	条款	罪名	犯罪主体	犯罪的主观	犯罪的客观	处罚
1	第131条	航空重大飞行事故罪	特殊主体、航空人员,包括空勤人员和地勤人员	过失或自信过大	违反规章制度行为	<3年有期徒刑或拘役,或3～7年有期徒刑
2	第132条	铁路运营安全事故罪	铁路职工,包括从事运输、管理、建设、维修的工作人员	过失或自信过大	违反规章制度行为	<3年有期徒刑或拘役,或3～7年有期徒刑
3	第133条	交通运输重大事故罪	从事交通运输人员(含非正式从事人员)	过失或自信过大	违反交通运输法规行为	<3年有期徒刑或3～7年有期徒刑
4	第134条	工矿企业重大伤亡事故罪	工矿企业或其他企业、事业单位的职工	过失或自信过大	违反安全管理规定冒险作业	<3年有期徒刑或3～7年有期徒刑
5	第135条	工矿企业重大伤亡事故罪	工厂、矿山、或其他企业、事业单位领导和直接责任人员	过失或自信过大	违反国家规定	<3年有期徒刑或3～7年有期徒刑
6	第135条	大型活动重大伤亡事故罪	一般主体,包括单位和个人	过失、疏忽大意或自信过大	违反安全管理规定	<3年有期徒刑或3～7年有期徒刑
7	第136条	危险品重大事故罪	一般主体,包括单位和个人	过失、疏忽大意或自信过大	违反爆炸性、易燃性、放射性、毒害性、腐蚀性物品的管理规定	<3年有期徒刑或3～7年有期徒刑
8	第137条	建筑工程事故罪	建筑、设计、施工、监理单位、或直接责任人员	过失、疏忽大意或自信过大	违反国家规定,降低工程质量标准	<5年有期徒刑或拘役并罚金;5～10年有期徒刑并罚金
9	第138条	学校设施事故罪	特殊主体,对学校设施负有采取安全措施和及时报告的直接负责人	过失、疏忽大意或自信过大	不采取措施或者不及时报告行为	<3年有期徒刑或拘役,或3～7年有期徒刑
10	第139条	消防事故罪	特殊主体,国家机关、企业、事业内与防火直接有关的主管领导,防火安全保卫人员及其他人员	过失,因疏忽而未预见或虽预见但轻信能避免	违反消防管理法规,拒绝执行整改措施行为	<3年有期徒刑或拘役,或3～7年有期徒刑
11	第139条	不报、谎报事故罪	负有报告事故职责的人员	故意不报,或谎报	违反国家有关规定	<3年有期徒刑或拘役,或3～7年有期徒刑
12	第145条第146条	生产、销售伪劣产品罪	一般主体,包括单位和个人	间接故意明知危害但放任危害后果的发生	生产、销售伪劣商品行为	3～10年以下有期徒刑,并处50%～2倍以下罚金
13	第397条	渎职罪	国家机关工作人员	过失或故意	滥用职权或者玩忽职守行为	<3年有期徒刑或拘役,或3～7年有期徒刑

任；如果能够证明损害是由受害人故意造成的，不承担民事责任。第一百二十四条：违反国家保护环境防止污染的规定，污染环境造成他人损害的，应当依法承担民事责任。第一百二十五条：在公共场所、道旁或者通道上挖坑、修缮安装地下设施等，没有设置明显标志和采取安全措施造成他人损害的，施工人应当承担民事责任。第一百二十六条：建筑物或者其他设施以及建筑物上的搁置物、悬挂物发生倒塌、脱落、坠落造成他人损害的，它的所有人或者管理人应当承担民事责任，但能够证明自己没有过错的除外。第一百二十九条：因紧急避险造成损害的，由引起险情发生的人承担民事责任。如果危险是由自然原因引起的，紧急避险人不承担民事责任或者承担适当的民事责任。因紧急避险采取措施不当或者超过必要的限度，造成不应有的损害的，紧急避险人应当承担适当的民事责任。

(3) 经济合同法与安全生产 《中华人民共和国经济合同法》有关规定是处理经济合同中安全生产方面问题的法律依据。例如，第四条规定："订立经济合同，必须遵守国家的法律，必须符合国家的政策和计划的要求"。第七条规定："违反法律和国家政策计划的合同为无效的经济合同"。这些规定对保护劳动者在执行运输合同、土木建筑承包合同，有尘毒危害和危险性较大的生产企业承包合同中的安全与健康有重要作用。

(4) 乡镇企业法与安全生产 1996 年 10 月 29 日第八届全国人民代表大会常务委员会第二十二次会议通过的《中华人民共和国乡镇企业法》对乡镇企业安全生产方面做出了明确、具体的规定。例如，第三十五条规定：乡镇企业必须遵守有关环境保护的法律、法规，按照国家产业政策，在当地人民政府的统一指导下，采取措施，积极发展无污染、少污染和低资源消耗的企业，切实防治环境污染和生态破坏，保证和改善环境。第三十七条规定：乡镇企业必须遵守有关劳动保护、劳动安全的法律、法规，认真贯彻执行安全第一、预防为主的方针，采取有效的劳动卫生技术措施和管理措施，防止生产伤亡事故和职业病的发生，对危害职工安全的事故隐患，应当限期解决或者停车整顿。严禁管理者违章指挥，强令职工冒险作业。发生生产伤亡事故，应当采取积极抢救措施，依法妥善处理，并向有关部门报告。

(5) 其他法律与安全生产 《中华人民共和国中外合资经营企业法》、《中华人民共和国外资企业法》、《中华人民共和国中外合资经营企业法》中规定，这三类企业的一切活动应遵守中华人民共和国法律、法令和有关条例规定，国家有关机关依法对其实行监督。

(6) 其他有关安全生产的专门法律 《中华人民共和国职业病防治法》、《中华人民共和国矿山安全法》、《中华人民共和国道路交通安全法》、《中华人民共和国铁路交通安全法》、《中华人民共和国消防法》、《中华人民共和国海上交通安全法》等专门的安全生产法律，都是本行业、本专业安全生产的法律依据。

四、我国安全生产法在法律体系中的地位

中华人民共和国第九届全国人民代表大会常务委员会第二十八次会议于
2002 年 6 月 29 日审议通过，并于 2002 年 11 月 1 日施行的《中华人民共和国安
全生产法》（以下简称《安全生产法》），是在党中央全国人大和国务院领导下制
定的一部"生命法"。它的颁布实施，是我国安全生产法制建设的重要里程碑。
它对于建设中国特色的安全生产法制体系，使安全生产走上法制化轨道，具有十
分重大的意义。《安全生产法》不仅规范了生产经营单位的安全生产行为，明确
了生产经营单位主要负责人的安全责任，确立了安全生产基本管理制度，为保障
人民群众生命和财产安全，依法强化安全生产监督管理提供了法律依据，同时，
也为依法惩处安全生产违法行为，强化安全生产责任追究，减少和防止生产安全
事故，促进经济社会又好又快发展，提供了法律保证。

1. 立法的简要经过

《安全生产法》是在党中央、全国人大、国务院的领导下，经过各方长期不
懈的努力而出台的。从着手起草有关劳动保护方面的法律开始，到《安全生产
法》的出台，前后经历了 21 年的时间，其间凝聚了几个部门、几届领导、众多
专家、广大企业和起草工作人员的心血，是长期以来安全生产战线集体劳动和智
慧的结晶。

1981 年 3 月，经国务院批准，由国家劳动总局牵头起草《劳动保护法（草
案）》，并于 1987 年上报国务院，后在修改草案的过程中，将《劳动保护法》改
名为《劳动安全卫生条例》。1994 年，劳动部决定组织起草《安全生产法》，并
进行工作，1996 年 4 月，将《安全生产法（草案）》与《劳动安全卫生条例（草
案）》和《职业病防治条例（草案）》合并为《劳动安全卫生法（草案）》。1998
年，国务院机构改革后，国家经贸委承担了安全生产综合管理职能，在原劳动部
工作的基础上，起草了《职业安全法（草案）》，并于 1999 年 12 月报国务院审
查。国务院法制办将《职业安全法（草案）》下发，征求各省（市、自治区）人
民政府的意见。2000 年改名为《安全生产法》，并列入国务院 2001 年立法计划。
2002 年 6 月 29 日，第九届全国人民代表大会常务委员会第二十八次会议通过，
同日，以中华人民共和国主席令第 70 号公布，自 2002 年 11 月 1 日起施行。《安
全生产法》是专门为加强安全生产的管理，遏制恶性生产事故频发态势而制定的
专门法律，它的颁布实施，是我国社会主义法治建设的一件大事。

(1) 立法的迫切性　针对当时全国严峻的安全生产形势，因各类事故死亡人
数每年超过 10 万人，安全生产面临极大的挑战，而且在处理事故的过程中，法
律依据不够充分，没有专门的安全生产法律来支撑对生产安全事故的处理。对违
反安全生产行为的约束显得苍白无力。迫切需要有一部适应中国国情的安全生产
综合性法律，社会各界呼唤《安全生产法》的出台。

(2) 立法背景　法律是上层建筑的重要组成部分。社会主义的经济基础决定

了社会主义法律的本质。《安全生产法》的制定，是由我国现阶段的生产力发展水平和安全生产水平决定的。改革开放以来，在党中央、国务院和各级地方党委和人民政府的领导下，我国的安全生产状况逐步好转。但近年来，安全生产状况很不稳定，表现为重大、特大事故连续发生。为了加强安全生产监督管理，遏制事故，减少财产损失和确保人民生命安全，保证社会主义现代化建设顺利进行，保障全面建设小康社会顺利发展，党中央、国务院坚持"安全第一，预防为主，综合治理"的方针，先后采取了安全生产专项整治，特别是加强法制建设等一系列重大举措，为实现安全生产的稳定好转奠定了外部条件。在党中央提出的依法治国、建设社会主义法治国家的基本方略以后，安全生产法制建设被提到前所未有的重要位置上，安全生产法制建设的进程不断加快。《安全生产法》正是在这种背景下制定的。

2. 意义

①《安全生产法》的贯彻实施，有利于全面加强我国安全生产法律、法规体系建设。《安全生产法》是我国第一部全面规范安全生产的专门法律，是我国安全生产法律体系的主体法，也是各类生产经营单位及其从业人员实现安全生产所必须遵循的行为准则，是各级人民政府及其有关部门进行监督管理和行政执法的法律依据，是制裁各种安全生产违法犯罪行为的有力武器。

②《安全生产法》的贯彻实施，有利于保障人民群众生命安全。重视和保护人的生命权，是制定《安全生产法》的根本点和落脚点。

③《安全生产法》贯彻了以人为本的原则，在赋予各级法律主体必要权利的同时，设定了应尽的义务，最大限度地保护了人民安全。

④《安全生产法》的贯彻实施，有利于依法规范生产经营单位的安全生产工作。《安全生产法》对生产经营单位的安全生产条件、主要负责人的责任、安全生产管理机构、特种作业人员的资质、安全投入、建设工程安全设施设计审查与竣工验收等做出了严格、明确的规定。

⑤《安全生产法》的贯彻实施，有利于各级人民政府加强对安全生产工作的领导。《安全生产法》明确规定了各级人民政府应当加强对安全生产工作的领导，支持和督促有关部门依法履行安全生产监督管理职责。县级以上地方人民政府对安全生产监督管理中的重要问题要予以协调和解决。

⑥《安全生产法》的贯彻实施，有利于安全生产监督管理部门和有关部门依法行政，加强监督管理。《安全生产法》规定各级安全生产监督管理部门要依照本法对安全生产实施综合监督管理，其他有关部门要依照本法和有关法律、行政法规在各自的职责范围内实施安全生产监督管理。

⑦《安全生产法》的贯彻实施，有利于提高从业人员的安全素质。从业人员安全素质的高低，直接关系到是否实现安全生产，《安全生产法》在赋予从业人员安全生产权利的同时，还明确规定了他们必须遵章守纪、服从管理、接受培训、提高技能等义务。

⑧《安全生产法》的贯彻实施，有利于增强全体公民的安全法律意识。关注安全，人人有责，实现安全生产，必须通过宣传教育、培训、监管和执法等行动，增强全体公民的安全法律意识。《安全生产法》赋予各种权利的目的不仅在于维护他们的合法权益，还在于促使他们重视安全，增强安全意识。

⑨《安全生产法》的贯彻实施，有利于制裁各种安全生产违法行为。对安全生产违法行为打击不力，是导致生产安全事故多发的原因之一，《安全生产法》针对近年来主要的安全生产违法行为，设定了严厉的法律责任，其范围之广、力度之大是空前的。

3. 调整对象

从《安全生产法》的调整对象看，它是一部调整安全生产方面社会关系的专门法律。法律的调整对象是指法律所调整的社会关系，经法律调整后所产生的权利和义务关系就是法律关系。安全生产法律关系是指各行各业的公民、法人和社会组织之间，在从事生产经营和监督管理的活动中所发生的安全生产权利和义务关系。安全生产法律关系错综复杂，其中基本的社会关系有以下 5 种。

(1) 各级人民政府及其安全生产综合监督管理部门、有关安全生产专项监督管理部门及其安全生产检查监督人员，在履行法定职权时与生产经营单位、有关社会组织和从业人员之间所发生的监督管理关系。这是一种自上而下的基于国家行政管理活动所发生的纵向的行政管理关系。《安全生产法》第四章专门对此做出了规定。

(2) 各级安全生产监督管理部门与其他有关部门之间的综合监督管理与专项监督管理的协调、指导和监督关系。这是各级人民政府所属的平行的各有关安全生产监督管理部门之间，依照法定职权和本级人民政府的授权，在安全生产监督管理工作中各司其职，相互配合时所发生的横向的协同关系。综合监督管理部门主要负责拟定综合性安全生产法律、法律、规章、政策和规划，协调解决重大安全生产问题，调查处理重大、特大生产安全事故，查处安全生产违法行为，指导、监督有关部门的专项安全生产监督管理工作。

(3) 生产经营单位内部管理者与从业人员的安全生产管理关系。作为一个生产经营单位，它依法进行安全生产，必然要建立内部安全生产管理体系。生产经营单位的主要负责人、分管负责人、安全管理机构负责人、内设机构负责人和作业单位负责人与从业人员之间以及从业人员之间，存在大量的安全管理关系。这种微观管理关系也是《安全生产法》的调整对象。

(4) 生产经营单位之间及其与社会组织、公民之间的安全生产权利义务关系。生产经营活动的对象是为社会公众服务的，生产经营单位的生产经营活动是否安全，事关相关单位和从业人员以及不特定的公民的人身安全和财产安全。譬如，工厂、商厦、饭店、博物馆等生产经营单位，承包、租赁场所的安全条件是否符合法律规定，直接涉及从业人员、居民、顾客和观众的人身安全。《安全生产法》对此进行必要的调整，规范生产经营单位的行为，明确各自的权利和义务，有利于建立正常、可靠的安全生产秩序，为社会创造一个安定、祥和的环境。

（5）涉外安全生产管理关系。目前我国的中外合资、中外合作和外商独资等"三资"企业数量很多，遍及许多行业。随着我国加入 WTO，对"三资"企业的安全管理日益与国际接轨，"三资"企业也必须严格依照我国法律进行生产经营活动，保证安全生产。因此，《安全生产法》同样适用于"三资"企业。

4. 立法的基本原则

（1）人身安全第一原则　以人为本是科学发展观的核心，"国家尊重和保障人权"已经载入我国宪法。我们社会主义国家的本质是人民当家做主，人民的利益高于一切。我们的每一项工作。都是为人民服务。而作为人民群众的主要组成部分的大批从业人员，他们从事的各种生产经营活动，往往面临着各种危险因素、事故隐患的威胁。一旦发生生产安全事故，从业人员的生命和健康将受到直接的损害。近两年来，全国每年因事故死亡的从业人员多达十万人，严重损害了人民群众的生命安全，带来了大量的社会问题。随着社会经济发展和民主法治的进步，人的社会地位尤其是人的生命权必然受到前所未有的重视和保障。安全生产最根本最重要的就是保障从业人员的人身安全，保障他们的生命权不受侵犯。按照这个原则，《安全生产法》第一条就将保障人民群众生命财产安全作为立法宗旨，并且在第三章专门对从业人员在生产经营活动中的人身安全方面所享有的权利做出了明确的规定。针对一些私营业主草菅人命的问题，法律第一次赋予从业人员依法享有工伤社会保险和获得民事赔偿的权利，充分体现了国家对尊重和保护从业人员生命和财产权利的高度重视。《安全生产法》的许多条文都是围绕着从业人员的人身安全规定的，要求生产经营单位必须围绕着保障从业人员的人身安全这个核心抓好安全管理工作。

（2）预防为主的原则　"安全第一，预防为主，综合治理"是党和国家的一贯方针。但是目前各级政府和负有安全生产监督职责的部门牵扯精力最多、工作量最大的工作，往往是对生产安全事故的调查处理。如果从安全管理和监督的过程来说，可以分为事前、事中和事后的管理和监督。

事前管理是指生产经营单位的安全管理工作必须重点抓好生产经营单位申办、筹办和建设过程中的安全条件论证、安全设施"三同时"等工作，在正式投入生产经营之前就符合法定条件或者要求，把可能发生的事故隐患消灭在建设阶段。事中管理是指在生产经营全过程中的安全管理，其环节最多、过程最长，需要每时每刻都保证安全，因此生产经营单位必须建章立制，加强管理，保证安全。事后管理是指发生事故后的抢救和善后处理工作。《安全生产法》对此做出了具体的规定。为了检查督促生产经营单位的安全预防工作，法律同时要求政府及其负有安全生产监管职责的部门把监督工作的重点前移，放在事前监管和事中监管上，重在预防性、主动性的监督。为此，法律明确规定负有安全生产监管职责的部门要对生产经营单位的安全生产条件，安全设施的设计、验收和使用，生产经营单位主要负责人和特种作业人员的资格，安全机构及其人员，安全培训，安全规章制度，特种设备，重大危险源监控，危险物品和危险作业，作业现场安全管理等加强监管，由被动监管转向主动预防，将事故隐患消灭在萌芽状态，防止和减少重大、特大事故的发生。

(3) 权责一致的原则　当前重大事故不断发生的一个重要原因，是一些拥有安全事项行政审批许可及安全监管权力的有关政府部门及其工作人员只要权力，不要责任，出了事故，推卸责任。这种有权无责，责权分离现象的蔓延，必然导致某些政府及其工作人员玩忽职守，徇私枉法，对该审批的安全事项不依法审批，不该批准的安全事项违法批准，应当监督管理的不负责任，其结果是一旦出了事故，负责行政审批发证和监督管理的部门的人员想方设法置身法外，不承担任何责任。要从根本上解决这个问题，必须按照权责一致的原则依法建立权责追究制度，明确和加重地方各级人民政府的安全生产责任，使其在拥有职权的同时承担相应的责任，权力越大，责任越重。为了加强安全生产的监督管理，《安全生产法》强化了各级人民政府负有安全生产监督管理职责的部门和负责人和工作人员的相关职权和手段，同时也对其应负的法律责任及约束监督机制作了明确规定。

(4) 社会监督、综合治理的原则　安全生产涉及社会各个方面和千家万户，仅靠负责安全生产监督管理部门是难以实现的，还必须调动社会的力量进行监督，并发挥各有关部门的职能作用，齐抓共管，综合治理。要依靠群众、企业职工、工会等社会组织、新闻舆论的大力协助和监督，实行群防群治。要提高全社会的安全意识，才能形成全社会关注安全、关爱生命的社会氛围和机制。《安全生产法》主要是通过建立社区基层组织和公民对安全生产的举报制度和加强舆论监督来强化社会监督的力度，将安全生产的视角和触角延伸到社会的各个领域、各个方面和各个地方，以协助政府和部门加强监管。各级安全生产监督管理部门在依法履行职责的同时，还应当在政府的统一领导下，依靠公安、监察、交通、工商、建筑、质监等有关部门的力量，加强沟通，密切配合。只有加强社会监督，实现综合治理，才能从根本上扭转安全意识淡薄、安全隐患多、事故多发的状况，把事故降下来，实现安全生产的稳定好转。

(5) 依法从重处罚的原则　安全生产形势严峻、重大责任事故时有发生的另一个原因，是现行相关立法的处罚力度过轻，不足以震慑和惩治各种安全生产中和造成重大事故的违法犯罪分子。随着社会主义市场经济的发展，非公有制经济成分必将逐渐增加。据统计，全国每年各类生产安全事故的 60%～80% 发生在非公有制生产经营单位。一些私营生产经营单位的老板，只求效益不顾安全，草菅人命，出了事故便逃之夭夭，把大量遗留问题推给政府和社会。过去的安全生产立法主要是针对国有企业制定的，对非公有制企业的安全生产缺乏明确的、严格的法律规范，对违法者存在着法律责任的缺失和处罚偏轻的问题。这也是少数私营业主敢于以身试法的原因之一。对违法者的仁慈，就是对人民的犯罪。所以，对那些严重违反安全生产法律、法规的违法者，必须追究其法律责任，依法从重处罚。《安全生产法》设定了安全生产违法应当承担的行政责任和刑事责任，设定了 11 种行政处罚，有 11 条规定构成犯罪的要依法追究其刑事责任，还破例地设定了民事责任，其法律责任形式之全、处罚种类之多、刑法之严厉都是前所未有的。这充分反映了国家对严重的安全生产违法者和造成重大、特大生产安全事故的责任者依法课以重典的指导思想。

第三节 法制安全的关键是安全、 法制、 和谐

一、安全生产与社会责任

安全是伴随人类生产活动始终的一个重大问题，是人类最基本的生存要求，也是永恒的价值追求之一。一部人类社会文明进步的历史就是对安全的要求不断提高、安全保障能力不断增强、安全制度规范不断完善的历史。党和国家历来高度重视安全生产工作，采取了一系列行之有效的措施、政策，特别是党的十六届五中全会明确提出了"安全发展"的理念，把安全发展作为一个重要的组成部分纳入了社会主义现代化建设的总体战略。党的十七大又重申了要坚持安全发展这一具有丰富的理论内涵和重要现实指导意义的思想。安全发展是科学发展的应有之义，也是转变发展方式的一个必然要求。鲜明体现了我们党坚持的关注民生，以保民、富民、惠民作为谋求发展的落脚点，以及发展依靠人民，发展为了人民，发展的成果由人民共享的一个执法理念。

1. 企业应该承担社会责任

企业社会责任是指企业在谋取自身及其股东最大利益的同时，为其他的利害关系人履行某些社会上的义务，企业社会责任最早是为经济界所共识，传统的理论认为企业如果尽可能高效率地使用资源，以消费者愿意支付的销售它们，企业就进到了自己的社会责任。但是随着社会经济的发展，对企业社会责任的理解有了很大的变化，现在的企业社会责任理念是由于高度发展的现代工业在不断改变社会，在这样的情况下，企业社会责任来源于企业活动对社会产生的影响，而且鼓励企业自愿承担社会责任的世界潮流正在向全世界范围扩展。不少国家的立法，或者通过他们的判例，已经对企业的社会责任予以确认。企业不仅是一个盈利的组织，而且是一个社会成员，盈利的组织毫无疑问应该最大限度地实现企业的股东利益，而作为社会成员理应承担社会责任，也就是和其他社会成员的关系来说，应该做一个好的社会成员、好的邻居、好的伙伴。

什么是社会责任？这个问题在内涵上的理解不同，作为企业社会责任大多数是指企业社会义务，企业社会责任主要是涉及股东以及出资人以外公司其他的利益相关者。人民要求企业履行社会义务，就是要求企业的管理者在进行决策的时

候，对利益关系者的利益给予考虑，决策和行动的采取至少要部分考虑企业直接的经济技术以外的人。我国的《公司法》在 2005 年修订的时候，在第五章规定了社会责任，根据这一规定企业至少从三个方面履行义务。一个是其他法律已经做出的规定，公司应该遵守，比如说劳动法、环境保护法、安全生产法等法律法规，凡是这些法律规定的公司应该履行。第二点就是道德责任，公司应该遵守社会公德、商业道德等。第三点就是董事会在对公司经营做出决策，或者高级管理人员对这个公司实施管理的时候，也应该在实现盈利目标的同时顾及到产生的社会后果，笔者认为安全生产它是属于对这个生产经营活动产生的社会后果，应该承担责任。

2. 履行社会生产法律法规规定的义务

搞好安全生产是企业承担社会责任应有之意。安全生产是企业生产经营活动的有机组成部分，因为它毕竟涉及很多的利益主体，任何不安全的因素都对员工的生命构成威胁。一个企业发生重大安全事故，其影响所及超出企业，企业生产安全事故中发生的救死扶伤往往不是一个企业可以完成的，由此造成的恐慌也不是企业自身可以消除的。所以不论是为了企业的利益、股东的利益、还是员工的利益，企业必须搞好安全生产，这也是企业承担的一种社会责任。

对《安全生产法》的规定和相关法律的规定，企业在履行安全生产法律规定义务方面，归纳起来，至少有这么几点值得重视。第一，遵守法律和行政法规，建立安全生产的各项管理制度，建立健全相关的安全生产责任制度，完善安全生产条件，确保安全生产。第二，建立安全生产的保障措施，不断完善安全生产条件。根据《安全生产法》和安全生产的其他法律法规，所有企业都应该具备国家法律法规、国家标准或者行业标准所规定的安全生产条件，不具备安全生产条件的不得从事生产活动，企业应当保障安全生产条件所必需的资金投入，这一点也是必须的。第三，加强安全生产教育。这主要体现企业对从业人员进行安全生产教育和培训，保证从业人员具备必要的安全生产知识，熟悉安全生产规章制度和操作规程，掌握各岗位的安全生产技能。按照《安全生产法》的规定，如果不经过安全生产的教育和培训，成为合格的人员，是不能够上岗进行作业的。这也是企业应尽的义务。第四，建立安全生产检查制度，企业应该根据自身特点对安全生产状况经常进行检查，对检查中发现的问题和隐患应当及时进行处理。企业承担社会责任，履行安全生产义务，应当成为公司治理的一个有机的组成部分。而对公司不采取安全生产措施，致使企业造成损害，并且由此造成损失应该按照法律的规定由公司承担赔偿责任。安全生产的问题应该成为企业治理的问题，也应该纳入公司治理的部分，也就是成为公司治理的具体内容。

3. 披露在安全生产上承担社会责任的信息

充分注意阳光政策在解决正面问题和反面问题上的作用，对于安全生产信息披露，这项制度的建立是必要的。生产安全事故的发生及处理信息包括：涉及安全生产违法案件的发生及处理结果，安全生产保障措施信息，包括企业安全生产保障项目的建设情况，安全生产条件以及改善情况，安全生产资金投入与应用信息等。规定企业安全生产信息披露的法律法规应该是强行规范，毫无疑问，强制披露安全生产信息，是会给企业增加成本的，但如果这项制度对安全生产是有益的，那这个成本的增加是值得的。当然建立安全生产信息披露制度，也应该包括安全生产信息披露责任制度。

4. 提高违法成本，促进企业承担社会责任

生产安全事故，特别是恶性的、重大、特大生产安全事故频频发生其原因很多，但其中一个重要原因是违法成本太低，为了改善安全生产条件，企业必须进行必要的投入，甚至有的企业投入比主体工程项目的投资还要多，因此企业及其负责人在守法与违法之间，宁可选择违法，也不选择守法。比如，违法成本可能不只是罚款，比如赔偿的损失等。假如就罚款这项来说，现行的安全生产法规罚款额度最高 20 万元，这里边很难简单地说这个数额太低，但是在提高违法成本上应该与守法成本挂钩，违法者显得比较合算，这里要注意一个问题，同是一种企业在同样条件下，有的人支付了巨额投入，改善安全条件，有的人只是仅仅支付 20 万元的罚款，应该说在竞争上也是有问题的。同时，违法所得并不一定是违法安全生产法律法规所得，前面说到企业面临违法与守法选择时，很大程度上是在接受罚款还是积极为安全生产进行投入，改善安全条件。为了促进安全生产，减少违法行为，法律不仅着眼于制裁，或者更主要的不是制裁，是为了促进人们搞好安全生产。在这方面还可借鉴国外在立法上的经验，如日本在反垄断法的经验，他们在违法行为上有对主动坦白实行减或者免的制度，我们可考虑引进这样的制度。

二、安全生产靠法律保障

安全需要法律的保障，法制建设必须为保障安全服务。安全生产是一项系统工程，需要综合采用法律、经济、行政、技术的手段等多方面的措施来解决安全生产问题，期间，安全生产的法制建设处在一个突出的位置，它的特殊性和重要性是不言而喻的。实践证明实现安全发展必须加强法制建设，依靠行之有效的制度加强安全生产监管，落实安全生产责任，建立、保障和促进安全生产的长效机制，这既是实现安全发展，促进社会和谐的客观要求，也是贯彻依法治国基本方略的重要内容。对安全生产法制建设，党中央、国务院高度重视，社会各界普遍关注，立法工作机关始终把安全生产立法作为重中之重，截至目前已经制定近 30 余部关于安全生产的法律法规，其中包括安全生产法、生产安全事故调查、事故报告和调查处理条例等适用于各类生产经营单位的综合性、基础性的法律和行政法规，也包括适用于特定行业和领域的安全生产法律和行政法规。全国人大常委会、国务院还出台了一大批涉及安全生产内容的法律、行政法规，国务院有关部门也颁布和发布了大量有关安全生产的部门规章。各地也相继出台了一批有关安全生产的地方性法规和政府规章。

上述有关安全生产的法律法规和规章确立了一系列行之有效的制度。其中总体上对安全生产提出了基本要求，也明确了市场准入，安全生产条件、生产经营过程、事故应急处理和调查处理等各个环节具体的管理制度，既明确了生产经营单位在安全生产工作当中的主体责任，也明确了政府及其有关部委、特别是负有安全生产监管责任部门的责任，以及从业人员的权利和义务，实现了对安全生产全过程、全方位的监督管理，对减少和防止生产安全事故发生，保障人民群众生命财产安全发挥了十分重要的作用。

我国安全生产法制建设有以下三个突出的特点。

一是立法的步伐加快，特别是 2002 年《安全生产法》出台以后，安全生产立法的步伐进一步加快，每年都有几部关于安全生产的法律或者行政法规出台，仅 2007 年国务院就出台了四部关于安全生产的行政法规，2008 年国家安全生产监督管理总局修订颁发了百项安全生产新标准。

二是领域广泛。安全生产涉及几乎所有的行业和领域，目前在煤矿、交通建筑、危险化学品、烟花爆竹、特种设备以及大型群众性活动等安全问题较为突出的行业领域，都有了专门的法律法规。

三是社会关注度高。安全生产事关人民群众的生命财产安全和经济社会发展稳定的大局，向来是社会各方面关注的热点和焦点，安全生产立法因此而受到社会的高度关注，并给予了很高的社会期望。

这三个特点是关于安全生产立法的特点，步伐快、领域广、社会关注度高。在安全生产立法中要始终坚持三种精神，或者是三个方面的理念。

一是坚持以人为本的理念。安全生产关系生命财产安全，这是人民群众最根本、最直接的利益，安全生产法制建设的根本宗旨在于保护人民群众的生命财产安全，必须突出一个"人"字，始终坚持以人为本，这是安全生产立法的出发点和落脚点。

二是坚持安全第一的观念。生产必须安全，安全才能生产，安全必须是第一位的，安全生产问题是人类社会和企业经营管理首先要考虑的问题，更摆在党和政府工作的重要位置，胡锦涛总书记指出："人的生命是最宝贵的，我国是社会主义国家，我们的发展不能以牺牲精神文明为代价，不能以牺牲生态环境为代价，更不能以牺牲人的生命为代价"。温家宝总理强调："我们的政府是人民的政府，我们所做的一切都要对人民负责。安全生产责任重于泰山。必须充分认识搞好安全生产的极端重要性，把这项工作摆在更加突出的位置"。领袖的关怀和重视，使安全生产的立法必须坚持安全第一的原则。

三是综合治理的理念。因为安全生产是个系统工程，这个系统非常庞大，非常复杂，安全生产立法也必须明确政府及其有关部门、生产经营单位、从业人员以及其他有关方面的义务和责任，充分调动各方面的积极性，形成综合治理的制度。在安全立法时必须强调：安全是人力资源、投资管理、运营流程等一切经营管理行为的否决标准；管事故管不好安全，管事件管得住安全；所有事故都可以通过管理达到预防；事故预防可以产生效益，安全是最大的财富，对人的伤害是最大的损失。

党的十七大报告中指出，改革开放以来民主发展建设取得重大进展，在十七大报告中有两个重要的论断：第一重要的论断是中国特色社会主义法律体系基本形成；第二个重要论断是要进一步完善社会主义法律体系。对立法工作指明了前进的方向，标志着我国的法制建设进入了一个新的领域、进入了一个新的阶段，立法工作的重点和要求不是简单地加快立法、不是简单地追求数量，更重要的是要坚持科学立法和民主立法，提高立法质量，完善社会主义法律体系。安全生产法制建设作为社会主义法制建设的有机组成部分，同样适用于上述要求。

针对安全生产的追求领域、关键环节和突出问题，要继续研究制定实践当中迫切需要的新的法律行政法规，填补制度的空白，但要花费更多的精力，更多的时间去修订那些不适应新形势需要的现行的法律和行政法规，做到与时俱进，特别是要更自觉、更有意识地考量审查安全生产法律法规之间相互之间是否更和谐、更统一，来发挥安全生产的法律制度作用和合理作用。在机制和制度的设计上更进一步增强针对性、有效性和操作性，为安全生产提供有力的保障。

三、法制促进安全生产的和谐

1. 突出预防为主是安全生产工作的根本方针

预防为主是安全生产法制建设的出发点和落脚点。安全生产法制要严格处罚责任，严格法律责任、严格追究责任主体，但是追究和惩罚终究不是目的，通过预防减少事故的发生才是立法工作的出发点。所以，安全生产的制度设计和措施都应当围绕如何预防事故发生来设计，因此必须进一步突出对生产经营单位、安全生产条件、安全生产规章制度、安全生产责任制的建立和落实，提高从业人员的安全生产意识和技能，加大对职工的培训、加大对安全生产的投入，及时发现并排除安全生产隐患，在这些方面提出规范和要求使生产经营单位切实做到生产必须安全，安全才能生产。

政府部门的监督管理关口要前移，要着重强调源头管理，加强市场监管，及时发现问题漏洞和事故隐患，并依法做出事故处理。事故处理中在严格责任追究的同时，更重要的是通过事故原因的分析、责任的追究来举一反三，堵塞漏洞，判定更有针对性、更有效地防范措施和整改措施。所以，预防为主应该成为今后立法工作中的重点和要研究的领域，也是促进生产领域、安全生产和谐建设的重要课题。

2. 进一步落实生产经营单位的主体责任

企业是生产经营单位，是安全生产主体，是保障安全生产的关键，必须将安全生产的根本和重心放在生产经营单位来进一步落实它的主体责任，在制度的设计上要进一步明确对生产经营单位及其负责人的安全生产责任要求，强化生产经营单位及其负责人的安全责任意识，将安全生产的有关制度、措施与日常生产经营活动很好地结合起来，促进生产经营单位保障安全投入、建立内部的约束机制、事故隐患防范、排查机制、事故应急和处理机制，同时借鉴国际上的经验，探索建立生产经营单位安全生产目标管理制度。

国家对企业提出严格的安全生产目标要求，并加强监督检查，企业自主决定达到目标的具体措施，承担达不到目标的责任，以充分调动生产经营单位及其负责人的安全生产积极性，增强其责任心，使其切实负起安全生产的第一责任，把住安全生产第一关口。

3. 法制促进安全生产的和谐

强调安全生产加强执法、加强联合执法力度，在提高安全生产立法质量的同时进一步加强安全生产执法。由于安全生产执法具有涉及的行业领域多、管理部门多、执法环节多的特点，加强联合执法，提高执法效率、增强执法效果尤为重要。近年来安全生产领域联合执法有了很大推进，有了许多新的探索，但总的看来还不够深入，效果也不够理想。

一是对安全生产领域联合执法的认识不到位、法制意识不到位，有一些地方把联合执法简单地理解为联合执法检查和专项整治，联合执法在日常安全生产中体现落实的不够。

二是实际效果不显著。

三是有关部门在安全生产执法中协作配合的不够，没有做到制度化、经常化、规范化。因此，强化安全生产领域的联合执法，要把加强有关部门在安全生产执法中的协作配合作为重心，使有关部门认真履行法定的安全生产监督管理职责，互相协作、密切配合、形成合力，切实把有关安全生产的法律制度落到实处，这就需要建立和完善沟通机制、协作机制、监督机制以及责任机制，使有关部门的协作配合成为安全生产执法的一个常态。同时，要采取有效措施提高联合执法的效果。

四、充分发挥保险机制作用

1. 积极利用保险机制健全安全生产管理体系

当前我国处于工业化进程中安全事故的易发期，事故总量比较大，重点行业领域重大事故的频发，在这个时期内一方面经济快速发展，社会生产活动规模总量急剧扩大，另一方面受经济发展阶段以及生产力水平、结构性矛盾、体制性障碍等深层次原因的影响和制约，加上有一些地方和单位责任制落实得不到位，安全生产形势依然比较严重。在这样一个安全生产形势下参与生产的各个主体就不可避免地要面对各种纷繁复杂的风险。从保险角度来分析，这些风险归纳起来主要有三种，一种是财产损失风险；一种是法律责任风险；再一种就是人身意外伤害风险。

通常情况下企业、个人可以通过危险自留，或者购买商业保险以及其他风险转移方式分散风险，从国外的经济来看，特别是经济比较发达的国家的实践经验来看，在社会化大生产程度越高这样一个前提下，这样一个市场的平台上，保险作为专业的风险管理机构的一种手段，显示出几个特点：一个是资金实力比较大，一个是技术背景比较强，再一个是机构的人员比较多。这样就成为经济社会发展中重要的风险管理手段，正在发挥着不可替代的作用，可以说经济越发展，社会越进步，保险就越重要。特别是在发达国家为什么有一个比较完善的保险体系，实际上是两块，一块是社会保险体系，另外一块是商业保险。一般来讲，生产安全事故发生以后企业所要面临的风险主要是企业自身财产的损失，以及依法应对雇员和第三方应当承担的法律责任，这是企业面临的风险。

作为企业的员工面临的风险主要是事故可能造成的人身伤害，这些风险通过保险的机制可以有效进行分散化。企业可以通过投保或购买企业财产保险，可以获得财产损失的补偿，以利于灾后或者事故后尽快生产，也可以通过购买雇主责任保险等责任险，来转嫁其依法应承担的经济赔偿责任。责任险在减轻企业自身财产压力的同时也保证了雇员和事故受害第三方及时获得经济赔偿的权利。责任保险在国外非常发达，目前，我国与发达国家的差距是比较大的。发达国家责任保险占到商业保险财产保险里面40％左右，我国也就5％左右，为此，保监会和安监总局专门召开过一个责任保险论坛，在我国全社会领域里推动过，但责任保险发展有一个前提，就是有待于整个法律体系的完善，这就是我国与国外发达国家很大的区别。

企业员工可以自己购买意外伤害保险，通过这样一个保障，一旦发生意外事故造成人身伤害，可以直接从保险公司获得经济补偿，同时也不影响他们继续要求企业和雇主依法承担赔偿责任的权利。

从上面可以看出利用企业财产保险、责任保险和意外伤害保险等一些保险机制，充分发挥企业、个人、保险公司综合的作用，可以增加社会整体的抗风险能力，促进社会和谐发展。

2. 大力发展责任保险，积极促进安全生产

责任保险是保险业很重要的组成部分，也是社会进步的重要标志和法制化建设的重要成果。一个国家责任保险发不发达，直接可以反射出这个国家法律体系是不是完善，特别是在美国，它的责任保险非常发达，美国的律师很多，责任保险也特别重要。责任保险对促进改革，保障经济、稳定社会，造福人民有着积极作用，国内外的实践证明责任保险是加强安全生产工作，辅助社会的有效方式，对促进社会安全发展有着重要的意义。

责任保险和一般保险一个很大的区别在于保障对象不一样。保险可以说在促进安全生产领域里能发挥这几个方面的作用，实际上有这样四个作用。

（1）事前防范作用　保险可以发挥事前预防作用，推动企业改善安全生产条件，这个是商业保险起到的一个作用，就是事前的防灾防损。保险与安全生产有着密切的内在联系，两者在最终目的上有高度的一致性，都是为了不发生生产安全事故。因此，客观上具有紧密结合、良性互动的内在需要，对客户提出改进安全工作的意见，有利于督促企业做好事前的防灾防损工作。同时保险公司通常对推广安全性能比较可靠的一些新技术、新工艺，一般是持积极态度的，这有利于督促企业改善安全生产的条件，此外保险公司积极参与有公益性和社会性的安全生产宣传教育和培训，有利于增强从业人员和社会公众的安全意识，从而从源头上减少生产安全事故的发生。

（2）利用价格杠杆来调控　　推动企业主动加强风险管控，就要利用价格杠杆来调控。这个主要体现在保费战，在保险公司进入当中，他对这个行业风险的类别，包括职业伤害的评价，企业安全生产基础条件等，根据综合条件分不同的费率档次，往往风险比较大，职业伤害频率比较高，安全基础比较差的企业，往往他收的保费比较高，反过来各方面条件比较好，而且事故发生频率比较低，逐年保费会降低，这就是一个价格杠杆的调整。

（3）经济补偿的作用　　这个经济补偿是两方面，从个人来说，当有人发生事故出现各种人身伤害，有了保险以后就可以比较及时快速得到赔偿，否则往往因为事故的纠纷，事故的各种错综复杂的关系，往往一个案件发生以后面临的都是企业缺乏资金恢复生产，受害者缺乏有效的资金途径对他的人身加以救治。如事先有一个保险的安排，无论对于企业还是对于个人，一旦发生事故以后，保险公司履行合同，可以做到一个是快速，一个是公平公开，有一个资金放大效应，这是它的特点。快速使企业或者受害者个人经济得到补偿，不管是对于恢复再生产也好，对个人伤害恢复救治也好有一个经济保障作用，所以，这是保险的一个经济补偿作用。

（4）辅助的社会管理作用　　保险公司可以发挥辅助的社会管理作用，促进社会和谐发展，这比较明显的体现在责任险部分，在安全生产领域引入责任保险机制，可以明确企业、员工、保险公司各方面的权利义务关系，一旦发生事故保险公司要根据合同约定及时进行赔付，这样有利于减少纠纷，及时化解矛盾，切实减轻政府的财政负担，促进社会的和谐发展。

3. 树立正确的风险意识，积极利用保险机制，确保安全生产

由于目前我国保险发展还处在初级阶段，而且广大社会公众对保险的作用、功能、运转规律都不太熟悉，安监部门可以通过宣传培训、教育指导等多种方式积极引导企业树立正确的风险意识，有效提高对保险功能的认识，充分发挥保险的防灾防损和价格杠杆的作用，在这个基点上促进企业改善生产条件，提高安全生产管理的能力和水平，可以鼓励和引导企业通过购买意外伤害保险获得人身安全保证，这些应该说可以让我们的企业和个人均能形成这种意识。

4. 加大保险创新力度，努力提高保险的服务水平

保监会要积极鼓励和引导保险公司加大产品的创新力度，不断开发出满足安全生产管理需求的保险产品，督促保险公司深入开展保险服务创新，不断改善服务质量，提高服务效率，指导保险公司加强管理创新，强化事前的预防机制，加强防灾防损的检查，为促进安全生产和社会的和谐发挥自己的作用。应该说现阶段我国的保险公司还有待于完善。安全生产事关我国改革发展和稳定的大局，事关社会主义和谐社会的建设，保险业应一如既往支持我国安全生产事业的发展，积极发挥经济补偿和辅助社会管理的功能，为实现我国经济社会安全发展提供有力的保障和支持。

五、领导干部应具备的法制安全意识

从我国"建设社会主义法治国家"的要求来看，领导干部培养良好的法制意识，是提高法律素养的关键。根据"依法治国"基本方略的要求，现代领导干部应该具备的法制安全意识有以下几个方面。

1. "主权在民"意识

我国宪法规定："中华人民共和国的一切权利属于人民"。这是"主权在民"原则在宪法上的体现。各级领导干部及其工作人员是接受人民的委托而行使管理权，是人民实现权力的工具和代言人，其根本宗旨就是为人民谋福利，维护公民权利。在安全生产领域，领导干部的法制安全意识就是权为民所用、情为民所系、利为民所谋。这是正确认识和处理国家权力和公民权力关系所应遵循的基本要求。

2. 权力制约意识

我国对国家权力的限制和监督有四个基本渠道：一是以国民法律制约国家权力，即运用宪法和法律对国家机关及其工作人员的职权和职责给予明确规定，对彼此之间的权利关系进行制衡，对权力的行使程序予以规范。二是以国家权力制约国家权力，主要是指监察、检察和审计等部门行使监督权，来监督国家机构权力的行使，也包括国家权力机关对行使机关和司法机关权力行使的监督，以及各国家机关内部的权力监督。三是以社会权利制约国家权力，主要是指各政党、各社会团体和企事业组织以及新闻媒体对国家权力的监督。四是以公民权利制约国家权力，即公民直接通过行使参政权、议政权、知情权，以及选举、罢免、检举、控告等权利，对国家权力直接进行监督。在安全生产领域，领导干部的法制安全意识，一定要包含权利制约意识，而且以上所说的四个基本渠道，完全适应法制安全。

3. 法律平等意识

平等是中国特色社会主义的主要内容。在法制安全适用法律上，平等具有绝对性，即对任何组织和个人只能适用法律这一标准。无论当事人社会地位多高，如何富有，也无论当事人才能业绩如何，在适用法律上应该做到平等对待，同样情况同样处理。法律面前人人平等，是维护法律权威的重要条件。

4. "以人为本"和人权保障意识

法制安全建设的根本问题是人民与政府的关系。"以人为本"和人权保障是法制安全全部工作的出发点和落脚点，是政府的最高宗旨。"以人为本"是指人是整个社会的中心，人的发展是整个社会发展的目的。在整个世界中，人是最受尊重的。当各种利益发生冲突时，人的生命权高于其他任何利益。在安全生产领域，国家工作人员要践行为人民服务的宗旨，就必须把人作为各项安全生产工作的基本出发点和着眼点，切实尊重和保障职工的各种权利。

人权是依其自然属性和社会本质应当享有的权利。安全生产法制定的种种权利就是人权即每个人都应当享有的权利的法律化，是一种更明确、更具体并能得到有效保障的人权。领导干部在安全生产工作中，应切实保障职工的各项法定权利，尊重人的人格与尊严，推进和加强各方面的人性化管理，解决好各种利益的相互冲突，认识到"以人为本"是法制安全的核心价值基础，保障人权是法制安全的基本义务和责任。

◆ 安全生产法规体现：人身安全第一的原则；预防为主的原则；权责一致的原则；社会监督、综合治理的原则；依法从重处罚的原则。

◆ "安全生产法"的主要原则为：安全意识在先；安全投入在先；安全责任在先；建章立制在先；隐患预防在先；监督执法在先。

◆ 企业在安全生产中应承担社会责任。

◆ 安全法制促进安全生产的和谐。

◆ 在安全法制中要发挥保险机制的作用。

◆ 领导干部必须具备安全法制意识。

第六章 德治安全举要

◆ 道德调节人与人、人与社会、人与自然的关系，促进人—社会—自然的和谐发展。
◆ 道德的价值生成源于人自身的需要和社会的需要。
◆ 道德的价值实现离不开与法制的整合。
◆ 注重安全生产领域各方面的协调发展，才能真正抓好德治安全。
◆ 道德安全要以安全生产领域各方面的协调发展为目标。

第一节 德治安全的价值分析

一、道德的价值生成源于人自身的需要和社会需要

所谓道德，即是建立在一定社会经济基础上的上层建筑，是以善恶为评价标准的，通过社会舆论、传统习惯、内心信念来维系的，调整人与人、人与社会、人与自然的关系，促进人—社会—自然全面和谐发展的行为规范及相应的心理意识和实践活动的总和。从内涵中可以看出，道德调节人与人、人与社会、人与自然的关系，促进人—社会—自然和谐发展的功能。这种功能带来了道德的两种基本价值形态：工具性价值与目的性价值。工具性价值主要从社会角度来看道德的价值，体现的是道德在社会稳定和发展方面所起的作用；而目的性价值则是从个体自身需要的角度来看待道德的价值，体现的是道德在个体人自身的提高和发展上所发挥的作用。从内容上看，工具性价值注重人与社会的关系协调，是从规范人的行为来适应社会的发展；而目的性价值更注重人的主体需要，是促进人自身的全面发展。正是工具性价值与目的性价值的存在，道德在逻辑上才有了德治安全的意义。

1. 道德的工具性价值源于社会要求

如果从个人与社会的关系角度看，道德的工具性价值在于其社会性，即道德是促进社会政治、经济、文化、安全良性发展的重要工具。道德能否具有这种社会属性，这种社会价值有多大，在伦理思想史上，存在两种针锋相对的观点，即"道德决定论"和"道德无用论"。持"道德无用论"的思想家往往夸大道德的能动作用，认为道德决定一切，只要人们的道德水平提高了，一切社会问题可以迎刃而解，与"道德决定论"相反，"道德无用论"根本否认道德的能动作用。

马克思主义伦理学既反对"道德决定论"，也反对"道德无用论"。马克思主义看来，道德对于社会经济基础的能动作用是毋庸置疑的，而且是其他上层建筑成分和社会意识形式所不能代替的。道德通过社会舆论、风俗习惯、内心信念等特有形式，使人们按照一定的善恶标准抉择行为，来为一定的社会经济基础服务。具体地说，道德对社会的反作用主要体现在：对经济、科技的作用以及对安全管理的作用：如何处理好科学性（规律性）与价值性（合理性）的关系，在我国，就是经济、科技发展及安全发展的同一性、统一性。对政治、法律、科技的作用：影响政治、法律执行的性质；正义与邪恶、公平与不平、民主与专制；对文化的作用：影响文化传播、教化性质与程度；对社会生活的作用：减少社会摩擦的协调作用、调控作用、形成文化风尚；对安全、环保的作用：影响人们的职业底线、危险转嫁、污染转移的调控作用；对个体的作用：增强精神支柱，发挥内在潜能，提高生命质量。

道德的服务因其适应性、先进性不同而具有积极或消极的作用，良好道德是社会资源，不良道德是社会病毒。我国现阶段的主导道德即社会主义道德是符合中国国情、时代要求、历史发展趋势的先进道德，对社会生产力的发展必然起着积极的推动作用。但它的作用的发挥并不是单一的，在复杂的社会生活面前，呈现出新的特点：经济价值表现为对市场资源合理配置的调整，对人们多元经济利益的整合以及对市场经济负面效应的制约；政治价值表现为对权力腐败的规约和对民主政治的表彰；文化价值表现为对先进文化的倡导和对多元文化的理性选择；科技价值表现为对科技发展的人文导向和开拓创新功能以及限制科技成果的滥用，安全价值表现为"三不伤害"，即我不伤害自己，我不伤害别人，我不被别人伤害。随着科技的高速发展和经济的全球化，科技伦理、经济伦理、安全伦理等越来越显示出其突出的现实价值。

2. 道德的目的性价值源于人的本质要求

道德具有治理安全生产的意义，并不仅仅表现在它对安全发展、安全经济、安全文化、安全科技发展的导向和激励作用这些外在价值方面，还主要表现在它的存在根源于人类自身生存和发展需要这种内在价值上。道德是在原始社会时期开始产生和形成的。尽管作为人们的行为规范，道德时时处处约束着人们的思想和行为，但从本质上讲，它并不是人类的一种异己力量，相反，它是人类在改造自然和改造社会实践活动中的自觉需要的产物，它是个体生存和发展的需要，是人的内在本质追求，这就是道德的人本价值。

(1) 人类的物质生产活动产生了对道德的需要 在原始社会，恶劣的自然环境和个体本身能力的限制，使人们在生产劳动过程中，不得不结成群体，利用集体的力量抵御恶劣的条件，共同生产，以确保生存。这个时候的人们从一生下来就天然地生活在群体之中，在共同的生产实践活动中，人们互帮互助，协调配合，公平分配食物，这就非常自然地出现了最初的道德。而当社会生产力的进步导致社会大分工出现的时候，人们不仅开始意识到个人的存在和个人的利益的存在，而且也意识到他人和群体利益和个人利益存在着某种关系的时候，人类便开始了自觉的道德需要，让道德规范来调整人们之间的利益关系以及其他社会关系，以确保社会生产和个人生存有序进行。

（2）人的本质蕴含着道德需要　道德是人的道德，道德产生于人类社会生活的需要。道德从其本质上讲是人实践——精神地把握世界的一种方式，它的基础是人类主体精神的自律。从人本身及其需要上看，道德是属于人的精神世界的一个层次，任何人都有道德伦理上的需要。人的知、情、意外化为真、善、美的追求，理性驾驭情感，情感丰富理性的过程也就是道德在人的精神世界中运动和作用的过程。人的本质是一切社会关系的总和，道德作为一种最广泛和最普遍的人与人之间的关系，同样也是社会关系的重要组成部分，它从一个侧面、一个层次上反映和确认着人的本质，所以，人是不能没有道德的。

（3）道德也是社会整体或社会大多数成员共同意愿的产物　道德从一开始就要求个人把自己的需要、融入社会整体的需要中去。就个人而言，将个人需要融入到群体的需要之中是一种被迫，也是一种自愿。既然人们生产生活在一起，这就需要个人自觉地遵守社会最基本的公共道德准则，以此来约束自己任性的需求欲望。

正是人类有了上述这样一些对道德的自觉需要，促使了人类道德的产生。归纳起来，道德在促进人自身的提高和发展的作用主要包括以下几个方面。

① 道德把人同动物区分开来，使人性得以提升，使人成为真正的文明人。

② 道德及其教育通过提高人的德性，提高人的思想境界，使人不仅仅为了生存，而且使人作为"人"而生存。

③ 道德及其教育通过促进个人道德人格的形成和发展，使人不仅仅作为"人"而生存，而且作为具有"真正自由的人"而存在，个性得以充分发挥，人性得以真正解放。

二、道德的价值实现离不开与法律的整合

1. 整合的必要性在于二者功能各异

法律和道德作为两种社会控制工具，在诸多方面，存在差异，正是这些差异决定了道德与法律在维护安全生产秩序中功能释放的方式不同，从而使二者整合成为必需，也才能使德治安全与法制安全的融合成为必须。

（1）生成形态不同　法律和道德虽都是安全生产的重要行为规范，都对人们的行为进行评价，都对人们的安全生产关系进行调整，但属于不同的社会规范体系。马克思指出："道德的基础是人类精神的自律"。这一论断不仅深刻地概括了道德的本质特征，而且指明了道德与法律的根本区别。从性质上看，道德体现的是"人类精神的自律"，它包括人们关于善与恶、美与丑、公正与偏私、诚实与虚伪、正义与非正义等观念形态，也包括与这种观念相对应的伦理行为规范。而法律表现的是"国家意志"的他律，具体而言，它是由国家机关根据占社会领导

地位或主导地位的阶级意志而采取规范形式制定的，同时又是依靠国家强制力即法庭、警察、监狱等来保证施行的，所谓法治即是上述法律规范体系有关的立法、执法、守法、法律监督等一系列环节的制度。所以，就其生成形态来说，法律主要是一种制度形态的上层建筑，道德主要是一种意识形态的上层建筑。

(2) 实现方式和约束力不同　道德和法律，都是约束人们生活的行为规范，它们的实现，都以特定的方式和特定的约束力量为保障。法律具有国家的强制性。这种国家的强制性，在立法、执法和守法的各个环节中，都明显地体现出来。法律不允许有任何规避法律行为的存在，不允许任何违法犯罪分子逍遥法外，它要依法对违法犯罪分子分别给予相应的法律制裁，以保护广大人民群众的合法权益。道德的实施不是依靠强制性手段，而是通过道德教育的手段，以其说服力和劝导力来影响和提高社会成员得到的觉悟，使人们自觉地遵守这些行为规范。道德诉诸人们的"良心"，诉诸人们内心的"道德信念"。所谓"说服力"，主要是指通过启迪人们得到的觉悟、激励人们的道德情感、强化人们的道德意志、增强人们的荣辱观念，培养和形成古人所说的"羞耻之心"，从而使人们在内心深处形成道德行为的内在动因，培养和形成人的道德行为的最重要的基础和前提。所谓"劝导力"，就是指通过形成广泛的道德舆论，培养良好的道德环境，增强人们的道德责任感，使人们认识到、如果一个人不能履行自己应尽的道德义务或者违反了社会的道德要求，就必定要受到舆论的谴责和公众的批评，可能会给他带来羞辱、痛苦、带来孤立和失败。社会舆论的力量是无形的，一旦同内心信念相结合，就能发展更大的作用。

(3) 社会要求和社会职能不同　道德对人们的要求比法律高得多，在一定意义上说，它的社会价值比法律大得多。有道德的行为不违反法律，而守法的行为不一定是道德的行为。道德以法的规范作为最基本的要求，法律以实现社会伦常行为为企业目标。在社会职能上，道德是绝恶于未萌，法律是禁恶于已然；道德重救在建树，法律重刑罚惩治；道德是"扬善抑恶"，法律是"惩恶扬善"；法律能惩"贪"，道德能齐"廉"；道德治"本"，法律治"标"。

2. 整合的可能性在于二者本质一致

法律和道德不仅有区别，而且密切相连，正是这种联系，使道德与法律融合有了条件，也使德治安全与法制安全融合成为可能。

(1) 本质相同　法律和道德都是人类社会历史发展的产物，它们共同的基础是人类生活于其中的社会关系。马克思主义认为，道德和法律具有内在的统一性。在阶级社会，它们都是上层建筑的重要组成部分（法律属于政治上层建筑，道德属于思想上层建筑），它们在本质上是一致的，都是维护社会秩序，规范人们的思想和行为，调节社会关系的重要手段，都是统治阶级意志的体现。这种意志的内容都是由共同的经济基础决定并在共同的思想基础上形成的。可以说，道德是自觉的法律，法律是强制的道德。法治是道德规则的凝固化、外在化和公开化，法治的本质不过是把内心的"应当"变成外在的"必须"。法制包含的基本准则与最根本的道德准则有着本质上的一致性。法的实施与制定，是有其内在的伦理基础与合理性的辨明，这一点也正反映了伦理与法律的内在契合性，反映了两者均是人类社会对秩序与完善的天然要求。因此，法与德在调整和规范人与人、人与社会的关系这一点上，其功能、目标、方向是一致的，所不同的只是手段而已。随着社会的发展，法律作为国家机器、阶级镇压工具的功能愈来愈弱化，而其调整、规范人与人关系的功能却越来越增强。

（2）价值取向相通　法律和道德作为一种社会规范，有共同的价值目标，即通过解决和预防的方式在一个社会内部形成秩序、提高效率。在价值层面上，法律和道德之间是相通的，它们都为了秩序和效率而发挥各自的功能。法律的建立，是以道德为价值取向的。道德本质上是一种社会理性取向的表达，法律所追求的正义和道德所体现的正义，在根本上应该服从于同一社会价值目标。法律不是不需要道德，人类的法律体系如果不同道德价值目标保持一种内在一致性，就很难成为真正合理的、道德的法。

从一定的程度看，法律和道德均是以规范模式表现的价值范畴，这些模式的目的在于为个人生活与社会生活中增加美德，减少邪恶。法律是国家颁布的行为规则，但它不是纯粹的技术和抽象的规范，它是从国家立场出发对人们行为的评价，反应了赞成什么、反对什么的价值取向，因而不可能脱离开道德。反过来看，道德不是抽象的善恶观念，道德的目的从其社会意义上来讲就是要通过减少过分自私的影响范围，减少对他人的恶意行为。两败俱伤的争斗以及社会生活中其他潜在的分裂而增强社会和谐。

（3）社会功能互补　在社会规范体系中，法律和道德是两种不同属性的行为规范，在调查社会关系方面尽管两者手段不一，但其功能却能相互补充。道德在安全生产工作中的作用主要表现为对人们行为的规范和诱导，其实现方式主要依靠舆论督促、内心修养和习惯驱使，因而道德在工作、职业和家庭生活中影响广泛而深远。但道德也有局限性，它对严重危害他人或社会利益的行为只能谴责而不能制裁，对安全生产的稳定，外在行为的约束力不及法律有效。而法律则不然，它明文规定什么可以为、什么不可以为，以国家强制力为后盾，既有引导、推动作用，更有惩戒、防范作用。但法律并非万能，其设定的"中人"（即一般人）标准不同于道德倡导的"圣人"标准，因此对虽"缺德"而不犯法的行为往往无能为力，对人性、内心、理性的启迪与感召不如道德深刻。法律的他律约束作用与道德的自律教化作用只有相互补充和密切配合，才能达到安全生产的良好效果。

3. 整合的实现在于二者的互补

道德作为一种文化因子，要在整个文化系统和社会系统中定位并发挥作用，一旦离开它的"生态环境"就难以运作，正如脱离身体的手就不具有手的功能一样。构成道德生态系统的要求是多样的，其中法律是最基本的也是最重要的。实现德治安全方略，离不开道德与法律互动。

（1）法以道德为伦理基础与价值导向　系统理论表明，各个孤立要素性能和功能的总和并不能反应系统的整体性能，换言之，系统的整体性质和功能只存在于各个要素的相应联系、相互作用之中。根据这一要求，组成社会规范系统的重要要素即法律与道德不仅要考虑自身的发展与完善，而且要着眼相互间的关联和配合。法制安全是依照既定法制治理安全生产领域，使安全成为法制安全，使社会成为法治社会。从观念形态和行为规范来说，道德是人们的法律意识、法制观念在法律范围内活动的基础。一句话，道德是法制建设的精神支柱。

① 立法活动的道德指引。法制安全所依据的法必须是反映人民意愿和社会发展客观规律的法，是合乎理性、正义、公平观念的法。要制定这样的法，从参加人员、制定过程到内容都必须以正确的思想道德观念为指导，并将某一部分道德规范变成法律规范。基本的道德规范是法律规范的重要来源；良好的道德规范是法律规范的重要价值目标；约定俗成的道德规范是评价法律规范善恶的重要标准。具体说来，道德在立法活动中的作用表现在两个方面。第一，道德是立法内容的重要渊源。从发生学意义上说，任何法律规范的制定，必须以一个社会占统治地位的道德价值体系为内在根据。"应然"的道德理想阐述在先，"已然"的法律制度形成在后，而且，只有与社会道德价值追求相吻合的"良法"才会被社会成员所普遍认同而产生持久的效力。第二，道德是制定法律的指导思想，任何法律规范都包括有立法者关于善与恶、是与非的价值判断，反应立法者允许什么、限制什么、禁止什么的价值取向。立法绝不能违背正义观念、公正利益和其他道德基本原则。道德的内在理论价值精神应成为各种法律规范判定与实施的价值参考。法律规范如果不体现道德精神，甚至背叛道德，就是不义之法。不义之法尽管可以凭借国家权力得以制定和颁布，但无法有效的实施。因为不义之法不仅是法律本身背离了人类的道德精神，而且也是对法律精神的背叛，是道德与法在深层次上的冲突，这种法不仅难以实施，而且会使立法者失信于民，使法律权威受到破坏，它本身就已失去其存在的本来价值。

② 执法主体的道德能力保证。执法活动是依法治国的关键环节。法律的正确贯彻和公平的实现，不仅要求法律规范实现"合法性"与"道德性"的统一，而且在很大程度上取决于执法主体的道德能力，即执法者道德水平的高低与执法质量的好坏有着直接的关系。一般认为，执法主体具体适用法律规范的行为，代表了正义、公平、秩序的道德观。执法者在其执法活动中道德水平低下，其后果较之执法者法律水平不高要严重得多，它直接影响执法机关的形象和法律的权威。因此，执法主体需要良好的法律职业道德，具有可行的道德能力保证，才能够在履行法律职务过程中忠于职守、唯法是从、刚正不阿、廉洁公正；才能不惧以权压法、以言代法，避免徇私枉法、贪赃枉法。必须看到，这种道德能力的获得和提高，并不是法律执法本身所赋予的，而是依靠执法主体对职业道德要求发自内心的体验和认识，形成强烈的正义感、责任心和气节来维系的。

③ 守法心态的道德制约。法制安全的直接目的是法的实现。法的实现是法

律规范在人们行为中的具体落实。法律所具有的一体遵行的效力，表现为权利被行使、义务被履行、安全被遵守、责任被承担。法律要实现这种调整安全生产关系，维护生产秩序的价值目标，必须依赖于社会成员对安全生产法律的自觉信仰与普遍遵从。任何安全生产法律，其精神与价值只有深入到人们的心灵中去，成为社会成员共同的信念，进而把它视为人类共同的得以生存与发展，个体获得安全与保障的基本保证，才能形成认同、尊重、信任、服从法律的自觉行为。在现实生产生活中，大多数企业职工和社会成员并不仅仅是因为法律的强制力而守法，在许多情况下是由于他们的道德习惯而守法。健康的守法心态、是社会道德要求在人们心理上的反映和积淀，其实质内容主要是对法律遵守的义务感和违反法律的羞耻心。换言之，法律可以利用其威慑力量迫使人们就范或对违法行为进行惩罚，但无法保证每一个人在任何时候都是守法者，只有道德上的知耻才是守法最深厚、最持久的力量。法律的"治标不治本，治端不治始"，需要通过道德弥补其不足。可见，守法的自律心态，是法律他律性目标实现的基础。

（2）道德以法为强制力量与外部保障　从系统论的观点出发，社会规范系统要求法律与道德诸要素形成相互联系、相互作用的合理结构，其中包括它们相互之间一定的比例、一定的秩序、一定的结合方式等。道德成为法律的精神支柱，运用法律的强制力量来维护道德的尊严，已是越来越多的人们所关注的话题。既发挥道德主体的能动作用，又将社会一般道德要求与主体协调，达到某种强制性，体现了惩治的辩证法。安全生产道德与安全生产法律内涵本质上的一致性、兼容性和互补性，为法制安全的强制提供了前提条件。将道德的基本原则规范纳入法律义务，以法律意识保障和促进道德观念的确立，以法律武器来惩恶扬善，并教育启迪全体公民，提高社会成员的道德水准，概言之，法律是道德的权利支柱。

① 以法律义务的形式，确认公民的基本道德规范和道德建设的地位。这是法律对道德建设所起的强制作用中最基本的一种作用。所谓"道德建设的法治化"，主要指的就是这一条。通过立法手段可以选择和推动一定道德规范的普及，即以法律规范形式确认和吸收某些道德标准，使之成为法律标准，从而推动法律目标的实现。作为法律化的道德，既包括实现性内容，即社会倡导的主体道德行为，现阶段对许多道德行为和社会责罚的非道德行为作了分层次规定；也包括程序性内容，即对非规范行为设定了惩罚性措施及实施机关。这样，通过法律对其倡导或禁止某些行为的宣示，有助于产生社会共识，形成新的道德标准。

② 法律的道德前导和预测作用。法律的这方面作用无形之中在强化着人们的规范意识、合法性意识，因而也有助于人们的道德自觉。在现实生产活动中，人们在考虑一件事是好是坏的同时，往往还以合法不合法为标准，而且这种趋向越来越明显。当人们将自己的行为对照于法律标准来衡量、取舍、选择时，颇似道德内省的过程。但这一过程却比道德内省更为具体，更有强制力。确切地讲，这就是行为动机的前导和行为后果的预测。人们根据法律可以预先估计相互间怎

样行为以及行为的后果等，从而为自己的行为做出合理安排。

③ 法律的监督和保障作用。道德的生成和发展离不开良好的法律环境。法律既能扬善，又能惩恶，即通过监督保障机制保护文明道德行为，禁止直至惩罚不文明道德行为。首先，法律能以国家的名义对人们的行为进行评价，它不仅反映赞成什么、反对什么的评价取向，而且为人们提供了识别是与非、好与坏的判断标准。更重要的是，法律激励人们履行法律义务、担负社会责任，是他们同严重违反道德行为和坏人坏事进行斗争的有力武器。其次，法律通过国家强制力对违法犯罪行为进行制裁，使违法犯罪分子在认罪伏法时进行思想改造，洗心革面，重新做人，使道德不稳定分子在法律强制时受到教育和震慑，悬崖勒马，弃旧图新。这对于净化社会风气，维护道德环境无疑是有力的保障。

④ 法律的教化与推动作用。法律是道德建设的推进器。从法律的精神看，可以运用权力本位、契约自由、社会公平、效率居先的现代法制精神去培养和教化人们，从而形成有中国特色社会主义的义利观，形成健康有序的社会生活和经济生活规范，最终使人们将法律精神的意志、规则、知识、价值等融化于自己的思想品质、道德观念和日常行为之中，在他律的范围内把自己塑造为自律、自觉、自在、自卫的人。从法的公用看，通过自身的规范、协调、指引、教育、惩戒社会功能等，促进道德意识的觉醒、行为的养成，最终达到道德理想的实现。

法律是道德的最基本体现，道德是法律的精神基础。法律着力于行为文明的塑造，道德着力于动机文明的塑造。法律作为"他律"，规定每个人的社会权利与责任道德作为"自律"，则是对这种权利和责任的一种自觉提升。法律是从"外"到"内"，道德是从"内"到"外"。法律着力于增大人类文明的强度，道德着力于挖掘人类文明的深度。法律中渗透着善恶评价标准，道德中直接体现着法的要求。法律与道德特点各异，却殊途同归，相辅相成。法律与道德的关系与互动决定在他们在调整安全生产关系中都缺一不可，都成为安全生产的重要手段。

三、德治安全与法制安全的地位分析

1. 德治与法制须并举

（1）法治的功能和局限　从功能优势的角度看，法制安全具有如下特点。第一，稳定性和连续性。法治社会中，法律是最高权威，任何其他主体都不能凌驾法律之上。与历史上的其他权威相比，法律这种权威具有明显的连续性、稳定性，因而更有利于社会秩序的维持。第二，惩恶扬善。法律运用其强制力直接抑制人性中的恶，使人的行为限制在利己不损人的范围内，从而促使人与人、人与机构、机构与机构之间的合作，使客主体有机会分享因合作而产生的增量利益。法律通过禁恶还能使道德的普遍弘扬成为可能。如果没有法律对人的恶行进行惩处，反而使人因其恶而获利行，那么，人们就会从恶如流，社会因此陷入混乱之中。第三，权力和权利的明细界定。法律通过确定私权的边界使私权与私权之间形成一种良性关系，通过确定公权的边界使私权免受公权侵扰，从而使以财产权为主体的私权得到良好利用，使公权能够得到合理行使。这是在安全生产领域形成秩序和提高效率所必需的。

从功能局限的角度看，法制安全面临如下缺陷。第一，主体的有限性。安全生产的法律制定和实施，实际是一种集体的主观行为，是对经济关系和社会公共利益的主观反映。如果主观不能正确地反映客观存在，则法制对安全生产秩序和效率的追求就会受到损害。影响主观反映的客观性和公正性的主要因素是主体的有限理性。即立法主体不仅存在着信息收集和处理的能力缺陷，也存在着个人的私人偏好，这种私人偏好使得对公共利益的理解存在不同程度的偏差；而信息收集和处理的能力不足带来的边际成本递增又加剧了信息的非充分和非有效性，从而导致立法决策和执法决策失误。第二，实施领域的有限性。法律是一种外在性的规范，它通过权利与义务的合理配置及对不遵循法律的主体的处罚而促使社会主体遵循法律，从而达到其预定的目标。所以法律不能调整所有的社会关系，实践中有部分社会关系是法律所不能调整的，如有的社会关系不能被有效地外在化、规则化利益不能明确地界定；有的社会关系（如情感领域）由于自身的特殊性，法律实施者往往处于信息劣势，难以实现有效的调整，如果法律强制性介入，必然导致其自身的低效率或无效率。第三，资源消耗的两重性。法制安全功能的实现，有赖于良好规则的制定及该规则被有效遵循和实施，这必然要耗费资源，这种耗费是非生产性的，其来源主要是税收，而适度的税收是产权得到保障的前提，过度的税收则会侵犯产权，从而影响社会资源的产生。

(2) 德治的功能优势和局限　从功能优势的角度来看，德治安全具有如下特征。第一，预防冲突。道德不仅是一种社会规范，还是一种冲突预防机制，这种机制能积极地预防冲突的产生。因为道德要求人利他，在自身利益与他人利益相冲突时，也要考虑到他人的利益；在个人利益与集体利益相冲突时，要求以集体利益为先。因此人与人之间发生冲突的可能就会减少。第二，促进法治成本最小化。法治成本最小化的实现有赖于诸多条件，道德是其中重要的一种。道德对法治成本最小化的促进是从两方面展开的。其一，道德在一定范围内可直接替代法律。道德与法律之间存在着一种互动关系，它们之间的界限并不是固定的、清晰的，而是易变的、模糊的，因此如果一个社会存在着良好的道德水准，对法律的供给需求会在一定范围内减少。其二，道德促进法律实施。因道德是扬善抑恶，通过弘扬、倡导良好的社会道德风尚来抑制人的恶行，道德习惯的养成有助于民众对法律的认同，遵循法律是一种道德义务，现实中较多的人并不是因为法律的强制性而是因为道德约束才有良好的遵纪守法行为，因此，减少了法律的实施成本，减轻了执法者的监督责任。其三，实施领域十分广泛。与法制不同，德治属于思想建设，属于精神文明，它不仅可以调整基本的社会关系和社会秩序，而且几乎可以涉及人类生活的一切领域，调整人们社会活动中的一切行为，当然包括安全生产行为。因道德无处不在，无时不有，道德也就常常成为健全法制、厉行法制、维护社会关系和社会正常秩序的基本因素。

从功能局限的角度来看，德治安全又具有如下不足。第一，弱强制性。与法律相比，道德的外在强制力过弱，使得道德自身常常对违反道德准则者无能为力，失德行为因受不到惩罚而很难改正，从而减损了道德对社会秩序和效率的贡献。第二，道德选择了多样性。法律是一种在其效力范围内统一的规则，这有利于民众的遵循和公权机关的执行；但道德存在着多样性，各种不同利益主体和不同角色的道德规范会有差异，并且可能存在冲突，这就使得个体在实践中的道德选择出现多样化，甚至会因不同角色的不同要求而产生各种冲突，面临着道德的两难选择。现实生活中的道德相对主义和道德虚无主义的产生就是这种道德存在多元的真实反映。第三，道德资源的匮乏性。道德作为一种社会规范，其功能发挥的前提是民众拥有丰富的道德资源及社会文化中含有深厚的道德沉淀。如果一个社会的各阶层利益差别过大、法律实施不充分、社会整体对道德的弘扬不足，那么民众的道德资源存量就会远远不够，道德的功能优势也只会成为一种理论上的模式，实践中不可能得到有效实现。道德资源缺乏也就导致对社会秩序和效率的贡献不足，对冲突的预防功能减弱，民众的道德责任感下降。

(3) 法制安全与德治安全的互补与协调　在秩序与效率的视野中，法制与德治都有独特的功能，但也存在各自的局限，并且互为优势和局限，即法治的功能优势是德治的功能局限，法治的功能局限是德治的功能优势，法制和德治因此成为不可或缺、不可偏废的治理安全生产的路径和理念。但法制和德治功能优势的发挥有赖于它们之间的良性关系，因为法制与德治既存在着合作的条件，也存在着冲突的趋势，如果他们之间关系紧张，这不仅不会使各自的功能优势得到发挥，反而会使各自的功能局限凸显，产生"负和博弈"的不良结果。建立良性关系的前提是正确认识它们各自的功能优势与局限，不能绝对化，在强调法治之时，不能否定德治；在强调德治之时，不能否定法治。孟子云"徒善不足以为政，徒法不足以自行"。只有"善"与"法"的共同作用，才能有一个良好的安全生产治理体系。我们认为，没有法治支持的德治在政治上必将最终走向人治，在经济上也必将导致发展的低效率；而没有德治支持的法制会使法治的负担过重，因为此时的法律不仅要规范人的所有行为，同时也要承担过高的资源代价，这必将使法制成为一种低效率的治理体系。

2. 法治是主导，德治是先导

在社会价值的一般意义上，伦理与法律并无高低之分。对于人类社会来说，它们都有不可或缺的价值。道德与法律同时都是人类社会组成其国家形式，尤其是民族国家形式不可或缺的价值维度和政治文化资源。政治与道德或法律与伦理都是社会的基本价值元素，他们共同构成社会和国家生存与生长的规范基础和理想目标。

就社会政治实践而言，法制无疑具有某种政治优先性。更确切地说，法制安全是我国安全生产工作的基础。由于国家法律是国民公共意志最直接最明确的具体体现，作为社会治理的基本规范，法制是首要的和最基本的，具有作为社会国家治理方式的基础地位。在这一点上，道德伦理规范或德治的实践功能远不及法律和政治规范。换句话说，所谓德治，是以法治的在先确立为前提的。只有首先建立必要而稳定的社会政治制度和法制程序，道德伦理、规范才能真正充分发挥其作为一种社会治理方式的作用。在政治伦理的意义上，有效的德治依赖于有序的法制，这是毫无疑问的。

从另一方面来说，一旦安全生产的法律系统已经确立，同样作为社会政治治理之基本规范方式的法治和德治就没有社会价值意义上的轻重先后之分。真正合理有效的社会政治治理必定是既合法有序又合理有德的完整的政治治理，而不是任何形式的偏颇式治理方式，更不可能是某种形式的两者必居其一。我们的观点是，在现代民主社会，在现代安全生产领域，法制安全是根本，是主导；德治安全是保障，是先导。

（1）法治是根本、是主导　现代民主社会的基本特征之一，是社会政治生活的制度化和法制化，国家政治权利与公民人格权力的相互制约和相互作用是现代民主社会里社会和国家政治治理的基本内涵和要求。德治作为安全生产治理方略，其基本理想正是，通过社会的道德意识形态——作为整个社会意识形态的基本内核之一的规范和调引机制，使国家的法律规则与政策得以内化为社会全体公民的美德追求和理想信念。从而深化或强化国家的政治意志和价值力量。所以民主政治的本质要求是"法的统治"。法居于国家和社会的统治地位，具有最高权威。民主政治和专制政治的根本区别并不在于有没有法律，而在于当法律与当权者的个人意志相冲突时，是法高于个人意志，还是个人意志凌驾于法律之上。法高于个人意志，是民主；个人意志高于法律，是专制。在"以法为本"的前提下，"守法为德"就成为现代道德的最本质的价值规定。而德治的根本社会政治意义就是为了强化法制权威，去建构一个理想自觉的人文环境，正是在这个意义上，德治安全成为法制安全的必要补充。

（2）德治从来没有独立的地位　在阶级社会或在有阶级的社会里，担当"主角"的必须具有强制性的特征。道德是自律，是规劝性的，依靠的是社会舆论、传统习惯和人们的内心信念，这就从根本上决定了它不可能成为"合唱"的主旋律，成为社会调控系统的中心。人类自进入社会文明以来，德治要么与人治相结合，这时的德治是人治的支持和保障；要么与法制相结合，这时的德治是法制的支持和保证，抽象的、独立的德治是不存在的，在安全生产治理方略中，德治只具有具体的、相对的意义。

（3）法治是"依"，德治是"以"　"依"和"以"一字之差，但其含义有着本质的区别，"依"是依照，是根据。"以"是凭借，所以法制安全是依照法律来治理，宪法和法律在这里是作为法制安全的依据和遵照，国家政治权力的合法性、权威性只有"依法"才是合理和有效的；安全生产政策的制定与实施，权力的具体行使和运用，也只有在法制规定的范围内才是合法和有序的。而以德为治，就是通过、凭借道德的途径实现对人的行为的约束、制约或引导，以求得一种惟有道德方式才能实现的治理效果。所以，德治安全是被用为一种安全生产管理和治理的手段，在安全生产领域法制是基础、是根本；德治是手段、是保证。

（4）在思想建设的地位上，德治又是先导 唯物辩证法认为：在一定的物质基础上，思想掌握一切，思想改造一切。安全生产思想和安全工作精神在一定的物质基础上对安全发展具有巨大的能动作用。尤其在当前，全国的安全生产形势还比较严峻，表现在事故多发期、事故易发期。道德价值和道德理想常常是作为其安全价值启蒙的先导而发挥作用的。在现实的安全生产实践中，安全生产工作的进步都是以安全思想进步为基础的，哪里的安全思想建设工作做得好、精神文明抓得好、职工群众的安全思想就进步快，哪里的安全工作就越易开展。因此，德治安全作为一种安全思想建设的提升，对法治安全建设起着先导和导向作用。

第二节　德治安全与安全生产领域的协调发展

一、安全生产领域的协调发展，为德治安全提供了良好的条件

社会是由经济、政治、思想、文化各领域有机结合在一起的所构成的整体，安全生产领域的协调发展是这几个方面发展状况的总和。安全生产领域之间既有矛盾、又相互统一。正因为有矛盾，发展往往不平衡；又因为相互统一、相互促进，安全发展又会由不平衡到相对平衡。人们认识了这种客观规律就可以通过主观努力，即通过安全生产实践，有目的的解决矛盾，使各种问题的相互促进达到最良好状态，使安全达到协调发展的最佳状态。这种状况提供了德治安全的良好条件。要深刻认识这个道理，须注意以下几点。

1. 充分认识安全生产领域各种矛盾相互作用、相互影响的一般表现

历史的经验证明，当一个国家安全生产形势很好的时候，将极大地促进稳定的和谐局面的形成，安全的发展、经济的发展、社会的稳定，又会带来思想、文化的发展。反之，如果安全生产形势不好，经济发展形势不好，也常常造成社会不稳，由此又会使思想、文化领域发生紊乱。经济决定政治，政治又反作用于政治。一个国家、一个地区的安全生产状况极大地制约和影响着经济的发展。安全生产形势好了，会带来经济上的发展；安全生产形势严峻，重、特大事故不断，必然影响经济的发展，同时也影响思想文化的发展。思想、文化既反映经济也反映政治；反过来既为经济服务，也为政治服务，还为安全工作服务。思想道德建设搞好了，文化繁荣了，极大地促进了经济和政治的发展；思想道德领域混乱，文化滞后，必然阻碍经济、社会发展。道德和文化之间也相互作用，人们的道德状况决定文化发展的方向；文化发展程度直接关系人们的素质，对人们的道德有很大的制约作用。

总之，在安全生产领域，经济的发展、安全思想的发展、安全文化的发展、安全道德的发展这几个方面相互联系、相互制约、相互影响、互为结果。因此，对任何一个方面发展状况的分析，除了要分析其内在的原因，还要注意研究其他方面对该领域形成这种既定状况的影响作用。要认真分析各方面间各种因素相互作用的结果，根据这种结果的好坏，区分各方面对安全生产的积极因素与消极因素。

2. 十分注意各方面间相互矛盾的情况

经济、思想、文化、道德各方面间尽管有决定和被决定以及相互作用、相互制约和相互影响的关系，但是各方面又有自身发展的特殊规律，它们之间相互作用效果的显现又要有一个或长或短的过程。因此，经济、思想、文化、道德等各方面的发展，往往会出现不平衡、不同步的现象，从而表现出相互矛盾的情况。各方面相互作用、相互影响只是存在于它们之间的矛盾不断产生、不断解决的过程之中。例如，当经济有所发展的时候，思想、文化、道德不一定有同步的发展；同样，思想、文化、道德方面的变化，也不一定立竿见影地完全显现于经济领域。各方面之间往往会出现矛盾现象，即某一方面发展，其他方面滞后的现象。但是，我们也必须注意到，各方面间相互作用的结果迟早是要表现出来的。某一方面的发展，迟早会引起其他方面的发展；某一方面的滞后，也迟早会表现为阻碍其他方面的发展。当我们观察思想、文化、道德、安全的发展状况的时候，除了要找到现实的经济原因，还要充分预测现实经济的发展状况对未来安全思想、安全文化、安全道德发展的影响。经济的发展状况必然要毫无遗漏地反映到思想、文化、道德领域。当我们考察经济发展状况时，除了要找到思想、文化、道德对其已经起作用的现实原因，还要从思想、文化、道德发展的全部状况预测经济发展的前景。这种相互矛盾、相互作用的规律告诉我们，抓安全生产工作，不但要从本领域内找方法，还要注意其他方面对安全生产工作发展的作用。因此，也要抓其他方面的工作，不能就安全抓安全，为什么能够以法治理安全？又为什么能够以德治理安全？道理即在于此。

3. 在实践中发挥主观能动性，促进安全生产各方面的协调发展

安全生产领域各方面协调还是不协调，其实都是人在安全工作中的实践的结果。人的能力无论多高，都不可能使自己每时每刻的实践都造成经济社会、安全思想、安全文化、安全道德各方面绝对协调而无任何矛盾的状况。主客和客观总会存在矛盾，因而安全生产领域各方面的发展也便始终有矛盾的存在。然而，安全生产领域各方面的协调发展又恰恰是安全发展的最佳状况。在人们不认识这种规律的情况下，这种最佳状况是人们在必然王国中通过实践实现的，因而也就比较罕见，在人们掌握了这种规律的条件下，人们则可在自由王国中即自觉地促进这种最佳状况的形成，因而理应更多地显现，应该避免它的畸形发展。所谓安全生产领域各方面的协调发展，亦即各方面的相互适应。由于相互适应，各方面相互促进的作用就大，每一方面对其他方面的促进作用发挥的就充分，而阻碍作用

也就趋于消失。在这种情况下，安全生产领域各方面的发展则突飞猛进，整个安全工作呈现一片欣欣向荣的面貌。既然如此，人们就应不断提高自己的认识能力，科学地考察安全生产各方面发展的实际情况、相互作用的实际状况以及整个安全工作的发展趋势，并做出正确的判断。根据这种判断，采取各种安全发展战略和具体安全措施，弥补薄弱环节，努力消除互不适应的消极因素，尽快地实现由不平衡到平衡的过渡。

4. 充分认识安全生产各方面协调发展对实施德治安全方略的促进作用

安全生产领域的协调发展表现为各个方面的蒸蒸日上，但是安全思想道德方面显得更加明显，因为安全工作风气的好坏最容易比较，使人的感触更深。同理，安全生产领域发展的不协调，在安全思想道德方面也往往有最突出的表现。安全生产领域的协调发展可以为实现德治安全方略提供良好的安全思想道德基础，这是一种最重要的和最根本的条件。安全思想道德建设搞得越好，人们的安全思想道德水准越高，在治理安全生产各方面问题的时候，先进的安全思想道德容易得到运用，德治安全的效果也就越好。如果安全思想道德建设长期滑坡，人们的安全思想道德水准普遍下降，人们对于安全思想道德建设往往更加忽视。常言说，十年树木、百年树人。安全思想道德若长期受到破坏，不仅要影响一代人，而且要影响几代人，消除所造成的影响，恢复良好的安全工作风气将是非常艰难的。在这种背景下，德治安全成效的显现，往往要经历更长的周期。正反两方面的历史经验都可以表明，建立良好的安全思想道德基础，无论对于法制安全还是德治安全，都是十分重要的。当然，安全生产领域各方面的协调发展，又为德治安全提供良好的经济基础和文化条件。古人云：仓廪灾，知礼节；衣食足，知荣辱。这是具有相对的真理性的。如果经济的发展造成了良性循环，人民群众能够安居乐业，物质生活水平不断提高，自然而然要转到注重精神生活的追求，对于安全思想道德建设的积极性也就会增强，并且容易得到调动和发挥。同样的道理，社会的进步，职工群众当家作主的权利得到充分实现，社会责任感也就不断增强，遵守社会道德规范的自觉性和参与安全思想道德建设的积极性，也就容易得到提高和强化。安全文化的繁荣和发展，也必然蕴藏着更丰富的安全思想道德教育内容。同时，公民安全文化素质的提高，也必然为安全思想道德水平的提高提供条件、奠定基础。可见，安全生产领域各方面的协调发展是德治安全最期望得到的、最佳的社会条件。既然如此，伴随着德治安全方略的实施，人们的各种社会活动都应该着眼于促成最佳状况的出现，特别是执政党对此则更不能有丝毫的疏忽。

二、注重安全生产领域各方面的协调发展，才能真正抓好德治安全

1. 注重安全生产领域各方面的协调发展，才能做到不忽视安全思想道德建设

德治安全是道德的建设和对于道德的运用。无论道德建设还是对于道德的运

用，必然要牵涉整个思想领域。因此德治安全实质是整个安全思想领域的建设和对于安全思想领域影响作用的发挥。注重安全生产领域各方面的发展，当然也就包括重视安全思想领域的发展，即重视安全思想道德的建设。诚然，注重安全生产领域各方面的协调发展，并不等于每个时期对各个方面平均使用力量，而是必然要选择薄弱环节、滞后方面作为主攻方向，从中确定某一影响安全生产的主要矛盾并着力解决；但是，并不是说对其他方面，非主要矛盾可弃置一旁任其自然，因为这样做，非但不能很好地解决某方面滞后的安全问题，而且还会造成新的更严重的不平衡。在抓某一方面、某一主要矛盾的时候，仍然不能忽视其他方面的非主要矛盾。在许多时候，解决安全生产的主要矛盾恰恰需要从解决某一非主要矛盾入手。只有集中力量抓某一方面而又不忽视其他方面的时候，才能使安全工作协调发展。任何安全问题的解决，都要首先解决安全思想问题；不搞好安全思想道德建设，其他方面则不可能健康发展。因此，要使安全生产领域协调发展，则不能忽视安全思想道德建设；真正重视安全生产领域各方面的协调发展，则必须重视安全思想道德建设。

2. 注重安全生产领域各方面的协调发展，反映领导者有更高的安全道德水准

对于在安全生产工作中具体的领导者、管理者或具体的领导群体和管理者层次来说，能否不折不扣地做到安全生产领域各方面的协调发展，则反映领导者和管理层安全道德水准。只有注重安全生产领域各方面的协调发展的领导者、管理者，才有可能符合"安全第一、预防为主、综合治理"这一原则的要求。职工群众的根本利益不是单一的，既有经济利益、也有政治利益，还有精神、文化生活的利益等。当然，经济利益很重要，是起码和基本的利益，因为职工群众的生存权利要得到保障，但是政治利益乃至文化精神生活的利益也并非无足轻重。职工群众的政治利益得不到保障，也不能很好地实现其经济利益；职工群众的文化精神生活贫乏，更没有幸福可谈，社会文化、精神方面长期衰败，职工群众的经济利益和政治利益、均有得而复失的危险。需要特别指出的是，职工群众的利益不仅仅归结为物质生活水平高低，而必须全面衡量生活的质量。资本主义发达国家的平民，在物质生活水平方面也比发展中国家职工群众要高，但能否说资本主义国家职工群众实现了自己的根本利益呢？当然不能这样说。对于领导者、管理者来说，只有注重安全生产领域各方面的协调发展，才能体现更全面、更准确地关心职工群众的根本利益。也正因为如此，注重安全生产领域各方面的协调发展的领导者、管理者，往往有更强的党性、往往更拥有社会主义、共产主义的先进道德。这样的领导者、管理者对德治安全的重视，是时代所需要的。

3. 注重安全生产领域各方面的协调发展，表明领导者对狭隘个人主义的摆脱

我们在衡量各级领导者政绩的时候，主要看主要任务完成的如何。当今社会，经济全球化、一体化迅速发展、工业转型发展、一些领导片面追求GDP，把 GDP 的增长当作主要政绩来抓，这是远远不够的，正如温家宝总理所说："发展经济是政绩，安全生产也是政绩"。领导者在抓主要矛盾、主要任务的时候，也确定了其他非主要矛盾，规定了非主要任务，本应一并抓好。但是，由于人的认识的局限性，抓主要矛盾、主要任务的时候，容易忽视非主要矛盾和非主要任务的一面，特别是一些私心杂念严重的领导者，急于显示政绩，往往把眼睛紧紧盯住有形的容易显示政绩的方面。这种错误倾向的根源，除了认识的偏差以外，主要是急于显露政绩的个人主义所致。有的领导者个人主义多了，对安全思想道德建设不仅忽视，而且还怀有逆反心理。这样的领导者，有时在干部队伍中似乎表现得很积极，甚至很显赫，大有青云直上之势，但他们的"政绩"经不住实践的检验，不可能给职工群众带来利益。而那些注重安全生产领域各方面的协调发展的领导者、管理者，显示出大公无私的境界，摆脱了个人主义的影响，以实现安全生产、保护职工群众安全健康为己任，当然也就注重安全思想道德建设。有德才能搞好德治安全。

4. 实现安全生产领域各方面的协调发展，是领导者卓越领导水平的体现

安全生产领域各方面的协调好不好，这在干部队伍乃至安全理论工作者中没有多大的争论，本来是人们所公认的。但为什么不同的领导者在这个问题上的处理有那么大的差异？归根结底，就是认识能力和领导水平有天壤之别。承认安全生产领域各方面的协调发展是一回事，理解不理解是另一回事，有无能力促其实现则更难得。深刻理解安全生产领域各方面的辩证关系，需要对唯物辩证法和马克思主义理论体系的脉络有个基本的把握，需要在这个理论指导下对安全发展规律以及安全生产实践作出反复的缜密的思考。而且，在安全发展中，不平衡是绝对的，平衡是相对的，平衡只是安全生产工作内在矛盾运动过程中的暂时状态。因此，要求的安全生产领域各方面的平衡和协调发展，要避免畸形发展，则要求人们科学地分析安全生产的实际状态而形成共识，并且要充分发挥主观能动性，利用社会制度的优越性，采取十分正确的方法措施，经过持久的努力，方能创造最佳状态。任何一个领导者、管理者，深刻理解安全生产领域各方面协调发展的道理，并在客观条件允许的范围内做出了突出贡献，就算具备了较高的理论水平和突出的领导才能，当然也就能够真正重视和抓好德治安全。

三、安全生产领域各方面的协调发展依赖于德治安全与法治安全的结合

1. 提高对安全生产领域各方面的协调发展的认识，在于德治安全和法治安全的合力促进

应当说，确立安全生产领域各方面的协调发展的自觉意识，靠对于科学发展规律的把握；靠在此基础上的安全责任感的强化。很显然，形成整个社会的这种普遍的自觉意识，是安全思想道德建设的一个艰巨任务。对于科学发展规律的把握，在于对安全发展过程形象与抽象相结合的思维中深刻把握它的真理性，进而

转化为自己分析观察安全工作的观点和能力。安全责任感的强化，也不仅仅在于对安全生产某些安全道德规范的记忆，而特别需要依据安全生产实践中的感情和安全道德意志。这些都与安全思想道德教育的内容密切相关。要使广大的职工群众普遍形成这种自觉的意识，必须深入持久地开展安全道德教育。此外，促进安全生产领域各方面的协调发展的思想，在安全生产的法律体系中已有体现，也需要进一步充实。在法制安全中，注意运用法律的武器，提高安全生产领域各方面的协调发展的政治保障力量，对于人们形成安全生产领域各方面协调发展的自觉意识，显然也是一种强有力的促进。

2. 形成全社会注重安全生产领域各方面的协调发展的一致行动

为促使安全生产领域各方面的协调发展，在实事求是地搞清安全发展状况和提高干部群众认识的基础上，需要加强组织管理，以统一行动的步调。党和政府都需依法制定和贯彻适应安全生产领域各方面的协调发展的政策和法令，并采取切实可行的各种具体措施组织职工群众认真落实。这样做，可使人们的行动有规可遵、有章可循，把职工群众的力量凝聚到有利于安全生产领域各方面的协调发展的轨道上来，这就是对安全法制力量的运用。在安全生产政策和法令的实行中，还必须做好广泛的宣传教育工作，做好深入细致的安全思想教育工作，使广大职工群众充分理解安全生产政策法令的正确性。要把这种深入细致的安全思想教育和发动贯穿于安全生产政策法令的制定和推行的全过程中去，使这些政策法令成为绝大多数职工群众的自觉行动。这就是德治安全的力量和一个重要方面。

3. 消除安全生产领域各方面的协调发展的阻力在于德治与法治的结合

对于安全思想道德教育，有的人闭目塞听，对于所制定的安全生产政策法令，也总会有少数人置若罔闻。他们以自己的不正当行为乃至违章违纪行为，阻碍党和国家安全生产政策法令的实施。这种阻力的范围很广，它是阻碍中国特色安全发展的一切消极因素的总和。但是，从阻碍安全生产领域各方面的协调发展的意义上来说，主要的阻力来自缺乏领导水平、片面强调一个方面，忽视另外一些方面而造成错误倾向的领导干部，以及那些身居一定的领导岗位而锐化变质的腐败分子。很显然，要消除这一切阻力，既要加大法治安全的力度，也要更加重视德治安全。对于那些有严重破坏活动的要依法打击，对于那些严重的渎职者也要依法依纪给予惩处。同时，也要运用安全思想道德的力量动员职工群众，同一切不利于安全生产领域各方面的协调发展的错误行为进行斗争。

4. 安全生产领域各方面的协调发展要求德治与法治相结合

单独地用法治安全或单独地以德治安全都不能使安全生产领域各方面协调发展。法治安全与德治安全，仅仅各行其是，不密切配合，不形成一种完善的有机联系，也不能形成安全生产领域各方面协调发展的最佳状况。对安全领域任何一个方面的治理，对任何一个重大安全问题的解决，既需要依法，又需要运用道德的力量。法治安全之处，都要求德治安全到位；德治安全的任何一种举措，都要求法治安全紧随其后。法治安全要求德治安全的支撑作用到什么程度，德治安全要保质保量；德治安全要求法治安全提供何种保证，法制安全则必须完成任务。德治安全要贯穿于法治安全的整个过程中；法治安全要不离开德治安全半步。只有这样，安全生产领域各方面的协调发展才有指路明灯的照耀，才能获得足够力量的推动，阻力才能得到克服，不协调的问题才能得到及时的发现和纠正。若干年来强调法治安全虽有成效，但重大、特大事故时有发生却得不到有效遏制，安全生产形势十分严峻。多年来虽未提德治安全，但一直强调精神文明建设，虽有成效，但思想道德建设不仅不尽人意，而且十分令人堪忧。安全生产领域各方面的发展显然不协调。什么原因？除了"十年最大的失误"以外，法治安全与德治安全结合的不好也是重要原因之一。生产与安全不能"两张皮"；法治安全与德治安全同样不能"两张皮"，可见，安全生产领域各方面的协调发展，依赖于德治安全与法治安全的紧密结合。

四、德治安全要以安全生产领域各方面的协调发展为目标

1. 在德治安全中要全面考察安全生产领域各方面的发展状况

德治安全，也并非仅仅治理安全思想道德领域，而是通过安全思想道德建设，运用先进的安全思想道德治理整个安全生产领域。治理则要依据客观基础，治理则要有针对性，因此，应该而且必须随时考察安全生产领域各方面的发展情况，并做出相应的正确判断。只有这样，才有针对性和目的性，否则德治安全便无从下手。全面考察安全生产领域各方面发展状况，就要分别考察安全生产、安全思想、安全文化、安全意识、安全技能等各个方面，在此基础上，对安全生产领域各方面作综合性研究，以确定安全生产领域的整体情况。考察安全生产领域各方面发展状况，要依照安全生产各方面的内在联系和规律性，运用辩证的方法做周密的研究方能得出正确的结论。无论是考察哪个方面，还是考察整体，都要对发展的主流与支流作量的分析，都要作纵横的对比。除了要看到纵横的状况，还要看发展趋势。对每一方面的健康因素与消极因素相互关系的分析中，要与其他方面的正、反两种情况联系起来，分析它们相互影响、相互作用和相互制约的状况。通过不同方面间的关系作由此及彼、由表及里的分析，则可对安全生产领域整体状况做出比较合乎实际的判断。由于德治安全侧重于安全思想道德的作用，因此在对安全生产领域各方面的分析中，要注意研究安全思想道德与其他各方面相互作用的情况，既要看到安全思想道德对各方面的积极作用，也要搞清各方面所存在问题的安全思想道德原因，特别是要看到不协调状态的安全思想道德原因。依据这种周密的分析和合理的判断，来确定德治安全的具体对策。

2. 德治安全要在提高人们的认识上下功夫

马克思主义认为，只有在实践中更深刻的认识世界，才能更好地改造世界，在改造客观世界的同时，必须时刻注意改造主观世界。安全生产实践证明，什么时候做到了主观与客观的统一，什么时候安全生产就能取得成功；什么时候主观偏离客观实际，什么时候就要受挫折，甚至遭受失败。但是，确保认识的正确，

特别是全体从业人员认识的正确和统一，是安全思想道德建设的一个十分艰巨的任务。没有正确的认识，就分不清是非，就没有起码的觉悟，安全道德的观念也必须引起混乱。要使德治安全促进安全生产领域各方面的协调发展，则必须着力在统一人们的认识上下功夫。领导层统一了认识，还要在职工群众中求得共识。求得安全生产领域各方面协调发展的问题，看起来似乎是很好统一认识，但事实上并不那么简单。

德治安全方略的提出，理应解决"一手硬，一手软"的问题，也必须解决这个问题。有关安全生产领域各方面的协调发展问题以及与相关的一系列问题，要在普遍的安全发展理论教育、安全思想道德教育中得到解决。因此，应该深入地组织广大干部和工程技术人员学习安全科学技术，特别是要联系实际学习马克思主义安全哲学、安全法学。与此同时，也要加强安全生产道德教育。要以唯物辩证法的指导和安全道德的要求，校正干部职工对安全发展的片面性认识，并且要把这一教育扩展到整个社会。在进行安全思想道德教育的同时，采取法律的、纪律的以及道德约束的具体措施，同错误的倾向作斗争，努力创造安全生产领域各方面的协调发展的思想基础。

3. 着眼于先进安全思想道德在安全生产领域的运用

既然德治安全是安全生产领域的全面治理，那就需要把安全生产先进思想道德运用于安全生产领域的各个方面，安全生产领域各方面的建设和治理都需要先进安全思想道德的指导和规范，这也恰恰是安全生产领域各方面的协调发展所要求的。安全思想道德不是空中楼阁，它覆盖和渗透于其他各方面，存在于同一时空，安全生产领域的其他各方面都包含着安全思想道德这个重要的组成部分。因此，其他各方面的发展变化，也必然包含着这一方面中安全思想道德的发展变化，任何方面的发展状况也都必然体现着安全思想道德的发展状况。先进的安全思想道德对任何方面的发展都有促进作用，腐朽的安全思想道德对安全生产的任何方面的发展都有阻碍作用。德治安全必须着眼于以先进的安全思想道德促进安全生产领域各个方面的发展，也必须着眼于消除腐朽的安全思想道德对安全生产领域各方面的影响，专门从事安全思想道德工作的人员，当然要注重安全思想道德建设，但是也要运用先进的安全思想道德指导安全生产领域其他方面的工作；专门从事生产、技术、文化工作的人员，在以先进安全思想道德指导自己的业务工作的同时，也要关心和参与整体安全工作的安全思想道德建设。安全思想道德建设以及对先进安全思想道德运用的这种各方面间横向交义方式，恰恰是德治安全所要求的。然而，又不是自然而然形成的。德治安全仅靠宣传部门造造舆论，理论部门搞搞研究，那是不行的，而必须是自上而下运用组织的力量发动全体公民，调动各级政府公务人员，按照统一的安排部署和具体要求行动起来，并动员广大职工群众发挥主观能动性，才能实现先进安全思想道德在安全生产领域各方面的运用，才能形成整个社会全面的安全思想道德建设。这样做了，就会使先进的安全思想道德成为安全生产领域各方面的协调发展的强大精神动力。

4. 实施德治安全方略要重点治理滞后方面和薄弱环节

在安全发展中，各方面的协调是相对的。在许多时候会出现相对滞后的方面，在每一个方面中会出现相对薄弱环节，有时甚至会出现相当滞后的方面和相当薄弱的环节，对整个安全生产领域形成阻碍和制约。这些则需要调整安全生产实践，重点解决滞后的方面和薄弱的环节，以使安全生产领域各方面恢复协调发展的状态。这是德治安全方略的总的着眼点。当然，在重点解决滞后方面和薄弱环节的时候，不应该忽视其他方面的发挥，不能从一个极端跳到另一个极端，否则会出现安全发展的新的瓶颈。

第三节　德治安全与当代安全生产

一、安全科技发展与德治安全

当今世界的一个鲜明特点，就是国际竞争热点已从军事转移到经济和科技。国际社会的经济竞争，说到底是综合国力的竞争，关键是科学技术的竞争。要发展科学技术，实现科技造福人类的价值，却离不开道德、法律的导向和制约。一些国家高科技发展和运用却是以资源的掠夺、环境的破坏甚至以其他国家和种族的利益牺牲为代价的，从而引发了深刻的道德危机，反而制约了科技的发展。科技与道德本来是相辅相成、不可分离的，科技的发展与道德的进步应具有同时性、同向性。相应地，科教兴国战略的实施、实现也离不开道德。这既是科技发展的道德价值的内在要求，也是现代高科技挑战道德的迫切需要，德治安全，实现道德自律是安全科技最终向善，为人民服务的必要前提。

作为两种不同的社会意识形式，安全科技与安全道德的差异是显而易见的，然而我们不能据此否认二者之间存在着的联系，安全科技与安全道德在本质上是一致的。他们之间相互联系、相互渗透和相互促进，安全科技为安全道德充实真理因子并开辟新的道路，安全道德则为安全科技提供价值定向和精神动力。安全科技与安全道德无法分离，具体表述如下。

（1）安全科技的道德价值　安全科技本身并无显现出特定的道德价值，它作为一种纯粹的工具理性（知识体系和技术方法），价值是中性的。但是安全科技及技术活动是在人类社会中进行的，是人类社会活动及其成果的一部分，并且总是同人类社会生存的发展相联系，从科学与人类生存发展的一般意义上说，它又不是价值中性的，而是具有最大的善。

第一，安全科技内含着道德最高原则——"善"的意义。安全科学技术具有真的价值属性，它反映了客观事物的本质和规律性，解决"是什么"、"为什么"等问题，它以求"真"为最高准则。但安全科学技术一旦与人类生活、人类生产、人类幸福联系在一起，它又具有了善的价值属性。安全科学技术内含着

"善"的意义主要表现在两个方面：一方面是安全科技之善的功能价值；另一方面是安全科技之善的内在涵义。安全科学技术从本质上来说，因其具有的解释性特征内含着人类善的希冀和企盼，因其创造性、目的性特征而使其成为人类"善"实现的有效途径和手段。爱因斯坦说："科学的不朽的荣誉，在于它通过对人类心灵的作用，克服了人们在自己面前和在自然界面前的不安全感"。安全科技对于解放人的思想，增进人的智慧，提高人类在自然界面前和社会生活中的主动性、自觉性都有重大意义。因此，从本质上说，安全科学技术与道德的最高原则——"善"是统一的。

第二，安全科技的进步为道德的提高与发展提供了科学基础。安全科技作为人类文明的结晶，不仅是安全生产力发展的直接动力，极大地推动人类物质文明的历史进程，而且也大大推动了人类精神文明的发展，为道德的提高和发展提供了科学基础。安全科技对安全道德的这种作用，不仅间接地表现为通过推动物质文明的发展而促进道德水平的提高，成为道德文明的物质载体，而且直接地表现为对道德发展的影响。因为，安全科学作为一种安全文化的现象，它所提供的安全科学知识和倡导的安全科学精神，能为安全道德的进步提供丰厚的安全文化底蕴；安全科技的进步还使得安全道德修养与教育获得了令人信服的生理学与心理学基础，为安全道德宣传提供了迅速、有效的手段，有助于先进的安全道德思想广泛传播，促进人们安全道德水平的提高。一个国家、一个地区安全科学文化素质的提高，将有利于整个民族安全道德水准的上扬。而对于个体来说，安全科技的发展对于直接从事科技活动的科技人员安全道德水准的提高，其作用更为突出。安全科技正是直接通过对科技活动主体的安全道德智慧的启迪、安全道德情操的陶冶、安全道德意志的磨练、安全道德人格的培养来发挥对道德的促进作用的。

(2) 安全科技的道德控制 安全科学技术一方面极大地突出了人类主体性地位，带给人类巨大利益，为安全道德的发展提供强大动力，另一方面也把人类可能面临的灾难现实摆在人们面前。爱因斯坦认为，科学尽管从本质上是至善的，但具体应用有伦理二重性："一方面，它们所产生的发明把人类从精疲力竭的体力劳动中解放出来，使生活更加舒适而富裕；另一方面，给人的生活带来严重的不安，使人成为技术环境的奴隶，而最大的灾难是为自己创造了大规模毁灭的手段"。他还认为，科学技术应用中的负效应是"难以忍受的令人心碎的悲剧"。安全科学技术发展所引起的一系列灾难性的连带后果，一再告诫人们，必须对科技进行道德控制。

第一，用道德来规范科研选题和科研方法。发展科技的目的是为了造福人类，推动社会全面发展，所以在选题时，不仅要从科学价值、技术价值的角度出发，更要从社会价值来制定该项研究是否满足社会的需要，是否有助于社会及人的发展。

科研方法是科研人员证实某种科技设想，使之得到承认，得以应用的手段。

选题一旦确立，目标一旦确立，方法便是关键，它是选题得以实现的桥梁。选题的目的是为人类谋福利，具有道德性，但也需要选择符合道德的手段。这样，科研方法也会涉及伦理道德问题。在技术上，是怎样做才能保证数据可信，设计可行的结论有效；在伦理上，则是怎样做才能体现科学家造福人类，不伤害人类，推动社会发展，人类自身发展和科技进步的责任能力，科技方法的伦理道德问题是可以独立于选题与应用而存在。现代科技的发展，给科研人员提供了新的科研手段、科研方法。电子计算机、控制论、信息论、系统工程等形成了一系列新的方法论，这些方法的最终合理使用还依赖于它的道德价值，特别是像核能利用失败会导致重大危害这样的领域，谨慎地选用科研方法尤为重要。

第二，用道德推动科研探索。道德对科技的作用，很大程度上是通过影响社会成员，特别是其中科技人员的行为是靠道德信念来实现的。科技道德是科技工作者在科研活动中能够做出重要贡献的内在条件，是科研工作者取得成就的重要保证。世界上许多伟大的科学家，之所以能在科技事业中做出卓越的贡献，是与他们所具有的高尚品德分不开的。

第三，用道德控制科技成果的应用。在当代对新科技发展和应用的态度上，科技悲观论者否定科技的积极作用，而科技万能论者从实用主义和自私目的出发，追求急功近利，而对社会采取不负责任的态度。这种态度导致了科技成果的滥用以及人类曾经面临和正在面临着的巨大灾难。面对科技应用的伦理二重性，究竟是趋利避害，还是趋害避利，关键在于科技活动的主体，对科技的应用要有一种严格的道德制约。科学研究和应用绝对不是"纯粹的"学术研究，它蕴含着道德价值和社会价值，应进行道德思考与道德评价。科学的最高宗旨就是为人类增进福利，把科学技术应用于高尚的目的应是科学应用的一条重要的道德原则。

二、经济全球化与德治安全

1. 经济全球化及其世界影响

全球化是一种客观事实，一种客观的社会发展趋势，它向我们提示，世界已经发生了什么变化。目前，在国际关系领域中几乎没有人不谈全球化的问题，但人们对全球化还没有一个统一的定义，学术界对全球化的定义众说纷纭。如有的学者从信息角度提出全球化就是信息克服空间障碍在全世界的自由传递，提出"地球村"（Global Village）的麦克卢汉是这一观点的重要代表；有的学者从经济角度提出全球化是资源在全球范围内的自由流动和配置，自由主义经济学突出地代表了这一观点；有的学者从体制角度把全球看作是资本主义的全球化或资本主义的全球扩张；有的学者则从制度角度把全球化看作是现代制度或现代性在全球的扩展。

笔者认为上述这些定义差别是因个人或团体在全球化进程中所处的位置，受冲击的程度以及各自的传统、价值和认知背景等情况的不同而造成的。因而各有其合理性和片面性。要界定全球化的进程，首先必须明确：全球化不是某一时段上的状态，而是一种不断变化的进程，就我们的认识能力而言，它没有最终的状态和归宿。在坚持这个原则的基础上，笔者认为，全球化就是在科学技术和生产力迅速发展的条件下，人类不断地跨越空间障碍和制度、文化等社会障碍在全球范围内实现充分沟通和达成更多共识与共同行动的过程。

当今的经济全球化是近代以来资本进入全球化过程的继续和深化。如果说先前在资本开拓全球化进程时，它按照自己的发展趋势，克服了民族界限和民族偏见，克服了闭关自守的旧生活方式状况，摧毁了一切阻碍发展生产力和扩大需要的限制、摧毁了使生产多样化、利用和交换自然力量和精神力量的限制，那么，当今的"资本国际化"的过程呈现出更多的新的特征。这就是：它以科技全球化趋势为先导，以金融国际化为核心，以跨国公司为主要驱动力，以全球规模的市场为纽带，以推行自由化政策作为发达国家胁迫发展中国家的新形式，由经济区域化伴随发展，又必然促进政治多极化的过程，为一些发展中国家所抗拒，又为发展中国家所不能不参与。这些特征表现：以资本为基础的生产，尽管建立在资本剥削的基础上，但是推动人类的历史进步，仍然是它的重要方面。

经济全球化带来的最大好处是各国经济相互依存的互动增强，利于实现世界资源的最低配置，在德治安全中，也能使世界上安全资源得到最优配置。经济全球化使国家主权受到冲击，相互协调成为时代主旋律，在德治安全中，也存在着诸多相互协调的问题。

2. 经济全球化对我国安全思想道德建设的影响

对于经济全球化的文化和道德的后果，在国际上引起了不同的看法。有的认为，全球化是一个整体的发展进程，文化、艺术、学术、伦理和政治的以至社会都有全球化的趋势，因而重视普遍伦理道德的研究，着力倡导普遍伦理；有的则认为全球化仅仅是一个经济的过程，各种不同的文化具有各自的难以交融的特质，因而各种不同的文化和价值观念的冲撞将会比以往更加激烈。这些争论给我们的一个启示是：当今的时代确定面临一个普遍伦理同文化和道德的多样性之间的关系问题，如何处理这一问题是一大难题。这一问题不能不说是一个全新的问题。中国是一个发展中的社会主义国家，加入世界贸易组织以后，经济全球化进程所带动的不仅是我国社会经济的发展，同时也会在政治上、思想上、文化上产生许多深刻的格局性变化。西方跨国公司在带来先进生产工具设备、管理方式、生产技术等物质生活方式的同时，也会使西方的价值观念包括道德观念等在发展中国家大范围内相继登陆。这使得我们的安全思想道德建设面对一个全球开放的新环境，呈现出复杂性的特点。

从积极方面来说，经济全球化对我国安全思想道德建设的影响主要如下。

其一，有力地推动了道德的进步。由于全球化的开放性，特别是计算机等网络技术的广泛应用，引起了人们生活方式和思想观念的变化，从而带来了人们道德观念的进步。全球化使人的交往范围得到革命性的拓展，并提出新的道德要求。计算机有力地打破了地区间的隔阂，拓展了人们交往的范围，这种交往的扩大，必然使人们包括道德关系在内的各种社会交往关系经常化、多样化和复杂化。在这多种关系的交相促进和冲突中，要求人们树立新的道德观念，也促使人们进一步思考自己应该承担的道德义务和道德责任，特别是在安全生产工作中，思考在新的环境中如何成为一个有道德的人。全球化，尤其是网络化，拓展了人们的交往空间，使得道德主体的道德意识更加丰富，道德境界更加提高，从而促进了道德的进步。

其二，铺垫了崭新的思想基础。我国加入世贸组织后，随着社会主义市场经济的发展和成熟以及国际交往的频繁和深入，人们的行为习惯、心理状态、思维方式等在不同文化和思想的交流中，碰撞中发生重大变化，首先，是竞争意识强化；其次是法律法规意识提高，再次是世界眼光树立。这些铺垫了人们崭新的思想道德基础。

其三，促进了思想道德教育内容和方式的变革。在信息化、法制化和多元化的社会背景下，思想道德建设将面临着国际、国内许多新的、深刻的变化。现代传播方式特别是信息网络技术的迅猛发展，将为开展思想道德教育提供现代化手段，极大地拓展了思想道德教育的空间和渠道。同时，日益丰富的社会文化生活将对人们的思想起着潜移默化的影响作用，也提出了思想道德教育的说服力、感染力、吸引力的问题。开展思想道德教育要不断探索和完善生动活泼的、群众喜闻乐见的活动方式，增强工作的趣味性、渗透性和感染性。此外，思想道德教育还应该积极借鉴发达国家市场经济的成功管理经验和理论，深入研究和总结社会转型时期思想道德教育的新规律。

但是，我们应看到，全球化是一把"双刃剑"，对社会主义中国来说，具有多方面的影响，它不但促进了道德文明的进步，也对社会主义道德提出了严峻挑战。所以，研究德治安全方略问题，就必须面对和正视全球化对社会主义道德建设带来了哪些方面的挑战，以便制定出正确的对策和策略来迎接这些挑战。

三、市场经济与德治安全

1. 市场经济与道德关系的二重性

对于当代中国的道德现状及其发展问题来说，理论间有着不同的观点，这主要表现为"滑坡论"与"爬坡论"的对立。其实，在二者的争鸣背后，隐藏着深刻的理论问题，即道德评价的标准是什么。用道德自身的标准衡量现实，往往较多地看到"滑坡"的方面；而用社会历史标准衡量现实，则更重视"爬坡"的意义。

对于这个问题，理论间也从三个方面进行探索，一是从二者的矛盾入手，提出了"代价论"即认为当前中国道德的失范状态是必然的，是发展市场经济必然付出的代价；二是从二者的一致性入手，论证了市场经济的伦理辩护的重要性；三是从市场经济对道德建设的双重效应入手，全面分析二者关系。笔者以第三种观点立论，探讨市场经济对道德发展的双重影响，从经济基础的角度论证德治安全的必要性和可行性。

(1) 市场经济与道德进步的一致性　社会主义市场经济促进我国市场资源的优化配置，它是促进我国生产力发展的一种基本制度安排，也是现代中国道德的一个新的生长点，它即将促成一些陈旧道德观念的破除，又将培育出一些新的现代道德意识。

首先，它为社会主义安全思想道德建设提供坚实的物质基础。任何社会的真正意义上的道德文明与进步，都是建立在生产力发展、人们物质生活条件改善的基础上。市场经济是一种通过市场机制进行资源配置的经济体制，它有利于解放生产力，发展科学技术，促进经济与社会的全面发展。中国改革开放30多年的实践经验证明，"社会主义也可以搞市场经济"，发展社会主义市场经济，必将为综合国力的增强，中国社会真实的、全面的道德进步提供新的历史契机。

其次，市场经济促成了人的主体意识的增强与个性的独立发展。市场经济作为一种利益驱动型和竞争型的经济，既以承认主体利益的存在和独立经营为前提，又以主体承担经营后果、经营责任为归宿。参与市场经营的过程不仅是主体扩大、追求自身的经济利益的过程，同时成为主体自身的社会价值的实现过程，主体自身作为人的各种素质的发展过程。

再次，市场经济培养了人们的自由和平等的道德意识。市场经济的等价交换原则为人们之间的社会交往关系提供了客观的价值尺度，要求市场主体机会均等、公平竞争地参与市场活动，享有相互对应的公正的权利和义务，从而融解了自然经济社会遗留下来的人身的支配关系和奴役关系。也就是说，独立、自主、平等成为市场经济所确认的首要的基本的伦理理论或伦理原则，相应地，市场经济培养了人们自由和平等的意识，特权意识不断被削弱，在市场上人们充分享受"价值面前人人平等"的权利。

(2) 市场经济与社会道德的二律背反　经济增长与道德进步的不一致，甚至相背离，是长期以来困扰着人类文明发展的一大难题。相比自然经济、市场经济在带来经济增长的同时，又引起了人们在伦理道德上的困惑与混乱。

首先，在市场经济调节和社会资源配置是靠市场价格波动来实现的，具有盲目性、自发性。因而，在市场运行过程中，主体的行为实际上受着一种外在必然性的支配，这种外在必然性是一只"看不见的手"，不可能去充分完全合理地去调节主体间的相互关系，不可能考虑国家的战略需要、国计民生大局和社会弱势群体的救助。因而在自发的市场机制的支配下，就可能影响社会公正，社会救济，甚至必然在一些方面造成对人的主体价值和需要的排斥，造成人的片面发展的消极后果。

其次，市场经济的利益驱动易激发人们对功利价值的过分追求。市场机制对人们的一切行为的调节都是通过利益这个杠杆来进行的，通过交换以尽可能小的成本去获取尽可能大的利益，是市场机制对每一个市场参与者的要求，如果谁背离了这个要求的话，就必然在市场中失败。市场机制的这种片面的利益化、金钱化无疑将诱发人们对个人利益最大化的追求和对金钱的盲目崇拜，陷入唯利是图、拜金主义和利己主义的泥坑；并且市场经济的等价交换原则一旦从经济领域渗透到其他社会生活、职业生活领域，极易滋生"一切向钱看"的不良社会风气，带来社会道德水准的下降。

再次，市场经济带来的价值取向多元化冲击着社会主义的一元价值导向。在我国实行社会主义市场经济的一个很长的历史时期，随着非公有制经济的发展，随着个体、私有经济的各种不同利益主体的出现，必然要形成从不同利益出发的世界观、人生观和价值观，人们的价值取向日益多元化，既有符合历史发展规律的无私奉献型价值观、进取型价值观；也有个人主义的价值观、功利主义价值观；还有追求义利统一、个人与社会相结合的价值观。各种价值取向的多元存在对我们过去一直倡导的一元价值取向形成明显的冲击，增加了人们尤其是青少年选择的难度，也增加了道德教育的难度。

(3) 社会主义市场经济可以超越经济与道德的"二律背反"　市场经济存在着一定的自身缺陷和对社会道德产生负面影响的因素，但当前中国道德失范问题主要不是市场经济发展造成的，而是体制转型时期社会制度体系不完善，特别是社会主义市场经济体制不健全和价值观念的紊乱造成的。虽然，社会主义的初级阶段还不能完全克服经济与道德发展的不一致性，但它已经提供了一种可以超越经济和道德的"二律背反"，促成二者协调发展的可能性，随着社会主义市场经济体制的不断完善，社会主义精神文明建设的不断发展，这种可能性将转化成一种现实性。

首先，与建立在资本主义私有制基础上的市场经济不同，社会主义市场经济是一种以公有制为主体，多种经济成分并存的市场经济，这就为经济与道德的协调发展提供了良好的基础，使得它可以在一定程度上克服私有制条件下所引发的一系列道德冲突。公有制使得市场经济所获得的成果可以为全体人民或整个集体的成员共享，许多市场主体在根本利益上具有一致性。这有助于集体主义价值观，团结互助精神的形成，可以在一定程度上减少因利益冲突而引发的非理性、不道德行为，促成人际关系的协调。

其次，社会主义市场经济具有强有力的宏观调控机制，能够有效地调节"市场失灵"的现象，遏制市场机制可能带来的道德负面效应。公有制的主体地位以及社会主义政治体制的统一性，使国家可以在一定程度上克服市场运行中的盲目性，降低社会资源配置的成本，较好地去解决"市场失灵"的问题，如垄断、"搭便车"、"外部性"等问题，以及由此造成的系列道德问题，特别是社会主义市场经济能够较好地解决自发市场经济的必然带来的社会分配不公、贫富两极化的问题，使公平的伦理原则能够得到较好的实现。另一方面，宏观调控可以有效地遏制市场机制所引发的一些消极现象，比如控制因过度竞争造成的无序性，克服因片面追求利益最大化造成的对资源和环境的破坏等，增强人们的道德意识，提高人们的自律行为。

2. 道德是市场经济发展的"内生的变量"

经济发展作为人们经济活动和经济努力的结果，不可能仅仅是各种物质生产要素引起的。制度（含伦理道德等意识形态因素）是决定或制约经济发展的关键要素，有效率的制度能够促进经济发展，是构成经济发展的"内生的变量"。所谓制度，也就是规范人的行为或人与人关系的规则。"制度"作为规范人的行为的规则系统，由正式规则、非正式规则和相应的实施机制所组成，其中非正式核心内容就是伦理道德等意识形态因素。伦理道德等意识形态因素，不仅是正式制度形成和得以确立的价值根基，而且还为正式制度的存在和发挥作用提供义理性辩护和精神支持；进一步说，正式制度的运行所需成本远远高于伦理道德等非正式制度的运行所需要的费用，当正式制度运行成本大于收益的情况下，社会就只能依靠伦理道德等社会约束力量来进行社会调控，以保持其稳定，促进经济的增长和发展；在正式制度运行成本小于收益的情况下，伦理道德的力量也会发挥其独特的不可替代的作用，减少正式制度运行的成本。因此，伦理道德对于经济发展是至关重要的能动因素。

3. 实施德治安全，促进社会主义市场经济健康发展

市场经济健康发展不仅有其内在的道德规律性，而且离不开道德的调控、激励与正确的导向作用。

（1）确立市场经济中的基本道德要求 安全生产为市场经济保驾护航，德治安全是加强社会主义市场经济条件下的道德建设的一项重要内容，就是要准确的确立市场经济的基本道德要求，进而加强人们遵守这些基本道德要求的教育。

第一，诚实守信。诚信不仅是中华民族的传统美德，而且与现代市场经济的发展需要一致。在自然经济条件下，诚信是人们的一种品德；而在市场经济条件下，诚信已变成经济运行的不可缺少的基石。这种伦理和道德实际上也是尊重"产权"的一种体现。其重要性在于：它是人与人之间建立广泛信任关系实现分工合作的价值前提和基础，也是节省交易费用，促进经济发展的重要机制。要是没有契约伦理和信用道德的支持，人与人之间最简单的交换关系都建立不起来，更谈不上现代意义上的人类分工合作秩序的不断扩大和相关规模经济效益的实现。

第二，公平竞争。在市场经济中，竞争是提升职业道德，提高产品和服务质量的重要机制，垄断则是造成产品质量和服务低劣，生产商侵害消费者权益等不道德行为的条件。因此公开、公平、规范的竞争是促进市场经济的道德发展的重要条件。公平是指人们在超越和人联系的交换关系中应当坚持的平等对待他人"财产权利"的伦理观念、道德准则和行为模式。其基本内容是强调尊重社会上每一个人的"财产权利"，或者说是强调"权利平等"和"平等待人"。无论是"自己人"还是"陌生人"，其"财产权利"都应受到同等的尊重。这种"尊重"的内涵可以表述为"己所不欲、勿施于人"。

第三，责任担当。这是指人们在处理有关自身的权利义务关系中应当坚持的

伦理观念、道德准则和行为模式。其基本精神是要求每一个经济当事人必须承担与"权利"相关的责任，其中包括对自己的生活负责和对自己的行为后果负责。前者是要求每一个经济当事人依靠自己的努力实现自己的利益；后者是要求每一个经济当事人对自己提供的商品和"服务"承担保质保量的责任。二者的实质都是要求经济当事人承担"不侵犯他人产权"的责任，其中包括不侵犯他人自由的责任。这一责任要求的内化，便形成经济当事人的道德责任感。这种责任担当的伦理和道德，是建立和优化现代经济秩序所必需的，也是建立和扩大现代交换关系所必需的。

第四，遵纪守法。市场经济是法制经济，遵守市场规则和国家的法纪，是每个市场主体的市场行为最起码的道德要求。如果不遵纪守法，不遵守市场的法纪规则，就有可能危害市场的正常运转，进而影响社会主义市场经济的健康发展。

第五，经济发展与人的发展相结合。经济的发展归根到底是由人的活动所促成的，而人的活动功能的大小又是由人的发展程度所决定的。在现代市场经济中人力资源或人才对经济发展有决定性意义，坚持经济发展以促进人的发展为价值目标，努力实现二者和谐统一，这是社会主义市场经济持续高效发展的一个根本条件。它能有效地避免和克服市场经济发展中的许多偏颇行为和消极后果。如为追求眼前效益的最大化而导致生态的破坏、环境的污染；强调经济效益的价值而轻视理想和精神追求。这种见物不见人的本末倒置做法又会阻碍经济的有序发展。所以经济活动应该始终围绕着人的本质需要而展开，有效地促进人的发展，又通过人的发展来优化经济的增长，这是现代市场经济制度在新的时代中的最根本要求。

(2) 注重制度伦理与德行伦理并举 制度伦理既指制度中的道德，又指道德制度化（法律化），是制度中的道德要求和实施道德的制度化的统一。制度伦理包括两层含义：第一层含义指的是体现在社会基本制度，如经济制度、政治制度、法律制度、行政管理制度中的道德精神和道德理念，强调的是社会基本制度的道德合理性；第二层含义指的是制度化、法律化的道德规范，强调的是依靠制度力量来规范人们的道德行为。所谓德性伦理是指建立在个体基本价值信念基础上的道德品质或良心，包括个体的道德认识、道德情感、道德意志和道德信仰，是个体化、内在化、自律化的道德品质，具有内在性、自律性、超越性的特点。道德作用的充分发挥，既离不开制度伦理，又离不开德行伦理，在安全生产工作中尤其是这样。

但是制度伦理毕竟是外在的约束，最终是否对个体行为产生真正的影响，还取决于个体对其认可和实施程度。随着市场经济的发展，人们偏重于外在行为的整合，因此，具有外在性的诸种规范（尤其是法律规范）的地位上升了，而具有内在性的地位则相应下降，造成了人们生活质量的降低以及人的片面的、畸形的发展。当代中国安全道德思想建设，可以从传统的道德资源中吸取德行伦理的精华，剔除其与现代化不相适应的因素，在崭新的制度伦理基础上重塑德性伦理，使人真正成为安全工作道德的主体，使道德真正成为人的道德。

因此，实施德治安全的重要战略，安全制度伦理的完善，个人安全德性的培养，也是一项意义深远的重要任务。

◆ 经济全球化对我国安全思想道德建设的影响。

◆ 充分认识市场经济与德治安全。

◆ 理解安全科技发展与德治安全的关系。

第七章　安全文化举要

◆ 安全文化对企业安全管理的促进或推动作用。
◆ 正确认识安全文化建设的意义，提高安全文化建设的实效性。
◆ 正确把握企业安全文化的内涵，提高企业安全文化建设的针对性。
◆ 创新企业安全文化建设，提升企业安全管理水平。
◆ 构建企业安全文化新模式，建设本质安全型企业。

第一节　概论

一、安全文化的来历

"安全文化"一词不是凭空产生的，而是安全实践提炼的结果，更是血的代价换来的。这个血的代价，就是在"最危险的地方"产生的，就是基于 1986 年国际核安全咨询机构针对前苏联切尔诺贝利核电站核事故的教训而提出来的。1986 年 4 月 26 日凌晨 1 时 24 分，位于前苏联乌克兰地区的切尔诺贝利核电站第 4 号反应堆里的核料棒突然发生爆炸，大量放射性尘埃直冲高空，酿成了人类核能史上最大的一场悲剧。切尔诺贝利核电站事故发生以后，国际原子能机构分析了种种事故原因，最后发现，仅仅从安全的制度、管理、素质及一些技术上找原因已经不能解决问题了，综合来看，"安全文化"的欠缺是导致事故的基本原因。随后，国际核安全咨询机构（INSAG）发表了《安全文化》（No·75-IN-SAG-4），这是人类第一次全面而系统地总结出安全文化的特征及其对人类自身的要求，并制定出一系列定性指标，对"安全文化"这一抽象概念进行了诠释，INSAG-4 认为"安全文化既是态度问题，又是体制问题，既和单位有关，又和个人有关"。意在提倡从文化的层面研究安全规律，加强安全管理，营造浓厚的安全氛围，强化人们的安全价值观，达到预防、避免、控制和消除意外事故、灾害的目的，建立起安全、可靠、和谐、协调的环境和与之匹配的运行的安全体系。

1991 年，国际核安全咨询机构对安全文化给出的定义是："安全文化是存在于单位和个人中的种种素质和态度的总和，它建立一种超出一切之上的观念，即核电厂的安全问题由于它的重要性而要保证得到应有的重视"。我国国内安全科学界给出的定义是："安全文化是安全价值观和安全行为准则的总和"。如果把安全文化体系比喻成一棵大树，那么，安全理念体系就是树干和树系，安全制度和行为规范体系就是树权，安全物态文化就是树叶。一棵大树的枝繁叶茂必然与它发达的根系正相关。从这个意义上说，安全文化管理是企业文化具有根本意义的组成部分，随着企业文化的发展而发展，绝不是标语口号，而是以安全价值观为核心的管理系统。

"安全文化"作为安全管理的基本思想和原则，它的产生与安全生产领域安全管理思想的演变和发展息息相关，一脉相承，是安全管理思想发展的必然结果，同时也是现代企业安全管理思想和方法在各个行业（不仅仅是核能界）的具体应用和实践。

二、No·75-INSAG-4 提出的要求

1. 对决策层的要求

① 通过立法制定安全政策，明确企业领导对安全的承诺，是营运单位的工作目标；

② 向公众公布核安全政策和传播有关信息；

③ 建立独立的梯级安全监督机构；

④ 明确各级部门（从营运者到安全监督）的安全职责；

⑤ 提供安全所需的充足、称职的人力资源；

⑥ 与其他国家交换安全方面的信息。

2. 对管理层的要求

① 向所有员工发表安全政策的声明，作为员工的行为指南；

② 在对生产或工程进度方面的活动决策时，核安全放在优先的位置；

③ 明确和定义各级的责任和分工；

④ 重视员工的培训和资格审查；

⑤ 定期评价电厂安全性能和指标；

⑥ 设立独立的机构审查安全问题。

3. 对个人的响应的要求

(1) 质疑的工作态度

① 我了解这项工作吗？

② 我的责任是什么？

③ 它们和安全的关系如何？

④ 我具备完成任务的技能吗？

⑤ 其他人的责任是什么？

⑥ 有什么异常情况？

⑦ 我是否需要帮助？

⑧ 会出什么错？

⑨ 出现失误会造成什么后果？

⑩ 应该怎样防止失误？

⑪ 万一出现故障，我该怎么办？

(2) 严谨的工作方法（理解/弄懂工作方法）

① 按程序办事；

② 对意外情况保持警惕；

③ 出现问题停下来思考；

④ 必要时请求帮助；

⑤ 追求纪律性、时间性、条理性；

⑥ 谨慎小心地工作；

⑦ 切忌贪图省事。

(3) 相互交流的工作习惯

① 从别人处得到有关信息；

② 向别人提供有关信息，保持良好的透明度；

③ 汇报完成了的工作结果；

④ 发现和报告任何异常；

⑤ 正确填写工作记录，无论是正常或异常情况；

⑥ 提出新措施改善安全，重视经验反馈。

三、安全文化对企业安全管理的作用

"安全第一、预防为主、综合治理"是我国安全生产的方针，也是企业必须遵循的一项基本原则。安全生产不仅关系到员工的人身安全和经济效益，同时也关系到社会的稳定和经济的发展。因此，安全问题显得尤为重要。企业要想充分发挥人在安全生产中的主导地位和能动性，确保各项安全措施的贯彻落实，并自觉遵守执行，就必须建设好、使用好安全文化。

1. 企业决策层的素质是企业安全文化建设的决定因素

(1) 企业决策层的安全文化素质能直接塑造企业形象 企业的风格反映企业文化的个性，而企业决策在企业安全文化的形成中起着倡导和强化作用。实践证明，决策者的品格风貌对企业的安全风貌会有极大的影响。从企业的整体来讲，企业的一切生产经营活动都是在企业决策者的决策指挥下进行的，企业的决策层在安全管理中起着举足轻重的作用，决策层的安全文化素质的高低会直接影响到企业的整体素质。

笔者认为，企业决策层的安全文化素质应包括安全思想道德素质、安全知识技能素质和安全心理行为素质三部分。在这三部分中起首要作用的是安全思想道德素质。企业决策层只有具备了优秀的安全思想素质和高尚的安全道德素质，真正重视人的生命价值，尊重人的生命，一切以企业员工的生命和健康为重，才能树立起强烈的安全事业心和高度的安全责任感，发自内心地去关心职工的疾苦和改善恶劣的劳动条件，才能把安全工作视为"天"字号的大事摆在企业各项工作首要位置来抓，才能防止重生产、重经营、重效益而轻视安全的思想发生，才能把"安全第一、预防为主、综合治理"的方针作为企业生产经营的首要价值取向。在某种意义上可以把企业看作一面镜子，企业在发展中可照出决策者的形象与风格，决策者的风格会给企业行为提供示范和榜样。因此，要建立良好的企业安全文化氛围，营造一个良好的企业安全环境，企业决策者的安全文化素质是决定因素，它能直接塑造企业的形象。

（2）企业决策层领导必须增强自身的安全决策素养　在现代化企业的安全生产管理中，谁拥有更多的安全信息、安全法规知识、安全科学技术、安全技能、事故预测技能，谁就能为企业的安全生产做出更为正确的安全决策。因为安全管理的重点在于预防预控，而预防预控的成功与否关键在于决策，作为一个企业决策层的领导只有不断增强自身的安全决策素养，才能促进企业的安全生产，使企业立于不败之地。

① 安全决策知识素养。这是决策能力素养的基础。当今世界是知识爆炸的时代，知识就是力量。决策者掌握一定的知识，有助于决策能力素养和组织管理素养的提高。因此，决策者一定要认真学习和掌握国家的安全生产方针、政策以及法律法规，以增强法律意识和法制观念，切实负起安全生产的第一责任；二要不断学习安全工程技术、密切关注国内、国外安全管理的成功经验和新方法、新思路，以提高企业的安全管理水平；三要系统地评价企业安全状况，掌握事故发生的规律，为正确决策提供依据。

② 安全决策能力素养。这是决策层安全文化素养的重点。决策层安全决策能力的大小会直接影响到企业的安全管理水平。其决策能力素养主要包括对企业重大事故隐患的评估能力；对安全生产全过程的综合管理能力；对事故的调查、分析、研究以及预测能力；分析、解决复杂问题的能力等。

③ 安全决策组织管理素养。决策很大的难点不在于决策本身，而在于决策的推行。因此，决策者必须具有组织协调企业各部门、各级人员团结一致、协调作战的能力，在决策过程中往往出现不同意见，甚至有多种方案，决策者不仅应具有寻求一致意见的素质，还应具有决策中倾听反面意见的素质，才能使决策避免盲目性和片面性。

2. 企业管理层的素质是企业安全文化建设的重要因素

企业管理层主要指企业的中层和基层管理部门领导及管理干部，他们既要服从企业决策层的管理，又要管理基层的生产和经营人员，起到承上启下的作用，是企业生产经营决策的忠实贯彻者和执行者。他们的安全意识和安全文化素质对整个企业的形象，对企业整体素质的提高，对企业综合管理水平的提高，都具有重要影响。

（1）规范管理层行为是管理层安全文化建设的前提

① 认真掌握安全生产的方针政策，从严遵守法令、法规。安全管理人员要不断学习党和国家的安全生产方针、政策、法令、法规以及企业安全规程制度，以增强法制观念，并认真贯彻落实。

② 刻苦钻研业务,提高企业管理技能。安全管理科学技术知识是安全管理层人员必须具备的业务知识。不但要懂管理,而且要会管理,同时要不断更新观念,学习应用现代化管理的新技术、新方法,使之科学化、规范化。

③ 认真负责,一丝不苟。安全管理层人员必须尽职尽责,在日常安全工作中要踏踏实实、认真负责。处理事故应本着"周密调查、认真研究、妥善处理、有始有终、负责到底、不得弄虚作假"的原则。

④ 不断完善各项安全管理制度,并督促落实。随着企业的不断发展和生产工艺技术的不断革新改造,使企业的一些制度越来越存在缺陷,这就需要安全管理干部不断去补充完善,使其更加切合实际,具有科学性、可操作性。

⑤ 不断探索安全教育模式,提高教育质量及效果。企业的安全管理人员要从实际出发,从提高教育效果入手,不断探索喜闻乐见的安全教育新模式,彻底改变形式单一、枯燥无味、教育效果很不理想的老模式,使安全教育工作落到实处。

(2) 提高企业管理层安全文化素质的有效途径

① 采用送出去、请进来的方法,对干部进行现代化科学技术、安全工程技术知识培训,以提高干部的素质和管理水平。

② 结合机构改革对管理人员不断进行调整和充实,把一部分有知识、有经验、懂管理、素质高、敢于创新的工程技术干部调入安全管理部门,以加强安全管理部门的技术力量。

③ 定期组织部分优秀安全管理干部出国考察,学习发达国家安全管理的成功经验和方法,将其为我所用。

④ 在行业内部或行业之间定期开展安全管理经验交流会,以达到互相促进,共同提高的目的。

3. 企业操作层的素质是企业安全文化建设的基石

企业操作层的安全文化和技术素质是企业建设安全文化的基石,在某种意义上决定着企业安全管理的效果,也决定着企业的命运。只有提高全体员工的安全文化素质,才能全面提高企业的整体素质和安全管理水平。

(1) 企业操作层的安全文化建设。

① 提高分析和判断技能。认识来源于实践,实践是经验和技能的积累,文化和技术素质的差异必然导致知识积累的快慢和操作技能的高低;判断的失误,轻则影响产量和质量,重则导致事故发生。

② 提高应变和反应技能。反应能力的快慢,取决于操作者对生产工艺过程掌握的熟练程度,操作者不但要熟练掌握生产的规律,更要在积累操作经验提高生产操作技能的基础上,不断去总结探索新的生产变化规律;在生产的全过程,包括工艺参数、物质因素、原料因素、配比因素等在安全思维中,建成完整且互相联系的有机体,一旦发现异常,能抓住主要矛盾方面、临危不惧、沉着冷静、

准确无误、处理果断，实现人机最佳结合。

③ 提高预防预控和综合技能。预防预控的目的是把各类事故消灭在萌芽状态，利用较高的理论知识和丰富的实践经验，做好预测预防工作；提高综合技能是指透过现象抓住要害本质进行分类、归纳、总结、处理的综合能力，把生产过程中各种状态参数的变化同产品质量、事故触发的可能性有机地联系起来，形成科学因果关系，进而对工艺偏差、事故预防提出措施，并认真付诸实施。

（2）建立企业操作层安全文化的途径。

① 形成企业操作层安全文化场。要把企业决策层的宏观决策意图以及各项微观指标通过操作层的最小组织单位班组来变成每个操作者的具体行动是相当难的，只有通过安全文化渗透，开展形式多样的安全文化活动，如安全演讲、安全知识竞赛、安全展览等，建立起切实有效的企业操作层安全文化场。用安全制度文化、安全观念文化、安全物质文化、安全精神文化来不断规范操作层的行为，实现安全意识的飞跃。

② 在建设企业安全文化的进程中注重用安全文化的功能、安全文化的手段和力量去开拓操作层的内心文化世界，去挖掘操作层的精神文化世界；用正确的安全价值观去引导、激励操作层的思想文化世界；用科学的思维文化方法去完善作业程序，提高操作技能，进而形成全体员工的安全文化场。

③ 企业要把提高操作层的文化和技术素质作为一项重要任务来抓。应建立安全文化建设科研机构，举办安全文化讲座，召开安全文化研讨会，开展安全文化总结经验交流会。创造安全文化环境，营造安全文化氛围。

④ 通过制度化建设来提高操作层的制度文化素质。安全管理制度是人创造的，但制度常常也能反过来塑造人，使员工不知不觉地适应于制度，从而达到约束规范员工的行为。对企业操作层安全文化建设来说，从制度入手是一条行之有效的途径。

⑤ 通过自上而下灌输。作为企业员工，由于素质上的差异和经历的不同，对安全价值观的认识也有很大的差别，企业操作层安全文化的形成和提高，往往不是自觉促成的，需要自上而下的灌输。

企业安全文化建设的问题，归根结底是安全价值观塑造的问题，是把企业安全文化贯穿于企业生产经营管理工作之中的问题。多年的安全管理实践告诉我们，众多的规章制度，健全的安全网络，仍然无法杜绝事故的发生。仅仅靠监督与被监督的传统安全管理模式，仍然难以保障安全生产目标的实现。面对新的形势及安全发展要求，只有超越传统安全监督管理的局限，提高安全管理各层人员的安全文化素养，用安全文化去塑造每一位员工，从内心认同企业安全文化价值观，激发员工"关注安全、关爱生命"的本能意识，才能最终实现本质安全，全面提高企业安全生产管理水平。

第二节 安全文化建设

安全是企业的头等大事，是企业生存发展的基石和保证。安全生产工作的好坏直接影响到企业的稳定和经济效益，事关企业的改革发展，更直接关系到职工群众的生命安全和切身利益。同时，安全生产工作也反映了一个企业的整体素质和整体形象，是企业文化生产程度的重要标志。因此，安全是企业永恒的主题，永远是重头戏。安全生产工作只有起点，没有终点。要真正做好安全工作，需要下真功夫、下大力气，实现企业的本质安全，就必须建设一种能够促进企业安全生产的长效机制。实践证明：企业文化是企业的核心竞争力，而企业安全文化是企业安全工作的灵魂。是企业全体员工对安全工作形成的一种共识。这种共识一旦形成习惯，就会以一种无形的力量去规范和调整干部职工的安全行为，真正使安全成为一种自觉的行动，推动安全生产工作持续、稳定、健康发展。

一、正确认识安全文化建设的意义，提高安全文化建设的实效性

建设安全文化思想的提出，使人类在实现安全生存和保障企业安全生产的行动中，又增添了新的策略和方法。安全文化建设除了关注人的知识、技能、意识、思想、观念、态度、道德、伦理、情感等内在素质外，还重视人的行为，重视企业设置的安全装置、技术工艺、生产设施及装备、工具材料、环境等外在因素和物态条件。

1. 在人类社会安全的具体行为过程中，用安全文化建设的理论来指导

（1）"人因"问题的认识突破 从安全原理的角度，在"人因"（人的因素）问题的认识上，具有更深刻的认识和理解，这对于预防事故所采取的"人因工程"，在其内涵的深刻性上有新的突破。过去我们认为人的安全素质仅仅是意识、知识和技能，而安全文化理论揭示出人的安全素质还包括伦理、情感、认知、态度、价值观和道德水准，以及行为准则等。即安全文化对人因安全素质内涵的认识具有深刻性的意义。如图 7-1 所示。

当人的内在因素与外部环境相"匹配"时，其行为就表现为"正确"，当人的内在因素的某些要素与外部环境的某些要素发生冲突时，其行为就表现为"失误"。过去对事故分析往往只看到一些表面现象，很少研

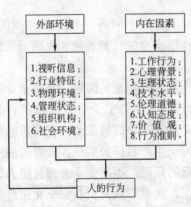

图 7-1 人的内在因素和外部环境的行为模式

究发生事故时作业人员的心理状态和不安全行为出现的客观原因，分析的结果也大多数以责任心不强、纪律松弛、思想麻痹、制度不严、管理不善、违章操作下结论。实践证明，这种表面分析方法和草率的"一点定论"对教育各级领导和事故责任者以及广大员工，减少因人为失误造成的事故，效果并不明显。而安全文化建设理论的提出，对行为者内在因素逐一进行分析，综合评价，就能找到事故发生的真正原因，达到预防事故、安全生产的目的。这就是对"人因"问题认识的突破。

（2）解决人的基本人文素质问题　建设安全文化，特别要解决人的基本人文素质问题，必然要对全社会和全民的参与提出要求。因为人的深层的、基本的安全素质需要从小培养，全民的安全素质需要全社会的努力。这就使得对于实施安全对策，实现人类生产、生活、生存的安全目标，必须是全社会、全民族的发动和参与，因此，在人类安全活动参与面的广泛性方面，有了新的扩展，从工人、职员向社会公众、居民、学生等对象扩展。

（3）安全文化建设具有的内涵　安全文化建设具有的内涵，既包括安全科学、安全教育、安全管理、安全法制等精神层面和软科学的领域，同时也包含安全技术、安全工程、安全环境建设等物化条件和物态领域。因此，在人类安全生产的手段和对策方面，用安全文化建设的策略，更具有系统性、整体性和全面性。因为不仅安全教育、安全宣传是安全文化本身，安全科学、安全管理、安全工程技术都是安全文化的内涵。安全文化的形态、层次、结构、内涵示意如图7-2所示。

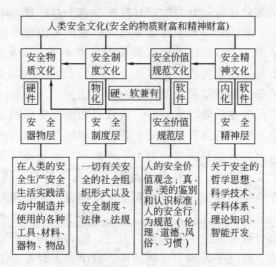

图7-2　安全文化的形态、层次、结构、内涵示意

2. 正确认识安全文化建设的意义

安全文化是人类文化的重要内容，人类生存的自觉是文化产生的基础，文化产生后又为人类的生存运动提供了重要保障，安全文化之流变就是人类对自己创

造的文化的一种扬弃。有一个非常有利的论据便是，安全科学的诞生作为安全文化之精华，为当代人的身体保全、生命无危提供了可操作的工具。仅此定义还不够，从更广泛的意义来看，倘若能使长期存在于人们心灵深处的那种寄望于神灵保佑的可贵的安全意识从旧的迷信中解脱出来，相信科学、尊重科学、应用科学，就有了实现自身及公众安全的保障。这个保障就是安全文化。这个保障的可靠性如何，又涉及有关安全的物质和意识问题，简而言之，就是哲学问题。何为安全哲学，这是值得人从头深思的问题。怎样掌握安全哲学，怎样掌握安全的世界观，怎样认识安全问题，探求实现安全的科技方法，形成群体的安全意识、思维和态度，是应该有一个符合自然和社会规律的安全观，要解决现实中存在的安全难题的基础之基础，就是努力挖掘、弘扬安全文化。只有当安全文化达到了公众化和社会化，即个体的安全文化素质和群体的安全文化效应达到相当的水平时，"安全第一、预防为主、综合治理"的方针才算真正落实了。安全文化建设是实现"安全第一"，保护人类的身心在生产、生活及生存领域能安全、舒适、高效活动的根本。安全文化的建设具有伟大的战略意义，安全文化普及和全民弘扬安全文化之时，就是人类对安全的物质要求和精神境界达到新的高度之日。安全文化建设是公众与社会安全之本。

（1）推动安全文化建设，有利于安全管理体系的建立和完善 安全文化建设包括物质层、制度层、价值规范层和精神层四个层次，把人、机、环、管有效地统一协调起来，达到人、机、环、管的和谐。安全文化建设强调制度建设。有利于安全规章制度的建立、健全和落实。

（2）推行安全文化建设，有利于弥补技术装备不高存在的缺陷 企业的安全生产，点多、面广、战线长，安全管理难度大；有的矿山企业地质灾害严重、安全威胁大；企业中用工的多样化，职工素质的参差不齐，安全生产意识的淡薄，使自主保安意识不强；违章指挥、违章作业、违反劳动纪律（简称"三违"）还时有发生；技术装备的相对落后，安全设施的不完善等。所有这些都必须从解决人的问题入手，靠人的主动管理来弥补。这就迫切需要提高职工队伍的素质，增强主动管理的安全意识和自律管理的安全观念以精细严实的管理方式弥补技术装备的内在缺陷，从而有效地解决生产力水平不高、技术装备等方面存在的缺陷。

（3）推行安全文化建设，有利于规范职工的安全行为 规范职工的安全行为，营造浓厚的安全生产氛围，是推行安全文化建设的重要环节。人不仅是安全管理的主体，而且是安全管理的客体。在企业安全生产的诸要素中，人是最活跃的因素，同时也是导致事故的主要因素。因此，能否做到安全生产关键在人，能否有效地消除事故，取决于人的主观能动性，取决于人对安全工作的认识、价值取向和行为准则，取决于企业员工对安全问题的个人响应与情感认同。而安全文化建设的核心是坚持以人为本，全面培养、教育和提高人的安全文化素质，这完全符合安全生产工作的规律。

（4）推行安全文化建设，有利于树立良好的企业形象 当前安全管理由经验型、事后型的传统管理向依靠科技进步和不断提高员工安全文化素质的现代化安全管理转变，是安全管理发展的必然趋势。在这一转变过程中，没有先进的安全文化作指导，安全生产工作就会迷失前进的方向，现代化的安全管理模式也不可能真正建立起来。安全文化是一种新型的管理形式，它区别于传统的安全管理形式，是安全管理发展的一种高级阶段，其特点就是将安全管理的重心转移到以预防为主的方针上来。通过安全文化建设提高职工队伍素质，树立职工新风尚、企业新形象，从而增强企业的核心竞争力。

3. 企业安全文化建设的内容及范畴

安全文化的范畴包括软件文化、硬件文化和人机结合面三个部分。具体来说有安全观念文化、安全行为文化、安全管理文化和安全物态文化。其中，安全观念文化和安全行为文化是安全文化建设的软件方面，安全物态文化是安全文化建设的硬件方面，而安全管理文化（制度文化）则属于软、硬件文化的人机结合面。具体构成如图 7-3 所示。

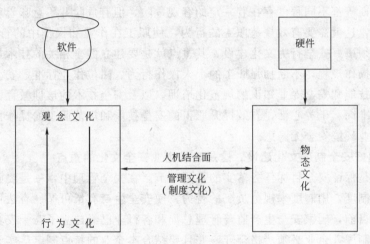

图 7-3 安全文化的形态体系

二、正确把握企业安全文化的内涵，提高安全文化建设的针对性

企业安全文化是在企业各级党政组织积极有效的倡导和精心培育下，全体员工对安全生产工作形成的一种共识。其基本内涵包括安全管理、安全体制、安全制度、职工技术业务素质、领导者的安全价值观和全新的安全管理理念，它反映了职工关爱生命、关注安全、预防事故、抵御灾害、创造安全作业环境的能力，反映了一个企业的文明程度和综合管理水平，体现了职工的安全信念、价值取向、行为准则，代表着企业形象。为此，要切实搞好企业安全文化建设，必须正确地把握安全文化建设的真正内涵。要正确地把握安全文化建设的内涵，必须重点搞好以下四个方面的建设。

1. 搞好安全观念文化建设，这是建设企业安全文化的核心

在搞好安全观念文化建设中，要着重突出三个方面：一是要坚持从人本安全的高度出发，通过开展各种安全知识、安全法律的普及和培训，不断提高每个人对生命健康价值的认识，让大家真正树立安全是人命关天的大事，树立安全重于一切、安全高于一切的观念。二是要坚持用科学的理论来引导实践，切实加大对安全意识的宣传力度，不断提高全员搞好安全的自觉性。三是各级领导干部要从职工群众的根本利益出发，切实树立责任重于泰山的意识，真正把安全作为一种使命和责任，切实做到落实责任抓安全、依靠科学抓安全、以人为本抓安全、带着感情抓安全，真正维护和保障好职工群众的人身安全权和生命权等基本的权利。

2. 搞好安全行为文化建设，这是建设企业安全文化的关键

企业的生产处在各种技术环境当中，具有复杂性和危险性。如化工的生产，火灾、爆炸、中毒、灼烫等，都存在着危险，如煤矿的生产中，水、火、顶板、煤尘、瓦斯等都不同程度存在着一定的客观危险，但有危险并不意味着就一定会发生事故，这就需要有效规范职工的行为，使职工在作业和操作中的行为安全。为此，必须搞好安全行为文化建设，其重点就是要建立健全相关的技术规范、技术标准和操作规程，不断加强职工的个人操作行为、岗位作业标准、安全法律法规、操作技能和安全专业知识的规范化培训，以及安全技术的培训教育，使职工能够上标准岗、干放心活，有效提升职工的安全技能和规范职工的操作行为，实现职工作业环境安全无隐患。

3. 搞好安全制度文化建设，这是建设企业安全文化的重点

制度是保证安全目标任务落实的重要环节。在安全管理中，一是要建立健全各项规章制度，用制度来规范员工的行为，使安全生产有章可循、有法可依、执法有据。目前，国家安全生产监督管理总局和各行业已经建立了若干安全生产方面的规章制度，企业必须严格遵守，并且要结合本企业的特点制定落实到各个岗位、工序、施工点、作业面的科学合理、切实可行的实施细则。二是要切实执行安全生产责任制，逐级落实责任，建立起覆盖各单位、各工种、各岗位和各个工序的安全管理网络，有效地控制生产过程，监督职工的生产行为，起到有效的防范作用。三是要建立有效的约束和激励机制，做到赏罚分明，对安全生产有突出贡献的人要重奖，造成事故的责任者要重罚，通过硬性手段提高职工的安全责任感。四是要依靠科学技术和先进的设备等物质手段来预防事故，保证安全。五是要建立起事故应急救援预案，一旦发生事故立即启动，采取果断、缜密的措施有效防止事故扩大，把损失控制在最小范围。六是要加强各项安全管理制度的整合，形成一套科学、系统、完善的安全管理长效机制，全面推进安全制度文化的建设。

4. 搞好安全物态文化建设，这是建设企业安全文化的基础

我们从过去发生的某些事故中可以看出，有的单位为了节省资金而降低安全成本，一旦事故发生，反而损失惨重。因此，推进安全物态文化建设，建立良好的物质安全环境，实现本质安全，是整个安全文化建设的基础，也是减少和避免事故发生的关键。搞好安全物态文化建设，就必须下大力气狠抓技术进步，加大基础设施的投入，创建良好的安全环境，为减少和避免事故提供坚实的保证。

三、创新企业安全文化建设，提升企业安全管理水平

必须充分发挥企业安全文化建设在企业管理中的作用，坚持在安全生产实践中提升理念，用发展的眼光来加强安全文化建设，进一步丰富和培训独具特色的安全文化。目前，在企业的安全文化建设中必须坚持和把握"六型六化"的原则。

1. 要建立导向型的安全文化平台，达到工作目标化

就是在企业安全文化建设中，必须紧紧围绕企业的中心任务，抓住安全生产工作的薄弱点，实行目标化管理，要及时根据企业各阶段的发展目标及安全管理目标，制定出安全文化建设的目标和措施，确定安全文化的努力方向，积极发挥安全文化的导向作用、规范作用、凝聚作用和激励作用，确保企业安全管理目标及发展目标的最终实现。

企业安全文化导向型的重点表现为三个方面：一是解决安全价值观问题，提供导向服务。就是要建立健全学习宣传机制，充分利用各种形式，贯彻学习一系列安全方针政策、法律法规和规章制度，开展全方位的安全宣传教育活动，教育广大职工认清安全与生产、安全与效益、安全与发展的关系，把自主保安与奉献企业有机地结合起来，真正树立起安全第一的价值观，为各项安全工作的开展提供正确的导向。二是解决安全理念问题，提供动力服务。要在职工中树立安全压倒一切、安全是最大的政治、安全是最大的福利等理念，突出安全工作的重要性，树立思想麻痹是最大的隐患，管理放松是事故的根源的理念等。让先进的安全理念始终融注于职工的思想意识深处，成为指导、规范、约束员工行为的无形力量，促使他们自觉地按章作业、正规操作。三是解决行为规范问题，提供保障服务。就是要结合目前企业的中心任务和改革方向，进一步统一企业内部的安全行为规范，重点在岗位责任制的修订上，在监督检查机制的完善上，在考核奖惩制度的兑现上下功夫，确保不断提高安全管理水平，为企业各项工作的正常开展提供坚强保障。

2. 要形成立体型的安全文化格局，达到组织网络化

企业安全文化建设是一项复杂的系统工程，它包括企业在安全宣传、教育管理、具体实施等方面的建设和组织措施，涉及企业党政工团各级组织和各个业务部门、生产单位，涉及千家万户和全体职工群众。因此，单靠某个部门、某些人去单打独斗是行不通的。必须加强沟通和联系，努力构建安全文化的立体网络管理体系，动员方方面面的力量，形成党政工团齐抓共管的格局，确保发挥整体效应。对此，必须建立起以党委为核心，横联党政工团，纵贯厂、处室、车间、班

组；既有政工人员，又有生产、行政人员，既有管理干部，又有职工群众参加，立体交叉的安全文化建设队伍和责任体系。在日常工作中，要注重把组织上的网络优势转化为工作上的综合效能，解决好平行面、延长线和差异点的问题。

3. 要形成民主型的安全文化方式，达到形式多样化

安全文化建设要注意克服单一的自上而下的实施方式，多用民主的方式，调动职工群众的参与积极性，形成共建优势。一是要进行自我启发式教育。把安全教育的主动权让给职工，让职工唱主角，通过安全演讲、安全文艺汇演、安全征文、安全知识竞赛等活动，让职工把自己的认识、感受讲出来、唱出来、写出来、赛出来，把个体意识、情趣和实际效果融入安全教育；二是要进行关联层次式教育。根据职工群众中的不同成分结构，分层次开展安全教育，如师徒安全合同、一帮一、结对子、手拉手等安全活动；三是要进行相互制约式教育。通过实行安全风险抵押、安全连带奖惩等制度，把个体的安全状况与群体利益挂起钩来，从而形成一个人人关心安全，人人为安全着想、相互监督、相互帮助的安全氛围。

4. 要探索开放型的安全文化方式，达到管理信息化

要进一步完善信息化管理体制，建立起上下联系、纵横畅通的信息网络，疏通各类渠道，不断地学习、引进、移植、借鉴各方面先进的科学的方法，并结合自身的实际，及时进行消化、变通、创新和发展。只有这样，才能保持企业安全文化的先进性和鲜活力，做到与时俱进。在具体工作中，一是要加强对职工的安全理念灌输，把各种安全理念、警句汇编成册，组织职工认真反复学习，并定期开展安全理念专题研讨、讲座、交流活动，提高员工对各种安全理念的认识程度，从根本上强化安全认识，提高安全觉悟，牢固树立"安全为天、关爱生命"的观念。二是要采取多种形式，加强职工的安全技能培训，规范职工的安全行为。要利用班前班后会、班组安全活动日、技术学习日等载体，有计划地对职工进行系统的安全技能培训，并定期举办各工种、岗位的安全知识考试，提高和巩固培训效果。同时，要注意把理论学习与实践操作结合起来，积极开展实际工作中的单考、单学、单练活动，也可开展岗位安全操作、技术比武等内容和形式的演练。

5. 要保持主动型的安全文化状态，达到研究经常化

就是要适应形势的变化和需要，始终保持一种主动状态，积极探索新形势下安全文化建设的规律和方法。一是要善于调查研究，调查了解新情况、新问题，动态地掌握企业的安全状况，为正确地确立各阶段安全文化建设的任务争取主动；二是要善于调整方向，致力于解决职工群众关心的安全热点和焦点问题，致力于解决制约企业发展的重大安全问题，紧密结合工作实际，在安全文化建设的内容、形式、方法、手段和机制等方面进行创新，使之不断适应形势发展的需要；三是要善于总结提高，不断探索研究、提炼总结新的创建经验，并用以指导安全文化建设的正常开展，积极主动地发挥好安全文化的导向、规范、凝聚和激励作用。

6. 要创造情感型的安全文化氛围，达到教育的形象化

就是要提高安全文化的形象力和熏陶力，使职工时时处于饱含着真情实感的安全文化氛围中，就是要在教育形象化上下功夫。为了达到这个目的，就要确保安全投入，不断提高安全装备水平，完善各种安全设施，优化职工的生产作业环境。一是要充分利用广播、电视、板报、宣传栏等宣传舆论工具，积极建设安全文化园地、安全文化长廊、安全文化社区，广泛开展安全知识竞赛、安全有奖问答、安全技术比武、安全文化座谈，以及制定安全文化手册，征集安全漫画、安全警句格言、举办安全签名等活动，使安全文化进车间、到班组、入岗位，在企业内部形成浓厚的安全文化氛围；二是要积极开辟安全学习园地，悬挂安全标语口号、设置安全橱窗，为员工创造良好的安全学习环境；三是要积极改善生产现场安全文化环境，安全文化环境建设向生产一线延伸、向关键岗位延伸，对生产现场的重点部位进行美化、亮化、绿化、规范化，主要工作场所净化、牌板化、标准化，使安全文化延伸到每一个作业点，为职工创造一个良好的安全生产作业环境，使广大职工在潜移默化的教育和熏陶中，增强安全意识，自觉遵从安全管理制度。实现由"要我安全"向"我要安全"的转变，逐步达到法制和人制的有机结合，从而有效地提升企业整体安全文化建设水平。

四、突出重点、把握关键，提升安全文化建设质量和效果

1. 要牢固树立一个核心安全理念

就是要树立持之以恒，常抓不懈的理念。我国的企业由于历史的原因，安全欠账多，职工文化素质低。因此，安全文化建设不可能一蹴而就，更不能只是阶段性地一抓了事。安全文化建设是一项基础性、战略性工程，也是一项系统工程，要站在宏观的高度，应用系统工程的方法进行有效的组织、长远的规划和逐步实施。我们要认识到，安全是永恒的主题，是职工生存最基本的需求和必要条件，也是人类发展和社会进步的必要条件。企业要保持稳定发展、安全发展、可持续发展、绿色发展、低碳发展，要保障职工生命安全和身心健康，就要把安全文化建设作为一项长期的任务，循序渐进、持之以恒、常抓不懈。

2. 要坚持一个中心，即：以人为中心

以人为本是创建安全文化的全部内涵，也是安全文化建设的出发点和落脚点。安全文化影响每一个人的思想、行为、使人追求安全健康的生产和生活方式。仅仅靠被动的硬性管理是不科学的，要有人性化管理，注入人文关怀，尊重人权、珍惜生命，激发人的积极性和安全生产责任感。人的积极性、自觉性和自律性在于文化水平、思维方法、行为习惯。在管理中，往往单纯采取经济手段，造成上下不和谐，不利于调动职工的积极性。安全文化创建的重要目的在于激发人们关爱生命的自我防护意识，调动人们自律安全的积极性。只有启发、引导，才能强化安全意识，增强防范意识，提高安全素质和技能，从要我安全转变为我

要安全、我会安全，才能达到不伤害自己，不伤害他人，不被他人伤害的安全状态。

3. 要坚定三个信念，即：安全是企业最大的效益、安全是干部的政治生命、安全是职工最大的福利

安全是企业最大的效益信念是指：经济效益是企业全部工作的目的和归宿，企业如果没有安全保证，生产取得好效益就是一句空话。为此，企业要在保证安全生产的前提下，不断提高企业的经济效益和社会效益，充分展示良好的企业形象和企业风貌；安全是干部的政治生命的信念是指：安全生产人人有责，干部的责任更大。对于干部来讲，一旦发生事故，必然是安全一票否决，必然要追究一把手的责任，轻则受党纪政纪处分，重则追究刑事责任；安全是职工最大的幸福是指：人的生命是最宝贵的，生命对于每一个人来说只有一次。发生事故，对其家人而言，则是塌了天，家庭支离破碎，给家人造成的是无法弥补的心灵创伤和终身的痛苦，阴影将始终笼罩不散。

4. 要筑牢四个支点

建设安全文化的目的是为了实现持久稳定的安全生产，提高企业经济效益，推动改革与发展。安全文化的形成是一个长期的、渐进的过程。在具体工作中，要筑牢四个支点，即筑牢强化管理、理顺情绪、规范行为和改善环境。强化管理是基础，理顺情绪是前提，规范行为是手段，改善环境是保障，这是安全文化建设的具体工作，离开这些，安全文化建设就是无源之水、无本之木，就会成为空谈。

5. 要抓好六项工作

一是要转观念，提升安全思想境界。就是在安全文化建设中，要始终把思想观念摆在首位，充分利用各种宣传工具，宣传学习一系列安全方针政策、法律法规、规章制度，教育引导广大干部职工做到三个明确：即明确安全第一的深刻含义；明确实现安全生产是为职工办的最大的实事和好事；明确实现安全生产是企业最大的节约，事故是最大的浪费。

二是要抓基础，强化对职工的教育培训。安全文化建设的目标是把每一个人都变成既是主体又是客体，及自己管理自己。人的素质决定着企业的安全生产，提高人的素质对安全生产尤为重要，为此，必须不断强化对职工的教育培训。在培训中要突出特殊化，开展针对性教育；要突出普遍化，进行全员性教育；要突出实效化，开展情感性教育；要突出形象化，开展经常性教育活动，通过培训实现要我安全向我要安全的转变。

三是要建机制，完善责任保障体系。就是要从强化各级管理人员的安全责任入手，将安全管理重心下移；要全方位推行安全目标管理，签定安全合同，层层传递压力，全面落实安全生产责任制，做到一级对一级负责；要进一步健全完善各级人员的岗位责任制，狠抓事故责任追究制；要充分发挥专业管理、专监、群监、安全检查小分队在现场的监督检查作用，真正做到凡是有章可循，凡事有人管理，凡事有监督考核，凡事有奖惩兑现。

四是要常引导，构建和谐安全氛围。就是要随时掌握职工思想动态，做好安全生产中的思想政治工作，消除安全上的思想隐患。具体来讲，就是要在政策上倾斜、生活上关心，使职工感受到领导和组织上给予的温暖，尽快放下思想包袱，全身心地投入到生产中去，达到安全生产的目的；要讲究语言艺术，做好职工思想工作；领导干部要说到做到，表里如一，事事处处给职工作出榜样，要求职工做到的，领导首先做到，职工做不到的，领导也要做到；要强化民主管理，营造清风正气，做到办事公开、公平、公正、民主，让职工信服。

五是要严制度，形成企业安全规范。就是要完善安全信息管理制度；建立健全安全信息网络，及时筛选、收集安全信息，及时反馈督促整改；要积极推行正规循环作业，使基层管理人员做到按章指挥，以身作则，按章作业，杜绝突出生产、加班延点的现象发生；要强化安全薄弱环节的治理；要实行工程质量负责制，积极开展创建精品工程、样板工程，提高现场施工质量。

六是要靠科技，创造良好安全条件。就是要充分利用科技进步，积极推广新技术、新工艺，不断加大安全投入，优化系统环节，减少事故发生概率，从根本上改善作业环境；要加大质量标准化工作力度，保证源头安全，促进安全工作的根本好转。

五、构建企业安全文化新模式，建设本质安全型企业

1. 实行安全标位管理

就是要明确安全工作的目标，找准各自在安全工作中的位置。以人为本，以制度为约束，以四无为总体要求。在四无目标中，管理无漏洞，就是健全完善各项管理制度；杜绝管理上的空挡和死角；现场无隐患，就是现场质量标准化按照动态达标的要求，杜绝威胁安全生产的各种隐患。行为无三违，就是规范人的行为，狠反违章指挥、违章作业和违反劳动纪律的现象；安全无事故，就是要求杜绝各类生产事故和人身事故。找准各自安全工作中的位置，就是厂长、书记处于轴心中心位置，既对集团公司下达的安全目标负总责，又是全场安全管理的决策中心和第一责任者；现场职工位于周边，代表安全工作广泛的群众基础，是安全管理中最直接的实施者和操作者，是实现安全生产的依靠力量；中间各个不同层次承担着全厂安全管理工作的指挥和监督职能，负责安全信息的上传下达，是各分项安全目标和职责的承包者和责任者。为了确保全厂总体目标及阶段目标分解落实到各个层次和部门，必须明确八项责任。厂长书记的决策指导协调责任；分管领导的组织实施和直接指挥责任；安监部门的监督考核责任；车间主任的安排、检查、落实责任；业务部门的业务保安责任；跟班人员和安监员的现场监护责任；班组长的现场指挥和现场安全第一责任；现场工人的个体防范、自主保安以及联保责任。从而，使安全管理形成一个系统工程，安全工作不仅是安监部门的事，而且更是全员、全过程、全时段、全方位的事，是每个单位和每个职工的

事，需要多方协调、齐抓共管，一切都为安全让路，突出责任落实，责任风险、责任联保、责任考核、责任监督和责任追究六个环节，保证各级落实到位。

2. 实行安全梯次管理

就是要按照梯次级别开展现场质量标准化管理。成立专门的领导考核组，强化工作分工，明确工作职责，做到责任明确、各司其职；进一步健全和完善相关的管理制度，加强制度考核与管理；实行质量标准化抵押，加大责任追究考核落实力度，提高各级人员和部门的工作自觉性和超前化，使质量标准化建设向纵深化、系统化、和谐化方向迈进，有效提高了企业管理质效的水平。同时，要将ISO 9000质量体系和企业文化6S管理引入生产的全过程，加强管理的严密性。通过加强质量标准化梯次管理，有效激发和调动班组和职工创建精品工程，保证工程质量的工作积极性，促进现场专业整治，创造良好的环境和文明卫生的面貌。

3. 实行安全网络管理

从管理系统化入手，构建以安全决策、安全执行、安全支持为主体的三大网络。构建安全决策网络，就是要建立以厂长（经理）为首的垂直指挥系统，协调生产厂长、总工程师、安监处长，发挥生产、安全、技术整体优势。构建安全执行网络，就是要围绕安全生产奋斗目标，做到六个强化。即：强化专业管理、落实业务保安；强化现场管理，加大考核力度；强化监督检查，提供可靠保证；强化安全整治，狠抓隐患查处；强化质量意识，创建精品工程；强化安全培训，推进科技兴安。构建安全支持网络，就是要围绕调动职工抓安全保安全的积极性，广泛开展好岗位练兵、技术比武、安全征文、合理化建议征集活动，以及举办好安全知识竞赛，搞好安全文艺汇演，通过各种形式营造浓厚的安全文化舆论氛围，为安全工作提供有力的支持。

4. 实行安全控制管理

就是将安全管理分为事前、事中、事后三个环节进行控制。事前控制，主要是通过编制、审批作业规程和安全措施来实现；现场控制，主要是通过现场跟班人员、安监人员等对现场质量检查及确保职工按章作业来实现；反馈控制，主要是通过检查抓问题整改，三违帮教以及隐患处理。

为了全面推进安全文化建设，必须把握好以下六个方面：一是牢固树立安全文化重在建设的思想，把安全文化建设作为一项系统工程来抓，要克服各种对安全文化的片面认识，正确处理软件建设与硬件建设的关系；二是建设安全文化必须立足企业实际，绝不能照抄照搬；三是必须把提高职工的思想业务素质摆在突出位置，要通过建设企业安全文化，全面提升职工的整体素质；四是必须以持之以恒的精神来整体推进；五是必须及时研究解决制约安全的突出问题，针对企业安全生产以及职工思想等各方面的实际，不断探索研究；六是必须在实践中不断创新，开创安全文化建设的新局面。

六、安全文化建设的六种思想、六项要求、六个到位

1. 六种思想（安全本系个人、安全情系家庭、安全根系企业、珍惜员工生命、注重工作细节、控制作业过程）

安全文化建设要始终坚持以人为本的理念。反映了尊重生命价值、保护员工身心健康、实现员工价值的文化。"六种思想"体现了企业、家庭、个人拥有共同价值观、共同追求和共同的利益。从国家层面来讲，安全生产事关以人为本的执政理念，事关构建社会主义和谐社会和落实科学发展观；从企业来说，安全生产事关经济效益的提高，事关企业的持续、有效、快速、协调、安全发展；从员工来说，安全事关生命，安全是员工和企业生产的第一需要，这种企业的根本利益和员工家庭个人的根本利益的共同体，就是我们构造"生命工程"的客观基础。直接或间接地引导员工把企业的安全形象、安全目标、安全效益同员工的个人前途、家庭利益紧密地结合起来，使对安全的理解、追求和把握同企业要达到的最终目标尽可能的趋向一致。这就是正确的安全价值观。

安全价值观的培养途径主要有以下几种。

① 首先应注重理念的引导作用。通过发挥理念的先导作用，树立正确的安全理念，营造浓厚的安全文化氛围，保证广大员工的生命安全。强化员工对"注重工作细节、控制作业过程"安全理念的理解和认同，细节管理和过程控制是安全管理的重要内容。因为高度责任心和良好心态是安全文化建设的基础和前提，无论是管理者还是普通员工，只有心态安全，才会行为安全；只有行为安全，才能保证安全制度和物态安全落到实处。在建立企业安全理念体系的基础上，加大理念的倡导实施力度。把全体员工个人的理想信念、价值取向、道德品质、行为准则、引导到企业发展目标上来，成为企业实现安全、生产、持续发展的凝聚力和推动力。

② 采用亲情的感染作用，提醒员工注意安全。安全生产的宣传教育，应该适应员工内在需求、改变老生常谈的教育模式，注重采用柔性的情感投入，紧紧抓住时机向员工灌输安全思想，为员工送上亲人的安全嘱托，高高兴兴上班来，平平安安回家去，互相提醒，互相关照，使全体员工在浓厚的情感交流中受到深刻的安全教育。

2. 六项要求（思想安全、意识安全、行为安全、机具安全、技术安全、方案安全）

安全工作"不严、不细、不实"的根本原因是管理人员的好人主义、官僚主义、形式主义，是现场人员的"低标准、老毛病、坏习惯"，说到底还是在于人的思想认识和行为习惯。要从根本上解决这些问题，关键在于建立包含思想认识、理念意识、安全态度、行为习惯等内容的企业安全文化。大力营造"关注安全、关爱生命"的氛围，逐步转变不良的安全态度、思想意识、行为习惯，推动基层基础工作上水平。要培养以团队精神为核心价值观，使安全生产意识渗透到

每一个员工生产生活的方方面面，使职工更为积极主动地避免不安全行为，自觉关注自身和他人的安全，营造安全、舒适、团结、高效的生产生活环境。

全员安全意识和安全思想的培养途径

① 加强全员安全思想教育。通过各种形式的安全教育，充分阐释安全文化，大力传播安全文化，系统灌输安全文化，认真实践安全文化，唤醒人们对安全健康的渴望，从根本上提高安全认识，这就需要从思想上、心态上去宣传、教育、引导，使员工树立正确的安全价值观。这是一个微妙而缓慢的心理过程，需要做艰苦细致的教育工作。向员工灌输"以人为本，安全第一"的亲情观、"安全就是效益、安全创造效益"的效益观、"安全光荣，违章可耻"的荣辱观、"行为源于认识，预防胜于处罚，责任重于泰山"的责任观、"安全不是为了别人，而是为了自己"的价值观，"未亡羊先补牢"的安全预防观，增强员工的安全意识，形成人人重视安全，人人为了安全尽责的良好氛围。

② 管理者应该从培养员工的基本素质为突破口，注重柔性的管理方法。让职工明白：我们的生命就掌握在我们自己的手中，我们应该从自身做起，心甘情愿的把安全的意义、意识、责任、制度、技能等内容深深种植在头脑当中，反映在良好的、自觉的、规范的行为上。

③ 从机具安全、技术安全、方案安全着手，严格落实设备承包责任制和工、器具出入库管理制度，作业技术方案安全确保现场施工安全，真正实现本质安全。

3. 六个到位（生产受控到位、风险分析到位、机具检查到位、防范措施到位、现场监护到位、作业责任到位）

将生产全面受控管理与 QHSE 管理体系运行有机融合，有效地发挥整体功能。使检维修作业过程中生产受控、风险分析、机具检查、防范措施、现场监护、作业责任等环节处于受控状态，采取步步确认签字。明确主体，落实责任，共同把关，强化事前控制和过程监督，实现过程控制，确保施工作业的本质安全。

通过"六种思想"的宣传和教育，员工的安全意识得到普遍增强，由过去的被动防范、被动接受检查转变为现在的主动预防、主动规避风险。提高员工的安全意识和安全技能，同时，"六种思想"的培养，在队伍内部建立起良好、和睦的人际关系，员工与领导的距离也进一步缩小，自觉的安全防范意识蔚然成风，不伤害自己、不伤害他人、不被他人伤害再也不是只停留在口头，而是变成自觉行为。

在"六项要求"的执行中，结合作业前分析会、作业交底进行系统的分析，由熟悉作业环境的工程技术人员给大家讲解作业过程中每一个环节可能遇到的风险及处理措施，以理服人、以情感人，让作业人员真正感觉到这是对他们的爱护，真正体会到"高高兴兴上班、平平安安回家"的重要性。同时结合其他企业类似事故进行说教，加深体会。

现代企业发展需要牢固的安全管理支撑，而在整个管理当中，人是最活跃、最根本的因素，是安全生产的实践者，安全管理的主要目标是为了人的安全，坚定不移地树立"以人为本、安全第一、安全发展"的思想是建立安全生产长效机制的前提和基础，贯彻"以人为本"的管理模式，符合企业安全生产长效的发展要求，只有不断加强安全文化建设，积极倡导珍惜生命、保护生命、尊重生命、热爱生命，在企业内部形成良好的安全文化氛围，才能从根本上杜绝违章，避免各类事故的发生，才能促进企业的可持续发展。

第三节　安全文化的体系评价和量化管理

一、安全文化的体系评价

（1）安全文化的评价因素

① 企业安全文化建设的外在效果。企业安全文化建设的外在效果可以从企业的安全状况和职工的职业安全健康两方面来考察。企业的安全状况指标主要包括：事故率、人员伤亡率、违章操作率、安全周期。事故率、人员伤亡率、违章操作率、安全周期这四个主要指标体现了安全价值观、安全理念等在员工心中的认同程度以及在员工行动中的自觉性。职业安全健康包括职工对生产环境的满意度，对社会、企业的满意度以及员工家属对企业的满意度。这三个主要指标反映了安全文化在企业实际的作用效果，作用效果好，则满意度高，反之，则满意度低。

② 安全文化的自身建设。安全文化的自身建设包括组织的承诺、管理参与、员工授权、奖惩系统、报告系统和安全文化的培训教育。

a. 安全文化中的组织承诺。就是企业组织的高层管理者对安全所表明的态度。只有高层管理者做出安全承诺，才会提供足够的资源并支持安全活动的开展和实施。

b. 安全文化中的管理参与。是指高层和中层管理者亲自积极参与组织内部的关键性安全活动。这表明自身对安全重视的态度，将会在很大程度上促使员工自觉遵守安全操作规程。

c. 安全文化中的员工授权。是指组织有一个"良好的"授权予员工的安全文化并且确信员工十分明确自己在改进安全方面所起的关键作用。员工授权意味着员工在安全决策上有充分的发言权，可以发起并实施对安全的改进，为了自己和他人的安全对自己的行为负责，并且为自己的组织的安全绩效感到骄傲。

d. 安全文化中的奖惩系统。就是指组织需要建立一个公正的评价和奖惩系统，以促进安全行为，抑制或改正不安全行为。一个组织的安全文化的重要组成部分，是其内部所建立的一种行为准则，在这个准则之下，安全和不安全行为均被评价，并且按照评价结果给予公平一致的奖励或惩罚。

e. 安全文化的报告系统。是指组织内部所建立的、能够有效地对安全管理上存在的薄弱环节在事故发生之前就被识别并由员工向管理者报考的系统。一个组织在工伤事故发生之前，就能积极有效地通过意外事件和险肇事故取得经验并改正自己的运作，这对于提高安全来说，是至关重要的。

f. 安全文化中的培训教育。安全文化所指的培训教育，既包括培训教育的内容和形式，也包括安全培训教育在企业重视的程度、参与的主动性和广泛性以及员工在工作中通过传帮带自觉传递安全知识和技能的状况等。

③ 安全文化的可持续发展

安全文化是一个不断开放、发展的过程，安全文化的开放性是指掌握外界环境的变化以及对这些变化做出相应反应的程度，包括企业对外界安全文化的接受能力以及企业对自然环境、政府方针、政策、科学技术环境、社会文化环境等做出的积极反应。安全文化的发展应是企业全体员工对安全目标的一致认同，相互之间有着良好的沟通以及对安全认识的不断学习改进、螺旋上升的过程。

(2) 企业安全文化的评价方法 有了上述关于安全文化的表征因素，还必须根据这些因素建立具体的评价方法。安全文化评价的方法较多，有定性评价、定量评价和定性定量相结合的方法，针对安全文化评价的复杂性，本着实用、方便的原则，可以采用评分法进行评判。即：对每一个因素划分出等级并赋予一个分值，将安全文化的状况按各因素等级进行对照，确定出相应的分值，最后相加各分值得到总分，即为安全文化状况的评价结果。

可以将企业的安全文化水平划分为 5 个级别，如表 7-1 所示。

表 7-1　企业安全文化等级划分

总　　分	安全文化级别	说　　明
＞90	五	最高级：安全文化应该保持
75～90	四	较高级：安全文化还能改善
60～75	三	中等级：安全文化需要发展
45～60	二	较低级：安全文化需要建设
≤45	一	最低级：安全文化亟待提高

① 安全文化评价因素。领导的承诺。承诺不是表面文章，而是高层领导将安全视为组织的核心价值和经营原则的重要组成部分。承诺意味着责任，应该是严肃的、审慎的，并非随意的、作秀的。这种承诺能反映出高层管理者积极地向更高的安全目标前进的态度，有效激发全体员工持续改善安全的能力。

管理层的参与。高层和中层管理者通过参加安全活动，与一般员工交流安全理念，表明自己对安全的态度，这将会在很大程度上促使员工重视安全，自觉遵守操作规程。

员工的授权。组织有一个"良好的"授权予员工的安全文化，并确信员工明确自己在改进安全方面所起的关键作用。失误可以发生在任何层次的管理者身上，而一线员工是防止这些失误的最后屏障。授权的文化可以带来员工不断增加的改变现状的积极性。根据安全文化的含义，员工授权意味着员工在安全决策上有充分的发言权，可以发起并实施对安全的改进，为了自己和他人的安全对自己的行为负责，并为组织的安全绩效感到骄傲。

奖惩制度。一个组织的安全文化的重要组成部分是其内部所建立的一套行为准则，在这个准则之下，安全行为和不安全行为均被评价，并按照评价结果给予公平一致的奖励或惩罚。一个组织的奖惩系统并不等同于安全文化，安全奖惩制度是否被正式文件化，奖惩政策是否稳定，是否传达到全体员工并被全体员工所理解，才属于安全文化的范畴。

报告系统。组织内建立的、能够有效对安全管理上存在的薄弱环节在事故发生前就被识别并由员工向管理者报告的系统。一个良好的"报告文化"的重要性还体现在：对安全问题可以自愿地、不受约束地向上级报告，可导致员工在日常工作中对安全问题的关注。

安全素质的培养。安全文化所指的教育和培训，不仅仅包括传统的安全管理所强调的安全教育培训的内容和形式，更包括安全教育培训在企业重视的程度，员工参与的主动性和广泛性，以及员工在工作中通过传帮带自觉传递安全知识和技能的状况。

确定发展阶段如下。

第一阶段：无管理秩序阶段

企业安全文化发展的低级阶段。当评价结果小于或等于 45 分时，即处于此阶段。该阶段特征是，安全基本不被重视，生产事故的发生被认为是员工个人行为的结果；在所有员工中，侥幸心理或听天由命的心理占上风；企业基本不进行安全投入和安全教育，安全规章制度没有制定或制定之后根本未执行。在这个阶段，企业的核心价值观是以生产经营为中心，职工冒险作业和指挥、违规作业大量存在。

第二阶段：被动约束阶段

企业安全文化发展的初级阶段。当评价结果为 45 至 60 分之间时，即处于此阶段。在此阶段，安全工作是被动的，是基于法律法规约束而不得不开展的工作。企业高层管理人员对安全生产的重要性有所认识，但对安全经济价值的认识和对职工的权益保障的意识仍然不足，改进安全工作的动力主要来自于满足法律要求的需要和避免政府监管制裁的需要。对于中层管理人员和普通职员来说，安全是更高层管理者的职责，与自己关系不大；安全不是自己的实际需要，是由其他人强加于自己头上的。目前我国大多数企业安全文化的发展处于这个阶段。这个阶段企业安全工作的特点就是凡事处于被动应付状态，不是以自觉自律为基础。

第三阶段：主动管理阶段

企业安全文化发展的中级阶段。当评价结果为 60 至 75 分之间时，即处于此阶段。在这个阶段，企业高层领导对安全工作的重要性有了充分认识，在遵守法律法规的基础上，组织内部建立了用清晰的语言描述的安全价值观或安全方针的目标，健全了实现安全目标的方法和程序。

在这个阶段，每一位员工都经过培训并注意到：企业制定的系统化、文件化的安全操作规程和规章制度，规定了哪些能做哪些不能做；生产工作都进行了科学的规划并且优先考虑了安全。对于企业高层管理人员和安全专职人员来说，安全工作已经不是被动应付政府部门安全监管的要求，而是为搞好企业的安全生产主动采取更加有效的技术和管理措施。

然而在这一阶段，安全对于许多职工个人来说仍处于被动状态，原因是企业没有建立起员工参与安全事务商讨和决策的机制，职工的安全行为是在安全专职人员的监视和监督下实现的。不是所有职工都能认识到安全对自身的价值和意义，没有实现职工个人和生产班组对安全的自觉承诺和遵守。对于主动建立标准化职业安全健康管理体系，并有效实施的企业来说，其安全文化可处于第三阶段。

第四阶段：自律完善阶段

企业安全文化发展的较高级阶段，充分体现安全文化先进性的阶段。当评价结果为 75 至 90 分之间时，即处于此阶段。值得指出的是，企业安全文化发展的较高级阶段，并不是一个有限的过程，而是一个不断改进、不断前进的无止境过程，也就是说，这一阶段只能达到，而不能超过。

第五阶段：应该保持阶段

企业安全文化发展的最高级阶段，这时的企业安全文化应该保持，当评价结果为大于 90 分时，即处于此阶段。在此阶段，"安全第一"已不是一句空泛的口号，企业领导者对安全具有的远见和安全价值观在企业中被充分共享；绝大部分员工始终如一地、自觉地、积极地参与到强化安全生产的事物当中；安全成为企业管理的"血脉"，安全工作成为一切工作的有机组成部分和保障；不安全的作业条件和不安全行为被所有的人认为是不可接受的并且被公开反对。

② 安全文化评价的应用。针对某企业的安全文化状况，可以对其进行评价，其各级评价分数分别如下。

a. 安全生产状况：年度无死亡事故，安全周期小于 5 年。得分为 5 分。

b. 职业安全健康：有职业安全健康体系，运行不好。得分为 4 分。

c. 组织承诺：有，但落实不力。得分为 5 分。

d. 管理参与：有专职人员，但无地位，其他管理人员关心安全一般。得分为 6 分。

e. 员工授权：大多数员工想要安全，有较高的安全意识，但责任不明确。得分为 5 分。

f. 奖惩系统：有制度，但员工不了解，执行不力或标准不固定、不公平。

得分为 5 分。

g. 报告系统：有制度和措施，但管理人员实行不力，上下有阻塞。得分为 5 分。

h. 素质培养：无制度，无措施，从不正规进行。得分为 2 分。

i. 安全文化的开放性：吸收外部的安全文化，对外界反映一般。得分为 5 分。

j. 安全文化的可持续性：沟通一般，有共同的愿景。得分为 5 分。

故其安全文化评价最后得分为：47 分，这说明该企业的安全文化建设还处于初级阶段，需要进一步建设。

二、安全文化的量化管理

同诸多的企业管理要素一样，企业的安全文化是可以用具体的指标来进行科学的量化管理的。安全文化建设的状况需要运用一个定期的、前导的、有目标的监测和考核量化机制来衡量，以确保其在企业安全管理中正确、积极、有效地发挥功用。

图 7-4 是安全文化量化与职业安全健康管理要素的相关性。

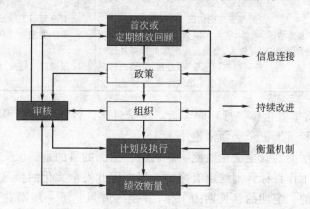

图 7-4　安全文化量化与职业安全健康管理要素的相关性

安全文化的量化到底与安全管理有多大的关系呢？通过对安全管理各个要素之间关系的推敲，你会发现，其思路是对各个管理要素定期审核、回顾、衡量来达到持续改进的。其中绩效衡量位于各个管理要素新一轮开始前的最后，其他的各个安全管理环节都要从文字内容、工作实践上直接或间接为绩效衡量做铺垫和支持，只有这样才能使得绩效衡量具有可行性（涂颜色的模块表示与量化直接相关）。毫无疑问，没有量化的这几项管理要素，在工作实践中是无法做好的。

可见，安全文化的量化管理概念渗透到了安全系统的管理、计划、执行、衡量、审核、回馈的各个环节，使这些环节更加细致、具体并与其完全融合。这种细致的融合关系也恰恰体现了"安全始于细节"的理念。

我们将安全文化的量化管理要素从中提取出来，分解成计划，关键绩效指标

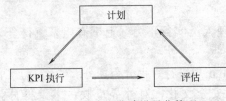

图 7-5 安全文化建设量化管理

（KPI）执行及评估三个方面（见图 7-5）。并与企业安全管理体系及其实践相结合，分析企业如何进行安全文化的量化管理。

1. 安全文化量化管理的实施

安全文化量化管理是企业良好的安全文化建设实践，要想真正让安全文化建设为企业服务产生经济效益，从安全经济学角度来讲，量化管理是必不可少的。量化管理不需要额外的费用支出，只要领导带头，动员职工踏踏实实地做下去，定会收到实效。

实施安全文化量化管理可分为三个步骤，详见表 7-2。

表 7-2 安全文化量化管理机制内容

第一步:计划	第二步:KPI 执行	第三步:评估
明确 1. 参与者有哪些 2. 监测哪些指标 3. 指标定额多少 4. 如何监测 5. 怎样衡量方案实施情况 6. 下一步有哪些持续改进的工作	做到 1. 领导重视 2. 定期跟踪:明确 KPI、如会议、检查、演习、培训、承包商表现评估、现场安全观察等工作的频次并定期回顾实施的情况 3. 与个人绩效考核挂钩:公司领导带头,全员设定全年的指标并按时间段(如:月、季度)分解,完成的情况纳入年终个人绩效考核	评估、了解安全文化建设情况通过反馈改良方案: 1. 企业层面安全文化建设还存在哪些不足 2. 安全部门工作方案实施效果如何 3. 员工在安全文化认识上有哪些不足 4. 反馈评估结果,持续改进

KPI（关键绩效指标执行）的实施，也是对其进行监测的过程，实施工作从企业、管理者和员工三个层面来论述。

（1）企业层面的安全文化监测实施机制 监测的目的是确保安全文化建设工作按照既定的工作目标计划健康有序的进行，因此安全文化的检测应该是一项具体的、指标化的、定期的、长期的工作，"刮一阵风、下一场雨"即偃旗息鼓的做法是搞不好的。

目前采用的主要监测实施方法是指标法，包括前导指标和滞后指标。前导指标是监测安全计划及安全管理体系执行情况的关键指标，这一指标通常带有主动性、提前的特性。滞后指标主要用来监测发生的安全事故及事件的情况下，往往是一种被动式的、滞后的监测。前导指标与滞后指标的主要功能是提供某项工作或事件发生频率、次数、时间、人数、个数等数据，做到从"量"上来了解，从"量"上入手做分析，从"量"上来做决策。

这两种指标有可能会在不同的情境下相互转化。例如从事故预防的角度来考虑、隐患报告数量就可以认为是一个前导指标，但从发生安全事件的角度出发，隐患又变成了滞后的指标。

前导指标主要包括：编写安全作业规程的数量，就安全作业规程进行沟通的次数、专职安全人员的数量、安全作业过程执行数量、公司高级管理人员到生产作业现场视察的频次、召开安全工作会议的次数。安全工作建议个数、安全建设完成或处理完成百分率、处理及采纳安全建议所需时间、参与安全培训的人数、完成风险评估的个数。隐患报告提交的数量、行为安全观察报告数量、学习安全新法规的个数、应急演练次数、安全检查次数等。

滞后指标主要包括发生的各类事件、事故，如表 7-3 "事故统计"栏中所列的各项。

表 7-3　某公司月度安全指标统计表

衡 量 指 标	公式	员工	承包商	月度指标
事故（按美国职业安全健康局标准统计）				
死亡事故起数		0	0	0
误工事故起数及发生率	发生率＝事故数 ×200000/工时	0/0.2	0/0.4	0
可记录事故起数发生率	发生率＝事故数 ×200000/工时	0/0.2	0/0.3	2
隐患报告个数		10	12	50
简单医疗处理事件起数				5
高危事件起数及发生率	发生率＝事故数 ×200000/工时	0	0	0.6
交通				
导致受伤及损害的货车事故起数及发生率	发生率＝事故数 ×200000/工时	0/0.1		
货车运输里程/km			220022	
审核				
现场安全审核的次数		20	2	40
体系审核次数		1	1	2
安全审核发现问题的数量		9	34	
问题整改完成率/％		80	91	
三个月未整改的问题数量		2	4	0
其他				
演习次数		4	4	4
安全培训次数		4	4	4
安全会议次数		4	4	4
工作风险评估次数		12	3	
班前会议次数		16	1	

通过对表 7-3 列出的指标完成情况的分析，我们可以发现本月安全文化建设及管理中存在的问题，如：本月 "现场安全审核的次数" 为 "20"（对本公司员

工)、"2"（对承包商），其指标为 40 次/月，由此可见，现场安全审核的力度不足，特别是对承包商审核的次数严重不足。据此实际情况，通过对以往审核数据的分析及审核报告质量分析，就可制定出针对性的方案，如领导带头，将审核的指标分解、落实到人，指标完成情况与个人工作绩效考核挂钩。

这样一来，审核的次数多了，员工之间的安全交流也就多了，审核的质量也上去了，安全氛围得到了改善，安全问题解决起来也更加得力，安全事故也就自然少了，无形中因事故导致的经济损失也就避免了。从安全经济学角度看，通过安全指标来有效地实施安全文化建设及安全管理无疑是非常有价值的投资，可以说是投资小、效果好。

(2) 对领导及员工的安全文化考核量化　该考核量化是通过对领导及员工们设定完成现场安全审核，行为安全观察、隐患报告、作业安全审核程序等的频次来实现的。目的是为了对不安全行为、不安全状态及程序执行情况的了解和改善。

领导的态度决定了执行、实施的力度，领导对安全指标的重视及认真履行的态度起到了很好的展示和带头作用，为企业安全文化的建设起到积极的促进作用，员工熟悉工作环境、频繁出入工作现场，因此员工的积极参与，认真完成指标对现场不安全行为及不安全状态的改善起着关键性的作用。

公司的管理层每天要对提交的报告进行审阅，定期（如每月）要对个人指标的完成情况进行审查跟踪，从质量、数量上加以控制。专职的安全分析员对报告分门别类地加以分析，为把握将来的安全工作方向提供参考。图 7-6 和表 7-4 是对安全行为观察的统计分析。

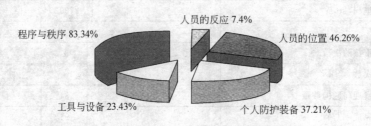

程序与秩序 83.34%　　人员的反应 7.4%　　人员的位置 46.26%
工具与设备 23.43%　　个人防护装备 37.21%

图 7-6　某公司 2008 年 2 月五大要素不安全行为的百分比

KPI 检测执行情况如何？起到了怎样的效果？这无疑是安全文化量化管理中最关键的一个问题。要想得到答案，还需要一个安全文化的考核量化机制来做支持。安全文化的考核量化一般来说是定期的，考核量化的目的是了解一定时间段内安全文化的建设情况及存在的偏差，以便及时调整。

根据考核量化的侧重范畴，安全文化的考核量化可分为对公司范围的考核量化、对安全主管部门的考核量化及着重个人行为的人文安全文化的考核量化。考虑到考核量化的效果及其科学性，在制定考核量化方案时，应当注意：

① 根据安全文化考核量化的范围及目的制定完善的考核量化方案才能使考核量化变得真正有意义；

表 7-4　指标设计及统计样表（2008 年第一季度）

姓名	部门	一季度				二季度				三季度				四季度				2008 年	
		安全审核	行为安全观察	隐患报告	作业审批	安全审核	行为安全观察	隐患报告	作业审批	安全审核	行为安全观察	隐患报告	作业审批	安全审核	行为安全观察	隐患报告	作业审批	实际完成总量	指标总量
小董	生产	1	2	1														4	24
小王	生产			2														2	20
小吉	维修			3	2													5	30
小张	维修																	0	24
小郝	安全	2																2	18

② 要有量化分值的评分标准；

③ 要有科学的统计方法；

④ 方案的内容要尽量简单，以方便调研工作的开展；

⑤ 制定可行、合理的改进方案并实施。

2. 安全主管部门的工作考核量化

企业安全主管部门的工作方向、计划实施及工作绩效对企业安全有着重要的影响，对安全文化建设效果及安全管理绩效也会起着决定性的作用。如果审核的结果很好，通常来说不是某个部门的功劳，必定是领导带头、大家齐心努力、相互配合的结果。反之，可能是与领导对安全的漠视有关，并不能只归咎于安全主管部门。

安全主管部门的考核量化可以是自发的，也可纳入公司的管理体系。通常来讲，每季度一次较为合适，以便及时发现和纠正部门安全工作的薄弱环节。年底的考核量化结果是计划明年安全管理工作的主要参照依据之一，因此尤为重要。

常用的几种对安全主管部门考核量化的方法。

① 利用持续改进计划机制。该机制将安全工作依据安全体系分为若干个大的要素，根据工作所及的细致、完善程度将各个要素分级，并对级别做出描述，形成打分系统。在衡量安全部门的工作时，就可根据各个要素中级别的描述进行打分。

② 公司内部安全审核体系。有的公司建立了较完善的内部安全审核体系，通常该体系将安全体系的各大要素根据其权重赋予分值，再将各个要素分成若干个问题要点并赋予分值。在审核时，根据评分标准打分并对审核过程中发现的具体问题加以记录、跟踪更改。

3. 安全自我评估

在安全文化的量化管理过程中，要通过数字说话，利用数字制定行动方案。

值得一提的是，经过认真的原因分析后作出的行动方案才会更具有可操作性和针对性，才会对安全文化建设及管理更有促进作用。无论是对 KPI 的监测还是对其执行效果的考核量化，二者在形成数字的过程中间都归纳了一些基础的报告、数据、交流及审核，因此在发现指标偏差时，对上述基础的数据做根源的分析、调查是必要的，这样查找出的结论才可靠。如发现近期指标完不成，原因看起来是大家不关心个人的 KPI 输入，但经调查，可能是作业活动少、程序太繁琐、员工缺少相应的培训、现场没有那么多的作业量、指标设立过高等更深层的原因，这些都可通过安全自我评估完成。

在安全文化建设过程中，开开会、挂挂标语、组织一下安全宣传月活动等是远远不够的。安全文化建设的量化管理提供了有效的和必要的途径，使安全文化建设真正成为一项投资，为企业挽回经济损失，提高工作实效，彰显企业的形象。

第四节　安全文化建设的多元思考

安全工作是企业生存与发展的永恒主题，企业必须时刻绷紧安全生产这根弦，坚持不懈地抓好安全生产工作。安全工作是一种文化，在实施安全生产的各项工作中，均体现为一种文化现象，而每一种文化现象的背后，都是由某种原理引发出来的思考。

一、由"木桶原理"引发的思考

在抓安全工作中，人们常常提到"木桶原理"，并用来比喻安全工作，这就是说安全工作的好坏取决于围成木桶最短的那块木板，它的长短制约着木桶的盛水量。由于受思维定势的影响，这里所谓的盛水量，人们通常都是从木桶水平放置的状态下来"定义"的。

事物是辩证的、统一的结合体，有"长"才有"短"，因此，笔者认为，"木桶原理"中的盛水问题，也是随着外部条件的变化而变化的，因而对安全工作不能简单地定论为：安全工作的好坏取决于围成木桶最短的那块木板。在安全生产工作中，要正确看待"长"与"短"，在"变"字上做文章，这是企业抓安全工作的关键所在。倘若将木桶略倾斜一下，使围成木桶的"短木板"与"长木板"的顶端处在同一水平线上，这时我们可从直观上、理论上得到证实，此时的盛水量会多于前面所表述状态下的盛水量。为此，企业应从自身的特点出发，采取各种有效措施，使安全生产保持平稳较快增长态势。解决"长"与"短"的根本目的是：增加盛水量，说白了就是提高安全生产的整体能力，消除各种事故隐患，保证职工的生命安全。

另一方面，决定木桶容量的并不只是短板一个因素，也与板与板之间的缝隙有很大关系。安全生产工作不能仅仅被动地在短板上做文章，而应着力于主动补缝，这样才能形成牢不可破的力量。很多事故发生的原因不仅仅在于显性的短板，更在于管理背后不显眼的缝隙。安全文化正是安全管理缝隙的黏合剂，是安全管理的灵魂，是决定安全制度和行为的核心因素。有什么样的安全文化，就会产生什么样的管理制度和安全业绩。完善的管理制度是不存在的，制度中总是存在各种缝隙，总是有人钻制度的缝隙，因此完全依靠制度管理来保障安全是不现实的。在制度不能充分有效发挥作用的情况下，能够用来弥补板与板之间的缝隙的，只有安全文化。这是因为，从个体来看，安全文化体现为一种素养，即一种安全知识、安全责任和安全行为，而一线职工安全素养的高低决定了企业的安全管理水平。从以往事故中不难看出，大多数的事故是因为一线操作者自我保护意识不强，安全责任心不强，忽视对作业现场环境的检查，违章违纪盲目操作造成的。有人在作业过程中总是凭经验和"想当然"行事，甚至认为"一辈子都干过来了，也没出什么事"，导致规章写在纸上、挂在墙上，却落实不到行动上。预防事故和意外伤害的发生不仅仅是技术问题，也是管理问题，更是深层次的认识问题、道德问题，归根结底还是安全文化问题。"三违"屡禁不止的背后，是职工文化素养还没有达到安全管理所要求的境界。要缩短规章制度要求与职工安全素养的差距，就必须发挥安全文化管理的独特功能。

二、由"力学实验"引发的思考

首先准备数张长纸条，以备做实验用。第一次实验：在纸条上任意撕开两个小口，然后用双手去拉纸条的两端，纸条断为两截；第二次实验：在纸条上任意撕开三个小口，然后用双手去拉纸条的两端，把纸条拉断，纸条断为两截。如此反复实验的结果：无论纸条上有多少个撕开的小口，用双手去拉纸条的两端，它只能断为两截。

通过上述实验，告诉我们一个道理，安全生产工作的漏洞往往出现在薄弱的环节上，它具有一定的必然性，也有一定的随机性，并非所有的隐患都能导致事故的发生。这就像人们在抓安全管理工作一样，往往忽视各类隐患的整改，对违章指挥、违章作业看惯了，缺乏必要的整改措施。在安全生产管理上抓的不实，存在着侥幸心理，自以为不会出事。在我们日常工作中，我们身边"三违"现象随处可见，或许你的某一次违章，就有可能是造成重大事故的导火索。

这个实验的结果告诫我们：为防止某种事故的发生，必须做好超前性的预防工作。要做好预防工作，应从以下几个方面入手。

1. 强化职工自我保护意识的教育

充分利用班前会，认真做好安全教育，突出针对性，让职工了解作业现场环境，以及工作中应注意的问题，认真总结上一班的安全生产情况。组织职工观看安全教育片，诵读安全理念、安全口诀，增强职工的自我保护意识提高职工的安全文化素质。

2. 加大职工群众安全检查力度

各车间、各班组的职工,工作生活在生产第一线,对生产现场的环境、条件最为熟悉,对安全生产状况最有发言权,对检查、排查隐患最能见到成效。因此,对他们发现的各类隐患要及时下发整改通知、提出整改意见,督促整改措施的落实。对隐患处理不及时、不彻底的,坚决给予制止。

3. 完善安全作业规程

从近年来企业发生的事故情况分析来看,导致事故发生的因素有两个方面:一是人为因素造成的;二是自然因素造成的。人为因素酿成的事故比例居高不下,表现为:作业规程比较陈旧;作业规程不够完善;作业规程指导性不强;作业规程执行的不好;这就要求作业规程要不断地完善,以适应工作条件的变化,把人为因素的事故降到最低点。

4. 建立群防群治体系

要对企业的群众安全监督员队伍实行动态管理,把那些有实际工作经验,敢于负责任,热心安全工作的同志充实到群监队伍中来,真正发挥群监员的作用。各车间、班组也要配齐群监员,完善群监员网络,强化群防群治体系建设,做到上下互动、左右联动、确保安全生产,这实际上就是一种安全文化的现象。

三、由"曲面关系"引发的思考

取一条窄长的纸条,使纸条的两端扭曲成180°,然后将纸条一端的正面与另一端的反面粘合在一起,形成一个曲面,这就是数学上的莫比乌斯曲面。这个曲面的特点是:在不出长度的边缘上,该曲面上的任意一点为起始点做运动,都会由此面到达彼面。

莫比乌斯曲面给我们的启示有以下两点。

① 安全与生产是统一的整体。生产离不开安全,安全制约着生产。当安全与生产发生矛盾时,生产必须服从于安全,只有做到安全生产,才能创造最大的效益。

② 群众监督与行政监管的目标是一致的。在企业安全生产工作中,在职工群众的安全监督检查中,也有个别行政干部对职工群众安全监督提出的问题不能正确对待,存有一定的侥幸心理,表现为追求高产,片面追究效益而忽视安全。职工群众安全生产监督是从维护人的利益出发,确保党和国家安全生产方针的落实,是创高产、增效益的根本保证。职工群众的安全监督与行政干部的安全监管处于"两个层面",但工作的总体目标是一致的,都是为了搞好企业的安全生产工作。由此可见,实施有效的职工群众安全工作监督,能够促进企业安全生产管理水平的提高,实现企业生产的安、稳、长、满、优。曲面理论也是群众安全文化的一种反映。

四、由"碎瓶理论"引发的思考

丹麦物理学家雅各布·博尔，一次不小心打碎了一个花瓶，但他没有一味的悲伤叹惜，而是俯身精心地收集起满地的碎片，他把这些碎片按大小分类称出重量，结果发现，10~100g 的最少，1~10g 的稍多，0.1~1g 及 0.1g 以下的最多；同时，这些碎片的重量之间表现为统一的倍数关系，即较大块的重量是次大块的 16 倍，次大块的重量是小块的 16 倍，小块的重量是小碎片的 16 倍。正是这一次偶然的失手，使雅各布·博尔发现了"碎花瓶理论"，更主要的是它充分利用这一原理，拓展开来，去解决自然现象或物体，从而寻找到了事物的本质，以及相互之间的关系。

这个"碎花瓶理论"在实施企业安全管理工作中也具有可借鉴之处。使我们联想到在生产过程中，存在的威胁安全生产的种种表现，违章指挥、违章作业和违反劳动纪律等。就生产安全事故的大小而言，可分为轻伤事故、重伤事故、重大事故和特大事故。参照"碎花瓶理论"的推算，出现特大事故的概率最低，其次是重大事故，再次是重伤事故，最多的是轻伤事故。从"碎花瓶理论"的倍数关系看：一起特大事故是在 16 起重大事故的基础上引发的；一起重大事故是在 16 起重伤事故的基础上引发的；一起重伤事故是在 16 起轻伤事故的基础上引发的。按此倍数计算就是：4096 起轻伤事故，就有可能出现一起重伤事故；256 起重伤事故，就有可能出现一起重大事故；16 起重大事故就有可能出现一起特大事故。

客观地看，这是理论的推算，但是人们在安全生产的实践中，积累了丰富的经验，要想保证安全生产，必须要解决好诱发各类事故的根源，控制轻伤事故的发生。导致事故发生的前提是违章指挥、违章作业和违反劳动纪律等，如果在工作中能够控制上述现象的出现，就会使轻伤事故降到"零"，那么按照"碎花瓶理论"的计算：0 乘以 16、0 乘以 16 的平方、0 乘以 16 的立方、其结果都是 0。因此，企业的安全生产工作必须从基础抓起，"从零开始，向零进军"是控制各类事故的根本目的。而安全文化的出发点也是从规范职工的行为开始，进而达到"事故为零"的目的，从这个意义上说"碎花瓶理论"和"安全文化"在安全管理上有异曲同工之美。

五、由"正四面体"引发的思考

在现实生活中我们常常见到"正四面体"，我们把正四面体随意投掷到地面上，它始终有一个顶点朝上。在企业一切工作中，我们应做到点、线、面的相互结合，突出安全工作这个重点，也就是说，把安全生产工作始终放在顶点上。笔者认为，企业的安全生产工作必须从基层抓起，建立健全岗位、班组、车间、厂（矿）四级安全生产监督网络，坚持不懈地开展安全检查、隐患排查整改，充分发挥各级安监组织的作用。

如果我们把岗位、班组、车间、厂（矿）四级安全监督组织看作正四面体的四个面，它们点、线、面结合，具有稳定性，这四者之间又彼此相互联系制约，并交汇成四个顶点，即无论何时都有"三个落脚点"，并服务于"顶点"即"安全工作的重点"。

上面的"正四面体"投掷实验告诉我们：岗位、班组、车间、厂（矿）四级安全生产监督组织要筑牢稳固的安全生产监督检查管理体系，从上到下层层落实安全生产责任，突出安全工作的重点，选准安全工作落脚点，就能开创安全工作的新局面。有了这四级安全生产监督网络体系，就能把"纵深防御"和"程序管理"的安全管理思想发扬光大。图 7-7 为技术管理上的"纵深防御"示意；图 7-8 为组织管理上的"纵深防御"示意。

图 7-7　技术管理上的"纵深防御"

图 7-7 中，它包括：①防御措施，如安全技术规范；②监督措施，如试验大纲、检修大纲；③应急措施。

图 7-8 中包括：①预防措施，如自查与独立验证；②监督措施，如安全工程师和质检人员的在线与离线监督，同行的外部定期监督与评估；③出现管理上的

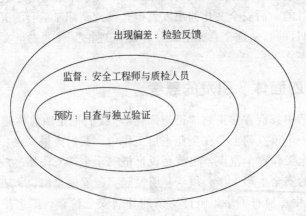

图 7-8　组织管理上的"纵深防御"

缺陷后，找出原因，进行反馈，并制定防止同类缺陷重发的纠正措施。

"正四面体"引发我们思考，安全工作要突出针对性、必要性、统一性，这样才能提高职工的自我保安意识。安全工作应从薄弱环节入手，解决好诱发各类事故的根源，这样才能达到标本兼治的目的。"纵深防御"是安全工作的深化，体现了突出重点，标本兼治的原则。

六、由"安全气氛"引发的思考

安全气氛这一概念最早由 Zohar 于 1980 年提出，他把安全气氛定义为：组织内员工共享的对于具有风险的工作环境的认识。安全气氛用于描述员工对于工作场所的安全管理实践的共同知觉，是一个心理变量，反映了员工感觉到的某一组织中安全管理的重要性。

1. 安全气氛的维度和作用

Zohar 于 1980 年在以色列的食品加工、钢铁、化工和纺织等工业组织中首次测量了安全气氛的维度和作用。他用探索性因素分析的方法确定了安全气氛的构成元素，其中共有 8 个维度：员工感知到的管理层对于安全的态度，感知到的安全生产实践对晋升的作用，感知到的安全生产实践对个人的社会地位的作用，感知到的安全管理人员的地位，感知到的安全委员会的地位，感知到的安全培训的重要性和作用，感知到的工作场所的事故风险水平，感知到的在促进安全生产的过程中强制执行和指导的作用对比。

这几个维度所呈现的状况，在事故多发单位和少发单位间有显著差别。人们的安全态度、安全承诺以及组织对安全管理人员、安全培训的态度等社会因素，均会影响安全绩效，因此安全气氛的研究被认为是很有意义的。安全气氛是一个多维的组织变量，在个人、团队和组织层面对工人的行为产生影响。从员工的观点看，安全气氛是组织中临时的"安全状态"，是员工们在某一时刻对于安全实践、政策和程序以及安全管理的相对重要性的感觉。

2. 组织气氛影响安全气氛

组织气氛是组织内部环境的一种相对比较持久的性质，是区分一个组织和另一个组织的内在特征，是组织成员共同经历的并且可以影响他们的行为的一种性质，是全体成员对组织环境的共同知觉。

基于这一概念，组织气氛可以通过组织的特点来传达，并会影响员工的行为。组织气氛是一个多维变量，广泛包含了员工对于工作环境的评估，这些评估涉及环境的总体维度，比如领导、角色和交流，或者是具体维度，比如安全气氛或者客户服务气氛。总体的组织气氛可以影响具体的安全气氛，在一个积极和支持的组织气氛中，员工会感到安全行为是被重视的。

例如，如果员工感觉到组织中有公开的交流，他们就会感觉到关于安全的交流在组织中也是受重视的。安全气氛通常被认为是组织气氛的子系统，并且影响安全行为，是个人对于安全问题在工作环境中的重要性的知觉。

3. 安全气氛影响安全绩效

安全气氛研究的第三个方向是建立并测验安全气氛的理论模型，以此确定影响安全绩效和伤害事故的决定因素。研究人员提出了一个安全绩效模型，区分了安全绩效的内容，决定因素和先行变量。模型包括两种安全绩效：安全遵守和安全参与。安全遵守包括服从安全规章和实行安全操作，安全参与包括帮助同事，提出安全计划，表现主动性，努力提高工作场所的安全性。

其中，知识、技能和动机是个人差异的决定因素。研究人员发现，工人的态度、同事的反应、知觉到的工作危险和监督者的反应，都可以很好的预测安全行为，同时也是安全行为和安全气氛之间关系的调节变量。

总之，安全气氛通过个体因素、工作压力和安全控制感的调节作用，对安全绩效和事故发生产生影响，浓郁的安全气氛的知觉会降低事故发生率，提高安全绩效水平，反之则起到削弱的作用。

营造良好的安全气氛只有靠安全文化这一载体，一是要牢固树立"安全人人有责"的思想。坚持"逐级负责、分工负责、系统负责、岗位负责"的原则；二是强化问责意识。强化"发现不了问题可怕、解决不了问题可悲、不去解决问题可耻"的问责意识；三是坚持情理相融，强化考核定责。一方面，对防止事故的有功人员给予物质和精神奖励；另一方面，严格事故定责考核，按照"四不放过"的原则进行处理；四是营造"付出一万的努力、防止万一的发生"这一理念；五是培养职工养成"让安全成为习惯，让习惯更为安全"的自觉性。这些都是创造安全气氛的文化元素。

七、由"冰山理论"引发的思考

由"冰山理论"可知，露在海面上的冰山其实只是冰山一角，真正的冰山主体是隐藏在海面下的那部分，如图 7-9 所示。

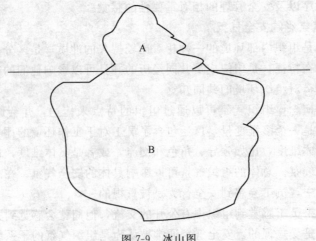

图 7-9　冰山图

A—露在海面上的；B—隐藏在海面下的

　　就安全工作而言，真正暴露在"海面上"的问题并不可怕，那些深藏在"海面下"的隐患才是真正的深水炸弹。国家电监局副主席史玉波说，"抓安全生产犹如破解'冰山理论'。""安全生产的着力点不能只解决浮在水面上的问题。应该下大力抓水面下看不见的东西。如果你把水面下的问题抓好了、自然而然浮上水面的东西就少了。"水下面的东西就是人的安全价值观和安全行为规范：从现实情况看，人们由于过于浮躁和急功近利，抓浮在"水面上"的工作多，抓"水面下"的工作少，呈现为有形管理方面的一手硬、无形文化建设方面的一手软，这是生产安全事故起伏不断的深层因素。安全文化是无形的，不是短期内能立竿见影的，而是长期起作用的因素。可以说，你不注意无形的事故隐患，有形的事故迟早会让你注意到它。看一个管理者重视不重视安全，不仅要看其是否善于抓眼前有形的东西，更要看其是否善于抓"水面下"看不见的东西，这不仅可以用来衡量其从本质上抓安全的态度，也是衡量领导者作风的试金石。其实，环顾单位周围，对于安全管理问题，我们并不缺少有形的东西，缺少的恰恰是无形的东西。事故暴露出的大多是有形的东西——冰山的一角，而追根溯源的结果却是背后无形的东西——安全文化的缺失。我们只有遵循规律抓安全，带着感情抓安全，在"一手硬"的同时克服"一手软"，不失时机持续抓无形的东西，才能变无形为有形。

◆ 掌握安全文化体系评价方法。
◆ 掌握安全文化量化管理的方法。
◆ 掌握几个理论在安全文化建设中的思考。
☆ "木桶理论"引发的思考。
☆ "力学实验"引发的思考。
☆ "曲面关系"引发的思考。
☆ "碎瓶理论"引发的思考。
☆ "四正面体"引发的思考。
☆ "安全气氛"引发的思考。
☆ "冰山理论"引发的思考。

第八章　隐患排查举要

◆ 安全生产事故隐患是指生产经营单位违反安全生产法律、法规、规章、标准、规程和安全生产管理制度的规定，或者因其他因素在生产经营活动中存在可能导致事故发生物的危险状态、人的不安全行为和管理上的缺陷。

◆ 隐患存在的现象：形式的多样性、形式的隐蔽性、形式的再生性和次生性。

◆ 在隐患排查活动中要明确思想隐患是第一隐患。

◆ 树立隐患排查治理就是安全生产的意识。

第一节　概论

一、什么是隐患

何为隐患，可简称为潜藏着的祸患，是生产经营活动中存在的可能导致事故发生的物的危险状态，人的不安全行为以及管理上的缺陷。不及时排查并消除隐患，将随时导致事故发生。

《安全生产事故隐患排查治理暂行规定》（总局令第16号），自2008年2月1日起施行。在这个《暂行规定》中指出"本规定所称安全生产事故隐患（以下简称事故隐患），是指生产经营单位违反安全生产法律、法规、规章、标准、规程和安全生产管理制度的规定，或者因其他因素在生产经营活动中存在可能导致事故发生的物的危险状态、人的不安全行为和管理上的缺陷"。

由于安全生产事故隐患存在形式的多样化，且隐患自身的隐蔽性、再生性、次生性等使排查治理工作十分艰巨。事故隐患分为一般事故隐患和重大事故隐患。一般事故隐患，是指危害和整改难度较小，发现后能够立即整改排除的隐患。重大事故隐患，是指危害和整改难度较大，应当全部或者局部停产停业，并经过一定时间整改治理方能排除的隐患，或者因外部因素影响，致使生产经营单位自身难以排除的隐患。

二、隐患存在的现象

1. 存在形式的多样化

事故隐患表现在生产岗位、生产场所、储存场所、装卸环节、运输环节、使用环节、工艺过程、违章违纪行为、安全规程和管理制度缺陷等，有的隐患处于静态形式，动态隐患的危害性大于静态隐患。工艺反应环节的隐患容易造成严重的破坏性。如在化工生产中，因化工反应过程中的隐患（如超温、超压等）造成的人身伤亡和财产损失巨大；再如，运输危险化学品的过程中，因危险化学品泄漏的流动隐患、造成的重、特大事故时有发生，给人们留下惨痛的教训。这两种事故隐患突发性强、治理难度大，从而造成的后果特别严重。

2. 存在形式的隐蔽性

隐蔽性是事故隐患本身特性决定的，所谓"明枪好躲、暗箭难防"，在生产经营过程中，明处的缺陷容易发现，大多数在事发前能得到及时治理、及时防范。而隐患则不同，有的事故隐患具有较高的技术性和专业性，必须投入技术和一定的资金才能发现和解决。从技术层面而言，需要利用系统安全理论去分析、排查和辨识。现实中一些中小企业由于缺乏专业技术人才，往往对诸多深层次事故隐患难以排查出来，这种存在形式的隐蔽性，更容易造成严重的后果。

3. 存在形式的再生性和次生性

现阶段我国的安全生产管理过程就是控制危险源和不断排查治理隐患的过程。在生产经营过程中，危险源是客观存在的，必须按照安全生产法律法规，对重大危险源进行辨识、登记、建档并实施监控，使其符合国家有关技术标准的要求，在受控范围内存在。而隐患在理论上是不允许存在的，一经发现必须立即进行治理。危险度用下式表示，即

$$R = f(FC)$$

式中　　R——危险度；

$\quad\quad\ F$——发生事故的可能性；

$\quad\quad\ C$——发生事故的严重性。

对危险度（R）大，即发生事故的可能性（F）大，事故后果严重性程度（C）高的重大事故隐患，必须按国家有关法律标准要求进行公示，分级管理，挂牌督办。一时不能整改的限期整改到位，另要采取措施在整改期间保证安全。但从客观上看，隐患是时时处处存在的，且有再生性和次生性。治理了老隐患会伴有新的隐患产生，甚至在治理隐患过程中又有次生隐患产生，始终处于新老隐患频繁交替和生中有死、死中存在的状态，导致隐患排查治理工作的长期性和艰巨性。

4. 对隐患的存在认识缺位

近年来，在国务院安委办和国家安监总局的统一组织领导下，隐患排查治理在全国范围内工作力度明显加大，诸多企业在隐患排查治理工作中强责任、出实招、求实效，取得了较大的成果。但从整体情况看仍然有个别企业，存在着认识不到位，主体责任落实不够等现象，没有严格地按照国家法律法规的要求强化责任、健全制度，对深入排查隐患的力度不够，排查不认真、工作不规范、存在问题多。对此，应当加强安全基础工作，落实安全生产主体责任，把握隐患排查治理各个环节，深入持久治理隐患仍是今后安全管理工作的重要任务。

第二节　隐患排查举要

一、思想隐患是第一隐患

说到安全，大家都知道"安全第一"的思想，但是，要讲到查一查我们职工的思想隐患，很多人却不以为然，特别是在我们日常的安全工作中，重点是查出了现场的隐患，而对职工思想隐患的查找却是空白，导致牢固树立"安全第一"的思想成了一句空话。

众所周知，人、设备和环境是安全隐患的"三要素"，而人是这三要素中最活跃、最重要的因素，人通过思维探讨，可以改变设备、环境等存在的不安全因素，来创造一个良好的安全环境；大量调查资料表明，70%以上的安全事故并非是因为企业安全制度不够完善，或者是企业的投入不够，而是由于当事人思想麻痹，有章不循、违章操作所造成的，这是一种不容小视的、无形的安全隐患，因为其隐蔽性高，不易发现，长期埋在职工心底，思想隐患的存在给安全工作带来了巨大的威胁，埋下了定时炸弹，稍有不慎，后果将不堪设想，这就是我们所说的思想隐患。尽管许多事故令人触目惊心，警惕一时，但在企业的日常安全检查中，各种违章依然十分突出，这说明思想隐患是安全生产中的第一杀手。

"思想隐患"是指在安全生产工作中，人的思想意识存在不安全趋向。是内在潜伏的，其主要表现为三种"思想隐患"心理：一是投机取巧的侥幸心理，主要表现为思想麻痹大意，不用安全制度规范自己的行为，而侥幸心理都是引发事故的主要根源；二是图方便、图省事、怕麻烦的心理，表现为不按安全规程作业，冒险蛮干是事故发生的重大隐患；三是重生产轻安全的心理，这种心理主要表现为没有摆正安全与生产的位置，被抓获违章时，还狡辩是为了生产；安全意识淡薄，在安全与生产发生冲突时，一心为了抢生产、抢进度，对安全工作往往是喊得紧抓的松。

那么如何消除这些思想隐患呢？笔者认为应对症下药，把人的思想工作摆在首位，重点抓好以下几个方面工作。

一是安全培训和教育要常抓不懈，要保证每位职工都有机会学习安全知识，系统接受安全教育，以提高他们的安全素质，真正懂得什么该做，什么不该做，什么必须做，让"我要安全"成为一种自觉行为。

二是安全规程结合实际，不断健全完善，要善于做事后总结和预防性分析，把不安全倾向制止在萌芽状态。

三是查处力度要依法从严，要坚决严处带头违章者，而且还要给予精神上的处罚和帮教，让"过街老鼠，人人喊打"形成一种氛围，杜绝不良倾向的蔓延。

四是不断改进安全环境，以创造"人、物、环境"三要素零隐患目标，不断改进作业空间、设施等外围环境，消除不安全因素。

在安全生产工作中人的思想意识存在着不安全的思维和去向，人的思想上一旦存在隐患，就必然支配其在行为上产生各种各样与安全相悖的活动，要搞好安全工作，只有从整治人的思想隐患做起，让职工从思想上紧绷"安全弦"，才能不断提高职工安全意识，确保安全生产。

二、事故隐患分析

当我们了解了事故隐患的概念后，明白危险因素的性质、能量和感度，是事故发生的三个基本要素。在安全生产管理过程中产生管理缺陷则会激发危险因素而造成事故的发生。也就是说，在生产经营过程中的危险因素，受到错误行为的激发，便会造成事故的发生。

1. 对事故隐患的认识

发生事故的关键在于危险因素和管理缺陷两个方面。用下式来表示：

$$事故隐患＝危险因素＋管理缺陷$$

我们知道，事故隐患存在于一切劳动生产过程之中，不论是物理性质的，还是化学性质的，不论是什么性质的工业企业都无一例外。生产技术的复杂与简单，生产装备的先进与落后，并不是发生事故的主要原因，而关键在于对系统中事故隐患的辨识和处理。

凡是具有物态和能量的物质，在一定的条件下能转化为事故的因素称为危险因素，它具有以下特征。

① 危险因素是造成事故的物质基础。它表示生产过程的物质条件，如工具、设备、机器、产品、环境等的固有危险物质和它本身潜在的破坏能量。例如，使用压力容器的劳动生产过程，压力容器本身就有发生物理性爆炸的危险，如果在压力容器中进行化学反应也有化学性爆炸的危险，这就是它本身固有的危险性质。

② 危险因素所固有的危险性质，还决定了它受管理缺陷和外界条件激发转化为事故的难易程度。这种在一定条件下转化为事故的难易程度称为危险因素的感度。感度愈高，危险因素愈容易转化为事故。

③ 事故的严重度，即单元事故的经济损失和劳动力损失，它与危险因素的能量成正比。

④ 危险因素随着物质条件的存在而存在，也随着物质条件的变化而变化。如为防止起重作业超吊物体，在起重机上加装了超负荷限制器，危险因素的形态改变了，但并未消除，还必须对限制器经常进行检测和监视。

⑤ 危险因素转化为事故是有条件的。只要控制住危险因素转化为事故的条件，事故就可以避免。如乙炔发生器发生爆炸事故，如使其不遇明火、不发生回火、不超压等，就可控制危险因素向事故转化的条件，就能避免乙炔发生器爆炸事故的发生。

⑥ 危险因素是客观存在的,是不能绝对消灭的,但是危险因素向事故转化的条件是可以认识和控制的。

在安全生产管理工作中,人为地造成了事故隐患或激发了危险因素而造成事故的工作缺陷称之为管理缺陷,它具有以下特征。

① 管理缺陷可以造成事故隐患,可以激发危险因素而发生事故或导致事故的扩大。从宏观角度分析,对危险因素的辨识或处理不当,在系统中形成了事故隐患,均是管理缺陷造成的。

② 管理缺陷是由人的错误指令,如规划、设计、劳动组织、规章制度、命令指挥等,和错误操作组成。通常包括组织者、指挥者、操作者三方面的责任在内。一般情况下,在劳动生产过程中发生的事故都是因错误操作或错误行为激发了危险因素(隐患)而造成的。

③ 管理缺陷是构成事故的动态因素,管理缺陷对危险因素的激发而形成事故,属于随机事件,不能因在一定时间内盲目蛮干并未发生事故而掉以轻心。

④ 管理缺陷对危险因素的作用时间和频数与发生事故的频数成正比。

2. 事故隐患的评估方法

如前所述,事故隐患是由危险因素和管理缺陷组成,因此,对事故隐患的评估,实际上已转化为对危险因素的评估。对危险因素正确评估后,按危险性严重程度进行对策、整改、消除事故隐患,或把事故隐患控制在允许的范围内。影响危险性有三个主要因素:

① 发生事故或危险事件的可能性,用符号 F 表示;

② 人出现在这种危险环境的时间,用符号 T 表示;

③ 发生事故可能产生的后果,用符号 C 表示。即

$$危险性 = F \times T \times C$$

现将 F,T,C 的情况分述如下。

(1) 发生危险情况的可能性 (F) 发生危险事件的可能性可用发生事故的概率来表示,不可能发生的事件为 0,而必然发生的事件为 1。然而,在把安全生产作为一个系统工程考虑时,完全不发生事故是不可能的。所以,人为地将实际上不可能发生事故的情况分值定为 0.1,而必然发生事故的分值定为 10,对这两种情况之间的情况取中间值,见表 8-1。

表 8-1 发生危险的可能性分值 (F)

序　号	发生危险的可能性	分　数　值
1	完全被预料到	10
2	相当可能	6
3	不经常但可能	3
4	完全意外极少可能	1
5	可以设想但高度不可能	0.5
6	极不可能	0.2
7	实际上不可能	0.1

（2）人出现在危险情况中的时间（T）　人出现在危险情况中的时间越多、越长、危险性就越大，我们人为地规定连续出现在危险环境中的情况为10，而每年仅出现几次或相当少的时间为1，见表8-2。

表 8-2　人出现在危险环境中的分值（T）

序　号	出现在危险情况中的情况	分　数　值
1	连续处于危险环境中	10
2	每天在有危险的环境中工作	6
3	每周一次出现于危险环境中	3
4	每月一次出现于危险环境中	2
5	每年一次出现于危险环境中	1
6	几年一次出现于危险环境中	0.5

（3）事故发生后的危险程度（C）　事故造成人身伤害或财产损失的变化范围很大，对于伤亡事故来说，把它的范围可划分为极轻微的伤害直到多人死亡的后果。由于范围的广阔，所以人为地规定分数值为1~100，把轻微伤害规定为最低值1，把多人死亡的可能性分值定为100，其他情况的分值均在1~100之间，见表8-3。

表 8-3　人身事故发生后可能结果的分值（C）

序　号	可　能　结　果	分　数　值
1	大灾难许多人死亡	100
2	灾难数人死亡	40
3	非常严重一人死亡	15
4	严重伤害（全残或植物人）	7
5	重大手、足致残	5
6	较大受伤较重	3
7	引人注目轻伤	1

（4）危险性分级分值　根据企业实际安全生产中的经验，危险性分值在20以下的环境被认为是低危险性的，一般来说可以被人们接受。这种危险性比日常生活中骑自行车去上班还要小。危险性分值达70~160时，就有显著的危险性，需要及时整改。危险性分值为160~320的环境是一种必须立即采取安全措施，必须进行整改的高度危险性环境。320以上的高分值，表示环境非常危险，应立即停止生产，直到环境得到改善，危险性消除为止。危险性分级分值见表8-4。

表 8-4　危险性分值（$F \times T \times C$ 值）

序　号	危　险　性　程　度	分　数　值
1	极其危险，停产整改	>320
2	高度危险，立即整改	320~160
3	很危险，及时整改	159~70
4	可能危险，需要注意（监护）	69~20
5	稍有危险	<20

3. 生产现场事故隐患管理

企业生产现场事故隐患控制管理，一般包括三个步骤：隐患的确定和分级，隐患的控制和管理，隐患动态信息管理。

企业生产现场事故隐患评价控制管理程序见图 8-1。

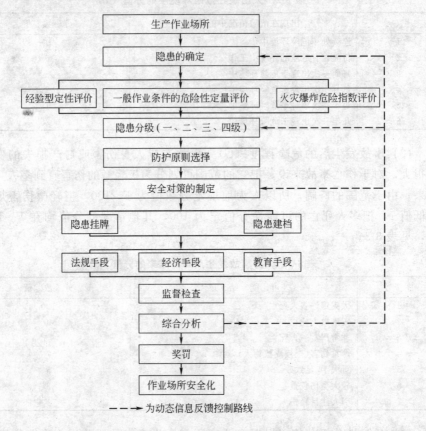

图 8-1 企业生产现场事故隐患评价控制管理程序

如图 8-1 所示，其目的有以下四个。

① 整治物的不安全状态，改善或创造舒适的劳动作业环境。

② 提高作业者对隐患的警惕性，防患于未然，降低事故发生频率。

③ 使作业者掌握隐患的防范对策和措施，减少事故的严重度和每起事故的经济损失。

④ 推行现代安全管理，增加全员的安全责任感，促进隐患的整改和各种控制措施的落实。

国家安监总局 16 号令《安全生产事故隐患排查治理暂行规定》指出：生产经营单位主要负责人对本单位事故隐患排查治理工作全面负责。各级安全监管监察部门按照职责对所辖区域内生产经营单位排查治理事故隐患工作，依法实施综合监督管理；各级人民政府有关部门在各自职责范围内对生产经营单位排查治理事故隐患工作依法实施监督管理。

作者认为，各生产经营单位结合自身的情况和特点，在隐患排查治理工作中，做到如下几点。

(1) 隐患防护技术原则　隐患进行评价分级后，根据隐患的不同性质，选择不同的防护原则，制定切实可行的防范措施和对策。隐患防护技术有：消除隐患原则、降低隐患危险性原则、引导隐患危险性原则、隔离隐患危险性原则、隐患薄弱环节原则、隐患闭锁原则、取代操作原则、距离防护原则、时间防护原则和刺激感官原则。当有多种危险因素并存时，以主要危险因素为依据选择主要防护技术原则。

(2) 分级管理　根据隐患等级不同，防范措施及对策的不同特点，进行分级管理，并制定隐患的管理、检查、考核和责任制等制度，增加责任感。分级管理为：一级隐患归厂（公司）主管；二级隐患归车间主管；三级隐患归工段主管；四级隐患归班组主管。隐患责任者实行隐患管理第一领导责任制。

(3) 隐患建档　隐患建档是隐患管理的一项重要内容，对掌握隐患的分布及规律，分析触发事故的因素，制定防范措施和对策都有十分重要的作用。隐患性质是指隐患被触发事故对人伤害的方式，如爆炸、触电、中毒等。编号见图 8-2。

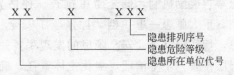

图 8-2　隐患的编号

(4) 隐患标志牌及挂牌　为提高隐患的显著性，达到群防群治的目的，增加责任者的责任感，便于检查和管理，在隐患存在处必须树立隐患标志牌。

(5) 加强教育　对在隐患周围作业的人员和隐患责任者，特别是一、二、三级隐患，要进行严格的专业安全技术培训，培训的内容主要有：隐患性质的确定、隐患防护原则的选择、隐患触发事故因素预测分析及防范措施，对策的制定和实施等；以提高作业人员的安全意识和操作技能，增强责任者的责任感；提高作业人员的自我防范能力和自救、互救应变能力，经考核合格者才能上岗作业。

(6) 监督检查　对所挂牌的隐患进行经常性的监督检查，是隐患管理的一项重要工作。是及时了解和掌握隐患动态变化情况的重要手段。以便及时调整和完善防范措施和对策，使隐患控制在最佳状态。检查内容有：责任者的到位情况预防措施的落实和对策的实施及隐患动态变化情况等。

(7) 隐患的动态信息管理　加强隐患的动态信息管理，建立隐患动态信息反馈网络，及时掌握外界信息和隐患的动态信息，是隐患控制管理的重要环节。根据所掌握的信息，及时调整和制定防范措施和对策。凡经过技术改造和采取安全措施后隐患潜在的危险程度得到降低时，隐患级别应立即降级，由于生产的工艺改变，新增作业岗位或设备腐蚀、磨损、环境的变化等情况出现新的隐患，应立即组织评价，确定危险等级，制定控制与管理措施及对策，建立档案和树立标志牌等，将隐患控制在安全状态。

三、隐患排查治理的方法

1. 抓法制宣传教育，增强法制观念

针对目前在部分企业存在的法律意识淡薄现象，安全生产监管监察部门要认真开展安全生产法律法规宣传教育，广泛开展法律法规培训，一是强化开展企业法人、安全管理人员法制教育，提高其法制意识和安全意识，促使法人高度树立"以人为本，安全第一"理念，承担安全生产主体责任，自觉遵法守法，积极履行职责，主动做好安全生产工作。二是加强特种作业人员法制教育和技能培训。三是督促企业全面开展从业人员教育培训，提高整体安全素质和安全技能，使他们掌握查隐患的技能和安全防范能力。

2. 抓企业主体责任落实

依法引导企业不断完善安全生产责任制，建立健全安全生产规章制度，完善安全生产条件，保证安全投入，按规定提取安全生产费用，交纳职工工伤保险费用，高危行业全面完善风险抵押金制度。建立隐患排查治理制度，在企业建立隐患举报奖励机制，健全隐患排查、评估分级、登记管理制度，一般隐患分类归档，重大隐患一患一档。加强职工安全技能培训，发动职工群策群力，排查隐患，切实提高企业安全隐患的发现率，一般隐患的治理率和重大隐患的根治率，层层排查，个个治理，强化主体责任，确保安全。

3. 抓专家库建立提供技术支撑

安全生产专家库建设是安全生产管理的重要支撑力量，如某市在危化品行业推行的"连锁自控，专家检查，提高从业人员素质和危化品企业每月例会制度"取得了明显成效。其中安全专家发挥了重要的技术支撑作用。要进一步完善专家库建设，网络多行业专家，细化专家行业分类，拓宽专家服务领域，创新专家咨询服务制度除在项目建设中"三同时"审查、重大危险源辨识、事故原因分析、研究安全对策措施等方面发挥作用外，向中小企业特别是缺乏技术人才的小化工企业提供技术咨询的服务。协助他们抓好隐患排查，提供整改治理对策等。从政府层面，要支持专家库建设，特别是各级财政在安排安全生产专项基金时要给予列支，用以支付专家劳动费用，为专家服务安全生产提供便利条件。

4. 抓市场准入控制隐患源头

建立市场准入机制、市场劣汰退出机制和提高"三同时"履行率，是控制源头产生隐患的有效手段。当前特别是一些新兴工业园区，区内企业大多乘招商引资东风进入，有的把关不严留下隐患较多，从近年开展的"园区"安全生产情况调研看，新改扩建项目"三同时"履行率存在较大差距，必须依法建立市场准入机制，对工艺落后，成熟性不高的项目严把市场准入关，同时对危险品项目，按照国家安监总局8号令要求，严把"设立关"、"安全设施设计关"、"竣工验收关"和"试生产关"，对危险反应单元和危险反应工段强力推行"连锁自控"系统，源头上杜绝隐患，切实提高项目本质安全度。引入劣汰退出机制，凡投产后

发生工艺变化，不再具备安全条件，经整改仍不符合要求的坚决停产退出。

提高"三同时"履行率，凡新改扩建项目必须依法实行"安全、消防、卫生、环境"等"三同时"手续，手续不齐全的要全面补足，手续不完善的坚决责令停止建设。除此以外，要把工业园区的区域安全评价形成制度并严格执行，以切实控制新的隐患产生。

5. 建立隐患排查治理长效机制

隐患时时产生、形式多样、复杂多变，排查治理工作长期而艰巨，必须形成隐患排查治理规范化、制度化、责任化制度，建立考核奖惩机制，依法强化企业主体责任。建立隐患排查治理长效运行机制，规范各项工作制度，采取自查、聘用专家检查和仪器检验检测等多种形式，不断发现隐患、深挖隐患、消灭隐患、长治久安，这是保持生产经营长期安全运行的最有效途径。

6. 隐患排查治理应重视"软隐患"

"硬隐患"具有一定的客观性和相对的固定性，是静态的，容易被发现。它的治理一般需要投入一定的人力物力，治理成本较大，治理时间较长。"软隐患"主要指"三违"。"软隐患"具有一定的主观性、随意性和隐蔽性，是一种动态的隐患。它的治理相比"硬隐患"，投入的人力物力较少，治理成本也较低，但"软隐患"的治理时间较长，不易根除，复发性较高，这主要与人员的安全意识及安全操作技能有关。

"硬隐患"和"软隐患"在造成事故的后果上，没有轻重之分，均可能导致各种不同程度的事故发生。事故隐患用辩证的观点看无大小，再小的隐患也有可能导致很严重的事故发生。但在日常安全管理过程中，人们往往重视"硬隐患"而忽视"软隐患"，这是安全管理上的一个误区。落实到安全生产隐患排查治理行动中，同样有"软、硬"和轻重之分。因此，为了更好地做好安全生产隐患排查治理工作，切实发挥隐患排查治理对安全生产的促进作用，在隐患排查治理实际工作中，要"软硬兼施"、齐查共治。

"软隐患"因其具有主观性、随意性和隐蔽性等特点，且处于动态中，因此企业之外的外部力量很难对其施行有效监管，只有充分发挥企业的安全生产主体责任，依靠企业自身的有效管理，真正落实隐患排查治理的自查责任，才可能从根本上消除"软隐患"。在排查治理"软隐患"工作中，一是要建立健全安全生产责任制、安全管理制度和安全生产操作规程，并切实落实。制度的作用关键体现在落实上，落实不了的制度形同虚设，是一纸空文，因此企业要在制度的落实上动脑筋、见实效；二是加强人员的安全教育和培训，增强人员的安全意识和提高安全操作技能；三是建立强有力的安全管理队伍，加强日常安全管理，杜绝各种"软隐患"的存在和发生；四是建立具有自身特点的企业安全文化。安全文化是安全管理的基础，也是安全生产的根基和保证。安全文化的建立一定要体现企业自身的特点，符合自身的实际情况，这样才能真正发挥企业安全文化的重要作用。

事故源于隐患，隐患就是事故。安全生产隐患排查治理是杜绝事故发生、做好安全工作的治本之策。通过 2008 年"隐患治理年"使我们更要高度认识隐患排查治理的重要性、艰巨性和长期性，软硬并施，彻底将各种隐患消除于萌芽之中，有效防范和遏制重特大事故的发生，促进我国安全生产状况的稳定好转。

第三节　隐患排查治理的一些新思路

一、转变观念树立隐患排查治理就是安全生产的意识

"安全"这个概念，自古有之。有人说，安全是一种确保人员和财产不受损害的状态；也有人讲，无危则安，无缺则全，安全就是没有危险且尽善尽美。事实上，这种绝对化的安全是不存在的。我们说的"安全"，是指客观事物的危险程度能够被人们普遍接受的状态，或者说是一种伴随着生产而来的状态，它与我们的日常工作和生活息息相关。因此，安全生产工作不出事则已，出了事就是大事。安全生产的重要性决定了我们对待安全生产，绝不能轻言三句话，即在形势的判断上，不能轻易说明显好转；在工作评价上，不能轻易说成绩很大；在责任落实上，不能轻易说普遍到位。越是在形势好的情况下，越要保持清醒头脑；越是在取得成绩的情况下，越要做到谦虚谨慎。实践证明，通过安全生产隐患排查治理工作，首先要认清"三个念"，一是明确安全概念，解析安全两个字，"安"是没有危险即安，"全"是没有缺陷即全。只有认真理解了安全的概念，我们的安全生产工作才能真正落实到实处。二是提升安全理念。安全无小事，企业广大干部群众特别是企业家要深刻牢记任何安全工作都是大事，安全是硬环境，只有把安全工作抓上去，才能为发展营造良好的软硬环境。三是树立安全观念。安全是有代价、有付出、有成本的形态。只有使安全工作做到防患于未然，我们的投入才能收到回报。总之，凡事都要讲安全、保安全，想安全。

1. 树立隐患排查治理就是安全，安全就是政治的意识

一要从落实科学发展观、构建"平安社会"的高度，充分认识安全生产工作的重要性。我们中国共产党人要讲政治，安全就是最大的政治。当前，我国正处在工业化、城市化发展的加速期，安全生产形势不容乐观。保持社会和谐稳定，建设"平安长乐"的目标，抓好安全生产是基础和保障，而隐患排查治理就是安全生产的基础。我们必须清醒地看到，加强安全生产工作，关系到各行各业，关系到千家万户，是维护人民群众根本利益的重要举措，是构建平安社会的重要环节，只有把安全生产工作抓好了，才能让广大人民群众真正安居乐业，共享经济社会发展的丰富成果。二要从维护人民利益、构建"和谐社会"的高度，充分认识安全生产工作的艰巨性。没有安全就没有和谐。一个地方如果经常发生安全事故，社会的和谐氛围一定会受到影响。从整个社会经济发展、和谐社会建设的高度来思考，解决安全问题，不仅限于企业安全生产，还包括国家安全、社会公共

安全，以至涉及百姓的衣、食、住、行等方面的安全。就目前安全生产与经济发展的关系而言，要促进和谐社会建设，必须注重各级领导干部"安全能力"的培养和考核，比如公共安全应急系统的建立、生产工作中的安全贯彻意识、安全检查督查意识等等。三要从促进又好又快发展、构建"活力社会"的高度，充分认识安全生产工作的紧迫性。

2. 树立隐患排查治理就是安全，安全就是文化的意识

一要培育企业安全文化。企业安全文化是企业在长期安全生产经营活动中形成的，是企业安全形象的重要标志，也是企业文化的重要组成部分。广大企业要有意识地结合于企业的经营管理实践，把安全文化渗透到企业的每一项规章制度、政策及工作规范、标准和要求当中，进行强势推动，使员工从事每一项经营管理活动，都能够感受到企业安全文化在其中的引导和控制作用，进行普遍的隐患排查治理，就是一种安全文化活动，通过这项活动，真正从思想上接受企业倡导的安全价值理念，确保企业安全文化具有恒久的活力。二要增强公众安全素质。只有公众的安全素质提高到一定的程度，安全生产才能得到保障。三要营造浓厚的社会安全氛围，全社会都重视安全生产，都把安全生产当做头等大事，这时的安全文化氛围就是安全生产的重要环境。

3. 树立隐患排查治理就是安全，安全就是效益的意识

一要正确处理好安全与发展的关系。"安全第一、预防为主、综合治理"的方针在任何时候都不能动摇。我们讲又好又快，就是既需要增长的速度、更需要增长的质量，既要发展、更要安全。隐患排查治理就是为发展提供坚实的基础。要牢固树立"以人为本、安全发展"的新型安全观、政绩观和发展观，把安全生产作为重要着力点。二要正确处理好安全与投入的关系。安全生产投入效益是难以用具体的数字来衡量。通过事先的安全投资，把事故和职业危害消灭在萌芽状态，是最经济、最可行的生产建设之路。在现实工作中，我们不难发现，安全投入搞的好的企业不仅安全事故少而且经济效益也好；与此相反，对安全生产重视不够的企业和行业，一旦发生了重大安全事故，轻则造成重大经济损失，重则毁掉一个企业。所以，安全就是效益，这是所有企业管理者应该建立的"安全经济观"。三要正确处理好安全与生产的关系。一方面，安全是生产的前提，生产必须服从安全，当安全状态笼罩着整个生产时，那么生产绩效将有显著的提高，从而引起经济以及政治与文化的增长。另一方面，生产的发展，又为安全创造了必要的资金保障和技术支撑。所以我们必须形成"安全促进生产、生产必须安全"的共识。

4. 树立隐患排查治理就是安全，安全就是责任的意识

一要严格落实行政一把手负责制。要进一步明确市有关部门和主要领导安全生产第一责任人的责任，强调"一把手"对本辖区、本部门的安全生产工作负总责，分管安全生产工作的副职和分管其他工作的副职在其分管的工作中，凡涉及安全生产内容的承担相应领导责任。要定期召开安全生产工作会议，认真分析安全生产形势，研究解决存在的问题，及时安排部署、督促落实各项工作。二要强化企业安全生产主体责任。企业是生产经营活动的主体，也是安全生产的实践主体，要负起主体责任。《安全生产法》对生产经营单位的安全生产责任制有明确的规定，要实现安全生产形势的稳定好转，就必须从生产经营单位的安全管理和基础工作抓起，落实企业安全责任主体，建立自我约束、持续改进的安全生产工作机制，提高企业自身的安全水平。三要严格事故责任追究。各有关部门要认真落实国务院下发的《重大安全事故行政责任追究办法》，加大对事故隐患的整治力度，对安全责任不落实，发生安全事故的，要坚持"事故原因未查清不放过，责任人员未受到处理不放过，整改措施未落实不放过，有关人员未受到教育不放过"的"四不放过"原则，严肃追究有关领导和责任人的责任。

5. 树立隐患排查治理就是安全，安全就是制度的意识

一要建立激励约束机制。要充分应用经济调控手段推进安全生产工作。建立完善事故隐患整改奖惩制度，对未能按期完成重大隐患整改计划的责任单位、责任人员，要严格进行经济责任追究。对完成的好的进行奖励，促进隐患整改。二要建立监管监督机制。各部门、各单位要建立健全安全监管机构，积极探索建立抓安全与抓生产相协调、责任与权利相统一的体制和机制，提高安全监管效率。要强化日常监管，坚持关口前移、重心下移，善于发现解决苗头性、倾向性问题，有针对性地采取监管措施，防患于未然。要加强对重点行业、重点地区安全生产工作的监督检查，切实加强对高危行业企业的安全监管。要充分发挥新闻媒体的舆论监督和导向作用，对重、特大事故、违法违纪行为等典型案例，予以公开曝光。要进一步完善事故举报制度，将安全生产置于人民群众和社会舆论的监督之下。三要建立应急救援机制。各部门要把安全生产应急救援工作摆在重要位置，尽快建立健全功能齐全、反应灵敏、运转高效的应急救援机制。要结合实际，进一步修订完善本行业、本部门安全生产应急救援预案，坚持预防与应急相结合，常态和非常态相结合，把各种可能出现的情况尽可能估计得充分一些，把准备工作做得更扎实一些。

二、实行无隐患管理的可能性分析

要从根本上减少事故，必须依靠科学管理，从事故后管理转移到事故前预防，而隐患是事故发生的基础，消灭隐患了事故就自然而然地被消灭。因此，实行无隐患管理是实现本质安全，消灭事故的必由之路。

无隐患管理，是指在企业安全工作中，自下而上地以无隐患为最佳目标，以无隐患的要求开展各项活动，并以对隐患的查清与清除程度作为评价安全工作的重要指标。总之，就是把无隐患管理作为贯彻"安全第一，预防为主，综合治理"方针的基本方法。

1. 提出无隐患管理的主要依据

实行无隐患管理，并不是无根据的理想主义。它的主要依据有以下四个。

① 任何事故的发生都有一定原因。这些原因是可以认识、可以查出的。

② 绝大多数事故在触发前是有征兆的。这些征兆是可显现、可辨识的。

③ 事故源于隐患，隐患先于事故，这是一条规律。一般说，无隐患就无事故，隐患是事故触发前的潜伏或孕育阶段。只要在触发成事故前有效控制或消除隐患，就能防止事故。

④ 事故发生频率、伤害和损失大小有必然性，也有一定的偶然性。只有大量减少各种不安全行为、不安全状态及其他不安全因素才能减少事故、降低伤害程度与经济损失。美国著名安全管理学者海因里希和伯德分别对"重伤害、轻伤害、无伤害"和"重伤害或死亡、轻伤害、有财产损失、无明显伤害或损失"，分别提出的统计比率是 1；29；300 和 1；10；30；600，给出了无隐患管理的统计依据。

2. 无隐患管理的特点

无隐患管理是一种系统安全管理方法。一个企业或一项工程就是一个系统，它可按部门、工序和设备划分子系统。为保证它们的安全，从系统整体、子系统及其组成单元本身之间联系，从各自功能和所处环境等方面，都按无隐患要求进行管理，运用系统分析方法进行分析、预测、控制和评价。无隐患管理不是要求在一个系统内永远不发生隐患，而是结合生产技术知识与实践，应用系统安全管理和安全系统工程技术与方法，及时找出和消除隐患，并随着生产技术活动变化与发展，不断找出并消除新隐患。对工业企业来说，从产品（工程）设计到生产（施工）技术，从原材料到生产设备、工具，从水、电、风、汽、火、热和有毒有害物质到设备安装、运行、维修、拆卸，从管理制度和部门协作到职工安全教育，从职工健康状况和职业适应性到心理因素，从偶然事件对职工的干扰到人体生物节律的影响，等等，都要贯彻无隐患管理原则，从而实现人人处处关心安全，各司其职，各负其责。

无隐患管理是贯彻"安全第一，预防为主，综合治理"方针最直接的基本管理方法。"安全第一"，就是要求在生产活动中处处、时时把安全放在首位；"预防为主"就是要求防患于未然，及时发现和消除可能导致事故的一切隐患。这样，就必然要求安全工作的出发点与重点放在查找、消除隐患以及不断提高防止出现隐患的技术与管理水平上。无隐患管理就是适应这一要求的科学管理方法。从思维逻辑分析，只有突出与强化控制隐患，以事故前的无隐患管理为主，才能与"预防为主"相一致。任何以事故后管理为主的方法，在逻辑上都是与之相悖的。

无隐患管理能促进安全管理的"专群"结合，实现安全工作经常化、制度化，避免事故后管理表现出的安全工作松一阵、紧一阵的现象。无隐患管理是全面、全员的系统管理，工作对象主要是隐患，有明确的工作内容，有相应的责任制度，要求各部门和广大职工把查找和消除隐患作为自己经常性的责任，促使安全管理部门、其他部门和职工更好地协作，都承担起保证安全的责任和义务。

无隐患管理可促进安全系统工程的运用和推广。我国引进安全系统工程已有多年，不少企业应用后获得了一定的成绩，但有不少还停留在初级阶段，更多的企业尚未普及，至今仍未摆脱传统的经验管理。实行无隐患管理，必然推动企业采用多种系统安全分析技术与方法的实践。这种实践又能促进安全系统工程进一步完善。此外，无隐患管理还可通过查隐患和制定安全技术措施计划促进安全防护技术发展。

3. 无隐患管理的主要方法与内容

① 把查找与消除隐患的程度及其效益，作为评价企业安全工作的一项重要指标。企业安全工作的优劣，既要考核伤亡事故率和经济损失大小，也要考核隐患查找与消除情况及所获效益。对先肇事故，应查清是否有隐患征兆。如属有征兆未查出或查出未及时控制、消除造成的事故，应查明责任，从严处理。

② 结合本企业生产特点，研究确定隐患的分类、分级、显现特征、辨认和检查方法、触发方式与机率，以及可能造成的伤亡与损失。必要时，应研究隐患计量的可比性。

隐患包括危险性和危险因素，或说是不安全行为和不安全状态（条件）。对于由异常原因而产生的瞬间偶然性不安全行为，应从预先防范与致因方面查找隐患。管理工作中存在的阻碍查找或消除隐患问题以及其他可能孕育事故的缺陷，也应按隐患处理。隐患一般指事故隐患，必要时，对易致职业性疾病和职业中毒的有害因素也应考虑。

③ 自上而下建立隐患登记、统计制度。查出隐患应按项登记，分类、分级按"原有"、"已控制"、"消除"、"现存"统计隐患数量。

④ 强化对已查出隐患的有效处理。对已查出隐患，按"管生产的必须管安全"和"谁主管谁负责"的原则限期消除。

⑤ 建立隐患检查表。也可在原安全检查表基础上按查隐患要求进行修订。防止检查表笼统化、行政化。

⑥ 不断完善技术检测手段。提高检查隐患的准确性和效能，有赖于不断总结经验，提高直观检查能力；同时，还必须运用先进技术检测手段，例如检测振动、噪声、泄漏、裂纹、参数、放射剂量、致爆因素以及其他设备故障诊断和状态检测等仪器。

⑦ 提高运用安全系统工程水平。安全系统工程技术是安全技术管理人员必须具备的技能，是一项基本功，应针对不同工作对象科学运用相应系统分析、预测、控制和评价技术与方法。安全技术管理人员应帮助生产、机动技术人员学习掌握系统安全分析方法，使无隐患管理更深入、完善。

⑧ 建立安全评价制度。结合实际需要，分别按班组、车间、厂，或者按设备、工艺流程、工程项目，进行定期安全评价，检验无隐患管理的效果。

三、隐患排查治理要做到"六个强化"

1. 强化基层监管网络，提高基层安全监管有效性

进一步加强企业、车间、班组安全监管组织建设，做到编制、人员、办公场所、装备、经费"六落实"。建立完善基层安全监管覆盖面。推广"五个一"，即：一张安全生产分类管理动态表、一张辖区安全生产分布平面图、一套安全生产监管制度、一套安全生产监管台账、一个企业基本情况数据库。以此为主要内容的基层安全管理模式，做到情况明、底数清，不断提高基层安全监管的针对性和有效性。

2. 强化责任落实，确保隐患排查治理有效推进

进一步落实企业隐患排查治理的主体责任，督促企业建立健全隐患排查治理责任制，并保证安全生产投入的有效实施。落实行政主管部门的安全生产监管责任，促进企业正确处理好安全与发展、安全与生产、安全与效益的关系。同时，建立完善隐患排查治理定期通报制度、挂牌督办制度、责任追究制度等。

3. 强化综合协调，形成齐抓共管的良好局面

充分发挥一个地区、一个单位、一个企业安委办的综合协调作用，进一步加强政府、主管行政部门和企业之间的安全生产工作会商、情况通报和联合执法机制，着力解决部分领域安全生产无人负责、推诿扯皮的局面，形成既有明确分工，又有相互协作的工作格局。

4. 强化舆论宣传监督，提高隐患排查治理的全民参与意识

围绕"治理隐患，防范事故"这一主题，充分利用各种媒体，深入宣传"安全发展、关爱生命"科学理念和"安全第一、预防为主、综合治理"的方针，普及安全生产法律法规和安全生产知识，提升公众安全生产法制意识、责任意识、事故防范意识和自我保护意识，努力营造"关爱生命，关注安全"的社会氛围，提高隐患排查治理的全民参与和监督意识。

5. 强化监督检查，确保隐患排查治理取得实效

加强对生产经营单位的日常安全检查和隐患治理工作的监督，督促企业做到隐患治理责任、治理措施、治理期限和应急预案"四落实"。使隐患排查治理工作真正成为防范事故的有效途径和主要手段。

6. 强化安全执法，严肃处理安全生产违法行为

严格按照《安全生产事故隐患排查治理暂行规定》（国家安监总局 16 号令）和《安全生产违法行为行政处罚办法》（国家安监总局 15 号令）的有关规定，进一步加大执法力度，提高安全执法的覆盖面，严肃查处各类安全生产违法行为。对那些存在重大安全隐患而又整改不力或屡整不改的单位，采取严格的行政处罚措施，对因工作不到位而引发事故的，严肃追究有关责任人的法律责任。

◆ 着力解决对事故隐患的认识问题。
◆ 掌握事故隐患的评估方法。
◆ 加强生产现场事故隐患管理。
◆ 学会隐患排查治理的方法。
◆ 隐患排查治理要做到六个强化：强化基层监管网络；强化责任落实；强化综合协调；强化舆论宣传监督；强化监督检查；强化安全执法。

参 考 文 献

[1] 祁有红，祁有金著．安全精细化管理．北京：新华出版社，2009．

[2] 祁有红，祁有金著．第一管理．北京：北京出版社，2007．

[3] 随鹏程，陈宝智．随旭编著．安全原理．北京：化学工业出版社，2005．

[4] 徐德蜀，邱成著．安全文化通论．北京：化学工业出版社，2004．

[5] 崔政斌等编著．安全生产基础新编．北京：化学工业出版社，2004．

[6] 崔政斌等编著．现代安全管理新编．北京：化学工业出版社，2005．

[7] 崔政斌．企业安全文化之我见．警钟长鸣报．1996年1月22日．

[8] 崔政斌．企业安全文化建设的哲学思考．中国安全科学学报．1997年第6期．

[9] 崔政斌．论安全道德与安全生产．劳动保护科学技术．1997年第6期．

[10] 崔政斌．编发安全信息的原则及提高其质量的途径．工业安全与防尘．1998年第2期．

[11] 崔政斌．事故之本因及其预防．化工劳动保护．1998年第3期．

[12] 崔政斌．论新世纪企业安全文化建设．警钟长鸣报．1998年8月17日、9月20日、10月16日．

[13] 崔政斌．论事故处理中的几个关键环节．安全生产报．1999年1月22日．

[14] 崔政斌．试论安全信息的能力问题．安全．2000年第2期．

[15] 崔政斌．论建立有效的企业安全信息结构．化工劳动保护．2000年第5期．

[16] 崔政斌．试论现代安全管理理念．化工安全与环境．2000年第45期．

[17] 崔政斌．安全工作应注重人的可靠性．化工安全与环境．2000年第48期．

[18] 崔政斌．如何预防计算机灾难性事故．劳动安全与健康．2001年第9期．

[19] 崔政斌．企业安全管理者树立的几个新观念．化工安全与环境．2003年第13期．

[20] 崔政斌．弄清危险源再说编预案．现代职业安全．2003年第6期．

[21] 崔政斌．论安全生产监督的功能和原则．化工安全与环境．2003年第49期．

[22] 崔政斌．拓展企业主体的非责任领域．现代职业安全．2005年第10期．

[23] 崔政斌．论安全发展．化工安全与环境．2005年第47期．

[24] 崔政斌．责任关怀：化工安全管理的利器．劳动保护科学技术．2000年第2期．

[25] 崔政斌．大安全：21世纪安全工作走向．化工劳动保护．1999年第6期．

[26] 崔政斌．事故之本因及其预防．化工劳动保护．1998年第3期．

[27] 崔政斌．论安全生产监督的功能与原则．化工安全与环境．2003年第49期．

[28] 崔政斌．企业安全管理制度、台账、票证之间的关系．化工安全与环境．2003年第50期．

[29] 崔政斌．企业安全文化的形成与发展．现代职业安全．2004年第1-2期合刊．

[30] 崔政斌．关于创建生产现场安全保证体系的探讨．化工安全与环境．2004年第29期．